2018年中国精短美文精选

贰零壹捌

王剑冰 / 选编

长江出版传媒 | 长江文艺出版社

图书在版编目（CIP）数据

2018年中国精短美文精选 / 王剑冰选编. -- 武汉 : 长江文艺出版社，2019.1
（2018中国年选系列）
ISBN 978-7-5702-0736-7

Ⅰ. ①2… Ⅱ. ①王… Ⅲ. ①散文集－中国－当代
Ⅳ. ①I267

中国版本图书馆CIP数据核字(2018)第268340号

责任编辑：张远林 黄文娟　　　　责任校对：陈 琪
装帧设计：壹 诺　　　　责任印制：邱 莉 杨 帆

出版：长江出版传媒 长江文艺出版社
地址：武汉市雄楚大街268号　　　　邮编：430070
发行：长江文艺出版社
电话：027—87679360
http://www.cjlap.com
印刷：长沙鸿发印务实业有限公司

开本：700毫米×1000毫米　1/16　印张：17.75　插页：2页
版次：2019年1月第1版　　　　2019年1月第1次印刷
字数：252千字

定价：34.00元

目　录

人在路上

徐　刚

只要一出门，便会看见人来人往，老人与孩子，男人和女人，都以各种姿态行走。这是一道永恒的、移动的风景。

人流最为壮观的时刻是在中国春节前，几亿人的流动，几亿人的奔波，几亿人分别从空中、陆路回家，爷爷奶奶、父亲母亲、儿子女儿正翘首等候着的那个家。天寒地冻、山高水远也挡不住的人伦孝悌之情啊！想起自己在北大做工农兵学员时，漫长的暑假总在学校度过，寒假前母亲会让侄儿写信叫我回家过年，并寄来二十元路费。风雪兼程啊，坐一天一夜的火车到上海，然后赶到吴淞坐船，我总是站在船头的栏杆旁，任风吹浪打，大口地呼吸着湿润的空气，崇明岛像水墨画似的渐渐清晰了，三声汽笛过后，船停靠在码头上。下船了，在四面八方涌来的乡音中，坐公共汽车到庙镇，然后步行二十多里地，到家了，母亲正坐在家门口等我呢……

往事如风，记不清自己是怎么学会走路的，却清晰地记得儿时与小伙伴们在田埂上的追逐嬉戏。清明后，油菜花开得越发茂盛，大片的金黄，大块的芬芳，从清早太阳刚升起时便有蜜蜂飞来，我们随着出早工的乡邻下地了。大约那是人的天性吧，爱花爱美，乳子亦然。我们在田埂上走着，花比人高，便小心翼翼地揪着油菜梗把小鼻子凑到花跟前，稍稍吸气，那芳香便吸进脑子里了，有一点眩晕。片刻，太阳升高了，花香更浓烈了，大群的蜜蜂们在油菜地上起起落落，花枝乱颤，“嗡嗡”声响成一片。我们一边看花闻香一边追着蜜蜂跑，从一块油菜地跑到另一块油菜地。蜜蜂们开始警觉了，它们把所有的油菜花，以及金色、芳香、带蜜的花都视为己有，于是开始反击，把我们几个顽童当作入侵者紧追不舍。吃过蜜蜂蜇人的苦头，我们落荒而逃……那是我记忆中少小时最快乐的奔跑与落荒，念念不忘的当然还有那一路的花香，老来想起稍有自得：倘无儿时积聚于心灵的芬芳，哪能在暮年笔下仍偶尔吐出丝缕余香呢？

可是我在几个师父面前却不敢称老，袁鹰、李希凡、姜德明几位先生均高寿九十多或近九十岁了，老来多病不良于行，我们曾经的一年几次的相聚、自费吃喝不可持续了。大个儿李希凡视力几近失明，坐在沙发上或在客厅的空间中挪着小步，袁鹰要靠助步器在屋子里艰难移动，姜德明小心翼翼地走着碎步感叹，到楼下取报纸也力不从心了……先生们更多的时间是坐在书房里，在旧书和往事中沉思。想起了梅特林克的话："在思索的瞬间，我们才真实地活着，沉思是我们生命中唯一敏锐的瞬间。"

袁鹰和姜德明的住处是在相望的两幢五层楼中，均无电梯。我看望过袁鹰，下三楼便去对面的二楼找老姜。姜先生总是谦和地站在门口，我依例问候过姜太太便与先生去书房小坐闲聊。先生近来好说北京新闻学校的往事，这是 1949 年以后第一所培养高级新闻人才的学校，校长范长江，副校长陈翰伯。适逢抗美援朝，同学们纷纷报名参军参战，最后批准的是男生唐书杰、女生陈明仙。送别晚会奔放热烈，充满了青春气息，有人朗诵西蒙诺夫的诗——"等着我吧，我会回来的"，更多同学为入朝者在笔记本上签名留言。在陈明仙的本子上，姜德明不假思索，挥笔写道："亲爱的明仙……"后来，唐书杰在往前线运送弹药的路上牺牲了，陈明仙回国后并无联系。姜德明不无感慨："人生就是在路上，回想也是在路上。"20 世纪 80 年代某年夏日，在中国作家协会组织的一次度假中，姜德明恰与陈明仙相遇。"恰同学少年，风华正茂"时离别，历经战火硝烟重重磨难，他们又见面了，在夕阳西下的大连的海滩上。两个老同学自然会想起唐书杰，一个学新闻的战士，一个在朝鲜战场的冰天雪地中跋涉，翻山越岭血染沙场的战士……"都是诗啊！"那血染的诗句，没有留在纸上，却铭刻在朝鲜战场的冰雪中了——倘若在阳光下化去便滋润荒山野地，便长出野草，便开出小红花，抚慰这一块伤痕斑驳的异国的土地。

姜德明念念不忘的另一个同学是郁飞，郁达夫的儿子。同学们纷纷报名入朝参战，唯独郁飞没有报名。有同学提出要批判他，副校长陈翰伯不同意："本来就是自愿的，郁飞有什么错？不能批！"毕业后郁飞分配到《新疆日报》，每次出差到北京都要和姜德明小聚，说新疆好，乌鲁木齐离天山不远，"每次去天山都会想起'慢慢走，欣赏啊'这句名言。尤其是冬天，青松披雪山涧奔流冰川在望，走多少路也不觉得累。”后来，郁飞不知为什么成了右派，还进了监牢，爱妻被离婚，儿子判给了妻子。一无所有了，郁飞便在监牢里翻译外国文学。郁飞平反后到处打听消息要找前妻，老姜和朋友们劝他别找了，以免双方尴尬，郁飞说：“我就去看一眼，足矣！”终于在西安与前妻相见，都老了都还健在，互道珍重：“好好活着！”郁飞走了，找他儿子去了。儿子在一个工地上开大卡车，他陪儿子跑了一个星期的工地，又走了，找女朋友去了。结婚典礼上，郁飞与夫人如年轻人一样相偕相扶携手而行，现场掌声雷动，鸣响的祝福久久不息。郁飞走了那么多不寻常的路，他又走上了新婚之路。

人生的多少细节，包括少不更事、行走江湖、悲欢离合、艰难困苦、青灯黄卷……串联起这一切的，便是自己的路。看似在同一条路上行走，其实每个人都在走不同的路。众生的路又连接起了各有特色的众生相，于是有诗、有故事、有语言“像花朵一样对着天空开放”（海德格尔语）——人在路上。我们的一生是用走路完成的，我们在泰山之巅体会“一览众山小”，我们在大漠深处感悟着沙子神奇的细微，我们从干渴之地走到江河之滨，江河啊，谁说我身上的血管不是你们最小的支脉呢？路是一种诗意的延展，生命的延展，也是风景的延展。

不要说大西北的沙漠戈壁胡杨林了，不要说江南小桥流水杨柳岸了，就在我住的小区，夏日傍晚，被梧桐树叶切割成小块碎点的阳光洒在步行道上，散步的人们不约而至，有的健步，有的拄拐，有的跛行。那互相搀扶着漫步的老两口一辈子在青藏高原修路护路，“行行重行行，道路阻且长”，他们曾经翻越崎岖大山，曾经跋涉浩瀚沙海。而更多的是普通的职工。他们走到了今天，在夕照下悠然散步稍得宽裕。我也是他们中的一员，我们会相互问好相互叮嘱：“慢慢走啊，小心摔倒。”这个时候也是我和小区各种开花的不开花的，高大的矮小的草木，如梧桐、杨柳、碧桃、玉兰、马齿苋、紫云英、蒲公英相望相伴的时候。记得去年玉兰如盏，梧桐夜雨，在腊月的寒风中依然飘荡的却是如丝垂柳。在四季往复中，我们参与了对方的生命，一起走过了酷暑和冬季，在永恒与短暂之间，得到的不仅是慰藉，还有启迪：让回想和沉思充满了爱，我们就能和孩提时代、青春年少的岁月不时相遇，于是会多一点天真烂漫。想起了姜德明先生所言：“都是诗啊！”

更何况还有孩子们，学步的孩子跌跌撞撞，稍大一点的脚踏“风火轮”，飞快地来回穿梭。他们正在现代的色彩中度过童年，他们的欢笑使这个小区变得鲜活年轻，他们已经在路上了，他们的欢声笑语中似有纪伯伦的声音：“用希望拥抱未来！”

远眺华不注

李一鸣

济南北，历城界，黄河南，一山奇崛，名曰华不注。

尽管我在济南度过几年大学时光，很惭愧，对华不注知之甚晚。甚至在毕业那年听孔孚老师讲课之前，未之闻也。

那天下午，师大中文系名家讲堂开讲，讲座人：孔孚。

正是夏天，阳光透过悬窗，满室可见光中的细尘。先生仙风道骨，左手挥写板书如行云流水，右袖空空如也，那份洒脱与从容，让人至今铭怀。

那次讲座中，先生以曲阜乡音吟诵了他的几首诗，深远渺然。其中最为得意的一首是《飞雪中远眺华不注》：

它是孤独的
在铅色的穹庐之下
几十亿年
仍是一个骨朵
雪落着
看！
它在使劲开

华不注，山名取自《诗经·小雅·棠棣》，诗曰："棠棣之华，鄂不韡韡"。"华"同"花"，"鄂不"即"萼跗"，亦即花蒂。山名"华不注"，俗名花骨朵。

多年以来，每每忆起那首短诗，就为先生的诗意奇思讶然，宏旷的时间，苍远的空间，尽在寥寥数笔之间。铅色穹庐大雪纷落的背景中，华不注山就像一个含苞的花骨朵，它在使劲开。巨大的动感与画面感扑面而来，逶迤跌宕。华不注，一个天地间经年的花骨朵，第一次开放在心神之内。而先生赋予此山“孤独”的蕴意，“使劲开”的意象，或正于隐秘间道出华不注的精神指向。

记得刘大櫆曾言：“神远而含藏不尽则简。”这样的简，无疑是一种诗文之化境，而孔孚先生的华不注诗，不正是深得此简之妙处？那是简约之丰腴、至简之尽境。

是的，那山是孤独的。它曾经开放过、灿烂过。

郦道元的《水经注》对它曾不吝赞美：“单椒秀泽，不连丘陵以自高，虎牙桀立，孤峰特拔以刺天，青岸翠发，望同点黛。”可以想见，在华北平原广阔旷野中，视野所及，一马平川，蓦地，视线被一崭绝孤峙的存在所挡，一座孤峰拔地而起，如一支青椒向天，似一颗虎牙凌霄，若一弯翠黛蹙聚，这才引得年轻的地理学家惊叹赞美，诉诸笔端。

那年，李太白器宇轩昂，飘然而至齐鲁，别后给文学史留下名篇《昔我游齐都》：“昔我游齐都，登华不注峰。兹山何秀俊，绿翠如芙蓉。萧飒古仙人，了知是赤松。借予一白鹿，自挟两青龙。含笑凌倒景，欣然愿相从。”诗仙酣游山东一回，华不注怎样的场景，激起了诗人的浪漫诗思？骑白鹿，挟青龙，够奇幻，够威风。

李太白的神思自是苍龙入穹无从追证，留下的华不注诗却因而有了仙意奇思。被赋予灵魂的华不注不仅化入诗词经典，而且进入了名画宝藏。

台北故宫博物院有一幅赵孟頫的《鹊华秋色图》。打开卷幅，但见画面一片辽阔的绚烂：树木繁盛，房舍掩映，河流蜿蜒，渔舟往复，在远处，再远处，更高处，有两山遥相对应，左山方圆，右峰高耸，分外醒目。整幅画作为金黄色笼盖，景物高低错落，疏密有致，用笔则书画相长，枯润相契。细品此画，高逸名士之风，散逸文人之气，好山好水、半渔半樵的隐逸之心，呼之欲出。

画中之山是何方名山？且看赵孟的题跋：

> 公谨父齐人也，余通守齐州，罢官归来，为公谨说齐之山川，独华不注最知名，见于左氏，而其状又峻峭特立，有足奇者，乃为作此图。其东则鹊山也。命之曰鹊华秋色云。

原来赵孟頫仕元后，曾任同知济南路总管府事三年有余。跋中齐州即济南历城也。他罢官回到故乡浙江湖州后，欣逢祖籍济南的老友、词人周密（字公谨），禁不住向他叙说济南山水之奇。而这周密，一生并未到过济南，却对祖籍充满深情，竟自号为华不注山人，足见其情志。赵孟頫的介绍更加激起周密对故里的向往，乃敦请赵孟頫作画一抒心怀。于是便有了这幅名画的诞生。画中左山是鹊山，右手那座平地而起、奇绝峻拔者，即是华不注。“云雾润蒸华不注，波涛声震大明湖。”想来华不注不仅入画，而且伴着历城三年多的记忆，也常常入赵孟頫的梦吧。

去年夏天，因一机缘回到济南。

车过历城，得以于多年后远眺华不注。浩浩平原之上，华不注峰孤峻秀，一派昂然大气。据考证，汉代中期，黄河改道由利津一带入海，造成支流灌注，济水泛滥，华不注周围形成湖泊。至唐称莲水湖，其时稻溪迴还，芦荡轻摇，水村渔舍，仿若江南，远望华不注，恰如水中含苞欲放的一枝荷花。到了金代，元好问曾到济南一咏华不注“华山正是碧芙蕖，湖水湖光玉不如”，可见山湖相映之美。元中期，王恽客居济南，留给后世一篇《游华不注记》，文中描绘了华不注一带的山水盛景。至明朝，亢思谦写《续游华不注峰记》时，欲抵山下已须舍舟而乘。到了清代，全祖望游华不注，周围已是莽然田舍。后康有为来登华不注，大赞“南京钟山紫金峰，北京翠微山、煤山，扬州的七星山，苏州的横山……然山水之美皆不如华不注也”，但华不注周围早已不复昔日山光水色，“含笑凌倒景”的情景只能在古诗中寻找矣！

沧海桑田，岁月悠悠，华不注兀兀独立。

华不注是“忠文化”的见证者。据《左传》记载，鲁成公二年，齐晋两国交战，齐顷公亲率大军在“鞍”与晋军决战。齐顷公自信满满，声称“灭此而朝食”，甚至未给战马披挂铠甲就参战，结果，“齐师败绩”，齐顷公被晋军追逼，“三周华不注”。危急关头，大臣逄丑父果断与之更衣换位，并佯命其到山脚的华泉取水，齐顷公方免罹难。以此，丑父冒着生命危险忠心救主的事迹载入典籍。名列唐宋八大家的大文学家曾巩来游时，挥就一首《华不注山》：“高标特起青云近，壮士三周战气酣。丑父遗忠无处问，空余一掬野泉甘。”为丑父事迹不被彰显而愤愤不平。清代赵执信来到华不注，也深深缅怀丑父之人格：“欲寻丑父易位处，华泉之水今独清。”

华不注山下，也曾掩埋着另一个高贵的灵魂。

元邵显祖《重修费公闵子祠记》中记载，闵子骞最早葬于华不注山下。如果说逄丑父树立了忠的典范，闵子骞则书写了孝的传说。

小时候，就常常听妈妈讲起鞭打芦花的故事。闵子骞十岁时，母亲去世，其父续弦。继母冬天做冬衣，给自己亲生的儿子棉衣絮的是棉花，给闵子骞冬衣里装的是芦花，棉花看着薄其实暖，芦花貌似厚却难挡寒。某日，子骞和弟弟随父乘车出门探亲，途中突然风雪大作，弟弟眉开眼笑赏景为乐，子骞则蜷坐一团瑟瑟发抖。其父疑其作状，恨其不争，怒用鞭打，袄烂花飞，其父这才明了真相，立即赶车返家，愤然休妻。子骞跪求父亲："母在一子寒，母去三子单。留下高堂母，全家得团圆。"小时听完故事，一是恨骞父糊涂粗暴，二是担忧自己以后万一有了继母的命运，而对闵子骞的行为却很不理解。如今思之，与其说子骞因孝道而闻名，毋宁说是他的宽厚与善良感动了世人。

一忠一孝，让这座山有了人的温度。

岁月如风斯年远去，华不注不语，默默矗立在齐鲁大地的烈阳里。

其实，山水最终是活在文化里，活在人的情感里。

我的心中，正扬起一场大雪，雪中的华不注，苍然盛放。

津津有味的地方

——宁津纪行

高洪波

六年前走过山东宁津，吃过特产长官包子、大柳面和保店驴肉，看过技艺超群的杂技和口技表演，甚至被一位大厨在气球上切黄瓜丝的绝技折服，由此认定，宁津是个讲究口福的地方，说“津津有味”当不为过。

其实宁津的五金也很出色，尤其是健身器材和电梯为地方财政贡献很大，此外宁津还是中国实木家具之乡、工艺毯之乡，但在世人或者说在我的印象中，宁津的出名缘于一种小昆虫蛐蛐儿，又名蟋蟀，故号称“中华蟋蟀第一县”。

二十世纪九十年代初期，昆虫学家吴继传编过两本小书，一本是华文出版社的《中国斗蟋》，另一本是中国广播电视出版社的《中国宁津蟋蟀志》，让宁津蟋蟀名声大振。山东另一个带宁字的地区也产名虫，这个地方叫宁阳。宁阳属泰安，宁津属德州，容易弄混。但在宁津可绝对混淆不了，因为在几年前开馆的宁津蟋蟀文博馆（这应该是全国乃至全世界唯一一个以蟋蟀为主题的文博馆）里，我看到了一副蟋蟀扑克牌，54张扑克中当然全是各种名虫的英姿，大王是宁津产的紫红头，小王则是宁阳的蟋蟀。由此可见二宁名虫，宁津打头是当之无愧的。这副扑克牌市面上见不到也买不到，是一位玩家捐赠的。我甚至在文博馆还见到不少奇品：譬如“蟋王醇”品牌的白酒，山东蟋王白酒集团产的“蟋王特曲”，这些酒当年肯定让不少虫迷痛饮过，给予他们斗蟋蟀之外微醺或酩酊的乐趣。

除了酒和扑克，文博馆最多的就是琳琅满目的蛐蛐罐和蟋蟀标本，什么“陶然五虎将”，什么“黄麻头”，什么“紫壳白牙”，以栩栩如生的姿态进行不朽的展示，更妙的是我见到一个“天下第一”大蟋蟀斗盆，直径 1.15 米，高 0.58 米，重 175 公斤，由朴树棠夫妇（来自吉林的陶艺家）历时四个月烧制成功，我首次看到这么巨大的蟋蟀斗盆，觉得拿来斗鸡都富裕。

文博馆中我还看到长幅巨画《百将图》，将一百只蟋蟀绘成不同姿态，画家显然是地道的虫迷。吴继传先生留下两幅字也悬诸在壁，一幅是“中华蟋蟀第一县”，一幅是“宁津蟋蟀甲天下”，前一幅落款时间在 1991 年，正是他编著《中国宁津蟋蟀志》的前后，在这本书前言中吴继传写道：“中国蟋蟀文化，历史悠久，源远流长，是具有浓厚东方色彩的中国特有的文化生活，是中国的一门科学，也是中国的艺术。中国的蟋蟀文化主要发源于中国的长江流域与黄河流域的中下游。南方以江、浙、苏、杭、上海为代表；北方以京、津、河北、与山东为代表，而真正的蟋蟀名产地，则以山东齐鲁大平原而闻名于全中国，齐鲁有蟋蟀王国之雅称，而宁津则又是蟋蟀王国王冠上宝石。因宁津特有的地理位置，土壤种类和生态条件，以及相应气候因素，常年籽粒品种特性的遗传，使宁津得天独厚，所产的蟋蟀兼具南北虫的优点而集中于一身。宁津种的蟋蟀有南方蟋蟀的优点，即个头大，头大、项大、腿大、皮色好，又有北方干旱区虫的体质、顽强的斗性、耐力、受口和凶悍，真有咬死不败的烈性，故近年来全国蟋蟀大赛中，宁津蟋蟀多次获冠军。历史上宁津蟋蟀闻名北方，为历代帝王斗蟋的进贡名产地，故有宁津雌蟋斗慈禧的民间故事传说。”

说完了宁津蟋蟀源流后，吴继传兴冲冲地写道：“中国斗蟋之风近千年来经久不衰，历史上多少名人、诗人、大文学家、书画家，都编下了关于蟋蟀的诗、词、歌、赋以及精辟论述，多少斗蟋轶事，流风遗韵，至今使人相信怡养蟋蟀是一种正当健康的文化生活，是一种高尚娱乐，关键在于正确引导，怡养蟋蟀对生活与工作应该是一种鼓舞与促进，应严禁用蟋蟀赌博。古人云：‘天下顺治在于民富，天下和静在于民乐。’今日斗蟋之风为盛世景象，说明国泰民安人民安居乐业。”

我之所以抄录下吴继传写于 1991 年间的论述，不为别的，只为了他对宁津和宁津蟋蟀的一往情深，这一往情深的重要标志就是去年在北京逝世的吴继传留下遗言，把骨灰埋在了宁津这块盛产名虫的热土上，昆虫学者的这份挚念，引发了我深深的感慨，这真是个“津津有味”的宁津知音啊！

中国蟋蟀文化的确源远流长，王世襄先生写过一篇散文《秋虫六忆》，写自己年轻时到北京郊外逮蛐蛐的行径，写逮蛐蛐的各种工具，最佳时令，以及地形地貌所产的特殊小虫，最妙的是捕捉时接近一条好虫的特殊心态，一虫到手后的愉悦快乐，实在给童年捕过蛐蛐的读者一种美的享受。这位文物大家写逮蛐蛐时的感觉："有一根无形的线，一头系在蛐蛐翅膀上，一头拴在我心上，那边叫一声，我这里跳一跳。"非对蟋蟀痴迷到极点，断无此言。

蛐蛐是一种小虫，小昆虫，可是这种小虫没有秋蝉的悲鸣，没有螳螂的凶残，更不像大肚子蝈蝈一样在笼子里终其天年。它微不足道的渺小，却有冲天的斗志，敢于拼搏厮杀，一斗过后，亦可再战，不屈不挠，显现了一只小生命旺盛的生命意识，较之浑浑噩噩的一些人，其精神状态不知高出多少！

蛐蛐争斗，又让人想起在古罗马的大角斗场，奴隶英雄斯巴达克斯，故古人有"养虫如养兵，选虫如选将"之说，对于斗蛐蛐的人来说，在小虫厮拼中觅到的是优越者的高傲，获胜者的喜悦，他恍惚中为自己找到精神宣泄的替代物，自己也分明化身为一头斗虫，以有形的厮杀满足人好斗的天性。一旦败北，遭到的精神重创同样沉重。可是你需承认，失败也是斗蛐蛐的必不可少的经历。世上岂有常胜将军？败后的胜利，才格外辉煌。

斗蛐蛐的人，与斗牛、斗马、斗狗、斗鸡乃至斗鹌鹑、斗画眉，其实质并无二致，因为你不能根据斗者体型大小来界定搏斗质量的高低，从形而上的意义来看，斗蛐蛐因其相对的安全与规范（或者不那么血腥），搏斗效果应居首位。

千古一搏唯蟋蟀，津津有味在宁津。

对于参与搏斗的小虫儿来说，它们有虫子的智商，基因的密码，也有虫子战斗的计谋和厮杀的技巧，或凶猛，或狡黠，或以进攻的"武口"名世，或以防守的"文口"取胜，更难得的是文武兼具，所向自然无敌，总之，蛐蛐的群体一如人群，性情也与人相近，否则何谈"养兵"与"选将"？在宁津我见到一个蟋蟀协会副会长小李，他家中最多时饲养了上千盆"白虫"，即人工饲养的蛐蛐。屋里有加湿器和空调，有小如蚂蚁的"一壳"幼虫，直到接近成虫的"六壳"，小李热爱并理解蛐蛐，他也由衷地佩服吴继传先生，今年清明节，他和协会的几个人专门为吴继传扫墓献花。他告诉我蛐蛐最怕女同志的香水，男同志的酒气，这真是罕见的冷知识。

由儿时的宠物蟋蟀，我想到一个词：精神味蕾。这是我杜撰的一个好玩的词，因为味蕾本身是有记忆的，这也是为什么所有人都觉得童年吃过的东西最好吃的原因。斗蟋蟀是一个民族童年记忆的放大，是精神味蕾的存贮和释放，它仅存于中国文化之中，所以凭这一点我说宁津，盛产蟋蟀之地“津津有味”，应该有一定道理。至于前面讲到“雌蟋斗慈禧”，是因为北京太监把母蛐蛐带回宫里闹了一场笑话，慈禧由此大发雷霆，此为宁津民间传说，拿老太后逗乐子。但另一个传说比较靠谱：金兵攻破东京汴梁，活捉了酷爱蟋蟀的宋徽宗和他的儿子钦宗，掠夺宫中之物北上，其中一车装满镶嵌宝石珠玉的蟋蟀盆，行至宁津（当时叫临津）时翻了车，蟋蟀们纷纷跳了出来，成为“战争移民”，从此为宁津蟋蟀留下了最好的种群……

这个故事有些凄美，但我相信有历史依据，不为别的，只为了斗蟋误国却编写了世界上第一部关于蟋蟀研究专著《促织经》的南宋奸相贾似道，如果不是贾似道，宁津蟋蟀部落肯定没有这么强大和出名。蟋蟀和宋朝的缘分，可谓一续千年。

所以，才谈得上津津有味这个话题。

在花街上一意孤行

徐则臣

写了二十一年，如影随形折磨我二十一年的，不是写作的难度，不是创新、求变，不是让自己一天比一天更好的焦虑——这些都算不上折磨，就算是折磨，那也是痛并快乐着——折磨来自虚妄，来自意义：二十一年来，意义像条狗一直凶猛地追在身后。对意义的追究常导致虚妄，成了我的写作中间歇性发作的“偏头疼”，这头疼排山倒海、桀骜锋锐，经常让生活也跟着偏瘫。我必须想方设法寻求支持，把空荡荡的事关文学信心的量杯灌满，才能让生活重新站直了，平稳地往前走。

为什么要写？写这些有什么用？拿起笔，打开电脑，首先面对的就是这两个问题。我必须先把自己说服了，故事才能启动。所以，每一个小说，不管长短，第一句话之前我都得像头拉磨的驴子在房间里转很多圈，直转到那口气上来了，足了，坐下来开始干活儿。也因为这个原因，我极少回头看自己的作品，绝大多数写完了、改好了、送出去，从此就不再看。我担心突然又找不到那个“意义”。那失重的虚妄感是如此狂暴，如同一闷棍迎头砸来。

很多人会觉得可笑，一个活儿干了二十多年，竟然还解决不了“为什么干”的问题？说来惭愧，这病我一直没法根治。写作干的就是件说服别人的事，但讽刺的是，我最大的问题在如何说服自己，说服自己写作这件事值得做，眼前的这个东西值得写。二十一年来，我不知道我的作品多大程度说服了别人，说服了多少人，但我知道我多少次勉强说服了自己。这三本集子里的这些小说，就是勉强说服自己之后，赶紧趁热写出来的。

这些年，关于文学我说了一些貌似嘹亮正大的道理，好像我对文学有多少正解，其实，这所有的道理都是我跟自己搏斗的结果，我曾用它们说服过自己。我得让自己先信，然后去做。

有一年我去拉美，抱着一本被翻译成西班牙语的小说跑了好几个国家。每到一处都要谈文学，谈得我后背发凉、内心发毛，虚妄之症突然就犯了。一本小说，值得穿过大半个地球么？值得穿过大半个地球去说它么？我都想直接从讲台上下来。出于礼貌，我把自己摁在座位上，深呼吸，继续谈。谈不了自己我转而谈起了拉美文学。谈墨西哥的胡安·鲁尔福、富恩特斯、帕斯，谈哥伦比亚的加西亚·马尔克斯，谈智利的米斯特拉尔、伊莎贝尔·阿连德、波拉尼奥，谈阿根廷的博尔赫斯、科塔萨尔。

碰巧这几个国家我都去过，谈着谈着我的腰杆就挺起来了。我发现，我对这些国家的所有理解几乎都建立在上述作家和诗人的作品上，行前突击恶补的政治、经济、文化诸种资料和旅游指南小册子，全然记不起一句，能想起来的对于该国、该地的历史、风物与人情的知识，皆出自那些伟大作家和诗人之手。在他们的小说、散文和诗歌里，一个国家最真实可靠、最丰沛动人的细节被最大限度地保留了下来。假如理解一个国家需要一幅地图，最有效的，也许并非那种花花绿绿画了无数线条、遵循某种严苛的比例尺的地理之图，而是文学，是小说、散文、戏剧和诗歌。我的声音里立马就有了理直气壮。至少那阵子的突发性偏头疼治好了。

文学跟 GDP 永远也扯不上关系，文学也降低不了房价、抑制不了通货膨胀；读完一篇小说我们该刷牙还得刷牙，该吃饭还得吃饭，它连一截牙膏和一碗稀饭的价值都不具备；但是，它能让我们想起 GDP，想起房价、通货膨胀，想起牙刷牙膏稀饭馒头和咸菜，它还能让我们想起这些之外的所有东西，想起整个世界。还有什么能比唤起对整个世界的好奇与回忆更大的意义？

兜了一个大圈，我终于再一次找到个有效的方子。写作要克服偏头疼，出版集子更得克服这个毛病。赶上这三本集子的编选，是个大事，我无论如何得对自己说 OK，要不下不了印刷厂。这三本集子囊括了二十一年里写作的大部分中短篇小说，它们也许没有能力让读者想起整个世界，但它们确曾真诚地试图去呈现我所理解的那个世界，关于故乡的，关于花街和运河的，关于北京的，关于海外生活的，关于长长久久的各种疑难和在路上的。

我知道我对“意义”的理解过于狭隘，因为，于作者的意义只是作品意义的一部分，还有另外一部分，在读者那里。亲爱的读者朋友，那剩下的事情就交给你们了。谢谢！

清华杂识

张映勤

四五年前吧，几乎年年要去几次清华，儿子在那里读书，四年里，我到清华至少在十次以上，也因此对它多了些关注与思索。

津京虽近，百里之遥，清华的名声响誉中华，此前，海淀我去过多少次，却从没有去过这所学校。清华在我的心里一直是神圣的，充满敬意的。对它最初的印象，多是从书本文章中得来的，记忆最深的是梁实秋的《清华八年》，当然还有朱自清的《荷塘月色》，以及许多名家的回忆文章。我知道，当年的清华地处远离市区的西北郊海淀，毗邻燕京——现在的北大，曾经都是圆明园的一部分。那时的清华想必是优美幽静的，不仅名师云集，条件优裕，校风整肃，治学严谨，而且地处偏远，风光秀丽，环境怡人，是读书人心中向往的学术圣殿。当年，交通不便，学生进一趟城很不容易，据说，老师到学校教课，要从市中心坐车，课时集中时便住在学校，以免路上劳顿之苦，教授们的宿舍就在工字厅、古月堂。那时的海淀还是偏僻的郊区，学生在优美的园林环境中读书，是一种极大的享受。

到我常去清华的时候，已在它百年校庆前后了，汽车在公路上行驶，到处是高楼林立，人流如织，海淀的繁华热闹与中心区无异，城市规模的扩大，让过去荒凉的京郊早已与市区连成一片，海淀高校院所林立，科技公司遍布，广厦千幢，店铺无数，中关村发展成中国的“硅谷”，海淀是令人瞩目、闻名世界的中国教育科研高地。自然，坐落在海淀的清华也是与时俱进，日益壮大。

漫步清华，感受颇深。它不愧是中国的名校，校园之大、之美，是许多高校难以比肩的。前些年，中国的高校扩校并校之风盛行，一所大学七零八落分散在城市几个不同的校区，资源浪费，不便管理，就我所知，清华是为数不多的没有本科分校名校之一，它的校区就在海淀，完整独立，恢宏大气。

百年清华也经历过若干次扩建，最初的校区主要集中在二校门清华园牌坊内的熙春园、近春园附近，占地450亩，几经扩建，至今已达到6000多亩，是原来的十几倍，但清华是以清华园为基础向周边扩展，连成不规则的长方形，整齐划一，不是碎片式的散落各处。

清华之大，超出了我的想象。送孩子报到的当天，我们就在校门口给他买了旧自行车，学生宿舍紫荆公寓距离哪个校门都不近，即使学生上下课，没有自行车代步也不方便。自然，校园的种种服务条件相当完善，应有尽有，任何生活需求不出校门都能解决。清华校园，居然有自己的校内公交，可见它的占地之大。

然而，大且大矣，但清华好像没有了我心目中的幽静安谧了，校区的许多马路上，人们行色匆匆，步履快捷，上下课时间，车流涌动，人山人海，清华师生的规模较之以前无疑是扩充了多少倍，这且不论，校园里外来参观的游人更是成群结队，如织如潮，赶上节假日，清华园人满为患，如闹市一般，草坪上、大树下、荷塘边、假山旁，校园的角角落落，到处人头攒动，尤其是二校门附近，似乎成了炙手可热的景点，世风所染，社会浮躁的风气不可能不影响到校园。桃花源只在尘世外，失去了安静宁静，换来的只能是心浮气躁，清华的热闹是我不愿见到的。

自然，清华给我的印象多是外在的，是环境，是建筑，是历史，是文化，这是一所大学教学科研之外最吸引人的地方。

游走清华，偌大的校园，它的主色调基本上分为三种，灰红白建筑分别反映了不同时期学校建设的特点。

灰色部分是那些隐藏在山水之间的皇家园林建筑，集中在工字厅及其古月堂、近春园荒岛附近的园林。1911年成立的清华学堂，选址北京西郊的清华园，原是明朝的一家私人花园，后成为清朝圆明园的一部分，道光年间称“熙春园”“近春园”，咸丰时改称“清华园”，这里全部是青砖灰瓦庭院相连的中式古典建筑，是老清华最早的行政办公区，小桥流水，草木繁盛，鸟语花香，环境怡人，漫步其中，犹如置身在郁郁葱葱的花园之中，它是皇家的经典园林，是清华的园中之园，在这样的环境中，身心放松，心情愉悦，别说是读书，建国前修建的是在池边树下花草旁坐坐也是一种享受。

红色部分是指民国建筑，以20世纪20年代美国人墨菲规划设计的以大礼堂、图书馆、科学馆、体育馆为代表，以及40年代修建的气象台、水利馆、生物馆、化学馆、机械馆、宿舍等建筑群，基本上以红色砖墙为基调，多属于欧式的古典建筑风格，厚重沉实，恢宏大气，为清华早期教学科研区的代表性建筑。清华立校之初是由清政府利用美国退还的部分庚子赔款成立的留美预备学堂，建筑样式照搬美国的大学，甚至许多建材和设施都直接从国外进口，具备世界先进水平。它与清华园内的中式园林相映成趣，浑然一体，形成了西部老校区独有的深厚的文化韵味。

我以为，清华校园最没有生趣和特点的是东区校园那些所谓的白色部分建筑，以主校门一带主楼为代表的新式大楼，它们是20世纪50年代到90年代修建的仿苏式大楼，简约粗犷，体量大，实用强，但生硬死板，缺乏美感，这些建筑样式遍布全国许多高校，千楼一面，万楼同形，泯然于众，特色尽失。尤其是近年来建造的一些现代风格的大楼，虽高大宏伟，华丽别致，但与周围的建筑相比，显得不伦不类，破坏了校园的整体风格。

清华的美，我以为就集中在二校门之内灰红之间的老校区，它们至今仍然是学校最漂亮的标志性建筑。到清华参观的游人主要集中在二校门、大讲堂草坪周边拍照留念，这才是水木清华的代表性景致，是清华的灵魂和特色。遗憾的是，明清园林与民国建筑如今几乎被淹没在现代的高楼大厦之中，我最不愿意看到的就是那些新式的大楼，也许实用，也许时尚，但没有味道，没有生气。

孩子入校之初，学校给学生布置了一项作业：“我为什么要上清华?”我当时和他讲了自己的看法。清华的崛起因素有很多，但财力的支撑是重要的原因之一。在中国的教育史上，清华大学的成立并不算早，1911年成立留美预备学堂，转年更名为清华学校，而他的大学部直到1925年才成立。严格意义上讲，清华成为大学的时间不足百年，比中国第一所官办的北洋大学（现天津大学）晚了整整30年，但它之所以后者居上，一跃成为中国最好的大学，我以为关键在于拥有雄厚的资金支持，有了充裕的经费才能聘请名师，才能盖大楼添设施，我们看看民国时期清华的那些建筑与设施，当时都是世界一流的水平。当然，先进的教学理念、严格的管理、严谨的校风校纪等等，都是清华成为名校的因素，但强大的物质基础、充裕的资金支持是不可忽视的一个重要原因。

清华与北大是中国高校双峰并峙的两所名校，各有优长。它们的学术地位，教学质量，社会影响，无疑是所有学生心目中高不可攀、难以企及的名校。孩子在确定志愿之前，始终把清华作为首选的理想目标，为此，我们查阅了许多资料，咨询了众多亲友，包括在清华读书的校友，所有的信息告诉我：清华学风严谨扎实、注重实际能力的培养，更适合理工科孩子的成长发展。一位学生说过的一句话让我记忆犹新：他的同学，上了清华的第一个学期，半年多的时间没有迈出过校门一步，始终在学校刻苦读书，清华学生读书之刻苦是人所尽知的。在如此浮躁的生活中，能有这样浓重紧张的学习氛围是相当难得的。在学生的成长道路上，除了个人的努力之外，好的学习环境、学习条件、学习氛围、学校师资、学校风气、学校传统都是相当重要、必不可少的因素，所有这些，清华无疑都是最优秀的。选择清华，似乎不需要理由，因为它是中国最好的学校之一。

清华的校训："自强不息，厚德载物"，人们耳熟能详，但我更感兴趣的是它的另一句校训："行胜于言"。在大礼堂前草坪南端、清华学堂与第二教学楼之间，这四个字隐隐地刻在日晷的基座上。我以为，这才最能体现清华学人的作风，朴实、扎实、踏实、务实，老实，沉稳厚重而不张扬，不夸夸其谈空讲道理。实干兴邦，空谈误国，每个人做好自己分内的事，脚踏实地地干实事，这才是中国强大最需要的精神。

一般来说，高考前的日子紧锣密鼓，上了大学会一下子松弛下来，就好像两个人玩拔河比赛，一方突然松了手，另一方免不了要摔跟头。上了清华人却时刻要绷着劲，不敢有一丝怠懈，其紧张程度不亚于高中冲刺阶段。天下英才过五关斩六将挤进最高学府，却始终难有喘息之机。繁重的课业、激烈的竞争只能靠加倍的努力才能应对。我最直观的感觉，孩子上中学时，从没有熬过夜拖过晚，自从上了清华，即使偶尔回家，作业也要写到深夜，尤其是理工科学生几乎成了学习机器，每日忙碌，疯狂地赶作业，"宿舍——教室——食堂"三点一线，常年不变，清华学生的良好声誉，大多是靠刻苦的学、忘我的拼得来的。四年大学生活，怎一个累字了得。

在这样的环境里成长，清华学生的勤奋刻苦自不必说了，但我感觉他们身上总像是少点什么。孩子上了四年大学，遇到放长假，总会有同学到天津玩两天，我们做家长的自然是盛情款待，尽可能让他们吃好玩好。有时在家里招待，爱人忙前忙后做好一桌子菜，到了饭点，一声招呼，几个孩子下楼，有说有笑，大快朵颐。吃饱喝足，返身上楼，客气话不说，连碗筷都不帮着收拾。将他们送到车站时，几个同学站在那说话，临近开车，径直离去，连和我们家长招呼都不打一个。我一点也没有怪他们的意思，清华的学生也未必都是这样。儿子的同学有的我熟悉，都是很优秀的孩子，纯朴睿智，稳重大气，阳光自信，专注自律，但有些学生接触社会太少，似乎在与人沟通方面能力欠缺，闭门苦读而逊于表达，显得有些木讷呆滞。没有一定的社会阅历，学生气太浓，不善于与人打交道，不注重起码的应酬礼节，这样的情商，能力再强，如何适应今天复杂的社会？现在，随着信息化程度的提高，互联网时代电脑、手机等的普及，连学校的社交方式也在悄悄地改变，过去围在操场上吹拉弹唱聊天畅谈的学生，现在可能终日坐在屏幕前了。交际空间的缩小，交际方式的单一，让本来学习紧张的理工男们有些不谙世事了。

我总在想，如今的清华好像多了点什么，又缺了点什么。多的是一些商业气的影响，少的是人文精神的熏陶。世风所致，在所难免，有的老师成了老板，有的实验室也许变成了公司，教师的教学科研也不再那么单纯，学生羡慕的是开什么车，挣多少钱。这都不重要，重要的是人文的教育似乎不如从前。“怎样做人”应该是大学教育的灵魂和基础，是学生走向社会安身立命的根本。人文教养和科学素养如同鸟之双翼，缺一不可，只有双翼健劲，才能相得益彰、触类旁通，拥有健全的知识体系和广阔的发展空间。我们培养的人才，不仅要“会做事”，更要“会做人”，做好人，做有独立意志、独立精神的人。目前中国教育普遍缺失的是会做人的高素质人才。

清华，至今在人们心目都是中国最好的工科院校，其实，众所周知，历史上的清华，文科的成就毫不逊色，甚至影响更大一些。我了解的清华，是和那些大家的名字分不开的，国学研究院“四大导师”——梁启超、陈寅恪、王国维、赵元任，著名作家学者朱自清、闻一多、钱锺书、俞平伯、冯友兰、梁实秋、林徽因、沈从文、吴组缃、吴宓、潘光旦、金岳霖、费孝通、曹禺等等，可谓钟灵毓秀，人才济济，这些文科教授形成的人文精神为学校赢得了巨大声誉。1928 年，清华大学成立之初便是拥有文法理工的综合性大学，1946 年，清华在原址复校，又设立了农学院。文理兼备，底蕴深厚，一时群英荟萃，名师云集，所谓大学的深厚传统从来都是由上几代优秀人物托着的，他们是一个个独立的精英个体，其精神财富，惠泽后世，传承历史。可惜的是，1952 年院系大调整时，清华的文、理、法等学院迁出，变成了单一的工科院校，变成了“工程师的摇篮”，其特色的通才教育模式也变成了专才教育。虽然从 2003 年开始，清华大学逐步恢复了文科设置，但元气已伤，传统已断，短时间内恢复往日的辉煌岂是易事。

清华老校长梅贻琦的名言人们耳熟能详：“所谓大学者，非谓有大楼之谓也，有大师之谓也。”如今的清华，大楼林立，而大师鲜见，院系增多，规模扩大，但人文素养欠缺，学校传统难继。清华之大，不应该只大在规模和面积上吧。深邃的文化底蕴，不能只在碑亭塑像和书本中寻找吧。清华要建成世界一流大学，还有许多路要走，这其中，发扬人文精神，找回文化自信，强化综合素质，势在必行。

建德喊江

韩小蕙

(1)

面对着这么一条粗壮的大江，若是在我们北方，恐怕早就有人喊上了：

“哎——你的水真壮啊！”

“喂——你的浪真帅呀！”

“喔——你太棒啦，大江！”

京城虽好，宫阙连艮，广厦栉比，可惜偏偏没有一条可以依侍的大江，就好比一个健美俊帅的棒小伙却缺了一条壮实的臂膀！

在建德这里，新安江、寿昌江、兰江、富春江四江并矗，每条大江都是这么粗壮，宽阔，汹涌奔腾，日夜不息。它们却都是安谧的，江水湜湜流，浪头默默涌，春花秋月，莺飞草长，倏忽千年而过，四时岁月不惊。

水如此，江如此，皆因人如此。

浙江大地上最早的人类活动起源于“建德人”，至今日，建德人已经有十万岁了，栉风沐雨，累累历练，凝就了一副深沉隽永的从容。和其他南方人氏一样，只把阳刚气深藏在粗壮的心河里，但用那阴柔美的行为方式沉静做事：没有大喊大叫，不爱咋呼大词，摒弃急功近利；有的是皓首穷经，是埋头苦干，是筚路蓝缕，是呕心沥血。于是，眼见她一条条江河涨起春潮，眼见她一尾尾鱼虾跳进篓网，眼见她一栋栋小楼站满村庄，眼见她一辆辆小车开进家门……活色生香的，连年朝着富裕的道路上，跑，跑，跑！

都道江南富庶，自古而然，柳永早有《望海潮》，词曰：

东南形胜，三吴都会，钱塘自古繁华。烟柳画桥，风帘翠幕，参差十万人家。云树绕堤沙，怒涛卷霜雪，天堑无涯。市列珠玑，户盈罗绮，竞豪奢。

重湖叠巘清佳，有三秋桂子，十里荷花。羌管弄晴，菱歌泛夜，嬉嬉钓叟莲娃。千骑拥高牙。乘醉听箫鼓，吟赏烟霞。异日图将好景，归去凤池夸。

我内心生疑：人人都说江南好，可是她，冬天冷得屋子里结冰，手上一块一块地生冻疮；夏天热得整日里桑拿，浑身生出大片大片湿毒；地块又小，人口又多，人均分不到一亩三分地……实在不是宜人的居住之地呀！为什么她就能代代年年永居富榜呢？就连世上最残酷的手段——战争，都不能打死她，有民谚："南方人建设，北方人抢掠。"历史上几次著名的大军南侵，通通烧杀抢掠，焚烧屠城，甚至把北宋的两位皇帝都绑走了，然而南宋小朝廷又飞快地恢复了休养生息的节奏，苟延残喘了 153 年呢。

这到底是为什么呢？

或曰："南方开化早，读书风气重，人才辈出，且能发挥所长，完全不像北方那么沉重。"

——是的，你看南方出了多少状元，多少院士，多少名人。

或曰："南方人聪明，脑子灵光，会审时度势，能抓住各种机会。"

——是的是的，你看南方人转型多么快啊，浙江杭州马云阿里巴巴、湖南湘潭刘强东京东、广东汕头马化腾腾讯、浙江宁波丁磊网易、湖北仙桃雷军小米、江苏江阴俞敏洪新东方、江苏南京董明珠格力、贵州镇宁（祖籍浙江浦江）任正非华为……

不过，且慢，我怎么觉得还不够，还不足以说服我。

那么今天，我来到浙江建德，能在这里找到更完美的答案吗？

（2）

青山翠翠，江水悠悠。无数只白鹭欢快地张开翅膀，在澄碧的江面上嬉戏追逐。有的竟像海燕搏击大海一样，冲向雪浪湍急的大坝，坚定地训练着自己的胆量。

我把贪婪的眼睛从它们那雪白的小身躯上移开，跟随着参观的队伍，缓缓前进。刚一进入巍峨宏伟的机房，一眼就看到9台涡轮发电机组，像飞腾在新安江上的9匹水马，一字排开，扬鬃奋蹄，真是气势磅礴。

咦——怎么只有3匹在奔跑呢？

正疑惑间，半空飘来一大块白云，影影绰绰的，上面有一群仙人正聊得火热。侧耳听，不是仙人，而是先人——对，就是他们，当年奋战在这里建设新安江水电站的前辈们。

甲："兄弟姐妹们，咱们水电站建成，今年整好60年啦。"

乙："可不，当年咱们栽种的香樟树，都有一抱粗了。"

丙："骄傲啊，新安江水电站，是咱们新中国第一座自行设计、自行施工，多快好省建成的大型水电站。1959年4月9日，敬爱的周恩来总理亲自来视察，给咱们大家伙鼓劲儿，我还和他老人家握手了呢！"

丁："是啊，我记得特别清楚，周总理对咱们那两句口号——'让高山低头，叫河水让路'，特别赞赏呢。"

甲："当时周总理看完采沙船和筛分机后，对咱们沙石料的机械化生产，印象特别深刻，问得也格外仔细。因为那时中国太落后了，无论农业还是工业，施工和生产几乎全靠人工，铁锹呀，镐头呀，小推车呀，是咱们的常用工具。当周总理听说咱们用的那些机器都是国字号的，高兴得马上让身边的记者拍照呢。"

乙："后来周总理临走前，专门在题词中写下了'为我国第一座自己设计和自制设备的大型水力发电站的胜利建设而欢呼'。"

丙："我还记得清清楚楚，为了新安江水电站的建设，搬走了29万多移民，从全国调来1万多人员投入建设，从1957年4月主体工程正式开工，到1960年4月22日投产发电，仅仅用了3年时间呀！这是全国的大喜事，咱们新安江水电站都上了人民币，还发行了一套4枚的邮票呢。"

丁："哎哟，那我可记得太深刻了，那会儿哪有上下班的概念咯，我们施工队人人都是饿了才吃，困了才睡，睡醒了一摩挲眼睛，起身就去干活。现在我看到当时的照片，万千根脚手架，万千朵电焊火花，万千张脖子汗流的脸，到了晚上再加上万千闪亮的灯盏……真还从心里往外激动呢！”

……

或曰：江河不废万古流。宇宙洪荒，山河裂定，一条条宽阔粗壮的大河大江大海，亦是由一滴滴水珠、一朵朵涟漪相携相挈，抱团取暖，而穿山，而越岭，而飞流直下，而奔腾不息……新安江乃富春江、钱塘江上游，时而浤浤，时而汩汩，时而蹀躞，时而盘旋，时而疾步，时而飞腾，一股劲儿汇入长江，汇入东海，汇入年年代代，汇入明日复明日的永恒！

(3)

“移舟泊烟渚，日暮客愁新。野旷天低树，江清月照人。”以前读孟浩然的这首《宿建德江》时，除了美之外，真没什么其他感觉。现在，不同了，有了一种切身的亲切，就好像建德与我签订了一份秘密协议，我成了她的一滴水珠，她也成了我的一段生命历程。

建德有三个名字：正名“建德”，这是行政区域和地图上的名字，从公元 225 年置县肇始至今，幻幻灭灭，死死生生，已有一千七百九十三年。别名一曰“严州”，这是昨天的名字，记载着历史上的一段段更替，最早于唐代置府。著名爱国诗人陆游 62 岁出任严州知州，勤勉从事，“忧民怀懔懔，谋己耻营营”，为官力求“宽期会，简追胥，戒兴作，节燕游”，是实实在在干事的好官，得到当地人民的真诚爱戴。以后历经宋、元、明、清，在一连串皇帝“奉天承运，皇帝诏曰”的敕令之下，忽而名“严州府”，忽而名“建德府”，以至于今天在建德市下辖的梅城，仍有一座修葺一新的“严州府”城门楼。第二个别名叫“新安江”，这是 1960 年以后的新名字，因著名的水电站而为全中国、全世界知晓。

奇异的是，建德也有三个样貌：“现实版”的建德，站在新安江水电站的肩头，操着由当年四面八方而来的建设者们的共同口音，继续着大干快走的长征，60 年春种秋收，60 年挥汗如雨，60 年风雨兼程，60 年稍不停憩，逐渐从一个 70 多户的山野小渔村，发展成 7 万多人口的水电城，更生长成为今日 45 万人口的不夜城。“水中版”的建德，山青青，水秀秀，在静悄悄的黎明，镜子一样把现实版的建德映现在水面上，庶乎比真实的建德更生动、更妙曼、更艳美。还有一个“天上版”的建德，在迷离的江上白雾之间，在热烈的云蒸霞蔚之间，穿梭游弋，随心所欲，织就了《富春山居图》同样的一幅幅山水画，是人心之神往的圣境。

天上有个太阳，水中有个月亮，江上有个建德。

然而这座因水电站而峙立起来的小城，近年来随着中国产业的换代升级，亦遭遇到大时代的变革难题。任何改革都是艰难无比的跋涉，都需要有一部分付出牺牲的代价！随着葛洲坝水电站、雅砻江二滩水电站、大渡河龚嘴水电站、铜街子水电站、乌江渡水电站、清江隔河岩水电站、汉江丹江口水电站、沅江五强溪水电站、三峡水电站的陆续建起，长江这条中华巨龙随心所欲地呼啸飞天，吐纳着神州大半河山的用电量，这也就是在非用电高峰时段，新安江这里只需驱动 3 匹水马的原因……

国字号横山铁合金厂的工人们，不躁、不叫，不等、不靠，拿出当年建设水电站的勇毅，率先张开第三产业的双翼，在寿昌古镇搞起一个航空小镇，集飞机组装制造、维修、培训、航空旅游、餐饮及航空体育赛事为一体，要干就干天大的，目标是“要成为国内功能最为完善的通用机场”。农民们忙时回家饲鸡鸭、养鱼虾、植荷花、种菱角、开农家乐……闲时外出打工，总之仍是一年到头手脚不识闲。

(4)

告别建德的那天早上，我起了个大早，独自来到江边，想做一件事。

此时此刻，晨曦初现，不是北方那种彤云爆发式的炫丽，而是一朵硕大无朋的白牡丹，静无声息地慢慢绽放着。像是与它相应和，江面上升起了大团大团白雾，雪一般，梦一般，奇幻一般，仙境一般，与白牡丹的大花瓣相浸润、相勾连，皴染在一处，合而为一，浓处典雅而不滞，淡处灵秀而不晦，浓淡相生，缥缈荡漾。一忽儿，山隐去了，树隐去了，人隐去了；又一忽儿，婀娜绰约的白雾又张开仙臂，将碧绿的山、水灵的树和在牡丹园里翩跹的人们，半推半送地捧了出来——啊，这便是传说中的建德独美“白沙奇雾”。

于是，我放纵自己，喊起来：

“噢——噢——我——崇——拜——你！”

艺谈两则

田中禾

歌声的魔力

> 如果你觉得累了怎么办——那就唱唱歌。如果你觉得闷了怎么办？——那就唱唱歌。如果你觉得烦了怎么办？那就唱唱歌。……我们在唱歌中回归天然的自己。唱歌使我们重做一次天真无邪的孩子。

这是我在《唱歌》里写下的文字。大约因为是真实感受，曾经感动一些读者，得到朋友的共鸣。我把唱歌写得如此美好，以为这就是人类拥有歌声的理由。

后来，迈克尔·杰克逊的碟子动摇了我对唱歌的认识。音乐一开头就把人震撼了。强烈的节奏，震人心魄的鼓点，高大的塑像，暴力的装扮，威武、强悍的形象，迈克尔如上帝君临人世似的出现。强光掠过沸腾的现场，人头攒动，青年男女吹着口哨，疯狂喊叫“迈克尔——”在迪斯科音乐伴奏下，迈克尔边舞边唱，女孩流着眼泪，尖声大叫，晕倒在现场，被抬上救护车。这火爆场面勾起我的回忆，使我想起自己的青春时光。

几十年前，我正是一个热血青年。当红卫兵像潮水一样在广场上涌动时，有人领头唱了一句“抬头望见北斗星——”全场立时响应，“心中想念……”歌声震天动地，泪水夺眶而出，声音里带出了嘶哑。那一刻，我热血沸腾，满脸热泪，心里充满冲动，如果有人一声令下，我会不顾一切，冲锋陷阵，不会有半点犹豫。在乡下，在生产队忆苦思甜大会上，有位老师站起来，带领农中学生唱：“天上布满星，月牙亮晶晶……”老师和学生都哭了，一边哭，一边唱，全场群众跟上来，“生产队里开大会……”凄怆的歌声在夜空里回荡，响彻田野，传遍村寨，男男女女脸上都挂上了泪水。

年轻时非常喜爱苏联歌曲，每当教室里有人唱起：“再见吧，妈妈！”全班同学都会跟上：“别难过，别悲伤，祝福你的儿子一路平安吧。”“听吧，战斗的号角发出警报，穿好军装，拿起武器！……”唱着唱着，眼里就涌出热泪。

几年前在俄罗斯游历，到弗拉基米尔宗教圣地苏兹达里。这座人口不足两万的小镇有几十个修道院。在修道院里，站在教徒中间，看他们做星期天弥撒。钟声响过，唱诗班的孩子开始唱圣诗。我一动不动站在深冬的寒风里，看着修道院屋顶上的积雪，像当年忆苦思甜大会上唱“天上布满星”一样，心里涌起深深感动，不知不觉间流出了眼泪。

那时，我突然明白了孔夫子和儒家为什么那么重视“乐”，把它看作个人修养、国家兴衰的标志，“兴于诗，立于礼，成于乐”（《论语》泰伯），“审乐以知政”（《礼记·乐记》）。当我写“唱歌能让自己回归天然，重做一次天真无邪的孩子”时，是不是忽略了唱歌更重要、更强大的功能？——教化社会，传播理念。因而也显出了我的幼稚、萌傻。

不久前看到一段视频，一群误入传销队伍的人在发疯唱歌：“十年的钱啊一年挣——十年的苦啊一年吃——”他们拍手，跺脚，激情迸溅，如痴如狂，表情扭曲，眼睛放光，全场爆发出赴汤蹈火的气势，每人脸上都闪耀着疯狂的光芒。

这便是音乐的力量，歌声的魔力。通常被我们当作舒展心情、抒发情感的歌曲，在群体沉溺的时候，就变成了控制人的理性的魔咒。

认真想了想，我依然认为自己对唱歌的感受没什么错，那是亲身体验，真真切切。唱歌时，人的确可以忘记烦恼，忘记世事纷繁，变得幼稚、天真。

美国歌手鲍勃·迪伦获得2016年诺贝尔文学奖之后，受奖词里讲了这样一段话：“我在五万人面前唱过，也在五十人面前唱过。可以告诉诸位的是，给五十人演唱，难度更大。五万人虽然人多，呈现出来的却是一副面孔；五十人则不然。个个都是独立个体，自成一片天地，对事物的感受也更加清晰。”

他讲的并不是五万与五十的差别，而是群体与个人的差异。鲍勃·迪伦敏锐地感觉到了音乐、歌舞对集体意识的煽动力和操控力，指出了群体情绪与个人意识的差别。五万人会同仇敌忾，一个人会冷静思考。

唱歌使人忘我，这才是问题的关键。一个人唱歌，在净化安慰自己的灵魂，那种忘我，是忘掉尘凡中的固我。群体唱歌，置身于狂热现场，灵魂飞散，身不由己。那种忘我，是失去个人意志，精神被操控。英国历史学家汤因比在“艺术的未来”大讨论里说，五光十色的音乐歌舞“与宗教的歌舞有着同样的目的，即都是力图使参与者暂时忘却他们的个体意识和人格，通过‘集体无意识’投身到相互共享中”。

作为一个摇滚歌星，鲍勃·迪伦之所以受到学院派重视，最终获得诺贝尔文学奖，就因为他对群体意志与个人人格有清醒的认识，被学者称道“高度个人化的视觉风格”“小写的人而非大写的人”“以无与伦比的诚实和技艺呈现独此一家的个人风景”。

> 人群疯狂，时代怪诞
> 我紧锁自己，我置身局外
> ……

这是鲍勃·迪伦为电影《奇迹小子》（Wonder Boys）所写的插曲，获得当年奥斯卡金像奖和金球奖的最佳原创歌曲奖。不管是迈克尔·杰克逊的演出现场，还是鲍勃·迪伦的演唱会，如果以“我置身局外”的心态去欣赏，那收获的就不只是狂欢，而是心灵与艺术的互动。在群体里唱歌，在疯狂的现场，千万不要做鲍勃·迪伦所嗤笑的“五万人却是一个面孔”那样的白痴。

如果为了爱，如果为了真诚的情感，歌和诗一样，是人世间美好的倾诉。

行为艺术与中国书画

前不久，网上有几段视频。

一位白发长髯老者，身着对襟功夫白褂，手拿硕大注射器，几位美女为他撑开一面白布，让他把注射器里的墨汁飙射在布上。然后老者接受采访，被问到他这样的书法有没有人承认，老者慨然回答："不管有没有人承认，这就是我的作品！"

一位长发齐耳的青年书法家，全身赤裸，端起一盆墨汁，从头顶浇下去。周围朋友默然观望，路人面露惊异。

一位裸体女郎，手执画笔，俯身案边。拍摄角度充分展示了她隐私细节部位。然后在地上摊开画布，以乳头和身体醮彩，滚地作画。

后面这段当然比前两段更具冲击力，点击率遥遥领先，网友评论也更热烈。

有了"网红"这个词儿，不管什么样千奇百怪的视频也不足为怪。据说，某位女明星的弟弟，因为姐姐名气大，自己又长得帅，发一张自拍照到网上，加了昏罩，只有打赏才能看到清晰原照，睡了一夜，第二天早上一看，收到的赏银居然超过 600 万。这就不只是暴红，更是暴富。

相比较而言，艺术家还是比较清苦。上面三段视频显然并不是冲着赏银而发（有赏银当然更好），视频主人公大多真正痴迷艺术，自负，执着，苦于得不到承认，煞费苦心，以挖空心思的花招来彰显自我价值，以期在艺术界博得一点名声。其实，那位裸体美女所画的花卉还能看出一些功底，只是功夫不太扎实，创意差一点，笔墨、构图平庸，如此这般用身体作一番画，能不能弄出动静先不说，起码勇气可嘉，也许会增加一点知名度——"瞧人家某某，身体作画！"那位老者，很有愤青气概，如果请一位资深评论家点评，再请有影响的拍卖师现场拍卖，说不定能变成轰动一时的艺术新闻。

然而，网上评论并没有超出一般网友水准。粗俗字眼固然不必当真，赞扬的话也很少艺术见解，仿佛只是粉丝、水军吆喝捧场。就社会反应而言，艺术家的行为远没有网红的小视频受欢迎。不像达达主义初起时，马塞尔·杜尚弄一个小便池、把蒙娜丽莎加上小胡子，就被评论家捧为“观念艺术先驱”，选入西方美术名作，名垂艺术史。曼佐尼拍卖自己的粪便，被赞为“对当代艺术无情的嘲讽”，收藏家以黄金价格争购。那位老者用注射器飙出的书法可以说是“观念艺术”，是“对当代书法的辛辣讽刺，有力抨击。”比起曼佐尼，他的作品不失形式感，更具艺术属性。

达达主义分化了西方艺术价值观，催生出行为艺术、装置艺术这些非绘画的行为，使艺术与商业文化融为一体，成为当代前卫艺术的代表。回望东方，这些自命先锋的艺术家时不时做出类似上述视频那样的行为艺术，却很难引起艺术界关注。主流冷漠，自不待言；民间宽容，也很少正面评价，即使嘴上不说，心里也觉得并非正道。之所以如此，除了这些行为给人一种跟西风潮的感觉、没什么创意之外，更有中国书画植根于中国文化这一深层原因。

中国文化的精神核心建立在“天人合一”的宇宙观上，自然崇拜，族源崇拜，是中华民族的信仰基础，它使这个具有几千年历史的古老国家从未出现过政教合一政权，没有强势的宗教能够取代儒家思想，左右国家意识形态。中国书画从魏晋到近现代，保持着世俗文化、文人文化的性质，不像西方绘画长期被宗教控制。顾恺之、吴道子的画笔描绘着人世生活、伦理教化和狂放幻想时，西方绘画还停留在圣经、圣像、教堂穹顶和罗马神话里，直到文艺复兴，宗教改革，才逐渐走出神殿走入世俗。当西方绘画在巴洛克、罗可可，宫廷、贵族、沙龙间徘徊时，中国画已经经历了魏晋风度的陶冶、唐宋气象的滋养，建立了成熟的艺术传统，这个传统不但源远流长，而且具有自己的哲学根基和审美观念。中国画自宋代起，以山水、花鸟为雅，优于佛道人物、亭台楼榭，以风俗画为俗，崇拜自然、超然物外，与西方文艺复兴后的人本主义形成对照。中国画的文人逸士底色，对竹、菊、梅、兰君子品德的崇尚，对一切功利行为的鄙夷不屑，与西方绘画的市场观念相去甚远，小便池之类举动不可能动摇中国画的艺术观，更不会有人把艺术家之屎当作艺术，从而抛弃绘画形式。

“天人合一”的宇宙观使东方审美具有天然的抽象性。中国画从诞生之日起，就体现出中国哲学的重直觉、重意象的美学观念。达·芬奇的透视、比例、黄金分割、人体解剖，甚至印象派的光影印象，体现出西方重实证、重科学的观念，与中国画以线条、笔墨、意境为基本形式截然不同。在这个意义上，中国画没有真正的写实艺术。即使工笔、重彩，仍然以神似为雅，形似为俗，讲究“意在笔先”“物我两化”“神形兼备”。唐代确立的鉴画四品，经宋、元、明的倡导，成为中国画的审美标尺——逸品、神品、妙品、能品——把描摹归为能，是最低档次；把超逸散淡称为逸，视为最高境界。宋、元，尤其明代，都曾在革新中提倡师古，与西方文艺复兴观念颇有相似之处，但中国画的师古、革新主要是创作方法、技法的改革（工笔与写意，线条与点泼，笔墨与青绿、淡彩、浓彩、泼彩），所谓观念革新也是绘画领域内创作理念的改革（南宋简笔画、禅画是典型代表），不像达达主义那样彻底否定绘画形式。中国画的文人性质在两宋时期表现为更注重文学性和诗意化，作画要以题诗为名，强调作者的学养基础，这本身具有形而上性质。达达主义的观念艺术在具有抽象传统的中国画面前不但显得空洞，而且因为强调现成艺术，强调艺术的生活化，反而比中国画形而下。

中国画使用的笔墨、画材与西方绘画迥异，文房四宝和印钤本身构成中华传统文化特色，使中国书画神韵难以被当代商业非绘画手段取代。

在二十世纪东西方文化交流的潮流里，庞德、艾略特以象征主义诗歌为发端，布莱希特从戏剧入手，广泛吸收东方审美，开创西方现代派艺术。西方现代艺术的精髓就是把注重科学实证的西方艺术在夸张、变形、梦幻中抽象化。“五四”新文化运动则开启了中国文学艺术全面欧化的过程。经过一批又一批留洋文人的倡导，文学各个类别（从诗歌形式、语言到小说观念、结构、叙述，评论的理论基础）几乎全盘西化，中国戏曲（尤其地方戏曲）无法摆脱苏联斯坦尼斯拉夫斯基导演体系影响，把西方扬弃的“三一律”搬过来，当作金科玉律，抽象的、随意转换时空的中国戏剧审美观被破坏，至今难以修复。惟独中国画坚持了古典传统，不为各种时髦潮流所动。西方绘画传入中国，与文学一样影响巨大，却被中国画切割为另一门类。素描、水粉、水彩、油画被称为西洋画。即如徐悲鸿这样东西兼修的大师也难以把中国画与西洋画混同。张大千在海外广收博采，吸收西方现代审美观念，他的作品却比徐悲鸿更加守持传统，对中国画艺术观念在世界的传播贡献更大。

中国书法这些年改革呼声最高，向西方行为艺术靠拢最多。书法以汉字为基础，本来是中国人书写文字的基本形式。从实用到审美，到装饰，与中国画的发展、当代美术的发展密不可分。诚如上文所说，中国画的发展史是一部波澜不惊的长卷，只有历史年代和文人群体的不同，没有西方绘画经历的拜占庭、哥特式，文艺复兴、现实主义、浪漫主义、印象主义、象征主义等等。中国书法与中国画一样，无论革新与师古，都没什么主义之争。被称为书画同源的书法，除了依附于中国画，依附于文人、名人，更得益于官方倡导和民间对汉字的尊崇。中国书法是中国传统文化的一种标志，对汉字的尊崇，是书法的第一要义。明、清、民国时期，小孩子上学读书，先生都会强调，写过字的纸不许乱扔，不许擦鼻涕，当手纸。当代书法，不只是古人写字行为的艺术化，装饰化，更是中国传统文化修养的体现。当代书法的危机不在书法本身，而在“书法家”文化修养的不断降低，导致书法高雅性丧失，变为附庸风雅的装饰，官场腐败的贿品。书法家向官员靠拢，官员藉书法装点自己，书法成为社会追捧的热门技艺，当代书法价格超过明清书画，如同牛市股票。泡沫化的书法，不讲学养、风骨，只讲作者官位高低，汉字的尊严荡然无存。书法革新，无论技艺如何变化，都无法逃脱汉字的约束。稚拙体，形形色色丑书，早被民国“书法家”尝试过，再怎么变换丑样，破坏汉字结构，破坏汉字本身的美感，精英不屑，大众反感，历史不会接受。当代书法的危机靠追古二王，研习颠张醉素，学王铎，师康、于……并不能解决问题。书法的危机在于越来越远离汉字的审美与内涵。取消汉字，以注射器代笔，当真像杜尚的小便池、曼佐尼的粪便一样，是对当代书法无情的嘲弄。

按照明代书画世家文徵明的曾孙文震亨在《长物志》里的记述，明代书法“书价以正书为标准，右军草书一百字，乃敌一行行书，三行行书，敌一行正书。”那就是说，王羲之草书三百字才能抵一行正书的价格，不知当代丑书多少字能抵一行正书？

从山间小路到精神殿堂

庞井君

我出生在燕山深处一个偏僻的小山村，从小足迹印踏在村周围不出十里的几条山间小路上。向村东走一里路是一条小河，河水清清，河边长满了柳树和芦苇，这是我童年流连忘返的地方。有时，也常常坐在河边的大石头上，望着河水缓缓消逝的远方，憧憬外面的世界。村西是一条大山沟，迎着门前哗哗哗流个不停的小溪走五里，便到了沟底源头，再接着往上爬，就可以仰卧在周遭最高的山梁上，透过乱石荒草，眺望夕阳下绵延到天边的群山，展开童年的遐想。顺着小河往南走八九里，便到了姐姐嫁去的那个村镇。八岁那年，我坐着姐姐送亲的马车，一路上听着她低低的抽泣到过那里，还第一次看到了可以通往城里的长途汽车。往北走六里是公社所在地，稍大些时候，常常去那里赶集、听戏、看电影。

这就是我十五岁之前的生命世界，当然还有天上的星星，飘来飘去的白云，和自由飞翔的小鸟。

十五岁初中毕业考上中等师范，也就是当时人们常说的“小中专”。从姐姐家第一次坐上长途汽车，来到城里，生命世界的半径一下子扩大到了一百里。

十八岁，师范毕业回乡当了小学教师，一切仿佛又回到了原点，但头脑里却承载着更多的梦想。特别是看到当年选择到县城读高中的好几个初中同学都考上了全国名牌大学，声名传遍十里八乡，心里很不是滋味，于是也做起了大学梦。但这个梦很快便让县教育局的一个政策和校长的一番训斥给打碎了。好在考研究生还没引起关注，于是索性悄悄做起了研究生梦。那时，清华是纯理工院校，不在选择之列，北大、人大则是整天惦记的目标。考研前两年，偶然从《中国青年报》夹缝的一则招生信息上知道了中央党校，于是心里便有了个“她”。

朝思暮想，想的时间长了，便有了见面的向往和冲动。终于在二十二岁那年秋天，像去和初恋情人约会似的悄悄出发了。沿着熟识的山间小路，追逐着小河欢快的流水，穿过烂漫的山花和醉人的红叶来到姐姐家，又一次坐上汽车到了城里，然后换上火车，与一个师范同学一起赶赴京城。

这是我第一次坐火车，生命世界的半径又扩展到了五百里。

第二天凌晨四点钻出北京站，我俩像刚刚出洞的小老鼠似的，让鳞次栉比的高楼大厦、纵横交错的柏油马路、川流不息的车辆人群弄得不知所措，有些恐惧，有些迷茫，也有些新奇。从排队买豆浆油条的老大爷那里得知了去几个大学的大致路线，便下了地铁。从地铁西直门站出来，又询问了路人，知道要找的几所大学恰好都在 332 路公交线上，便沿着西外大街边问边走，终于在动物园始发站坐上了 332 路汽车。到了人大站，第一次踏进向往已久的大学校园，回想起自学过这个大学那么多哲学教材，便感觉有些亲切和熟悉。一路打听来到了招生办公室，敲开门，向一个戴着白边眼镜的高个男老师怯生生地说明来意，然后怯生生地仰视着他的回应。先是透过反光的镜片看到冷漠的目光，接着便听到斩钉截铁般的答复："你们这些只有小中专文凭的乡村教师，根本就没资格报考人大的研究生。就是让你们报，也绝对考不上。就是上了分数线，人大也不可能录取你们！"人大的路堵死了，我俩灰溜溜地退了出来，灿烂的心田一下子灰暗到了极点。下楼的时候，听到两个研究生谈论着陈独秀、李大钊，感觉那声音仿佛从另一个世界传来，是那样陌生和遥远。出了人大，心里两种力量一直在激烈地斗争着，终于一种力量占了上风，心底冒出一串硬话：你们人大有什么了不起？瞧不起人，报北大去！

坐上 332 路车继续前行。一上车便赔着笑脸向女售票员问路，还请求她到北大站时喊我们一声。她瞥了我俩一眼，冷冷地说了一句："早着呢，等着吧！"坐在车上，一边回味着在人大尝到的滋味，一边打量车外的风景。这风景的确大不同于家乡的山间小路：高山换成了高楼，河流换成了人流，烂漫的山花换成了耀眼的招牌。看着，看着，便模糊起来，晃动起来。不知过了多久，一阵催促下车的呵斥把我们惊醒。开始还以为到北大了，环顾左右，车上就剩下我们两个人，原来已到了颐和园终点站。

错过了北大，只好去中央党校。后来，从颐和园东门到党校南门这条不到一里的路，我不知轻松地走过多少遍。每一次都在寻思，就这么几步路，当年怎么就找不到呀？更奇怪的是，问了好几个人，都说不知道。一种沮丧、屈辱、失望的情绪越来越浓重地笼罩在心头。同伴的鞋跟跑断了一个，我的脚也磨起了好几个大血泡，再加上从前一天中午到那时没吃过一顿饭，没喝过一口水，饥疲交加，“癞蛤蟆想吃天鹅肉！”同伴已经开始用人大白边眼镜的话发起牢骚来了。

路边一个修自行车的老大爷或许看到了我俩的窘境，用手向西指着说，“再往前走一百米，拐个弯就到中央党校了，你们俩还吵什么吵？”迷茫复杂的事情有时在旁观者看来或许很简单。继续前行，正如老大爷所说，不一会儿就到了中央党校门口。门口好几个荷枪实弹的武警，威风凛凛，见了叫人心里发慌。也许我俩一副乡下人的狼狈相引起了他们的警觉，便拦住我们盘查个没完。后来从传达室出来一个五十多岁的女同志，和蔼地了解了情况，又跟招生办公室通了电话，便让我们进去了。

一进校门，映入眼帘的是比人大的教室更威武、更雄壮的岩崖般高耸的主楼，联想到人大的遭遇，顿时感觉自己更加渺小，更加卑微了。

招生办公室接待我们的是一个年轻的男老师，也戴着白边眼镜，然而态度却与人大的那位大不相同。一句爽朗的答话便让我们灰暗逼仄的心灵空间透进了一缕希望的亮光。他先把我们让到沙发上坐下，又给我们每人沏了一杯热茶，面带微笑，耐心地听我们讲述了自己的情况。然后说：“像你们这样没上过大学，来自偏远山村的小学教师，竟然有志于报考北京名牌院校的研究生，很值得鼓励，党校欢迎你们。你们来一次那么不容易，有什么困难尽管说！”招办主任走过来说：“你们不要因为自己的出身而有自卑感，所有考生都公平竞争，只要加倍努力就一定能考取！”其他几个老师也围拢过来给我们出起了主意，还提供了急需的考研资料。

“客子光阴书卷里，杏花消息雨声中”。又一个二十二年过去了，又经过了那么多人和事，直到今天回味起来，我仍然感觉那是我人生所受到的一次最高最真实的礼遇和尊重。

出了校门，再回首时，中央党校那岩崖般的主楼已深深地掩映在几棵古茂硕大的梧桐树后面，它那美丽修长的树干自由地伸向天空，仿佛张开的臂膀，在凉爽的秋风中微微晃动着，轻轻呢喃着，像是在送，像是在迎，更像是在等。

第二年，我以哲学专业第二名的成绩被中央党校理论部（研究生院前身）录取。开学典礼那天，当我踏上党校大礼堂的台阶，感觉她和乡间的小路是那么的不同。这台阶厚重结实，宽阔平展，载着我进入了一座精神的殿堂，生命世界的半径一下子拓展了何止千里、万里！

两年后，和我一起进京的同学也考上了中央党校社科专业研究生。后来，又有几个小中专的同学在我们的示范和帮助下陆续考进了中央党校。

三年后，我从中央党校毕业，考到了中国社会科学院读哲学博士。

又过了三年，我毕业分配回到中央党校哲学部工作，很快便调到教务部。七年前那几位热情帮助过我们的朱老师、李老师、韩老师都成了同事。那位戴着白边眼镜热情接待过我们的老师姓马，已调到中央办公厅工作。我一直很想念他，至今却没有机缘和他再次见面。

在教务部工作那些年，偶尔与这几位老师说起当年那一幕，我很激动，他们却很平淡，大都说或有此事，但详情早已不记得了。我想，日常的事情总不易记住，类似帮助一个乡村小学教师从山间小路跨进精神殿堂这样的事，他们或许还做过很多吧！

在瑞安学书法

陈世旭

某年随湖南岳阳的朋友登岳阳楼，一楼和二楼的中堂都悬挂着木匾镌刻的《岳阳楼记》，字是世称“行书大妙”的清代书法家张照写的。二楼那块是真迹，一楼那块是后人的摹品。登楼完毕回到一楼，我再次注视那块摹品，很深沉地感叹说：这真迹比楼上的摹品就是强多了！说完周围一片寂静，我以为众人大有同感，不料同行的一位作家斥道：你瞎扯什么，这块是摹品，楼上那块才是真迹！

岳阳的朋友赶紧打圆场，说书法道行很深，许多人都搞不清的。我当时真正是恨不得有条地缝钻进去。

得了这个教训，我回家就把古人的字帖放大复印，贴了整面墙壁，不时揣摩临习。我是个心浮气躁的人，字还没有认全，就直接临草书，任性挥洒，觉得特带劲。最可笑的是从此不管走到哪里，都随身带着一布兜叮当作响的印章，毫不珍惜地把一张张大白宣纸横涂竖抹，被故意搞笑的人喊做“书法家”也不知脸红。有高人看了，语重心长问：你写过楷书吗？同样的问题，我小时候就遇到过：老师让我描红，我胡乱涂鸦；周日看父亲给人写招牌受恭敬，很羡慕，让父亲教我。父亲甩给我一本楷书字帖：先临完再说。我赶紧躲开：那么辛苦，犯得着吗？直到后来学写毛笔字，仍是想：临帖不过就是照葫芦画瓢，是葫芦就行，没必要画地为牢。

不久前有机会到浙江瑞安，一睹瑞安前贤、有“一代书宗”之誉的明朝书法家姜立纲墨迹，忽然发觉自己原来是如此虚荣愚蠢。

姜立纲从小天资聪颖，七岁就被朝廷征选为翰林院秀才。明代黄佐的《翰林院记·选充秀才》记载了这件事：“秀才之选始自太祖（朱元璋）时，然未始隶翰林也。英宗时，始选奇童及善书法，充本院秀才。天顺中有姜立纲，字廷宪，居梅头里，七岁以能书，命为翰林院秀才。”

成年后一直受到重用，因为守孝求归，悲伤过度而亡。朝廷念其往日业绩，特命有司，遣官谕祭，以示褒恤。谕祭文后被刻成石碑，今仍立于东溪村姜氏宗祠。

姜立纲擅长楷书，其字体度浑厚，清劲方正，是很标准的馆阁体，在天顺、成化、弘治三代，名噪一时。当时，凡内廷制诰、宫殿碑额，大都出于他的手笔，声誉很高，“人得篇纸，争以为法”（《图绘宝鉴》）。明代天一阁主人范钦说“成、弘以来，尚正书，姜立纲端正、凝重，世顾好之，迭明宗习”（《评书·弇州山人稿》）。姜立纲的书法名气，当时远播日本。当时日本有国门高十三丈，专门遣使来请姜立纲书写匾额。“立纲为书之，其国人每自夸曰：此中国惠我之至宝也”（何乔遴《名山藏》）。姜立纲的生前身后，其书法都受到颇高的品评，明人笔记屡见记载：“姜……今遗迹在京都，价亦不减希哲（祝枝山）、履言（王宠）。”（项子京《书画跋》）由于时人以得到他的书法为幸事，摹品随出。明人话本《醉醒石》记述：成化之际，某人曾仿姜立纲书体，冒姜立纲名字，行骗钱营生。

馆阁体，又称台阁体，或诰敕体，所谓“台阁”，本指尚书，引申为官府的代称。馆阁体是因科举制度而形成的考场通用字体，也是官用书体，早在宋代即已出现，以明清两代为盛。因为欧阳询父子与赵孟頫对书法的强大影响，以欧、赵两种风格渐渐演变而形成的馆阁体，历代被视为正宗，遂成学书必经之路。时至今日我们在报刊公文上看到的官方书体，仍是这样的楷体字。明永乐时的翰林院侍讲学士沈度深受皇帝赏识，被称为“我朝王羲之”，一时名重朝野，乃至片纸千金，士子争相仿效。至永乐、正统年间，大量的制诰碑版，以姿媚匀整为工，号称“博大昌明之体”。士夫清玩风气和帖学由之盛行，整个明代书体以行楷居多，篆、隶、八分及魏体作品几乎绝迹。清代科举考试，比明代更重馆阁体，要求乌、方、光、大。以体现博大气象、恢弘笔势。在科举试场上，这种书体会加分不少，馆阁体因而成为必学书体。

然而，一种书体一旦僵化，千篇一律、千人一面、千部一腔，也就难避陈陈相因、沦于流俗之弊。馆阁体讲究的黑、密、方、紧，大小齐平，虽方正光洁但凝固刻板，强调的是楷书的共性，几无个性可言。世间士子为求干禄竞相摹习，横平竖直十分拘谨，缺乏生气，使书法失去了艺术情趣和个人风格，乃至成为对书法抒发情性本质的悖反，对有才华的书法家的无形束缚，不能不为有识之士所诟病。周星莲的《临池管见》形容为："土龙木偶，毫无意趣。"沈括的《梦溪笔谈》说得更绝："三馆楷书……求其佳处，到死无一笔是也。"某种程度上，"馆阁体"成了书法品评的一个贬词。

事实上，即便就是当时的许多士人，也只是把馆阁体作为安身立命的入门功夫，力求在馆阁体基础上不断融入自身特色。师法晋唐，以畅情适意、抒发个人情感为目的的书风重又抬头，馆阁体渐次消弭、过渡、转变，直至以祝允明、文徵明、王宠等人为代表的吴门书法成为当时的书法主体。姜立纲亦不例外，除擅长楷书外，草书的造诣也极高，结法圆熟，笔势流畅婉转，如传世珍品《李太白梦游天姥吟留别》中匹，笔法潇洒秀逸，雅健遒媚，深得唐怀素神髓。其楷书与草书两种墨迹倘分别观之，很难相信是出于一人手笔，仔细欣赏，又气息贯通，一脉相承。他喜爱游历，这直接影响着他的书法艺术。何乔遴的《名山藏》记载：姜立纲尝临湖舍作"皆春"二字，适有操舟过其前，冲涛骇浪，字遂写成风波行舟之势。这样的书风，显然不是呆板的冬烘先生所能为。

楷者，楷模也，其凝结的书法内涵远多于其他书体。楷书顾名思义是一种标准字、法则字，集大成字，是文字规则和审美规则结合的基础，掌握书法基本技巧的路径。不学楷书写出好字，也许有可能，但也就是可能。而不学楷书的缺失积习终身，则肯定难于登堂入室。当然，爱好书法并不一定非要登堂入室，只是自称或被称"书法家"的时候最好谨慎些，免至贻笑大方。

无疑，书法应具共性和个性的双重美，一味地褒扬或贬斥某种书体都有偏激之嫌。一方面，馆阁体作为官方使用的一种书体，强调规范，无可厚非；另一方面，追求书法的艺术个性乃天经地义。问题在于，如果浅薄如我，借口馆阁体缺乏个性而以为学习书法可以不遵法度、循序渐进，甚或像某些更为过分者那样，恣意妄为，矫揉造作，以丑怪为尚，则表明他缺乏甚至根本不具起码的书法修养。

拜读姜立纲的墨迹让我获得莫大裨益，这是我瑞安之行最大的收获之一。

有路的地方就能通往戏台

葛水平

乡民爱戏，常常在夜幕即将垂帘的黄昏时分凑在一起胡喊。

乡村是整个社会最微不足道的部位，它静静地承受着季节的轮回与气候的变化，并在这种无言的重复中掌握了把风雨和冰霜转化为养料的本领。

我对乡村的记忆是从舞台开始的。烦恼和沉重总是很短暂，劳作之余，乡民对日常生活的期望没有城里人高，所有的不快，也许只是一句话，就能够拨云见日，只要有戏看，想不来的问题便永远不再去想。热爱，赋予了活着的意义。

在我还看不懂戏的日子里，只要看到灯光照亮，人影晃动，便感觉到一股活力四处洒落，那些声音，纷纷扬扬地落在乡民身上，他们无比快乐的笑容感染了我。

乡下人不知现在的乐谱，只懂五音。

所谓五音，又称五声。最古的音阶，仅用五音，即宫、商、角、徵、羽五个音阶；所谓六律，是指定乐器的标准，即古代音律。民间舞台上的五音和六律，带出了乡民的精神与念想。

民间有“无庙不成村”之说，有庙又必有戏台，又有“无（戏）台不成庙”之说。我还记得和村庄里的大人们一起去庙里看戏，台下人头攒动，是一张张凝神上望的脸。戏台上，生旦净末丑，正演绎着一场沧桑岁月的人间大戏，让人们感受着人生的喜怒哀乐、生死荣枯。他们为生欢呼雀跃，为死悲从中来。一段哭腔唱得入心入骨地疼，唱得好呀，戏到此时不是演了，是唱，五音六律揪扯得人心战栗。

古代戏台有着多种称谓。

宋代时的称呼是舞亭、舞楼，金代则谓之舞庭，元代又出现了乐亭、舞厅、舞榭等，名谓甚多，反映出了不同历史时期人们对戏曲表演形式、戏台功能和建筑形制的理解。舞楼及至戏台，都是千百年来民间舞台艺术的主要活动场所，更是传播和见证华夏文化演绎发展的平台。

我们常用“黄钟大吕”来形容音乐或言辞的庄严、高妙及和谐。“黄钟大吕”即我国古代音韵十二律的代称。

十二律又分为“六律”和“六吕”，“黄钟”为六律中的第一律；“大吕”为六吕中的第四吕。律、吕之音高低，是由不同长度的竹管决定的。《汉书·律历志》载：“以子谷秬黍中者，一黍之广，度之九十分，黄钟之长也。”黑色黍子的中等颗粒，横排 90 粒，其长度为 9 寸。9 寸长的竹管（孔径 3 分）吹出来的声音就是黄钟之音。黑色黍子的中等颗粒，让我感受到了智慧的力量。而今，在我的故乡，黑色黍子越来越少，时光的轮子滚滚向前，传统朝反方向远去，我们遗失了多少美好的事物。

我极喜欢看野台子的戏。在这里，排除了神的干扰，可以进入真实的民间，找到民间跳跃的欢喜。

一个小村，村外是广袤的田野，暮色下的村庄就像春天里成长着的庄稼。搭一个台子唱戏，是旧时戏台的一种形制。演出前，选一方宽敞的空地即可搭建，演出后拆卸掉，不留一点痕迹，非常灵活机动。

一场热闹，平地而起，又骤然而歇。

正如一首民歌所唱：

“姐儿那门前一棵槐，槐树底下搭戏台，前晌唱的梁山伯，后晌又唱祝英台。门槛高，金莲小，三跷两跷闪坏奴的腰，活活跌一跤……”

一台戏就是一个季节的驿站。

我反复回忆童年时期的那些夜晚。

等不到傍晚，地里的壮汉便急急收起农具匆匆往家里赶。他们从大地的深处起身，转过身子，那样的不约而同。盛热的空气里有虫子擦着草尖飞翔，暮色斑驳迷幻。

匆匆一口饭，大人和孩子们齐齐聚在了村口，一条土路拽着所有人的心。所有人的心澄明如镜，有一种洗礼后的神秘感。一行人前前后后挨挤着，小孩挽着大人的胳膊，一轮明月升到孩子们仰望的高度，远山肃穆，它凝聚着山外的声色犬马。

走上山顶，远远看见了野地里的台子，灯光还没有点亮，明月在山尖上，黄土小路有微风的暖痕，一路上话都不敢多说，怕话多了耽误行程。

围绕着戏台周围有许多零嘴，孩子们向大人要了钱买了占嘴的零食，匆匆拽着大人的衣角往舞台前挤。一个女演员，腰肢纤细，头戴花冠，袭一件镶边水红绣花长裙，在戏台当中走台，女演员无视台子下的观众，水袖飞舞，台步走得欢实。

星光与夜鸟的鸣唱在彼此胸腔汹涌，那时间，我们觉得大地上的声音开始乱了，人影晃动，苍蝇拍翅、蚂蚱蹬腿，都显得激动异常。村口的老槐树黑黑地站在夜幕里，横杈上落着一层来看戏的乌鸦。

戏就要开始了。

我们在台前乱跑大叫，不时掀起幕布看台子上的人搬布景，都是穿好戏装的龙套生，没见有主演搬布景。刚才那个穿水红长裙的女子在侧幕旁吊嗓子，咿咿呀呀，兰花指翘着，不时指出去收回来，在自己包好的头上摁摁鬓花。开戏前的几分钟里她就那么精心地装饰着自己。

我们叽叽喳喳乱叫，吸引得演员走过来，瞪着眼把我们轰下舞台。各自跑往父母身边，拉着父母的手说："看见了，看见了。"大人们要孩子们讲讲看到了台子上有什么。有调皮一些的娃娃就扭捏着模仿幕布后的表演，捏着嗓子咿咿呀呀学后台人。这时候准备演出的铃声响了，大人们用尖利的噪音呵斥自己的娃娃，咳嗽声和互相打趣声弥漫于台下的人群。

突然炸起一阵锣鼓家伙响，台子下的热闹和混乱被震得鸦雀无声。

大幕徐徐拉开，演员踩着台步上场。台上台下的距离一点也不遥远。台上的唱念做打，算不得炉火纯青，却也生动活泼。

瞬息万变的浪漫爱情，还来不及留恋追怀，便陡生变故。无论是家国情怀还是儿女情长，都能让台子下的观众洒一把悲情泪水。

历史被放在演员和观众之间，真假都不重要了。观众早已熟悉了演员的表演，多了什么少了什么，心里都清楚。演员胆敢偷懒作假，台下的嘘声起了，口哨声起了，鼓倒掌是高级待遇，或是石头蛋子飞上台，或是给你起一个外号，立马叫响，看你敢不敢瞎对付。

戏班子，沿用了类似于吉卜赛人的生活方式，四处不停地游走，定期地从一个地方迁到另一个地方。他们带着手艺走乡串村。当一个村庄在空地上搭起戏台子时，村庄里的普通农妇走起路来便如同踩着棉花，腰肢如柳叶，风不来自个儿就摆了，优美地走在村街上，似乎嗓门也比往日响亮了，"唱大戏了，来咱村看戏啊！"

夜戏结束时，有些意犹未尽，瞌睡虫早被赶到了九霄云外，不舍得回家，我们挤在戏台后看演员卸妆。凡士林和油彩味儿扑面而来，大裆裤忽闪忽闪晃荡，大家使劲儿辨认演员核对角色。

走吧，杀戏了。

脚踩着地，心往上飞。

将来谁家能出一个唱戏把式就好了。谁家有那福分呢？挨着户数过去也找不着苗头。笼罩在无奈的气氛之下，有人转移了话题，议论演员的扮相，走着走着没话了，话断在了半路上。

大片的荒野中只有脚步声响起，一些瞌睡虫上来的娃娃被大人肩在背上，快要睡过去了，大人打着屁股不让睡，怕小孩子魂灵不全睡着了把魂儿丢在半路上；或是吆喝孩子们瞪大眼照着路走，瞌睡走路会撞着鬼，鬼一层白皮贴在自家的门帘上等你呢。裤脚甩开扯着路两边的草叶，“唰唰唰”，一时让我们的头皮发麻，鬼跟着呢，千万别朝后看。

一条小路直达村庄，月亮钻进云层，山野像巨大幕布，把一切罩在其中。

远望村庄有灯光亮着，路在七弯八拐中，像村庄扯开生长的身子，又像时光的投影。村庄最老的老人在村口上站着，黑树桩一样，如果不是手里提着的灯笼，夜色中看不出人形。

他多么想听看戏回来的人说说都唱了啥戏，可是没有人支应他，他孤单的影子加深了夜的浓重。

有人吼他：“咋这时间还不睡？快回睡！”

夜收尽了人声和呼吸。

他嘟囔了一句：“天不怜老，活生生叫我看不动戏了。”

只要戏还活着，乡民们明天照样不敢耽搁了看戏。新的一天，在某个看不见的地方，正在形成一台戏。在人间，有路的地方就能通往戏台。

黑麋峰的花花草草

王　彬

黑麋峰在长沙望城，是著名的风景旅游区。

黑麋峰有三座水库，一在山脚，称下水库；一在山腰，称中水库；一在山顶，称上水库，而山的腹部被凿穿一个巨洞，发电机在里面静谧吟唱，周而复始地把下水库的水吸上来冲下去而调剂电量。

黑麋峰的山顶上有长沙天气雷达站，是一座灯塔形状的建筑。它的对面是黑麋寺，原称洞阳观，相传吕洞宾曾经在此修炼，不知何时改为僧人的诵经之地。黑麋寺的一面是大悲殿，有一座黄色的屋顶。转过来是黑麋寺正面，浅灰色的麻石立面，镌刻一副对联，左侧是："麋峰凌日月"；右侧是"古寺阅沧桑"；中间是"南无阿弥陀佛"。对联前面的两只石狮子，据说有四百多年了。

因为是有风景的好地方，故而留下了不少诗歌的依稀印痕。有一首是唐人刘长卿的五律，题目是《洞阳山》，其中有这样两句："空谷无行径，深山少落晖。"山间幽暗，绚烂的霞光也被遮蔽了，但是风景殊美，不禁兴起归隐之思，"桃源几家住，谁为扫荆扉？"还没有付之行动，便已然忧虑具体的生活问题，我曾经在一篇文章中说，做隐士也是有条件的，有仆人当然就更好，至少有人做清洁工作，委婉地说，就是"谁为扫荆扉"吧！这当然是刘长卿刹那的思想波动，没有元人辛敬那样灵动飞扬，辛敬的是一首七律《宿洞阳观》，看题目，那时还是道家的守真之处：

洞阳观里看明月，云雾轩窗挂六鳌。
五月蛟龙吹水上，四更星斗去人高。
山阴羽客黄庭字，太白神仙宫锦袍。
遥望长空意无限，九霄何处醉仙桃？

在洞阳观中踱步，诗人的思绪是纷披的，想到戏水的蛟龙与负载仙山的六只巨鳌，而此时星空高远寂寥；想到王羲之，想到“应写黄庭换白鹅”那样的典故，自然也就想到李太白那样的高蹈之士，身着锦绣的宫袍赴水捉月，飞升到浩渺的云天里了。在那里可以吃到鲜美甜香的桃子吗？这当然是诗人的联想。现实是，在洞阳观，今天的黑麋寺一带，没有一株桃树。当然，这也没有必要较真，诗人吟哦的是超乎现实的能指，是九天之外的事情，与我们有什么干系呢？

现实是，从黑麋寺到长沙天气雷达站之间有一道山坡，一面是葱绿的山谷，另一面丛生了不少的花花草草，我大概观察了一下，有金鸡菊、一年蓬、木蓝与苎麻、胡枝子、白叶梅，欢乐地拥挤一道；绣线菊、商陆、雀梅藤，再下是刚竹、锈毛梅、盐肤木、蔷薇和山梅。还有一种认不出名字，尖卵形状的叶子，与胡枝子有些近似，只是胡枝子的末端是圆弧形状，类似国槐的小巧叶子。胡枝子我是熟悉的，在明人朱橚的《救荒本草》中称其为随军茶，说是它的叶子可以“蒸晒为茶，煮饮亦可”，而它的果实，“去水下锅”可以煮粥蒸饭，“食加野绿豆，味尤佳。”据说，胡枝子的枝条水分少，是绑扫帚和烧火的好材料。我们看重的是它的使用价值，而在邻国日本却是另外一种情况。

日本的奈良时期出版的《万叶集》，收录了近五千首和歌，吟咏了六十余种花卉，艳冠群芳的便是胡枝子。胡枝子的枝条纤长柔软，白露时节，露水凝重，被晶莹的露珠压弯了，在日本的诗人看来，这是很伤感的，但是也有另外一种态度，平安时代的清少纳言在《枕草子》中写有这样一句话，大意是，太阳刚刚升起一点的时候，“胡枝子本来让露水压得似乎很重，现在露水落下去了，树枝一动，并没有人手去触动它，却往上弹上去了。”在她看来这是“很有意思”的，但在别人看来，她又说，也许一点意思也没有，这当然是可以确定的，但也很“难说”。我对胡枝子的态度是既欣赏它的叶子，也欣赏它的花朵，紫色的精巧的花朵楚楚动人而缠缠绕绕地飞，把绿色的枝叶也引领得生动起来，这是不是也“很有意思”呢？

相对胡枝子，接邻它的商陆则是粗枝大叶，叶子是粗糙的浅绿色而有明显脉络，花朵是白色的，非常琐碎细小，与它的叶子相比很不般配，李时珍说商陆的叶子大如牛舌，再生长几天，这里的商陆也会有那么肥大厚重吧！商陆的花有两种颜色，白色的其根也是白色的，赤色的其根也是赤色的而有剧毒，医家只用它做外敷之药。无论是白色还是赤色的商陆，根部都是人形，因此又称土人参，被神秘化为可以通神。除夕之际，古人有守岁之习，士庶之家，围炉而坐以至通宵达旦。明人张岱在《夜航船》卷一中有这样一段记载：“裴度除夕围炉守岁叹老，迨晓不寐，炉中商陆火凡数添之。”炉中不熄的火焰，就是依赖商陆的根。通过商陆之火而与神灵交际，祈求全家一年的平安与幸福，这样的习俗，在今天也是不是很有文化意味呢？

商陆的根是这样，商陆的果实在成熟之后，可以榨出朱红的汁液抹在女孩的额角与指甲上，因此又叫胭脂草，据说上古时代羲和部落的女子无不以此为饰，使人联想女子的妩媚，而我想到的却是蒲留仙笔下的胭脂姑娘，那样一个悲惨的故事，用小说判词中一句话是：“为因一线牵萦，致使群魔交至。”一个“才姿惠丽”的小姑娘经历了那样的屈辱与磨难，怎么想都叫人伤悲。然而民间的女子也并不都脆弱，往往在柔弱的外貌下面藏蕴坚韧的力量，这就犹如黑麋峰上的野生花草，那样的胡枝子，那样的商陆，那样卑贱如泥的一年蓬与金鸡菊，金鸡菊不用多说，黄色的花朵，放射太阳一样锐利的光泽，而一年蓬，虽然如其名称只有短暂的生长期，却依旧把生命绽放得热烈如火，网上好像有这样一句关于它的花语：“随遇而安，知足常乐。”是这样吗？似乎只说对了一半，因为一年蓬，也并不仅仅如此，还应该是有另一半花语的，而另一半，在黑麋峰，兴许可以寻找到解读的答案。

屈　原

洪　烛

我不说我去过湖北，我说我去过楚国。我不说我去过秭归，我说我去过老家。我不说我读过屈原的诗，我说我见过屈原。我不说我是诗人，我说我跟屈原是精神上的同乡。我不说我在过端午节，我说我在过诗人节。给屈原过节就是给自己过节。我不说读翻译诗就像吃西餐，我说读诗经楚辞，唐诗宋词，就像吃粽子。我不说粽子在锅里煮过的，我说它在长江里煮过。我不说屈原已死去两千多年，我说这位老诗人已两千多岁了。我不说他是被淹死的，我说他至今还在游泳，从长江的上游游到下游，又从入海口游到太平洋。他眼中的海有多蓝，我眼中的天就有多蓝。

屈原的故乡未通火车，我在宜昌下，转乘汽车，越过一道道山。屈原离家出走的时候，连汽车还没有呢，要么骑马，要么乘船，去一趟首都不容易。当我向秭归走去，看见屈原正迎面走来。脸上充满梦想，根本不像一个会寻死的人。是啊，那时候的屈原，比现在的我还年轻，我根本不该把他当老人。在跟屈原擦身而过的瞬间，我忽然想：如果他没有动身离开故乡，千百年后，就不会有这么多人，向他的故乡涌来？他的一部分梦想是破灭了，却实现了另一部分没有梦想过的梦想。

我每年端午节去湖北秭归，都能看见那位扮演屈原的人，在各种纪念活动上朗诵《天问》。他可能是县剧团的演员，但他在表演的时候，肯定忘了自己是谁，而认定自己就是屈原的化身。虽然我没见过屈原，仍觉得他跟屈原长得太像了，他穿着戏服，非常合身。不，我觉得那就是屈原穿过的衣服。他用浓重的湖北口音吟诗，那也是古楚国的方言。屈原当年就是这么抑扬顿挫地说话的。他站在舞台上，一遍又一遍地问天，我真希望他还能再提几个屈原没问完的问题。当他下台、卸妆、换上休闲服，我一边向他致敬，一边还希望他把屈原进行到底。至少在我眼里，他不是湖北人，他是楚人。他不是艺人，他是诗人。在这个诗人越来越少的年代，能有一个扮演诗人的人，也是值得庆祝的胜利。屈原，这个伟大的失败者，多么需要一点哪怕微乎其微的胜利。虽然他生前无法拥有，就让我们在他死后加倍补偿吧。也许屈原并不需要后人的补偿，我们却需要通过补偿获得慰藉。

他们说这里是屈原的故乡。真的吗？屈原还能认得出它吗？两千多年，变化太大了。我只知道老秭归已沉在江底了。你不如指一指三峡库区，看哪一块水面笼罩住屈原出生的地方。他们说这里有屈原的衣冠冢。真的吗？真的埋着屈原半路上被风吹掉的帽子，跳水前脱在岸上的衣裳？墓可以是假的，碑可以是假的，刻在碑上的名字却是真的。只要这两个字是真的，思念就是真的。这两个字写在纸上、水上、石头上，无论写在哪里，哪里就是屈原的碑。

他的坟墓是水做的。墓前的碑也是水做的。他的名字刻在水上，一笔一画，长成了水草。不识字的鱼，从他墓前游过，亲吻着他的名字。我抬头，看了一眼从天上飞过的鸟。他也抬头，看了一眼从头顶游过的鱼。那些亲吻过他的名字的鱼，游着游着，就长出翅膀了。我的翅膀还没长出来，可我心里也有一些痒，想像鱼一样从他眼前游过，想像鸟一样从他头顶飞过。即使翅膀被水溅湿，变得沉重了，照样能低低地飞，高高地飞。一边飞，一边叽叽喳喳念叨着他的名字。

我把端午节当成诗歌史的新年，我看见古老的楚辞又翻开一页。沉睡的屈原，会在这一天醒来。不，他一直生活在我们中间。我把屈原当成诗人的祖先。我相信自己的血管里流着他的血。秭归注定也是我的老家，比老家更老的家。因为屈原在这里迎来生命中的第一天。“我们有一个共同的名字叫中国”。中国的诗人，还有一个共同的笔名，叫屈原！

我把秭归叫作诗圣地。作为屈原的故乡，秭归是诗的圣地。诗人中的诗人，必然是圣人。秭归是出圣人的地方。连续好几年的端午节，我都往秭归去，每次都像是朝圣。香溪还是那么香，九畹溪总使我想起《九歌》与《九章》，那都是圣水啊。它们应该通向长江的。长江应该通向大海的。大海应该通向人心的。仅仅因为多了一滴屈原的泪水，溪水、江水和海水全变了滋味，在我心里搅拌起来……我的眼睛，也变成了入海口。液体的《离骚》，在我脸上奔流。有时候比溪水还香，有时候比江水还甜，有时候，比海水还咸。

一个是战国的诗人，一个是大汉的美女，屈原和王昭君是邻居。九畹溪和香溪是邻居。诗人比美女还要爱美，还要爱照镜子，在井水里照镜子，在溪水里照镜子，最后，又到江水里照镜子去了。他住到镜子里去了，因为镜子最干净。镜子里面比镜子外面要干净。美女比诗人走得还远，走到山的外面，山的外面是水。走到水的外面，水的外面是长城。走到长城的外面，长城的外面是草原。她离屈原照过的那面镜子越来越远。那面镜子叫故乡。她抬起头，能远远地看见一面悬挂在夜空的镜子，月亮是故乡的投影。月亮里有山的影子，水的影子，还有在山水之间徘徊的诗人的影子。她知道，自己不久也会变成影子的。变成给诗人的影子做伴的影子。诗人是赤子啊，像骑着竹马一样骑着波浪，绕着故乡转一圈，又一圈，一年，又一年……远走的美女却回不来了。想家的时候只能看一眼月亮。月亮似乎比故乡离她更近一些呢。很多时候她连月亮都不敢看啊。刚刚抬头看一眼，心里已像青梅一样酸涩。

住得离三峡最近的诗人，神女峰是他的梦中情人。在他投江之后，两千多年之后，他的故乡也沉入江底了，成为三峡库区的一部分。哦，水国，他水中的祖国……他是被命运打倒的，可梦想还站着。“神女在等人?”“她在等谁呢?”我想告诉他们：“她在等那个青梅竹马的诗人。”是的，梦中情人在等梦见自己的人。游船驶过昔日秭归城的上空。我说：那个梦见神女峰的诗人，就在水底，继续做梦。此刻，他也正梦见我们，梦见一艘大船，就像从头顶飘过的一只风筝。

在西陵峡与巫峡之间，是诗人的故乡。它的名字叫秭归。在诗人与巫师之间，是亦诗亦巫的屈原。他的姐姐叫女媭，一位以爱呼风唤雨的女巫。屈原，每天都面对巫峡写诗，不知不觉，把诗炼成了一门完美的巫术。诗就是巫啊，巫就是诗啊。诗人的姐姐是女巫，女巫的弟弟是诗人。诗与巫的关系，是血缘关系。可如果没有爱，诗人会江郎才尽，巫师会破绽百出。我从云里雾里的巫峡，顺流而下，去秭归，向屈原和他的姐姐，学习怎样爱，怎样让爱变成神话。在爱与神话之间，江水滔滔，巫就是诗啊，诗就是巫啊。

你有姐姐，没有兄弟。可我一直把你当成老哥哥。你的姐姐就是我的姐姐，她又回娘家了，每天都站在村头等你，没有等到你，却等来了我。她问我：“看见我的弟弟了吗?瞧你走过来的样子，我差点把你当成他了。”今天是端午节，就让我暂时代表你，在家乡的田埂上多走几趟吧。你的乡愁就是我的乡愁，我的乡愁甚至更深了一层：可以在想象中代替你还乡，却无法代替你，去承受那人间最大的委屈。

离开秭归已经很久了，可你还是一个大男孩，经常想家。一想家就想哭。别人都喊你三闾大夫，可你还是一个大男孩，不会说谎，而且听到谎言就难受。一转身，《离骚》已经构成巅峰，可你还是一个大男孩，总想爬更高的山。最好腾云驾雾。投江时已经七十多岁了，可你还是一个大男孩，总也长不大，总也想不开。我经常忘掉你是老诗人，觉得你还是一个大男孩，做的梦都老了，可做梦的人还没老。唉，虽然我也写诗，跟你一比，只能算老男人了。剩余的梦全部加起来，还够不上你的一个零头。

秭归屈原祠的屈原铜像，让我想起战国。群雄追逐的九鼎，不知去向。吴王金戈越王剑，不知去向。楚国的编钟，不知去向。荆轲投出的匕首，不知去向。秦始皇收缴六国兵器熔铸的十二个铜人，不知去向……春秋战国，血与火冶炼的青铜时代，分了又合，合了又分，不知去向。只剩下这一块沉甸甸的青铜，在火里烤过，在水里淬过，在风里雨里等待着，等待着自己变成一个人。等待着自己睁开眼睛，露出笑容。等待着自己，慢慢地长出一颗诗人的心。青铜时代的诗人啊，只有你没有生锈。长江从你脚下流过，银河从你头顶流过，泪水从你脸上流过，没完没了。你仿佛已站立了两千年，还是无法迈出一步。不，你一直在原地行走，一刻也没有停下。青铜时代的诗人啊，只有你还在站着，还在走着。当你沿着长江走去，江水停止了流动。

你不想成为雕像，无论是青铜的，还是汉白玉的。你不想失去体温，不想变得麻木，宁愿忍受谣言像一千根针在扎你，伤口能渗出血来。即使变成铁打的，你还是会喊疼，你的心还是肉长的。走了那么远，终于在湖畔站住了，就像一大块天外飞来的陨石，经历了雷鸣电闪，你的五官、体形，都是火雕刻出来的。你不想停住脚步，还准备再一次走向苦海，正做着徒劳的挣扎。你不是普通的石头，你是一颗敢死的星星，在流浪途中把自己烧干净了。

别人的路你是走不通的，你只能选择水路回家：把水当船，把水当成岸……你一边哭着一边游着，披头散发，在自己的泪水里游了一个又一个来回，还是没有找到故乡的小码头。它原来就在长江边啊，你是错过了，还是没有到达？在长江里游了一个又一个来回，你没有认出故乡，因为故乡也认不出你了。你在想，岸上的一溜茅草屋，怎么会变成几十层的高楼呢？故乡也在想：那个人怎么会变成一条鱼呢？虽然这条鱼，跟别的鱼有点不一样，一边游着，一边哭着……

月亮是最大的冷宫。你仿佛流放到月亮上，周围没有一个熟人。山绿得有点假，像画出来的？水也失真，水里的天空比天空还寂寞。岸芷汀兰编织一层又一层的花边，楚歌悠悠，弄得你心乱了。这能怪它们吗？怪自己吧：看什么，什么都是忧伤的。你刚出郢都走出来，又陷入云梦泽。你刚从迷宫走出来，又被打入冷宫。冷宫才是最大的迷宫啊：你找不到自己的王，找不到王的臣民与军队，最终，找不到自己了……郢都远得不能再远了，相比而言，月亮似乎还近一些，召唤着这个找不到家的陌生人。月亮是天上的云梦泽，云梦泽是人间的广寒宫。天上的冷宫住着嫦娥，水里的冷宫住着屈原。

从红寨到鸡街

沙地黑米

这是我和妍英之间的一个秘密。如果我不说，谁也不会知道，因为知道这个秘密的两个人，有一个已经不在人世。人世是这样一种东西，里面的每一个过客，都会觉得自己是这里的主人；因此很多秘密在很多情况下，活得比人长。

妍英是我外婆，那年我五岁。那年的外婆，比现在的我大不了几岁，身材高挑匀称，驾驭一件普通翻领衬衫的能力，超过我们家族中任何一个仍然健在的女人。一个人只要驾驭得了素色衬衫，穿什么都好看。她生下来就受过洗，是乱世里奋力营救过全家的佳人；国难当头，她立志报国改名振中，当时的男友，是不久牺牲在抗日沙场上的青年军官；她笑容里有光，眼睛里有神，但从来不把神挂在嘴上。她是命运的一颗棋子，命运以超卓的想象力，将她从江南书香门第落到云南边陲的夹皮沟里，而且落子为定。但她好像不以为意，只要有另一颗棋子——我外公来陪，她就能把所有或明或暗的日子，全都过得有滋有味。

我而今已经活到了可以和那年的外婆直呼其名的年纪，可以平静地回忆那年的夏天。妍英生命旅程中确实有很多值得大书特书的段落，而我自认笔力不逮，只挑些和缓的章节来谈。那年夏天，妍英带着我，上了一辆从个旧到开远的长途公共汽车，我们的目的地，是中途的鸡街。云南的夏天，身体很干爽，但太阳下有种辣烈的热。

那年妍英的五个女儿中，有一个正在生孩子，有一个刚旅行结婚回来。生孩子的女儿是我妈，我妈有一天早上早早起来，抱着还在昏睡的我，亲了亲额头就消失了，她其实是不常亲已经记事的孩子的，那天早上的情景就很是特异地留在了我的印象中。当然我妈失踪不久又重新出现，不止一个人，还抱回了我弟，一个襁褓中的小毛头——据说是从个旧湖中捡来的，个旧孩子的出处多半是个旧湖，这是后话。

刚刚旅行结婚回来的是我四姨，她嫁给了一个常州的世家子，两家是抗战期间前后入滇的世交。新婚燕尔，一对新人就非常新派地出门旅行去了，他带她去看他的家乡，在南京中山陵、苏州虎丘塔、杭州西子湖等地留下新侣踪影，刚刚回到省城昆明。新媳妇回娘家的时间很快敲定，新郎、新娘将一起搭乘有轨火车，从昆明到鸡街，然后妍英会代表娘家人，去鸡街火车站迎接一对新人。

就这样，在我妈生我弟期间，我成了妍英的宝贝和跟班。妍英本不是闲居的住家妇，很长一段时间里，我知道她在砖瓦厂上班，平时回不了家，偶尔放大礼拜才能回来。我们家人多，心齐，把一切都瞒得严严实实，像我这种第三代正值垂髫之年的小姑娘，被隔在保护层里面，活该沉浸在一种四平八稳的蜜色记忆里。

但其实，妍英是反右时期定性的军统特务，当时连她学英语都被指控为是为了迎接美蒋反攻大陆，因此被抹掉干部身份，管制监督劳动，一直在一线当工人。她在因为意外工伤提前退休以前，吃过很多苦，受过不少罪。所有这些，我一概懵懂不知，只知道忽然有一天，外婆回来了，再也不走了，好像卸下了很重的负担，很放松地深坐在家里那把老藤椅中，冲我微笑，很疲惫，又很深情，右边嘴角笑出一个浅浅的酒窝。

她很快就适应了家居生活，但是哪怕在平常的家居日子里，她的卓尔不群还是如此的顽固，比如在这个四季温和的省份，她还是会忍不住要回顾她海边的家乡。这种回顾并不是刻意的回忆和絮叨，是她自己也觉察不到的下意识——她会在凉爽得盖得住棉被的夏天，在邻居们顶多煮酸角汤的时候，还是不忘熬一锅老家那样祛除暑气的绿豆汤，然后一心等儿孙们回来，带着欢欣问他们吃不吃；常常是等不及回答，已经端上一碗。听话的儿孙们便一勺勺舀着在那里慢慢吃，而不是稀里哗啦地喝。她于欣慰之中也曾有过一丝失望吧，或许也细细咀嚼过漂泊的结果——生长在云南的儿孙们，血脉里已糅进了此地一年四季的温凉，不复再有她家乡那种冷热分明、颇有转折的激情了。

言归正传。一老一小作为家里当时的两个闲人，就这样踏上了去迎新人的路途。我对这一趟陌生的行程一直就充满期待，想着四姨带回的上海喜糖，一定能拆出许多花花绿绿的玻璃糖纸，把它们洗干净、晾干来，夹在书里展平，再一张张和隔壁芳芳一起透着光去看那些有趣的图案，呵呵，光是想想就能让我快乐得像要飞起来。

到鸡街的时间，以当年的速度，正常算来好像需要一个多小时。问题就在于，这车一路停靠很多小站，沿途不断上来人，车里于是变得越来越挤，座位不够，很多人站着；而且事实上，售票员似乎一直就没报过站名。妍英此时已不能端坐，她把我侧放在腿上，紧紧搂着我。

车子开出四五十分钟，妍英有些坐不住了，鸡街虽然是火车中转站，但作为中途站点并不繁华热闹，很容易错过。她几次探头到窗外想作方位判断，都没有成功。她好像忍了又忍，一直想找一个合适开口的契机。

她终于深吸一口气开了口，问那个头发干黄、梳小辫的胖胖的售票员："同志，请问……"不知是车厢太吵还是什么原因，人家好像没听见。然而她一开口我的心就本能地一紧：她本来就出众，那夹杂着江浙和湖南官话的口音、斯文的声线，和周围闹哄哄的环境是多么的格格不入！

"同志，请问你，什么时候到鸡街？"妍英并不是个内向的人，她有很强的解决问题的执行力，见人家没听见，紧接着就放大声再问了一遍。

"哈哈哈……"周围竟爆发出一阵哄堂大笑。

一个五大三粗的男人捅了捅女售票员："嘿嘿，她叫你哩，叫你'懂只'，你懂哪只，哈哈哈……"这男的一说话就一嘴烟臭。

女售票员当胸捶了那男的一拳，爆了句本地粗口："勾×，哪个是她同志！"急于撇清关系。

有个村妇模样的女人笑得特别起劲，边笑边说："哪个有心肠告诉她呀，她单个戴着表，还问东问西。"她瞟见了妍英手腕上专为此行从箱底翻出来的老式瑞士方表。

我依在妍英身边，瞪大眼睛看着车里这一群忽然间变得敌意很重的人，车厢似乎一下变成一个不可理喻的高压容器，里面的人变形夸张。稍远的角落还坐着个军人打扮的人，绷着个脸，看不出表情。

"我要去鸡街接女儿，怕坐过站。就想问一声，鸡街到了没有。"妍英坚持说。

"到了到了，前面就是。"那笑得最厉害的村妇原来是站在旁边的，这时硬挤过来，狡黠地示意我们下车。妍英刚欠起身朝外看，那女人就一屁股挤到座位上来。自此，妍英牵着外孙女，加入了站着的人群。而车子俨然没有半点停下来的意思。

“还没到鸡街呀，这哪里是鸡街的样子，”妍英自言自语，“售票员同志，等下还是麻烦你报一下站吧。”我还在呆萌地顺着她的话想着鸡街会是什么样子呢，会有很多鸡吗，就听得售票员忽然嘶吼起来：

“什么，你要我给你报站？你白长眼睛了吗？不会自己看！”她边骂边比画，好像要她报站很侮辱她一样。

妍英当时已在云南生活了二十多年，经历过比这还要厉害很多倍的谩骂；然而骨子里根深蒂固的秩序感，让她在此时此刻还是误用了少时在上海坐电车，售票员挨个报站的经验。

“我没说错什么呀，那位解放军同志，你给评评理……”妍英把最后一线希望寄托在车里唯一穿军装的人身上。车里霎时安静下来，大家都把眼光转向角落里的军人。

“哦，我没听见。”他袖着手，视线转向窗外。

那天我们中途就下车了，明明还没到鸡街，车上的人却全都跟约好了似的说鸡街到了。妍英就不再坚持，牵着我下了那趟怪车，下车遇到一个挑担子的老农还算正常，告诉说这里是红寨。

鸡街没有鸡，红寨并不红。从红寨到鸡街，我们祖孙二人牵手走了差不多两个小时，被太阳晒得发软的沥青路，路上极少有车辆经过，哪怕有也多半是马车、拖拉机什么的，不会有人给你搭顺风车。我坚持不要妍英抱，走累了，两个人就到旁边老桉树的树脚底下，用遮阳帽垫着，坐下来休息一会儿。妍英表面上不急不躁，说不要紧我们慢慢走，来得及。我呢，还把桉树叶拗断成一柄小勺子，一勺勺铲土去填树下的蚂蚁洞，我不想让妍英看出来，我知道她心里藏着的不快。说是红寨，其实半点寨子的影子也没有，应该只是红寨的地界，只在路两边的田野里，稀稀落落能见着几个劳作的农人。

我们就这样从十点走到十二点，走在阒无人迹，骄阳在天的沥青小道上，一阵风过，道旁的两排大桉树被风吹得哗啦作响。特别渴，渴的印象第一次如此刻骨铭心，我都觉得自己快成了路旁那些蔫小草的姐妹。水本来是带了的，只是没料到这段多出来的漫长行程，军用背壶里的水早已被我喝干。就这样走了差不多十里路，直到到达真正的鸡街，两人才在集镇上重新喝上水。我们终于没耽误，在火车站法式站房的门口，接到了喜出望外的四姨和四姨父。新人拎回大包小包，除了花花绿绿的喜糖，我还得到了一双小丁字皮鞋。那时不像现在物流方便，新人旅行回来，成了快乐的搬运工。回程路上，一家人无比幸福喜乐，因为幸福，我完全忘了那个过程。幸福总是来得轻飘飘的。

现在，妍英已离开人世，人世是这样一种东西——里面很多美好的人和事，说走也就走了。可能孩子的眼光是别样的哈哈镜，后来长大的过程里，我好像再难遇到过那样噩梦般孤绝的环境，能让一个好人，瞬间成为众人的天敌。说好像是因为，其实还真有过濒临绝境的时刻，但是因为有妍英的榜样在先，我就知道善性之光哪怕再微弱，也不能因为环境的一时严酷而放弃自己的光芒。

我们祖孙俩后来都挺有默契，没有谈论过从红寨到鸡街的那一段经历，但是妍英当时一路教会我的一首歌，我一直都记得。那首歌以对唱的方式，唱出要外出觅食的麻雀妈妈对小麻雀的叮嘱：

> 女儿不要慌，女儿不要忙，飞上天去，要提防：老鹰老鸦多可怕，坏心肠，你要避让。也有那猫大王，还有那蛇大娘，他们都能够爬上树，他们都能够蹿上墙，你要时时刻刻记在心头上……

一首上海老歌，《麻雀与小孩》。我后来了解到妍英这辈子经历过的磨难远甚于当年去鸡街路上那一幕，她常常要独自面对比这强大许多倍的恶，可是她一直坚持着她自己，到老都没有改变，成为我家几代人当中真善美的一个活证，让我再也不惧怕衰老。

理想生活

冻凤秋

一

当年，我说的是多年前，还没有正式踏入社会的时候，还在大学校园里每日面对着山色与湖景强说愁的时候，我们心中期盼的理想生活是在某个繁华的都市里，拥有属于自己的一盏灯。想象着寒冷的夜晚，待在自家温暖的房间里，路人经过，会抬头看到那盏灯，橘色的、散发着柔和的光芒，会发出羡慕的感叹。是的，我们憧憬着那样有饭菜、有亲爱的小日子。

后来，日子呼啦啦地扑面而来，真如作家张爱玲说的，十年八年都是指股间的事。该经历的一样也不能躲闪，该拥有的或早或迟也都已经拥有，才发现所谓“尘满面鬓如霜”也并非遥远，而“回不去了”却是铁定的事实。在浩荡的时间里，顺流而下是容易的，追求时下身为一个人该享有的一切，美食华服好车豪宅，倘若你得到，你将获得羡慕与喝彩，似乎就不虚此生了。但你心里清楚并非如此，物质填不满那些迷惘，当被各种各样急迫的任务催促着一路奔波的时候，你渴望一分静谧与安宁。那是精神的灯盏。

似乎也不是拥有一个院子就能解决的问题。虽然我们都在喊田园梦和院子理想。如老舍先生在《我的理想家庭》中写的：“院子必须很大，靠墙有几株小果木树。除了一块长方的土地，平坦无草，足够打开太极拳的，其他的地方就都种着花草——没有一种珍贵费事的，只求昌茂多花。屋中至少有一只花猫，院中至少也有一两盆金鱼；小树上悬着小笼，二三绿蝈蝈随意地鸣着。”我们又开始了新一轮的憧憬，依样描画，你的，我的，或他的理想生活相似度颇高。但细想来，这未尝不是另一种随波逐流。真的实现了，在闲雅的庭院中喝着茶，看着花，幸福就唾手可得了吗？

二

不经意间同时步入了两段时光。

一段是斑驳的旧时光。一段是幼稚的小时光。

在宏村的月沼前，当朋友举起相机，把我和淑霞姐、小美、云洁等的笑容定格时，我意识到不能再往前走了。

半月形的池塘，碧水澄澈，将湛蓝的天空和悠游的白云拥入怀中，错落有致的粉墙黛瓦倒映在水面，600 年的风雨沧桑，化作墙上的一抹灰黑的暗沉色，更平添了些许怀旧的韵味。

我们就在画卷里，往前一步是汪氏宗祠乐叙堂，巾帼丈夫胡重的传奇故事被供奉流传。退后一步是一个叫“旧时光”的咖啡馆，据说曾上过皖南古民居邮票。

此时，理想的生活是在月沼边找一个地方坐下来，捧着一本心爱的书，发上半天呆。黄昏的时候，到旧时光里喝杯茶或咖啡，和两三个朋友聊聊天。然后，等待月亮升起，月牙儿，半月，或者满月，看天幕如何蓝得纯净且深邃，看倒映在水面的月如何清寂且荡漾。夜深时，在村子里那些叫“寒舍留白”“朝花夕拾”等的客舍中选一间楼上的房间，听着穿村而过的流水声入梦。如果够幸运，到徽州“活词典”汪瑞华先生的家里寄宿几晚，听他细细道来古村落的故事和历史……

单是想想就心旌摇曳。

事实上是那天的雨淅淅沥沥，走得疲惫时，躲到一间小小的茶吧，招牌上写着大大的“时光幼稚”四个字。

女店员青春俏丽，递过来一杯百香果茶、一杯热可可。独自坐着，慢慢地喝。环顾店内装饰的雏菊、满天星，一面墙的卡片，琳琅满目的卡通风铃，大红色的复古邮筒，真是穿越时光重返天真的感觉。

翻看卡片，印有紫色睡莲和黄绿色苇草，画面氤氲着“一雨池塘水面平，淡磨明镜照檐楹”的那张总是有感应似的一再出现在我眼前。上面印着：想念是会呼吸的痛。我拿起来，在背面随手写下几行字。想想，也是欲寄无从寄，就请女店员给挂起来。她的头顶上，挂满了写着种种心情的卡片。她说，我给你挂高一点，下次来还能找到。

还会再来吗？对每个初相见者来说，不同的心情，带着期待，那时光总是幼稚，鲜活的。但一批批的游客，潮水般涌来又散去，最终留下的，是层层叠叠的带着青苔味道的旧时光。

三

阳光洒在树叶上，叶脉清晰透亮，青绿的叶片在风中微微摇曳，只是坐着，久久凝视，没有单调和厌倦，反而觉得心也透亮起来，无比丰盈，无比畅快。仿佛体味到自然的某种深意，或是启示。

那天上午，就是在碧山村猪栏酒吧乡村客栈二号店院子里，我用手托起一片叶子的照片被淑霞姐拍下。我把照片发给客栈老板寒玉，同时附上一句：捧一叶阳光，有飞鸟翩然于心。

那天，整个碧山村都是我们的。

乡间的小路是我们的，它保留着那样一分宁静，似乎只为等待我们到来。头顶热烈的太阳和身旁潺潺的溪水，更衬托了一分寂静。偶尔会看到几个村民在稻田里忙着插秧，随意问一些幼稚的耕种问题都能得到和善的回答。远山在望，亘古的静默。李白的诗句悄然浮现：问余何意栖碧山，笑而不答心自闲。桃花流水窅然去，别有天地非人间。

猪栏酒吧乡村客栈三号店的柿树、青苔石凳、石雕漏窗、木雕楹柱、曲折回廊也都是我们的。斜倚着留影，躺在摇椅上晃悠，抱着野花陶醉的时刻，没有其他游人，只有我们；

还有二号店碧山油厂阔大的客厅，复古的印花布，质朴的瓶插野花，高低错落的书架，别有洞天的花园角落，生机勃勃的菜地，安静雅致的禅修室，那一刻也是我们的。连管家小蜜蜂的热情也仿佛只为我们，她一直微笑着，满足而自豪。

及至到了碧山书局，大家在那样散发着久远书香和徽派建筑魅力的地方，捧着书安静地读，到二楼新开设的乡村旧书铺淘书，每个人都捧了一摞的新书旧书，相视而笑，你便知道，这群年龄参差不齐的旅伴，相聚在一起是因了怎样的缘分。

午后，在瓢泼般的大雨中，出现在西递猪栏酒吧客栈一号店的门口。管家小丽为我们倒了茶，就安静地忙自己的事情。我们坐在真正的根据曾经的猪圈改造的休闲区，品茶，看雨，又是怎样一番不同的体验。在客栈三楼，透过栏杆，看高低错落的瓦组成的风景。雨落在瓦上，泛起旧时光的味道，过往年月的滋味都在里面，任你怎么细细地看悠悠地想，也有看不尽想不完的故事和心事。

理想的生活便是这一天的生活。

四

浮生两日闲，真是偷来的闲。

归途中，便开始心神不定，因为手边的数件事情，还一时急躁起来。

但仍然值得。若生活落满了灰尘，那么每一次行走都是一次擦拭的机会，学会放下，忘却；试着敞开，更新。

也许总有一天，我们会意识到理想的生活即在于内心。即便身处于闹市之中，也能有所专注，全心投入，保持一分清醒与自持；又或者是身处田园乡间，也在不断探索更好的生存方式，更深地思考人与自然的关系。

但愿我们都能过上理想的生活。但也许并没有一种叫作理想的生活，也许生活全部的奥义就在于挣扎与徘徊，在物质与精神之间，在因袭与创新之间，在入世和出世之间，在理想与现实之间。

一代又一代的人，在自己的局限里挣扎、拼搏，能有一些人明白这一世为何而来，诞生了不起的创造，大概便是意义所在。

长满阿凡提的大地

乔忠延

离新疆还很遥远，新疆的形象就已在我胸中建立起来。这里的遥远不单指距离上的，还有时间上的。新疆建立在我胸中时，我还是小学校里急于要戴红领巾的孩子。而我进入新疆时红领巾已无法将我拴在教科书的围墙里，我进入了而立之年，进入了不惑之年，随着火车的缓缓进站，我穿越漫长的辽阔到达了乌鲁木齐。开始用童年建起的形象，解读新疆的大地。

最早为我树立新疆形象的是阿凡提。常常和阿凡提相伴的是一头毛驴，毛驴踢踢踏踏的蹄音，总是和他的笑声糅在一起。他笑时，逗弄得我笑。他不笑，也逗弄得我笑。学识和年龄一样浅显的我，搞不清阿凡提笑声的渊源，更搞不清那笑声里饱含的烈风暴雪、大漠孤烟、绿洲草原和人世间数不尽的苦辣酸甜。可是，那笑声却如同语文书里的“更上一层楼”，不断拓展着我的肢体和思绪。

能品出阿凡提那笑声里的滋味，是在三十而立之后，有了独到的见解，再不把别人的动机当作旋转我这个陀螺的动力。哪怕转得再慢，或者干脆停转，也要用自身的能源驱动独立的自转。这时候，早就植根于心灵里的阿凡提，更添了百嚼不厌的活力。

阿凡提是一位智者，他那智慧是与生俱来的。那时候他很小，和我戴着红领巾的岁数差不多。我还匍匐在地呼喊万岁，他已敢于在国王头上摆弄了。事情是由国王的儿子引起的，他炫耀全国人见他爸都得低头。这么炫耀，无外是想震住阿凡提，让他乖乖屁颠在自己后头。没想到换来的却是阿凡提不屑一顾的笑声：你爸见我爸也要低头。国王的儿子不信，问你爸是干什么的？阿凡提一本正经地回答：理发的。不是智者哪会有这么精明的回答？往后小智者长成了大智者，不仅是国王的儿子奈何不得他，就连国王也不得不甘拜下风。国王终于有了个给阿凡提下马威的好点子，不知是他自己冥思苦想出来的，还是媚上的下属奉献给他的，总之他觉得准能刁难住阿凡提。

国王的问题是，大地的中心在哪里？这个问题在国王看来大得不能再大，在阿凡提看来却小得不能再小，他略施小计就弄得国王目瞪口呆。把国王弄得目瞪口呆的还有阿凡提那头小毛驴，它抬起一条腿把蹄子磕打下去，地上印出一个圆点。阿凡提指着圆点说，这就是大地中心。国王何言？国王无言，只能无言。

在我眼里，阿凡提不仅是一位智者，还是一位勇者，要不他为何敢戏弄国王？上次国王遭戏弄，是国王自找苦吃，这次却是阿凡提送苦上门。阿凡提进宫面见国王时头戴一顶华丽的帽子，说是价值千枚金币。大臣都说不值，阿凡提却说你们懂什么，天下只有国王一个人认识这顶帽子的价值。国王一高兴，真出千枚金币买下了。买是买下了，可国王还想趁机捉弄一下这个大伙儿公认的精明人。他给了阿凡提一张纸，要他画幅画。阿凡提哪会画画？可他拿到纸左描右画，还真像是画画。不过，呈递给国王的仍然是一张白纸。国王生气地问，你画的这是什么？阿凡提不慌不忙地回答，羊吃草。国王问，怎么不见羊呢？阿凡提答，羊吃饱肚子跑了。国王问，那怎么也不见草呢？阿凡提还是不慌不忙地回答，草被羊吃光了。羊跑了，草吃光了，不是一张白纸还能是什么？国王愕然，国王无奈！别人见了国王磕头叩拜，阿凡提竟搞得他愕然，搞得他无奈，没有胆量哪敢这般？阿凡提确实是一位骨头不会打弯的勇士。

写下骨头不会打弯，马上就觉得言过其实。阿凡提的骨头不仅会打弯，而且弯得幽默而无奈。头一次打弯，是对狼无奈。牧童的羊被狼叼走了，气愤地问阿凡提，世界上有没有不吃羊的狼？阿凡提苦笑一声答，有。牧童问什么狼？阿凡提说，死狼。回答得真幽默，可是再幽默，他也承认无奈，斗败狼不是易事。再一次打弯，是面对石头。阿凡提上了年纪，朋友来看他，安慰他要服老，不要再像年轻时一样干活。阿凡提笑笑说，老是老了，劲头和年轻时一样大。朋友不解，他指指院子里的石头得意地说，你看，我先前搬不动，现在也搬不动，劲头不是和年轻时一样大？语气得意，其实无奈，是委婉地承认无奈。由此沉思，人搬不动石头，更搬不动比石头大得多的大山，就不会狂妄到要移山填海的地步。

阿凡提的聪明是大聪明，大聪明是该聪明，聪明，不该聪明，不聪明；阿凡提的勇敢是大勇敢，大勇敢是该勇敢，勇敢，不该勇敢，不勇敢。对日月经天不敢耍聪明，天何言哉？四时行焉；对江河行地不敢耍勇敢，地何言哉，百物生焉。阿凡提是敬畏天地的大聪明，是不违自然的大勇敢。

那聪明和勇敢犹如新疆的歌舞。新疆人能歌善舞，歌声阔朗奔放，舞步起伏跌宕。听着新疆的歌声，看着新疆的舞蹈，想到的是风中的树木。新疆的树，随风而舞，摇摇摆摆，起起伏伏。风大，大舞；风小，小舞。哪一棵树也不敢停下舞步，停下了就会被风摧折筋骨。顺势而为，顺势而生，新疆的人个个如同新疆的树。

新疆不是每一个地方都长树，荒凉的戈壁不长，寂寥的沙漠不长，炽热的火焰山不长。似乎用“贫瘠”就能说明不长树木的原因，然而，若要是把地皮轻轻一揭，火焰般喷射的是石油，几乎要自燃的是煤炭，滔滔不绝的是天然气，更别说还有悄然隐身的黄金。谁还敢轻易断定新疆贫瘠？新疆是富有的，只是将富有潜藏在荒凉贫瘠的服饰里面，偶尔才把极少的财宝抖落给世人，给他个意想不到的小恩惠。

由是，新疆有了妩媚曼妙的云中天池，有了风吹草低的白杨沟牧场，有了将蓝天白云拥抱在怀的喀纳斯湖，有了绿洲明珠般的哈密和吐鲁番。这两颗绿洲明珠，一颗以哈密瓜闻名遐迩，一颗以葡萄干扬名远近。瓜和葡萄，早已不是新疆的专利，自从卫青、霍去病的铁骑旋卷而过，自从张骞的驼队悠然而过，甜蜜的种子就撒播开去。黄土地、黑土地、红土地，都有了瓜果飘香的秋季。可是，有哪家的瓜和葡萄敢与新疆的相比？比甜比不过新疆，比香比不过新疆。甜与香之美、之最，都在新疆。不过，打开那成熟的法宝，可不是谁人都敢试身的，那法宝是刻骨铭心的炼狱。

炼狱？炼狱！

这炼狱是昼和夜的奋力合围，是热和凉的交替夹击。热起来，热得烈焰漫卷，像是要将人旋卷进去，炙烤成肉干。凉起来，凉得如秋深夜阑，披上棉衣也不觉得温暖。人们笑谈，围着火炉吃西瓜，说的就是这落差极大的气候。这热和凉就在白昼与黑夜间轮回交替，大热大凉，忽来忽去，大起大落，备受折磨。折磨着人，折磨着物，大大小小的禾苗皆逃不脱这般煎熬，瓜与葡萄岂能例外！可这大热大凉，大起大落的煎熬，没有热烂瓜果，没有冻坏葡萄，反而让它们凝结出罕见的甜，罕见的香。还从那香甜里飞出了一首歌：

新疆是个好地方！

这美妙的音韵里，流淌着动人心弦的旋律；这动人心弦的旋律里，流淌着阿凡提幽默的笑声。那笑声清纯而又繁复，有戈壁骆驼刺的坚毅，有沙漠胡杨树的刚劲，有天山云杉林的挺拔，有冰峰雪莲花的芳芬，有草原无名草的柔韧……这些苦难炼狱出来的生命，犹如祖祖辈辈繁衍生息在这里的新疆人。天地的辽远和灵秀化作新疆人的胸臆，气候的火热和冰洁化作新疆人的性情。这胸臆和性情喷射出来，就是将苦难转化为快乐的谐趣人生。

毫无疑问，谐趣人生就是由众生品格聚合而成的阿凡提。

新疆大地，长满了阿凡提，树和人到处是！

乔口古镇的豆子芝麻茶

俞　胜

回到北京一个月了，我记忆中的乔口古镇，最美的景色不是江边曲折的栈道，不是垂钓渔夫和码头工人的雕塑，也不是倒映着黑瓦石墙、木门木窗的一池江水。

我记忆中最美的景色是乔江书院里的一杯茶，一杯豆子芝麻茶。

这是我平生第一次喝的豆子芝麻茶，也是我平生第一次见到的豆子芝麻茶。炒熟的黄豆和芝麻，伴着细碎的姜丝和茶叶末，一半漂浮在杯中，一半沉落在杯底，像一幅绝美的丰收画。

热腾腾、香喷喷的豆子芝麻茶递到手中，喝起来，豆味、芝麻味、茶叶味、姜味、盐味，还有水的甜味，品这种种混杂在一起的滋味，就觉得这哪里是在品茶，分别是在品一个人的一生，自己的，也可以是他人的。

这茶除了解渴，还具有清暑解热、祛寒去风、健脾开胃、益气怡神等功效，常喝此茶可以益寿延年。怪不得乔口的寿星那么多，百寿街门口的百寿牌坊上镌刻了三十多位百岁以上老人的姓氏和生卒年。依然健在的百岁以上的老人还有几十位。这茶仿佛是一把密钥，能用它打开乔口古镇人的长寿之谜。

我想，供奉在乔口古镇“三贤祠”里三贤应该没有喝过此茶。三位贤人，屈原在 62 岁那年结束了自己的生命；贾谊短暂的一生在 33 岁那年戛然而逝；杜甫也只活了 58 岁。

而且，根据史料，豆子芝麻茶最早出现在晚唐诗人薛能的诗中：盐损添常戒，姜宜著更夸。“三贤”出生的时代，长沙的老百姓还没有发明这种益寿延年的茶。薛能约生于公元 817 年，他出生的那一年，“三贤祠”中的最后一贤——杜甫已经辞世 47 年了。假如考虑到诗家的记录可能比现实生活发生的要滞后的因素，“三贤”中也可能只有杜甫一个人喝过这样的豆子芝麻茶。

杜甫来到乔口这一年，是公元769年。故人韦之晋任衡州（衡阳）刺史，杜甫想去韦之晋手下谋一份差事，从川入湘，经过乔口，写下了让今天的乔口人津津乐道的《入乔口》诗：

> 漠漠旧京远，迟迟归路赊。
> 残年旁水国，落日对春华。
> 树蜜早蜂乱，江泥轻燕斜。
> 贾生骨已朽，凄恻近长沙。

那么，假如杜甫喝过豆子芝麻茶，他从中品出的恐怕多是盐的苦咸和姜丝的辛辣。他叹贾生的凄恻，何尝不是自叹。杜甫卒于公元770年，也许到乔口的时候，他就有了自己来日无多的预感。

杜甫哀悼的贾谊应该没有喝过豆子芝麻茶。公元前177年，贾谊为长沙王太傅时，经乔口去汨罗江悼念屈原，写下了千古名篇《吊屈原赋》，在赋中哀叹屈原生逢不祥，对屈原寄予了无限的同情，但反对屈原投江自尽，认为屈原最终的不幸在于他未能“自引而远去”，贾谊主张“远浊世而自藏”，以此保全自己。然而，让我一直没有搞明白的是，这个自诩为“翔于千仞，览德辉而下之”的凤凰，这个才调绝伦的贾生，却在几年后因梁怀王坠马，抑郁而亡。难不成是因为他来到乔口，没有喝到豆子芝麻茶，有一个健康的灵魂的人却没有一个健康的体魄。

贾谊哀悼的屈原更是不用说了，这个“众人皆醉我独醒，举世皆浊我独清”的人，从洞庭湖上溯湘江，途经乔口。他没有喝到豆子芝麻茶，但他把自己的一生化作了一杯豆子芝麻茶，让后人细细地品，有滋有味地品，却没有谁能一一品出这杯茶中所包含的种种况味。

我们来乔口古镇的那天，屈原、贾谊和杜甫相聚在三贤祠里，圣哲一般地望着来朝拜他们的后人，嘴角泛着浅浅而又意味深长的笑。

往事越千年，韶华虽然飞逝，然而乔口古镇的妩媚与繁华仍在。那天，我来到乔口古镇，望着街上杂沓的脚步，想着，除了“三贤”外，还有多少璀璨的群星来过这里。

在如烟的往事中，我看到了一条船从乔江驶来，一对夫妇相拥着站在船头，惊艳了三国时代。

来到乔口，我才知道，乔口这个美丽的名字，竟然来自美丽的小乔。原来有着“长沙十万户，乔口八千家；朝有千人作揖，夜有万盏明灯”之美誉的乔口，竟然与我家乡的人物相遇，撞出一朵娇艳的鲜花。

我的家乡安徽桐城，周瑜的家乡安徽舒城，桐城和舒城紧邻；小乔的家乡安徽潜山，桐城与潜山同属安庆市管辖。

传说，周瑜当年携小乔率领水军由洞庭湖入此江而上，两人新婚燕尔，缱绻在这条江上，这条江便得名为“乔江”，而此地因处乔江与湘江交汇入口，便得名为“乔口”。

周瑜和小乔也应该没有喝过豆子芝麻茶。赤壁之战后，刘璋任益州牧，张鲁不断生事滋扰。周瑜向孙权建议：“今曹操新折衄，方忧在腹心，未能与将军连兵相事也。乞与奋威俱进取蜀，得蜀而并张鲁，因留奋威固守其地，好与马超结援。瑜还与将军据襄阳以蹙操，北方可图也。”（《三国志·吴书·周瑜鲁肃吕蒙传》）奋威将军是孙权的堂兄孙瑜。孙权非常赞同周瑜的建议。周瑜为了准备出征，当即从建业赶回江陵。谁料天妒英才，半途染病，死于巴丘（今湖南岳阳。一说死于庐陵巴丘，今峡江县巴邱镇），享年36岁。灵柩运回吴郡。

安徽的说法，周瑜病逝后，小乔回到夫家，扶养遗孤，公元223年病逝，享年47岁。安徽有两座小乔墓，一在庐江，一在南陵。

可是，在离乔口不远的湖南岳阳也有一座小乔墓。按照流传在湖南的说法，小乔跟随周瑜镇守巴丘，死后葬于此地。如此说来，小乔是死在周瑜之前了。

我家乡的一位美丽又才华横溢的女子，来到这么一个养生福地，却让她青春早逝。

湖南的传说怎么可以如此狠心呢！

牛　殇

黑　丰

一直以来，有一件提起便令我深感汗颜的事，便是对用来耕种粮食的牛的形象从建立到血肉丰满竟然始于最近、始于一次城里的际遇——其实，牛从古至今一直就美丽地摇着尾巴在绿野乡村的各处走动，而我却总是视而不见。以前，在乡村采风或寻古也经常见到它，但这种“见”在我现在看来尚未达到“觉悟”或“洞见”，只是一般意义上的望见，一般意义上的望见了它的背脊与后胯。当我的视点稍作移位，在河湾的一丛蓼草上，在一朵打着旋儿漂去的浪花上，在一只美丽的八哥身上转悠的当儿，它们便摇着尾巴轻轻地滑了过去，滑出了我的视野。

那是在众多高层建筑簇拥、人群簇拥的城里，在严峻的北方，在硬得无论怎么啃也啃不动的不毛之地（水泥地）上，在人畜都到了皆夜宿的那种难熬的时分我遭遇了牛。牛在这种地方出现想来是有些后怕的，而且是在中国偏北的一个城里的初冬。那次我因事要在此城作短期逗留，这已是在这个城里的最后一天的晚上。而我却想出去走走，走出去的时候我看了一下公寓里的时钟，时间已悄悄靠近了子时。人们也许都睡着了，城里的另一部分特别奢好夜游的人们也收住了自己幽灵般的影子。毕竟是城里，尤其夜晚的城里，各种彩灯却依然花枝招展的美丽着。而我要说的是这座城里的街道里弄拐弯处，一家某某馆子的门前，一颗帽子灯照得像初春的太阳，暖洋洋的。一种越冬也不凋叶的树罩住了这条午夜的牛，并投以梦幻般的光斑与叶影。从这里的这幅图景上端详，谁能看出牛要在这里受难呢？我从牛的身边走过，那牛仿佛没有察觉（或许懒得察觉）。它的眼睛眯着，尾巴慢腾腾地摇着，它的嘴像它的祖祖辈辈牛们的嘴那样在“反刍”。这情形分明是一种晌午情状下的小憩。它样子分明是刚刚饮过水，吃过从河湾那边割来的青草，它就在这蝴蝶也不飞狗也不在地上走的地方小憩。当我走到它的近旁便自动地停住了脚步，我被它的神情所吸引并震动。我看出它的生理年龄尚处于它的青年时期，它的每一股绷紧的肌肉都仿佛储藏着永不枯竭的力量……设想用这种牛犁地一定毋庸一袋烟的工夫，一块亩见方的田畴便要全部翻成一片黑得冒油的泥垡——可是这种猛力过胜的牛竟然被挽留在城里的这片水泥地上。眼前没有它最爱吃的苜蓿和肉拌跟子草，更不用一枚羞怯的小叶和一朵小蓝花。鼻子一嗅再嗅也难以从陌生的气味中分辨出它所熟悉的青草与土地散发出来的清芬……啊啊，哪怕是一小枚叶子刮刮鼻儿也好啊！平时，它吃草的时候就是这样：一边被小叶子刮着鼻儿；一边吃着草，痒痒的，又舒服又香甜。尤其是那种露水草，胃口特别好——可是，眼前，也就是鼻子之前，只有一截嚼不动的水泥柱子，它的鼻子就拴在这根水泥柱子上。拴鼻子的绳子是它熟悉的那种——麻绳。牛从小就跟着这根绳子进出牛栏、河边、田野，但与往常不同的是在这根绳子的外围，也就是在它的颈项上附加了一根见所未见，闻所未闻的绳子。这根陌生的绳子又阴又冷，像冷血的蛇一样缠住了它。这条“蛇”由一个又一个“〇”所组成。它不懂……它一眨不眨地看着它，看“〇”的形状越来越大，变化成了一个圆圆的大花环……不知过了多大一会，它听见了隐隐的金石之声，纯金属声，它所站立的地面就开始盘旋，旋着旋着就开始下陷，它的双腿也跟着一起下陷，忽地一下它就跌进了地下漆黑的深渊，它轻轻地哼了一下，它听见地下有水流动，它一看是地下泉……眨眨眼什么也没有，原来是幻觉，一切都似乎是一场虚无，眼前只有水泥柱子，水泥地，刀子般的寒风，还有我这个它似乎永远也不会看懂的人。

牛啊，你能够顺利地跨过午夜的地界到明天去吗？

——太阳正在地球的对面滚动。太阳就要滑过来。太阳将驱散你周身的阴寒——让我砸开你的铁链，让我拽紧你所熟悉的麻绳，让我们一起走过温热的地面，让我们一起回到你梦萦魂绕的乡村去吧！

回到寓所，很久，不能平静。我在想那头牛，也想我自己。在城里，我也像它一样的陌生，两边是高得望酸脖子的银辉闪闪的楼群，楼群遮蔽了我的谷物生存的田庄，遮蔽了人畜融和的家园……牛是我在这里见到的唯一的亲“人”，见它我有一种抑制不住的喜悦。但这种“喜悦”很快就被一种“忧虑”所笼罩。故“人”的处境是如此的不容乐观。它其实冷得发抖，且喷着响鼻。不达言辞的它也许以为熬上这一夜，明天就要回家了。想想第二天，它能回家吗？

第二天转眼就到了。

第二天果然是亮晶晶的一天。可是，牛，一夜之间已经由一物变化为另一物了。虽然这些早已是意料中的事，但我仍不免要惊骇于这种残酷地解构一个活物的现象——这难道是很古的以前，牛骨便与人骨亲切共眠于一处的牛？这是为我们耕种出人类所需要的第一颗粮食的牛？这是奋蹄入田的给中国农业文化带来第一缕曙光的牛吗?!

不，这是牛肉!!

它的魂灵早已不复存在。牛皮早已铺在地上。血几乎溅红了整个巷子……

早晨，各家餐馆都开门迎客。铁钩上的牛肉在减少，在一块一块的消失，每隔一段时间便消失一块。睡了一夜，第二天一早爬起来的城里人似乎只认识牛肉面、麻辣牛肉及四川的毛肚火锅。坐在热气腾腾的面馆、清真馆，谁又理会这已成过去的几多生命情节呢？谁又理会这碗里的牛肉片与牛肉丝原来是由一条半夜就冷得发抖，喷着响鼻的生灵变化而来的呢？——我们能说服屠夫把刀子悬挂起来或收藏起来吗？我们能说服屠夫把刀子收藏起来，可是我们能说服那些做牛肉生意的摊点及餐馆吗？纵然我们说服了摊点及餐馆，我们能说服那些每天都要定时吃拉面吃牛肉面和牛肉片的食客吗？纵然都能说服，那么，牛身上的被人类发现了的高蛋白和丰富的价值也是不能给白白地浪费掉的，纵然是自然死亡，人也要把它们当食物吃掉。何况解牛食牛早已有历史有典故（庖丁解牛）的。所以人们对牛的食用是理直气壮的。

牛啊，看来你命中注定有此一劫。虽说你终日吃草，终日在田间不停地劳作，但比起食肉（且食人）的虎来，你的命运就差多了。

记得有一年发大水，水上来，淤泥也跟着上来了。水退之后，留下半人多深的淤泥在河坡。牛们在河岸上吃草。一会，太阳上来，很热。这些水牛们水性大发，便深入到河里饮水卧水。大牛们去了，小牛犊们也跟着去……一会儿，解了暑的大牛经过一番挣扎上了河岸。这下可苦了那些有如幼童的小牛犊，全陷在河坡的一片淤泥里。一群黑八哥在河边盘桓着飞。小牛犊这里一动，那里一动，愈动愈深。不知谁一声惊呼，大人们才从树林子的竹床上一个鹞子翻身，拿了缆绳、木杠，来到河坡。这里挖一条，那里挖一条，好像是海边的人们在挖掘大海退潮后留下的馈赠。人们手挖、绳拉、肩扛，牛犊们才被一条一条地“请”到岸上。裹着一身淤泥的小牛犊面面相觑，很不方便很不自在地走了好一会，才欢腾起来。

仿佛只一晃，记忆中的小牛犊便脱去了稚气的稀泥，才长出了一对小犄角，才刚欢腾起来，尚处于做梦的年龄——却忽地从空中从美丽的虚幻中坠落下来，仿佛是轻轻的一条白带一飘，生命便离开了自己，刚刚长出一对美丽的小犄角就被挂在铁架子上。眼眸圆鼓鼓的。是我所熟悉的那种红眼牯。它痴迷地望着天空中那渐次辽远渐渐加厚却永远捉摸不透的浩瀚的蓝色。它的眸子永远是那种处变不惊的宁静（一切都仿佛没有发生。半夜就开始砉砉砉砉砉砉的响动，半夜就开始分崩离析的好像不是自己，那“哞——”的一声长鸣，那最后的搏动，那像水龙头喷水又断水时所发出的嗽嗽嗽嗽嗽嗽的响声仿佛远去或发生在距离它不远的另一生物的身上），它的眸子始终痴情地凝视着天空，像是耐心地等待着一种不可知的神秘事物的凌空出现，就像它儿时陷入淤泥那样，它不知道害怕；又像是谛听隐秘的空间随时可能出现的乐音（隐语无穷的乐音）；更像是沉沦于一种逸得很远的有如甘芳香醇般的关涉秋空下的黄色草垛的回忆……越来越芜杂的市声也未能阻止它的这种近乎执拗的深陷其中的情状——隐约之中，仿佛真有一首歌自天幕之外传来……

八哥呀，你在哪里飞？
河边草坡呀，你让我最后滚一回！
农人啊，我的朋友。
请你包着我的骨头归。
我的犁在哪里，
我的田畴在哪里？
人啊，我的朋友，请你重新给我套上轭头，
让我最后为你走一回！
——最后为你走一回！！

我仿佛预见了那牛眼里涌动着的泪珠，我多么想为它掏出一方手帕，甚至抱着牛头“归”……

——可是，现实不允许我这样去做，现实就像一场噩梦，请原谅我这样说，请让我说再见！我马上就要离开这高楼围起的城市，到另一个地方去谋生，到另一个地方去呼吸。一个空气绝少那种血腥的地方——去安慰你的鸟八哥，规劝刮你鼻儿的草叶们及怀念你的农人们。

竹林下的童年

宓　月

小时候，我老家周围有一大片毛竹林。那时，我还未读到苏东坡的诗“宁可食无肉，不可居无竹”，也不知道竹在文人墨客心目中的独特地位，只知道竹笋一旦经过妈妈的手，便成了美味。父亲用竹子编的竹椅、竹篮、蝈蝈笼，精巧秀美，让我爱不释手。直到现在，我仍然觉得，用竹片编制的篱笆墙、搭建的瓜架，是乡村最具诗意的景致。

竹子在我童年的生活中无处不在。以至于很多时候我甚至没意识到它们是竹子，倒像是熟悉得不能再熟悉的伙伴。睡在凉幽幽的竹席上。狼吞虎咽妈妈做的笋干菜。提着竹笆篓跟爸爸捉鱼……

乡下的孩子没有什么特别的玩具，但置身于大自然的孩子永远不会感到寂寞无趣。屋旁的那片竹林，便是我经常冒险探索的去处。那一竿竿毛竹，像一个个瘦高的巨人，在十多米高的天空忽然散开枝叶，彼此手挽手，连成了一片翠绿的华盖。在竹林里游走，会有一种莫名的安全感，好像被竹子们温暖地呵护着。天空偶然下点毛毛雨，在竹林里是感觉不到的，要下大雨才会有缕缕水柱往下淌。烈日也只能透过密密的竹叶，漏下一个个不规则的光斑。

竹林里最神奇的是春天。每年三四月份，第一声春雷过后，竹笋就像听到召唤的勇士，一个个突然从泥土里冒出来，有些是从岩石缝里硬生生地撑起来。它们好像拥有某种神力，什么都阻挡不了它们往上长，又快又高，与香樟树交织在一起，直触蓝天。刚开始，我还想与竹笋比高矮，没过几天，我就得对它们仰望才行。它们一边上长，一边脱下笋壳，露出青绿的竹节。我记得我经常在竹林里做记号，在刚刚脱了笋壳的竹节上乱刻乱画，每天去看它们长高了多少。

等到春笋们都长成了新竹，竹林里的小动物、小花小草也逐渐多起来。奇异的野花，凭空冒出来似的，一簇簇绽放。远远看去，细碎而亲密的小花，仿佛散落在地的花手帕，忍不住想去捡拾。鲜丽的花朵，东一朵西一朵，孤零零地立在草丛上，分外妖艳。

当然，竹林里并不全是美好，有时也隐伏着危险。不知道有什么东西潜伏在草丛深处，待你毫无防备地靠近时，会陡然箭一般射出来，甚至都来不及看清那是什么。相比较那些蚱蜢、鸟儿、兔子，我最怕的是突然蹿出一条蛇来。有一次，一条翠绿的蛇猛地从我眼前掠过，倏忽又消失在草丛里，我像被定住了一样吓得很久不敢动弹。奶奶说，那叫竹叶青蛇，一般不咬人，但我仍然怕得要命。

我从不敢一个人往竹林深处去，虽然我很想知道这片竹林的边界在什么地方，何处是它们的尽头。唯独一次，我追着一只七星瓢虫越走越远，耳边只剩下竹枝竹叶互相抚弄的窸窣声，风在竹林间游走的呜呜声，以及不知什么东西掉落或惊起的簌簌声。听不到大人们的说话声，天空越来越幽暗。在偌大的竹林里，我感觉到处都有看不见的生命在窸动，而我是如此弱小，如此微不足道。特别是突然一阵狂风吹来，整个竹林回荡着山呼海啸般的狂涛，似有千军万马在奔腾咆哮，又倏来忽去……那是我第一次感受到大自然让人惊诧令人害怕的力量。

那时，我多么希望自己有腾云驾雾的本领，到竹梢上去看看。身体虽然飞不起来，想象却可以穿越天际。晴好的天气，仰面躺在一块大青石上，纷繁的思绪便像片片翠绿的竹叶，满天闪烁……后来看电影《藏龙卧虎》，一看到剑客在竹林里飘来荡去、舞刀弄剑的情景，不觉哑然失笑，我小时候想象的故事可比这精彩有趣得多。

在竹林里，只要静下心来，就会听到各种神奇的声音，仿佛有无数生命在蹑手蹑脚地忙碌。我一般只敢在离家最近的竹林边上玩，而且叫上大黄狗陪在身边。竹林是我童年的足迹最早踏入的陌生领地，但我始终小心翼翼，不敢深入，只是把无数的想象装满竹林。我至今痴迷于文字营造的世界，是不是缘于这片童年的竹林，我不知道。但我知道，有一棵笋子总是跨过隔开竹林的那条小路，固执地走到菜园子里来，想走进我们的生活。

方成和相声

姜　昆

最害怕的事情还是来了。

8 月 22 日，他永远地离开了这个世界。

两个月前他住院，我去看他，他睁了睁眼，没说什么。我与他忘年之交 40 年，估计，该说的话都跟我说了。

今年元旦，我去看他，他问我："知道我多大岁数吗？"我兴高采烈地回答："一百岁！"他乐呵呵地说："我 1918 年生人！"我说："我小您 32 岁。"他说："岁数大了，算不上来了。"突然，他又问我："你有徒弟吗？"我说："有啊！""让他们好好说相声，现在我听不见新相声了！"我说："明天我就给您送来，您抱着 iPad 听！"他看见我不说别的，就是相声。

他太喜欢相声了。

方成说："世界有一个卓别林，中国有一个侯宝林，这都是唯一的，而且是复制不出来的。"

他崇拜侯宝林："他的相声没有一个字儿是废话，我得向他学，画画儿不能多一道儿。"

方成自己说的话都跟相声似的。

别人问他职业，他说："我是画小人儿的。"

别人问他学历，他说："学化学的，'画'和'化'同音，将错就错画画儿了。"

别人问他优点，他骄傲地说："画政治漫画的！"

别人问他缺点，他说："不关心政治。"

酒厂的老板见他说："久闻大名！"他回答说："大闻酒名！"

方成对相声新人太好了。

以我为例。我 28 岁的时候，几乎每个星期他都和我一起骑着自行车去串门，去著名的电影导演谢添家，去他的老朋友钟灵家，去北影宿舍看望赵子岳、于洋，去大翻译家杨宪益、戴乃迭夫妇家，去画家黄苗子、郁风夫妇和丁聪家，去大诗人、学者邵燕祥、吴晓玲家。

他和我说："说相声的都应该是杂家，无不行，百事通，想学东西，就要拜各路神仙。"

28岁的我尾随着60岁的他，两辆又老又旧的自行车，伴我们走遍了北京的四九城。我现在隐隐约约地感觉到，方成老是有意识地带我，他从我的《如此照相》中似乎看到了我身上承载着相声传承的历史使命，于是，他出于一个老艺术家的文化自觉，义务地担起这种传帮带的责任。

他的传帮带并不局限于此。

他带我读了大量世界级的与幽默有关的著作。正是从他的书架上，我知道了苏联的杂文作家左琴科、美国的作家马克·吐温、土耳其的幽默作家、英国的幽默作家。除此以外，方成还带我读了研究幽默的理论经典，像柏格森的《笑——论滑稽的意义》、赫伯的《论幽默》、老舍的《幽默论》、让·诺安的《笑的历史》等。

当然，读得最多的还是方成写的书，那些研究幽默的理论书籍和他的作品集，几乎挤满了我的书柜。方成的一个朋友曾经告诉记者："要采访方成读书方面的事，那是绝对没问题，不过你进门的时候得侧着身走，别把人家的书墙给碰倒了。"记者心想，方成肯定有很多很多书，但进门时却看不到一本书，心里正纳闷，只见方老左右一推，两道推拉门打开了。嘀，整整一面墙的大衣柜摆得满满当当，别人装衣服，他装书。别看书那么多，但是方成能够如数家珍地在一大堆书中，信手拈来他和你讲的那本，和电脑检索的准确性没有什么两样。这老头多神呀！

让我最崇敬的是，他有一句话常挂嘴边："别忘了，我是你们《曲艺》杂志的资深评委。"是啊，他为我们《曲艺》杂志当了二十年评委，却没有拿过一分钱补助，没有享受过任何福利。二十年，全部是奉献，原因也是他酷爱相声。

他八十岁以后，我每年都为他过一个最简朴的生日——我和我的爱人与敬爱的方成先生在他家旁边的小饭馆吃一顿烤鸭。有两次叫上了我们曲艺界的一些专家。

大家总是为他的谦虚、和蔼、低调所折服，但我也曾听他说出骄傲的话语："你仔细看看我的漫画文字旁白，哪一句都是相声！不信，你一句一句地念去！"

仰望泰山的星空

柳 萍

历史渐渐远去，但又并未真正的远去。当我们面对一处久远的文化遗存，凝望废墟下的一砖一瓦、一草一木、一截残垣断碑，时光是沧桑而沉寂的。

透过这充满历史感的痕迹，依旧可以感受到一种穿越时空的震撼，一份来自久远的情怀触动。

而当我们去探寻、发现、思考时，历史仿佛又“活”了过来。遥望泰山历史文化的星空，这种感觉尤其强烈而真切。泰山就像一部底蕴厚重的大书，翻开这本“书”，泰山历史深处的古韵悠悠、书香袅袅，那些人、那曾经的故事，似乎离我们并不遥远。

北宋四大书院，徂徕书院居首。而徂徕书院与泰山书院一脉相承、一衣带水，就如同泰山与徂徕山的姊妹关系，南北相对，距离不远，文脉相连。泰山、徂徕山的书院，共同发出了宋代理学的先声，开启了宋代古文运动的序幕。

正是仲春四月，花开草长，徂徕山上春意萌动，远处鸡犬相闻，鸟鸣山幽，静谧悠然，山坡上几株桃花绽放着灼灼芳华。沿着蜿蜒曲折的山间小路行进，穿过一片草丛，眼前豁然开阔。一片因地制宜、依山而建的颓废古老的建筑群默然静立，断壁残垣、荒草杂生，几块零星的碑刻散落其间，颇有些“吴宫芳草埋幽径”的古意。门窗廊亭早已不复存在，但基本格局犹可辨析。带路的朋友说，这里便是金代文坛盟主、书法家党怀英的作书房遗址，是其当年读书的地方。据说，宋代徂徕书院遗址，就在此地附近，但是由于年代久远，书院遗址怕是早已被风尘湮没。眼前的作书房，历经光阴变迁，又横遭日寇扫荡，早已颓败不堪，满目荒芜。拂去一块碑刻上的轻尘，逐字读下，乃知此碑记述了重修作书房的经过。

公元 1035 年，著名学者石介将落拓不第、但学识渊博的孙复请至泰山讲学，两人共同创建泰山书院。起初在岱庙东南的汉柏林地建馆兴学授课，称“信道堂”，随后正式称作“泰山书院”。后来，泰山书院迁移到泰山凌汉峰的栖真寺，也就是现在的五贤祠所在处。

三年后，在家守丧的石介在徂徕山创建徂徕书院，孙复被尊称为“泰山先生”，石介则被尊称“徂徕先生”，两人共同撑起了泰山、徂徕书院的书香文道风骨，并创立影响久远的“泰山学派”，在北宋时期名扬天下。

面对这片沧桑废墟，耳畔犹有朗朗的读书声若隐若现响起。一千多年前，来自四面八方的学子是否就是怀着对真理、对真知孜孜以求的执念，在眼前这蜿蜒起伏的徂徕山路间负笈而行？而不远处那口早已荒芜、深不可测的老井，党怀英当年是否也曾经沐浴着云霞朝露，到此汲水，然后肩担竹杖，悠然远去？

如果不是这些题刻，遗存的废墟，那些文字的记载，我们怎能想到，在这样一个幽深寂静的山林中，曾经有过那样令世人惊叹仰慕的书香绽放！

泰山徂徕书韵长，溪涧犹腾翰墨香。古代先贤治学条件虽然艰苦，但勤勉纯粹，心无旁骛，志怀天下，胸有乾坤。他们的精神已经深深地融进了泰山的草木之中，变成了泰山的风骨，影响着一代又一代人的成长。

泰山不仅与书院、书香有缘，更与圣人有不解之缘。

2000 多年前，春秋时期的一天，孔子登上泰山极顶。与历代帝王封禅泰山相比，孔子登临泰山并没有气势浩荡的仪仗队，没有喧嚣与豪华，有的只是默默的瞭望，只有深沉的凝思。孔子站在泰山顶上，群山匍匐，天云相接，一切都显得那么渺小、微不足道。天地间一片寂静，唯有壮观的山川天地大美涤荡心胸。

他来到瞻鲁台，俯瞰自己的祖国，又登上秦观峰向西遥望中原和远在关中的秦国。谁也不知道，这位身材高大，须髯飘飘的老人孤寂地伫立在泰山之巅时在想什么，他就这样默默凝视着春秋时期的天空和天下。沉思良久，孔子发出了“登东山而小鲁，登泰山而小天下”的感怀。

孔子的学生林放，是泰山脚下放城人士，有一次师生二人来到放城附近的石崖子，向南眺望，只见河水滔滔，奔流不息，孔子喟然长叹：

“逝者如斯夫，不舍昼夜！”

泰山吐纳风云、呼吸宇宙的大气象，贯通着天地的生命气息和哲理，泰山极大地拓展了孔子的胸襟抱负和思想境界，推动了其学说更臻成熟。圣山，圣人，在此际会风云，泰山与孔子，注定会凝为一个具有哲学意义的文化符号，永久定格。人们把泰山与孔子互喻：即“孔子圣中之泰山，泰山岳中之孔子”。

历史的车轮隆隆驶过春秋大地，伴着孔子师生一路弦歌吟诵，圣人在泰山上发出的声音，深沉地在泰山的天空上回荡。

泰山还与诗人有缘。

泰山之阳，一条竹溪，诗意流淌。公元 737 年，李白与孔巢文等五位诗友在泰山南侧二十多公里的徂徕山竹溪隐居近六年，他们举杯邀月，啸傲泉石，世人称为“竹溪六逸”。今天，清澈的溪水在竹丛旁边“哗啦啦”流过，仿佛是当年竹溪的诗情一直在流淌，流淌了千载，一直流淌到今天，依然清澈，叮咚作响。

公元 740 年，杜甫途经泰山脚下，东望泰山，写下《望岳》：“岱宗夫如何？齐鲁青未了。会当凌绝顶，一览众山小。”的千古绝唱。这首诗刻于泰山极顶处，从此处俯瞰群山，万壑苍茫，烟霞云海，气象万千，这种登高望远的心境，不正与孔子当年胸怀一颗赤胆忠心和天下兴亡，匹夫有责的担当，登临泰山时的心境是一样的么？他们与泰山的对话，穿越历史的时空，巧合地重叠在了一起。

“醉别复几日，登临遍池台。何时石门路，重有金樽开？秋波落泗水，海色明徂徕。飞蓬各自远，且尽手中杯！”公元 745 年，诗仙李白和诗圣杜甫在泰山、徂徕山一带携手同游、诗酒唱和，最后依依惜别，李白作此诗送别杜甫。但他们谁都没有想到，徂徕山一别，竟成永诀，两位文坛巨匠直至终老，再也无缘相见。

李、杜分别以豪放飘逸、沉郁雄浑的风格，开启了泰山诗歌创作的高峰，同时，泰山与徂徕山也见证了两位诗坛巨匠的友情、真情、至情。

泰山之巅，山青卷白云。向晚南望，“汶水徂徕如画”。240 多年前，清桐城派代表人物、散文家姚鼐冒着严寒风雪登上泰山，站在极顶远眺，还看到了“苍山负雪，明烛天南”的奇景……

透过朦胧缥缈的云烟，我们仿佛看到身受酷刑却矢志不移、以史立世的司马迁，奋笔疾书，发出了“人固有一死，或重于泰山，或轻于鸿毛”的铮铮誓言；仿佛看到“脚著谢公屐，身登青云梯”的东晋旅行家谢灵运，吟唱着“岱宗秀维岳，崔崒刺云天”，一路风尘而来……一个个影像飞快地划过泰山历史的星空。在中华几千年的文明历史进程中，泰山无疑是中华文化的缩影和中华民族精神的写照，烛照着一个民族的过去、现在和未来，演绎出的一幕幕瑰丽壮阔的故事。

是的，历史并未远去，而是又以另一种方式开启新的文化传承序幕。如今，泰山脚下的岱庙已经复建起了泰山书院“信道堂”，不定期举办国学讲堂、茶艺、书画交流活动，一个个身着汉服的小朋友，稚气未脱，清脆嘹亮的朗朗诵书声，穿越千载的时光，在汉柏院响起，响彻云霄。

与此同时，泰山皮影戏、泰山泥塑、泰山古诗词也逐渐走进泰山脚下许多学校的第二课堂，孩子们畅游在泰山文化的海洋，如痴如醉。徂徕山上的作书房，现已成为写生、摄影采风创作基地，迎来一批又一批的学子、作家、摄影师，他们用手中的画笔、镜头和文字将作书房和徂徕书院的文化气息，用一种现代的方式重温、铭记并绵延下来。

一切都曾驻足，一切都曾经过，一切又不会远去。那些先贤、哲人、文人因为泰山而激发出的理性、诗性、哲思的光辉，至今闪耀在泰山文化历史的星空，熠熠生辉，灿若星辰，泰山的文韵书香诗意流淌，绵绵不绝。那些曾经的故事，必将代代流传……

甘洛秘境中的清溪古道

刘建春

有人说，大凉山是中国最后的秘境。大凉山，这个被称为一方彝族文化的华野天地，群峰横亘，峡谷深切，万岭拔地，千仞插天……在这片古老的土地上，“南方丝绸之路”的必经之地“灵关道”蜿蜒于崇山峻岭之间，北达巴蜀、中原，南通边陲、外邦。这种奇险的山路，怎不使古人嗟哦、喟叹！

而甘洛则是秘境中的秘境，本色天成，遗世独立。其山峦起伏，高低悬殊，谷壁陡峭，河床狭窄。满目皆是高山、峡谷、河流、瀑布，其情其景，蔚为壮观，美不胜收。因时间关系，我们无暇走进彝人“朝觐”之地神山吉日波、旷世鬼魅的德布洛莫、绿色瑰宝的马鞍山和雄比三峡、险胜剑门的大渡河大峡谷……

但我们走进了具有两千多年历史的清溪古道，一条南方丝绸之路上自然风光最壮观、文化最为神秘的绝佳旅游线路，那是一道绮丽而壮观的风景。

踏上被绿草半遮半掩的青石板路，我们走在当年马帮运茶叶的清溪古道上。这是一首雄浑苍老的歌谣，流淌着沉甸甸的千百年的悲壮旋律，诠释着曾经的沧海桑田。看那路边田野里，一大片淡黄色的鸢尾花开得如火如荼，像彝人高擎的一杯杯米酒，迎接着远方的来客。宽大的青石板路蜿蜒在两山的夹沟里，又像一只柔情似水的手臂，紧紧挽着远古的辉煌和无奈，把千年的梦想一次次伸向青翠无边的遥远天际。

流年已逝，而时光依旧。古道香径，却物是人非。

清溪古道有着古老的历史。据史籍载，早在战国时期，清溪古道所行路线就成为“西南民族走廊”的重要一段。公元前383年秦献公时羌人南迁至蜀后，逐年向南迁移形成最初的通道，路经今汉源、甘洛、越西、喜德、冕宁、西昌等地。隋大历年间史万岁南征，首次对该道进行维修和开发；唐贞元十一年（799 年）川西节度使韦皋为和吐蕃通好南诏设“清溪关”。

清溪古道是国内仅存的年代最久远、保存最完整、路程最长、马蹄印最深的古代青石板路。地处甘洛坪坝乡境内，南北长 5 公里，是成都平原的“南城门”，古来即有“清溪、邛崃二关破，则成都破矣”一说。“广不盈丈，两岸壁立千仞，峡内溪流淙淙”，是唐设关御敌之要津，古来兵家必争之地。

“破寺撑危峡，僧归磬一鸣。涧水时滚雪，人语不闻声。古佛黯然坐，群山相向迎。下轿思小憩，微雨促登程。”清代诗人钟骏声这首《飞来寺》所描述的“危峡”，就是灵关古道上著名的清溪峡。

峡内草木丰茂、流水淙淙。两岸高峰耸立，苍翠森秀。沿途的古庙宇遗址、古兵站遗址、石桥、马道、天星眼、飞观音、断头崖……奇观异景，古韵悠悠，显示出自然和历史交相辉映的独特神韵。

清溪古道，是一条横穿古今的沸腾血脉，流淌着一首首滚热的唐诗宋词。那一个个深深的马蹄印，承载着厚重的历史回音，似乎是在向我们讲述那地老天荒的久远故事。

千年的古道，千年的足迹，千年的风雨，千年的沧桑……拂去历史的尘埃，穿过时光隧道，在若影若现的晨光夕照里，一种远古的尊贵和久远的文明扑面而来……

嶙峋的马背，驮着盐、茶叶、香料和蜀布……黝黑的赶马人，一袭汗褂，一壶浊酒，扬鞭奋蹄，翻山越岭，日夜兼程，追星赶月，一边驮着江山社稷，一边驮着家园梦想。潇潇风尘中，一曲曲驿站的歌谣“要吃饭河南站，要吃酒海棠有，要吃鸡到正西……”在天地之间悠悠回响，与清冽的山泉声遥遥呼应，不经意间，便催开了满山遍野的鸢尾花。

秦国的蜀郡太守张若在成都“修整里阓，市张列肆，与咸阳同制”后，巡查清溪古道；汉武帝拜司马相如为中郎将，命他持节出使西南夷，司马相如，日夜兼程，颠簸在清溪古道上；秉笔直书“史家之绝唱，无韵之离骚”《史记》的司马迁，年轻时任郎中也出使西南夷，蜀郡太守出城门皆喜相迎；大唐兵马风尘仆仆，千里而来，在这里布兵排阵，设关御敌；宋太祖赵匡胤吸取唐朝征讨南诏的教训，用玉斧在地图上沿大渡河划了一条线，说，“此外非吾所也”，遂以大渡河为界；统帅大军南征的忽必烈，“出肖关，驻六盘，八月绝挑，胸吐着”，从甘肃临洮入四川，经松潘王雅安地区后，分三路入滇。威尼斯商人马可波罗，从大都出发，经由河北到山西，自山西过黄河进入关中，然后从关中逾越秦岭到四川成都，辗转从古道到达云南。明代著名文学家杨升庵被贬后，曾多次往返川滇古道，感慨：“岂意飘零瘴海头，嘉陵回首转悠悠，江声月色那堪说，肠断金沙万里楼。”以今昔行旅思情相对，衬出离愁的痛苦。太平天国杰出的军事将领石达开，率大军途经甘洛期间，曾在月色下围着篝火，手扶吸管，低头畅饮当地名酒杆杆酒。喝到兴头时，石达开即兴赋诗一首：“千粒珍珠一瓮收，天子到了也低头；五岳捧住擎天柱，吸尽黄河水倒流”……

眼前，浩瀚的天空一片澄明，蓝得没有一丝微云。而脚下那一湾长长的青石板路，仿佛传来了悠悠的铃声和哒哒的马蹄声，走远了，走得很远、很远……那些与铃声和马蹄声一起走远的一代代英雄豪杰早已消逝在群山丛林中。但他们的精魂却深深融入莽莽苍山、浩浩田野里，化作一道道靓丽的彩虹，朗照着这条古道，成为甘洛历史文明这部厚重书籍中最为华彩的篇章。

母亲的炊烟

叶剑秀

最近常做梦，梦里的画面反复重叠，定格成一幅炊烟袅袅的乡村图画。关于炊烟的容颜，一直封存在过往的记忆里，我曾无数次回味和品读，却始终没有读懂她的丰富与曼妙。

炊烟是乡村的传统符号，悠远而绵长。炊烟在母亲粗糙的手掌上点燃，在母亲温暖的怀抱里流淌，经过灶膛和烟囱的氤氲蒸腾，环绕出笼，挺举起轻柔唯美的婀娜，飘荡成岁月的永恒温丽。

炊烟是所有母亲撷取土地杂草，精心烘焙后，奉献给蓝天的贵重礼品。炊烟是属于母亲的，只有母亲才能阐释炊烟的奇妙含义。

母亲说，炊烟是有颜色的。

在我的印象里，乡村轻柔飘荡的炊烟，是一片片灰蒙的薄云，单调而乏味，就那么软弱无力地随风飘散，无声无息地游移，既不绚丽美观，也不鲜艳炫目。母亲说，那是我没用心端详，如若凝神细看，炊烟的色彩就百式百样了。秸秆豆秧燃烧的炊烟，看上去灰蒙蒙的，却也有浓有淡；干木劈柴烧出的炊烟，稀薄如纱，浅黑中泛红像；矸石煤燃起的炊烟，必是浓稠的白雾，柔而坚韧。早上村头看炊烟，可见朝气霞光；中午野外观烟像，恍如银光升腾；落暮夕阳下，远望炊烟，犹见幽幽暗黛；若立于山冈俯瞰炊烟，那便是一幅水墨画了。站在不同的地方观看，炊烟的颜色自是不尽相同。只要用心观望，目之所及，心里存下的不仅是炊烟的颜色，还能记牢各家各户的灶台朝向。从高低不同的烟囱顶端看炊烟，凭借那颜色的差异，便可知晓主人家日子的穷富和冷暖。

母亲说，炊烟是有形状的。

我翻遍记忆的词典，始终没有找到关于炊烟形状的描述。我脑海里所储存的炊烟模样，是在有风时扯成长长的绺带，或薄如蝉翼，或浓密如绸，飘忽摇曳，蜿蜒起伏。飘高飘低，取决于风力，至于方向，那要看风从哪里来。无风的天气，炊烟有几分昂然，也有几分恣肆，挺直腰杆斗志冲天。只有在暮色合拢的傍晚时分，炊烟才略带几多娇情地弄出几分诗情画意。我浅显的理解，显然有悖于母亲的认知。在母亲眼里，炊烟不仅有形，还有神态迥异的多种姿态。天晴气爽，炊烟相依相偎，相携相扶，忽聚忽散，如狗、如猫，似羊、似牛，耍闹嬉戏，欢腾奔跑，这便是风调雨顺的日子了。如若阴云低垂，雾锁山河，炊烟就像患上瘟疫的病鸡病鸭，一副慵懒病态，瘫卧于村头的树枝树杈上，无神无色。这时的村子阴郁沉闷，凄风苦雨仿佛就在不远处，日子里便有了雾霾和晦气。

母亲说，炊烟是有味道的。

我只知道炊烟是有色气体，飘散以后无影无踪，留下的或许只有那淡淡的感觉和一晃而过的记忆。我聆听于母亲的讲述，才明白炊烟是有味道的。母亲说，田里的杂物柴草弄到灶膛里燃烧，锅里的食物被烟火煮出味道了，日子的苦甜被烟火熬出味道了，烟火自己能没有味道？炊烟的味道丰富绵延，五味杂陈。有草木的清香，有农人的汗咸；有怀里小孩的奶腥，有病床上老人药渣的苦涩；有嫁女娶亲的花炮喜悦味道，亦有送殡丧葬香火缭绕的气息。各种混合的味道，无论浓烈呛人，还是悲喜交替，终归是要融汇到一起的。上天闻了这味道，尽览人间世相，福祸吉祥的及时调理，注定了人间万象的又一次轮回。

母亲说，炊烟是有声音的。

记忆中的炊烟是懦弱的，样子柔软无力，秉性与世无争，任凭风雨欺凌，她都无怨无声，似乎骨子里天意般没有抗争与呐喊。母亲却说，炊烟是有声音的，不用心去听，永远也听不出来。炊烟的声音无比柔美，具有天籁般的音色，且蕴含着诱惑的力量。有时是温馨亲昵的呼唤，有时是体贴关爱的抚慰，只要你听到她的声音，便知道家在哪里，身归何处，永远不会迷失归途。炊烟袅袅升起，那种声音从家的地方传来，牛羊下山了，小鸟归巢了，劳作的车马随着农人的身影，驮一身汗水淋漓后的欢悦与爽快，回归自家庭院。母亲的家常话变成书面文字，已经滤掉了许多滋味，老人家说的虽是土语，追根溯源，却蕴涵汉唐古韵，如今却与方言混为一体，不再广为流传了。母亲摘掉老花镜，举目望着深邃的远方，头一点一点地说：千百年来，炊烟对远走他乡的人是想得到听得见的呼唤，无论他们在哪里，做什么职业，一早一晚或是刮风下雨的时候，就会想起家乡的村落房屋，想念炊烟升起时的种种动静。不由自主地放下手中活儿，望着家的方向发一会儿呆。是炊烟的轻声细语，抚慰着他们的疲倦的身心，想起家，想起身负的责任和家人的期望，肩头心头沉甸甸的，不是漂浮无根的人。

寻思母亲的话，我记忆里的炊烟生动起来，有了灵性，有了神采。炊烟像人，从诞生到成形，萃取的是大地的精华，那些草木，承受四季风霜雨露，一经燃烧，欢跳的是火焰，升腾的是炊烟。风来了，吹散了，看似无影无踪了，可身散了灵魂在，终究抵达的浩瀚辽阔的天空，完成了一种天与地的完美契合。

桃花红，梨花白

徐　迅

故乡县城难以忘怀的还有天宁寨。说是寨，其实是一个土堆，在县城的南边突然隆起的一个巨大的土堆。土堆上有草、有树、有几十幢房屋。低矮破败的是一些民房，像模像样的房屋是县委机关之所在——我之所以多年后对那里还念念不忘，是因为那里有一片桃树和梨树林。在桃树和梨树林的山下，还有一片湖田。春天，天宁寨上桃花红，梨花白；一到夏天，太阳暖暖地照着，寨脚下的湖田荷叶翩翩，莲红藕白……天宁寨由此成了县城人不可多得的去处，也成为我青春岁月里印象最为美好的事物之一。

我相信我是在一个春天误打误撞进天宁寨的。乡村当然有不少桃花梨树，偶尔的遇见，心头就会生出暖意，而眼前的一片桃花与梨花的怒放，心头就有莺歌燕舞，云蒸霞蔚的感觉。桃花、梨花，一株、两株、一群群的，次第开放。桃花开时，先是点点星星的猩红，然后一朵两朵的水红，水红的花蕊里黄金般舒展，远远望去猩红一片，而梨花呢，千朵万朵如雪似絮。花红柳绿的日子，阳光暖暖的，色彩斑斓的蝴蝶和嗡嗡的蜜蜂，有声有色地溅落其间，看那蝴蝶，再看那蜜蜂，我忽然想到，上天怎么把这么多美好的东西集中在一起呢？桃花红，梨花白，天宁寨上的花事是要持续一段时间的。几场风雨过后，桃花梨花落尽，我不知道那些花的果实哪里去了。但到了夏天，我必定走进有藕有莲有荷叶的湖边，湖叫雪湖，也是一个很美的名字。那时候，荷叶绿绿的，像一个巨大的手掌，偶尔有农人过来摘莲采藕的，藕拿出了水面白胖胖的，折断了有九孔十三丝，丝丝相连。当地人说，这在明朝可是皇帝吃的贡品呢！

天宁寨的故事当然还不止这些。史料记载，寨上原有天宁寺。明末史可法在此建天宁营，后来逐渐衍生为天宁寨。但农民起义军张献忠攻克这里，焚毁了寨子。嗣后，史可法改筑城垣，又再度驻守。两人在这里交锋征战多年。更有传说，天宁寨是曹操的战将张辽命士兵一天一夜堆成的。说是那一回，曹操率 83 万大军从中原直逼江北，攻打东吴，想取东吴而灭蜀，先行官张辽领 10 万人马驻扎在此，命部下修筑点将台，于是筑起土寨。曹操登上天宁寨，检阅将士，心中甚喜，大奖张辽，如此休整半月，浩浩荡荡直赴长江……故事说得有声有色。然而，多年前文物考古工作者们在这里发掘，却出土了几十余件陶器、石器、玉器等文物，从文物的堆积证明这里分属新石器早期和晚期两个文化层。可见，天宁寨很早就有人类居住，三国时的张辽在这里筑台建寨只是人们一个浪漫的想象。

还有一个是有关“舒台夜月”的传说。宋皇祐五年（1051 年），31 岁的王安石被任命为舒州通判。他在赴任途中，乘船在夜幕中行驶，忽有一位貌若天仙的女子，双手捧着一颗宝珠，踏浪而来，见他说：“闻君勤奋好学，特献上一颗夜明珠伴君夜读。”说罢就消失了。王安石抵达舒州后，便伴随那一颗“夜明珠”夜夜苦读。传说不知真假，史料上说王安石当舒州通判时，勤奋好学，勤政爱民，“以少施其所学”。政务之余，在天宁寨筑台夜读，屋里的明灯就像皎洁的月亮一样。于是人们把这一景观比喻“舒台夜月”，把他读书的地方称为舒王台。后人写诗道：“荆公读书处，夜月生光辉。台高月皎洁，清影照回廊。至今留胜迹，千古有余香。”明嘉靖年间，天宁寨上建了一个皖山书院，当时学子云集，文风昌盛，书香漫溢的天宁寨从此就有了一种文化的气息。

传说与神话夹杂在一起，曾经坚硬地充斥在我糟糕的青春岁月，让我懵然不知。同时，传说与神话又和历史交织在一起，就像一座巨大的迷宫，让一些像我这样偶有遐想的人有了寻找的理由和奔突的出口。只是，那时我还无法接受这些，我只是相信眼前的事物。眼前的桃红、荷绿、梨花白……自那一个春天误闯进那个桃红、荷绿、梨花白的世界，我开始朦朦胧胧地知道，这个世界远比现实社会美丽的是大自然，是自然界的这些植物的繁华和绚烂。我在故乡的县城一待就是十几年，十几年里，县城里有人，有故事，有事物的日新月异，但从不让我走心，唯有天宁寨的花团锦簇，却长久地叠印在我心里，成为故乡留在我心里的一个温润和柔软的部分。

听懂戏曲时，已是戏中人

王　洁

少年时期，曾随着祖父母在乡间看过许多戏。

古老的戏台是用黄土垒筑而成，四根被红漆刷过千万遍的柱子则坚韧地撑起一方天地。戏台两侧还颇有仪式感地开了两扇门，说是两扇门，实际上却是两口长方形的门洞，挂上简易的布帘，用来代表“出将”和“入相”。当时我年纪尚小，还不懂得情爱，只看那些面敷厚重脂粉的女子们步履轻盈地从一侧登台，一曲唱罢，又缓缓归矣。绯红色的脸颊，写满了青春烂漫。粉色罗裙摇曳起乡间的风，俗气中不乏某种生动。她们于嬉笑怒骂间演尽人生百态，片刻的光阴里已将众人的生活囊括其中。她们像行走于自然中的诗人，吟唱着那些早已被人们遗忘的故事。众人痴痴地陶醉于其中，随她们哭，随她们笑，随她们在别人的经历中醉生梦死一场。祖父也不例外，每每散戏归来，迎着夜间微弱的月光，他都要给我复述戏中情节，兴趣盎然，我则是一知半解的懵懂状态。

那时自然不晓得“少年子弟江湖老，红粉佳人两鬓斑”是何意。后来随着年龄的增长，阅历的丰厚，也多次同好友一起进入剧场看戏。古旧的戏台早已在记忆深处模糊，任由远处乡野的风腐蚀它的残骸，成了一片断井颓垣。如今鲜活的只有眼前这光芒四射的舞台，精致的布局，红丝绒幕布反射着光亮，昭示着与古戏台截然不同的尊贵气质。大幕拉开，只见一名女子颔首低眉地踱步上台，粉色的衬衣外罩着缃色的包衣，前襟别着一颗璀璨的水晶，熠熠闪着光。发羽间的点翠，青蓝色的点染，不禁让人臆想那久远的朝代。她朱唇轻启，将自己的身世娓娓道来。她姓杜，名唤丽娘，是南安太守杜宝之女。正值二八芳华，却只能常向花荫课女工，不曾见过春色如许，更不知美为何物。

丽娘之落寞，我又何尝不能有所体悟呢。“可知我一生儿爱好是天然？恰三春好处无人见。”青春少女的迷惘，古今皆一般。她也曾对着开满鲜花的后花园吟唱道：“原来姹紫嫣红开遍，似这般都付与断井颓垣。良辰美景奈何天，赏心乐事谁家院。”生命之短暂，世事之无常，丽娘在踏入后花园的那一刻领悟了，已经度过三十多个年岁的我，也自是能感同身受。只是，那若烟花般绚烂的青春，也必然带着春水般柔和的美意。所以我在怀抱伤逝的同时，也比戏中的丽娘多了一些坦然，诸法无常，但心之所在，便是生命之安定。人若能学会谴怀，也自然就少了些心灵上的负累，而对生活多了些诚挚的感激。

《牡丹亭外》中唱道：“写歌的人假正经，听歌的人最无情。”其实不然，一出戏，一首歌会被无数的人演绎，当他们按着一定的程式，在或明或暗的舞台上演绎别人的故事时，我们这群坐在台下的人又何尝是无情的呢？他们在红氍毹上迎来送往，我们也在众多的故事中找寻一个最贴合自己的角色罢了。步入人生的稳定期之后，我也对戏中的一些唱词有了切身的体悟，《锁麟囊》里的那一句“人情冷暖凭空造，谁能移动半分毫”，将人生的无奈与叹惋全部说尽了。回首前尘路，有多少故事便是如戏中那般演绎出来的呢？

当人生的繁华已成了昨日的幻梦，戏曲却给了我某种厚重的踏实感。这种感觉与少时看戏的心境有着异曲同工之妙。彼时，我拉着祖父的手站在夏日傍晚的蝉鸣之中，台上的人顶着酷暑卖力出演，忽远忽近的唱词飘进耳朵里，我虽然不懂其意，但与亲人相守的幸福足以宽慰一个少年的内心。如今则是在熟悉的戏词里找回自己，依赖着那梦回莺转的声腔，清醒而淡然地投入生活的热潮中去。

唐枣记

刘益善

唐枣是一棵树，是山东庆云县周尹村的一棵枣树。是一棵现存的中国最老的枣树，此树植于东晋咸和五年（公元 330 年），虚岁已经有一千七百岁了。

到庆云后，朋友安排我第二天看唐枣，我心想，唐代的枣树啊，年纪够大的了。开始也没有多动脑筋，树叫唐枣，肯定是唐代种的。但到了树前，看了介绍，觉得不对呀！唐代至今不过一千五百年，而唐枣植于东晋，应该叫晋枣才行。

和许多古代事物名称的来源一样，唐枣的命名也来自传说。

说是隋唐时期，瓦岗寨英雄罗成在边关征战，路过此地，烈日炎炎，人困马乏，看到河边有一棵大树，赶紧跑过来，把战马拴在树上，自己在树下歇息睡着了。不知过了多长时间，罗成睡得正香，敌人的追兵来了。危险之际，树上几颗熟透的枣子掉下来，把熟睡的罗成咂醒了。罗成惊醒后，发现了险情，匆忙中捋了一把红枣吃了，立时精神抖擞，体力大增，跃马扬鞭箭一般离去。罗成重返战场，见了唐王李世民，把落在马鞍袋中的几颗枣子给李世民吃了，李世民吃后，觉得甘甜如饴，连说，“此乃糖枣也！”“糖”与“唐”谐音，于是这棵树就叫唐枣。

这棵树上结的枣形状扁长粗大，像老鸹枕头，当地人还叫它“躺枣”，这“躺”与“唐”也是谐音，唐枣来自躺枣也有可能。

据 1981 年上海辞书出版社出版的《中国名胜辞典》“唐枣”条介绍：或谓唐初罗成曾拴马于此树，枣子偶落鞍褥套中，至京，献与唐王尝新，以美味可口，诏封此树为“糖枣”，后世遂称“唐枣”。

关于唐枣的传说还有不少，说实话，有些附会，不足为据。我只说明一点：唐枣是一棵树，不是唐朝的枣树，而是东晋的枣树。

这棵唐枣树高六点五米，胸围四米。树干的老皮皱纹沟壑遍布，纠结堆耸，如龙似凤。树干愈往上愈结实，上部比下部略细，枝条横斜奓煞，绿叶披撒，神采奕奕，透出缕缕清香。树干下部，粗大鼓起，朝南面，内空成一洞，可坐一牧童睡觉或读书。

千岁老树，国之瑰宝，庆云人民给它围了一个绿色的铁栅栏，平时上锁。我们从千里之外而来，主人特地为我们开了栅栏门，让我们能站在老树下，与它离得近一些，把它看得一清二楚，在灵魂深处与它交流。

庆云是个产金丝红枣的大县，全县有三十三万人，每人平均枣树四十株，是中国第一个枣园化县。何谓金丝红枣？是说枣子成熟后，掰开枣肉，可拉出两三寸长的金黄色糖丝而不断。庆云的金丝红枣皮薄肌厚，肉细汁多核小色艳，含十八种人体所需要的氨基酸，是补血养颜益寿之珍品。

庆云的枣树栽培始于商周，兴于魏晋。那就是说，我们面前的这棵唐枣树，它的祖先早在商代，它比它的祖先还要晚一千三百岁呢。

但是，它还活着，它还在生长，它现在每年还结一百多斤枣子呢！它真了不得。

我站在唐枣树跟前，我觉得我是站在了我的老祖先面前。我肃然，我崇敬，我突然感觉到在这棵老枣树下，我自己很轻、很薄、很浅，活得还很不够分量。

自然界中的一棵枣树啊，活了一千七百年，它活得重，活得厚，活得深刻。它历尽沧桑，它栉风沐雨，它看到历史的变迁，世界的发展，它活得有滋有味，它活得自在安然。它的树叶老了，掉下，再长出新叶，它的树皮老了，脱落了，又长出了新的树皮。它在地底下的根啊，伸展了一千七百年，那根伸了多远，那根扎了多深？它没有展露，它有什么必要展露呢？让人们知道它的根有多长吗，让人知道它的根有多粗吗？让人们为它写一首诗吗，让人们为它唱一支歌吗？它不需要，那于它没有多少意义。

它落了一千六百九十九次旧叶，长了一千七百次新叶，它脱了一千六百九十九层老皮，长了一千七百层新皮，它的根伸展了一千七百年，它只是为了活着，坚强地活着，能接受阳光雨露，能吸取地底下的水分养料，能使自己健康地成长，能使自己开花结果。

一千七百岁的树，也要健康地成长，也要开花结果。

按老枣树现在每年一百斤的结枣产量计算，一千七百年，它结了十七万斤枣子。它还要继续结枣子，一直结下去，用一句时髦的话说：生命不止，战斗不息。

唐枣树，伟大的唐枣树，在你面前，我在想，我这一辈子干了多少事呢？

我想，我还来得及，老了，是还可以结枣子的，即使一千七百岁。

史河之夏

胡亚才

立　夏

每当我看见夏的身姿从春光里脱颖而出，就有一段又长又厚长满青草和无名小花的河堤等我湿漉漉地穿过。我该缓缓地，一定将我情感深处厚实而坚定的那一部分，慢慢地渗入泥土，使土地肥沃，使河堤连绵。

天热了，那种热是天然的。史河闪烁着兴奋之光，如夜空星辰，拥抱着，爱恋着，那菜花绚烂的苍穹，在丰盈的水声中欢烈而从容。

对于每一个夏天的开始，我无数次地想象过，无数次地注视过，无数次地深入过。每个暮春的傍晚，我总是站在节气必经的路口，等待夏天，等待风的手指将史河两岸尚未褪尽的灰色揉得明艳，等待乡村质朴的气韵不再含羞地向田野倾泻。虽然，风生水起的史河给予我的乡人时常是内心滋生的慵懒，但更多的是充盈着乡亲们对自然的洞察与情愫，并胶合着农事的锋利、敏感与坚韧。

我分明看见了，夏响亮的脚步穿过白天的光线，探进黑夜，惊醒路边的草木、萤火和虫鸣。刻不容缓，要将油菜揽入怀中，然后，要与每一株秧苗交谈心事，了解并解决它们成长的疼痛和繁芜，和它们一样承受阳光和雨水，祈求风调雨顺，更愿脚踏实地劳作，耐心开始每一粒稻谷成熟的过程。

那么，就让村庄先将感动、幸福之类的词语连同菜籽收藏起来，待稻谷平安地抽穗、结实，再将共同收获圆润与饱满，走进史河两岸那一道道并不遥远的仓门……

小　满

第一次青春年少，惊世骇俗。第二次已显丰润，正受到爱情的追踪，似乎最纯洁的爱已经找到。风，却在广大的地方，依然广为人知地贯穿四野……

五月，是最躁动的日子，整个田野上的麦子都是女人，都怀着孕，怀着那些飞扬又束集的力量抑或朴素而深远的象征。

阳光下的麦穗，移动着日趋成熟的角度，也移动着人们的视线，时间在这里留下了朝思暮想的充实与热烈。在记忆与忘却之间，小满虽然会消失，却留下独一无二的境地。当麦粒蒸发着语言，新的一年开始的锋芒，将在肉体芬芳之处再次迎风招展，一如摇曳的火苗，颠颠簸簸总又常怀感念，谁又能轻易将它熄灭？

在夜与昼衔接的当口，两三声打开嗓门的鸟鸣，从麦子的头顶掠过，毫无疑问，让这个早晨打开的窗户不再空洞。空空的天空似乎印证了一群鸟的存在，此刻，它们正枕睡在密如蛛网的麦田里，倾听着果实的怦怦心跳。不远处，潮湿而激动的手指久久地停在半空。

谁还能够沉睡？一边走一边吟唱的风，将饱满的情绪，像宣言，直接落进了所有人的梦里。不是因为快意的生长而告别阳光中的香气，是真的无法收敛彼此的喜悦与焦急，哪怕身着素袍，也要去赶赴夏季的一场盛宴。

除了即将来到的丰收，没有任何东西能够伤害到人们。

应当比花朵清醒，在亲切与细微的疼中，以一棵夏季作物的姿态，朝着芒种的方向，开始最后一段路程的行进。

无须企及远处的风景，就这样在季节妙不可言的链环上，接受着浸润、成熟与赞美。

当一切遂心如愿，仍需要保留一些含蓄，来藏好梦呓的雨水，来觊觎妩媚的月光，然后，一个人独自呆上很久，甚至莫名其妙地流泪……

芒　种

感觉不到风的存在。

往日里，风，总是一次一次地把目光刮到树上，碰出声响，鸟巢一样的村庄多么干净。此刻，风销声匿迹，史河两岸遍布脸上写满芒种的人群。

乡村，正上演着一年中最丰满养眼的乡土大戏。乡亲们放弃了对天空的仰望，躬身向下，专心致志于大地。虽然没有曲折的故事和扣人心弦的情节，但置身其中，纯正的味道会令任何人眩晕与迷离。

收割，是唯一的主题。

远在想象之外，近在身处的世界之中。面对自己成熟的影子，面对行将结束的旅程，人高马大的麦子们你笑我的欢笑，我醉你的醉酒，村庄的房前屋后，总是余音袅袅，沉重而轻盈的脚步总是响来响去。

雷声早已滚过寂静的屋顶，一直沉到土地的深处。浓郁的乳香盈漾在史河两岸，丰收包裹着丰收，喜悦推搡着喜悦，整个田野密不透风，真的无法空虚，没有一片谎言的叶子，没有一道忧伤的细流，没有一声卑微的叹息，也没有躁动不安，只有沉甸甸的麦穗和实诚诚的人。

在广大的麦海里，人的身影单薄微小，像一株风干了水分的豌豆棵，孤寂而不落寞。沙沙沙沙，沙沙沙沙，镰刀舞动，天空顿时敞亮了许多，黄金般的麦子，有着兴奋的热，在夏收的怀抱，泛滥着纯净的光芒，足以照亮黑夜里行走的人们。

在通往家的路上，仓廒之门永远朝向每一颗粒。

无须分清那无边无际的麦田中哪一块与天空更接近，因为，每块麦田都有嗅觉，能够闻出劳作者独特的汗味……

夏　至

树梢起风了。一些人疾走在白昼最长的一天里，疾走在旺盛的空气对流中。这种时候，人们的脚步是否轻盈，取决于曾经的一切能否留存下来，留存多少。

在史河岸边的一棵树下，我想过一个与农事看似无关的问题：有谁能够像一棵树让时间静止而招摇于生死之外。

阳光越来越炽烈，时间越来越漫长，热量还在继续积蓄。那些我熟悉的庄稼的气息，青草的气息，炊烟的味儿，渐渐靠近我几十年如一日所思想的气味。

风大了起来，风将绿色带离了群山，风将乌云扯下了天空……

我要走进雨中，让时间不再陌生，哪怕像走进长夜，和雨一起喧哗，和夜一起孤寂，就像路左路右，一棵树和另一棵树。你愿与我同行吗？

我要看那闪电，诠释整个季节的热烈，灿烂的瞬间里，有婆娑的舞姿，更是剑的象形。出鞘吧，让一柄夏夜中的惊悸，挑起平淡的一隅。

我要倾听那雷声，如浑厚悠远的汽笛，舔荡着心的最深处，尘封已久的情节便豁然开朗，整个过程与结果，具体而真实。当虚幻的暮霭悄然袭来，请相信，思想已怒放花朵。

夏至是个日子，经过夏至的事物，该洁净的洁净，该透明的透明，既警省，又轻微。

史河岸边，我在等待夏至，等待风，等待雨，等待闪电与雷鸣。

小　暑

凡事皆有渐进的过程，过程又各不相同。

节气间相互衔接，自然过渡，其过程上下渗透，运行缜密，不像一只鸟在屋檐下一闪就跃过庭院，在树枝上一闪，就跃过村庄，也不像一只蝴蝶倏地翩然而至，飞过乡村夏日的速度就是美的瞬间。节气，多一个，芜杂，少一个，空洞。

小暑来了，天气渐渐热起来，像一场小雨慢慢落，像芝麻开花节节高，像十月怀胎渐渐长，像从深井里渐渐提上一桶幽暗的天空。

天空暗淡，风似乎找不到出路，在史河两岸的角角落落左冲右突，这看似喘息，没有什么承担的行为，正是它的是而非是，催生另一个暑天到来的旋涡。

那些叫不出名字的野花在小暑的身前身后灿烂地开放，动物们在小暑的身前身后轻盈地奔跑。那些来自小暑的呼唤，淹没了疯长的草丛，氤氲起一阵阵青涩而蓬勃的气息。

是的，万物都需要小暑的过渡。每一棵庄稼更需要小暑的抚慰，既抚摩心底的愿景，抚摩丰收的信心，也抚摩生命的落寞与可能的愧疚。在天然的透明洁净的触感里，庄稼们都那么安静，不拥挤，不着急，不焦虑，很像是被平淡的生活消化了的爱情。殊不知，每一棵庄稼，都将一直守着田块，谦卑的，谨小慎微的，从善如流的只听命于季节的安排。

人对小暑没有明显敏感的反应，但并没因此丢失了地址，忘却了名字，更没有忽略了季节。在一早一晚，我的乡人都在注视着田野，倾听着来自田野的声响与来自自身涌起的阵阵波涛。

阳光低垂，不动声色地覆盖着史河两岸，春天是高潮一浪高过一浪，而夏天自有夏天的方式：河水越流越远，树林越长越密，鸟儿越飞越高，绿色越来越深，果实越来越大……

其实，谁都会记住大暑到来前的这段貌似平淡实则非凡的日子：月光发芽，情感开花，让任何空间与景象接受战栗。

大　暑

最热的日子，院里的茉莉沁人心脾，小小花朵的馨香浓郁令人悄悄感动。庄内的荷花，晨开暮敛，洁净芬芳，撩拨起人们对清雅时刻的憧憬。村外的庄稼你追我赶，兴奋异常，每个尖上挑起的热，将人们内心的欲望日渐催向高潮。

那么，热就热吧，一年里，总有最热。因为大地并非虚幻，也非象征，何必追忆，何必沉湎，又何必心怀畏惧呢？日照猛烈，光耀田野，史河两岸的事物已包含着孕育的轮廓、明亮的大门与灿烂的本身。

天下着火，红色，刺目，持久而不可触摸，烤着人的耐力和韧劲。可这又有什么呢？我的乡人依然在行人寥落的田间地旁村头水畔，在那些得以安放身心的场所，苦着土地之苦相思之苦，乐着乡野之乐自然之乐，或许，冥冥天意中，正躲着现世里难以躲过的陌生之劫疯狂之劫。

一些来路不明的雨，说下便下，有时在早晨，有时在傍晚，有时在夜里，似乎更多的时候在午后，这样更好，热中祛燥，农事间居然平添了一分契阔与沉甸，削减了一分拥堵与郁闷，还免得了一些雨的去向不明。

风在吹，风有温度。但许多与粮食有关，与风景有关，与民俗有关的植物不为之所动，攒着劲，一门心思要长大。史河在动，水在流着，波纹在漾着。人们的心也在动，按下键，将植物们生长的响动录音下来。

快了快了。不是在大暑中成长，便是在大暑中死亡。史河两岸的庄稼总是那么茁壮，五谷丰登的景象就在眼前。

若没有大暑，真难以想象。

大海从来不悲伤

顾晓蕊

我沿着大海边奔跑，跟一万朵浪花在赛跑，边跑边扭头看，浪花翻滚追逐着，绽开清凉的笑颜。跑得累了，我停下眺向远方，大海依然欢快地唱着涌着，腾起千层浪，如朵朵盛开的白莲花。

早上，我跟父亲说起这重复了无数遍的梦境。他正坐沙发上看手机，自语道："互联网可真神奇，拆掉千万堵墙，有了微信群，战友们又都联系上了。"他近来学会用微信聊天，兴致高涨。

"看呦！"父亲话语中透出兴奋。我侧身看去，有人传来张照片，是一张早年的合影，父亲与战友穿着海军衫站在沙滩上，目光烁烁，背后碧海浩渺。"这一晃，三十多年过去了。"他又喜又叹，"下周战友联谊会，回去看看。"

我眼眶湿潮，这一幕想必也曾多次浮现在他的梦里。记忆的门扉缓缓打开，顺着时光的藤蔓，我又想起那段难忘的海岛岁月。

二十世纪八十年代初，母亲带着我和弟弟随军到部队，从偏远的乡下乘火车几经辗转，来到四面环海的刘公岛上，岛不大，很清静。

我们住进一栋老旧的石房子里，清晨推开木格窗，面前是一片汪洋大海。梦幻如蓝宝石般的海水，是那么纯澈明净，深深地吸引着我。退潮时我常跑到海边，沿着沙滩来回地走，心中满是好奇与欣喜。

海岛上除了部队和家属，还居住着十几户渔民，那时岛上没有商店，没有菜市，生活全靠自给自足。饭食倒还好说，家家都有菜园子，也可靠采捕鱼虾、捡海螺、挖海蛎子等维持生计，难的是缺水少电。

父亲那时是警通勤务连的指导员，听他说起过，海岛上全靠柴油发电机供电，居民区每晚供电一两小时。用水则每天由运水船到岛外拉水，再由水车运送到山顶一口大蓄水池，供应岛上生活用水。

母亲在绣花厂上班，是以件计酬，为了赶活，她晚上经常坐在昏黄的灯光下，一针一针地织绣。时间久了，她一拈起绣针做活，眼里一汪一汪的，盈满珠泪。

邻居刘姨来我家串门，初时还以为母亲对着花草伤怀，暗自纳闷，知道缘由后，叹道："我家想买台熊猫牌电视，可离了电它成了摆设。这电，啥时能亮堂起来就好了！"

我们小孩子才不管这些，当黑暗的网罩在海岛上，夜空中亮起无数闪烁的灯盏，我们在大院里疯跑追闹，而后各自散去，枕着涛声入梦。待第二天太阳升起，吐出灿烂的霞光洒向海面，我心里又涨满喜悦，欣然开始新的一天。

可大海，并不总是温和而宁静的。遇上刮台风，海风掀动着海水，猛烈地撞击向岸边，击起七八米高的雪浪。一刮大风晚上就没电了，这还能忍受，但吃水成了大麻烦。

记得有一回，父亲从连队回来，急慌慌地对母亲说："上午十点左右送水，快告诉大伙儿接水，台风估计要刮几天，存水怕是不够用。"说完，旋风一样地离去了。

母亲跟我分头行动，挨家挨户敲门告知。等我们回来，拎着水桶到接水点，已排了很长的队，好容易挨到跟前，只接到小半桶水。水很快用完了，第三天大早，母亲说："走，咱们去挑井水。"

我们拎着两个空桶，来到半山腰上。我在井边蹲下，探头往里看，井不深，望不见水影。弟弟一看急了，不等母亲发话，两脚撑着井壁，噌噌下到井底。

"这有一小潭水，快放桶下来。"弟弟喊。我用绳子捆着水桶放下去，弟弟用瓢舀水。水潭浅得很，却也奇怪，舀了一瓢，浸满一潭。水桶盛满后，拉上来一看，我顿时愣住了，明黄黄的水，跟泥汤似的。

我们把水抬回家，放到院里让它慢慢澄清，黄昏时分，水中方才隐约照见天光云影。母亲用这水烧汤炒菜，吃着吃着，会被沙粒子硌一下，好在母亲特意多放了油，味道还不错。

晚饭后，家里终于来电了，我高兴得直跳脚。这时，几天没着家的父亲推门进屋。我跑上前问："你们连队有水吗？这几天怎么吃饭？"

父亲的脸显得清俊而沉静，像被疾风吹拂过的礁石，他说："仅有的半池水让给了老百姓，部队已断水三天，这几天顿顿吃海水煮面条。""啊？"我有些不敢相信。父亲颊边漾开一缕笑，接着说："晌午有人把鸡蛋、青菜，悄悄放在食堂门口……"

我去海里游泳，呛一口海水，得难受半天，又苦又咸又涩。而父亲，居然吃了三天的海水面条。我偎在父亲身边，问："海水为什么是咸的？难道说，它是大海悲伤的眼泪？"

父亲轻抚着我的头说："大海是智慧的，有力量的，它被千年的月光照耀过，见证了太多忧伤与屈辱。你看它有时平静，有时澎湃，但大海从来不悲伤。"我点头，却有些惘然。

半年后的一天，忽听父亲回来说，岛上要起大变化了。他还说部队已抽调了人，铺设海底电缆和水管，很快就能通水通电。"海底能铺管子？"我很是好奇，每天跑到海边观望，有十几条船舶来回穿梭。

到了水电开通那天，家家户户沉浸在惊喜之中。每家安了自来水管，拧开龙头，清亮亮、明澄澄的水淌出来。到了夜晚，岛上灯火闪动，灿若星芒。我兴奋得睡不着觉，把房间的灯摁亮，过一会儿又关上，反反复复一夜。

父亲这下更忙了，在训练之余带领战士搞起种植，说是通上水电方便多了，要建设美丽海岛。他们在营房附近空地上，栽上花花草草，或扛着锄头上山，种一片苹果园，一片桃园，一片梨园。到了第二年春天，漫山花开重重，香气馥郁，整个海岛都浮在花香里。

几个月后，随着父亲转业，我们搬回到内地。时光的影子从窗前悄然翻过，转眼二十余年过去了，到了2003年的夏天，对我跟弟弟来说，那是一段极黯淡的日子。

工地上发生爆管事故，弟弟脸上身上多处被烫伤。出院后，弟弟时常一个人发呆，怕照镜子，甚至不愿出门。那时我因刚出生的女儿晚上哭闹不止，患上严重的眼疾，心情也一度低落。

因而那年盛夏，我和弟弟想到去海岛。下了船，只见岸边聚集着许多游客，还有售卖工艺品的摊贩，原本幽寂的海岛，变得喧闹起来。

我向提着一串串贝壳在售卖的妇人问路，她热心回话。那软糯的吴侬软语有些耳熟，又一看，是邻居刘姨。她认出了我们，惊喜地说："赶巧遇上呢，跟我回家住。"

刘姨家翻修一新，成了休闲旅馆。听她说，很多村民都在开办农家乐，或搞起养殖，家里添了新家电，新家具，小日子过得热气腾腾。

我们住下来，每天绕岛而行，从黎明走到黄昏。我一边走，一边深望向大海，像是在凝视自己。我恍然回身，说道："你看那浪花，这一刻跃上波尖，转瞬跌落谷底，起起落落，永不停歇。其实，生活中亦是如此。”

弟弟愣了愣，停下，转头看大海。金色的微光照在海面上，水波粼粼，绚美无比，闪跳着映入他眼中，慢慢放大一片光亮。

从海岛回来后不久，弟弟去了工地，我的眼睛经治疗也已大好。此后十余年间，在暗夜里，我一次次忆起海岛。得知父亲要参加战友会，我提出陪他一起回去，重温那一片明蓝的梦。

仍是同一片大海，父亲和战友们再次在沙滩上合影，只是这一群老兵，鬓发间已霜花点点。再看往日沉寂的荒岛，俨然成了美丽的桃花岛。

沿阶向上，见飞檐翘角的房檐、湿潮的青石路，那一处处古建筑，是甲午战争遗址，如今成了博物馆、纪念馆，述忆着向海而生的风华往事。老兵们走着看着，或感叹，或追思。

到了一处，父亲忽停下，手指一排青瓦白墙的房子，高声说："瞧，咱们的营房，成了北洋水师学堂纪念馆。"老兵们围上前看了又看。他们还参观了退役的鱼雷潜艇，乘索道登上旗顶山炮台。

下山时，穿过一片茂密的林子，有他们曾亲手种下的果树、松树。老兵们一路畅笑，林间不时有梅花鹿跑出，宛若绿野里的精灵，见到人欢跳着跑开了。

那晚，老兵们在农家院饮酒忆故，畅叙离情，我又去了海边。海面上灯火点点，月的光辉洒下来，海风中挟着缕缕芳馨，我深嗅着熟悉的味道，心中一片澈静。

复想起父亲的话，原来总有一些事，要用漫漫的一生去了悟。我感受着大海的倔强与柔情，任时光流转，它只管欢腾奔涌着，奔涌着。而今，海岛已成为我的心灵原乡，是最美的海上桃花源。

“无我”之约

施立松

茶在壶里醒着。

音乐轻柔，若有若无；鸟啼三两，不慌不忙。窗外，树木伸开了手掌，接纳欲滴的春色；草们挺直了腰杆，却耐不住风的撩拨，恣意晃荡。

我们静坐，凝神，等待——壶中的龙井，将告诉我们怎样的春消息？

春的消息，我们读过太多。麻鸭在池塘里凫游过后的一声惊呼，腊梅在一阵风后激灵而下的一滴清露，种子在地底下猛然惊醒的萌动，黑夜里突然降临的一声惊雷，婆婆纳星星似的镶嵌在草丛中，眨着迷离的蓝眼睛；桃花“吱”的一声，绽开第一道笑纹，再泛滥成绮丽的桃花雨；柳条一行一行，写下春天的诗句，又化身雪白的音符，漫天漫地飘忽着，仿佛一段虚妄的时光，被茫然地虚掷。

还有小桥流水人家。在杭州，小桥流水都很春天，都很江南。

地上呐喊着的藤藤蔓蔓。浮游在空中浸淫着阳光的风筝。飞翔和匍匐，都是春的表达形式。

还有茶。

在江南，春山半是茶。在杭州，最经典的茶，莫过于龙井。对生活在这里的人来说，它不仅仅是一种茶，它是一种符号，一种标志，一种指向，它更是一种情绪，一种牵挂，一种乡愁。

它和西湖、运河，它和孤山、吴山，它和雷峰塔、城隍阁一样，是一种你不用去就它，它也不必来就你的存在。

熟悉到如同自己的心跳和呼吸。熟悉到，提起它心下了然，细一想却只剩惘然，才发现，它是那个最熟悉的陌生人。

或许生命的轮盘恰好转动到一个相遇的节点——一切幸福，不过恰好——在春日，我们与龙井相遇，相亲，然后期待着心意相通的相知。

龙井醒在壶里。谜底就在指尖下。那一刻，所有的纤纤指尖，都有抑制不住的颤栗吧？细瓷的，粗陶的，青花的，紫砂的，玻璃的，都在传递同一种春消息。

想象中，钟天地之灵秀的龙井，应该是自带光环的清雅端丽之女神，她的气息，也必定是清新娴静，飘逸雅致。可是，扑鼻而来的，竟是浓浓的豆香！

这满带着瓜田李下炊烟袅袅的烟火气息，顷刻间，裹挟着年少的记忆，席卷而至，让人猝不及防，一股酸涩直逼眼底，伸手向那半盏清亮茶汤，狠狠地啜下一口，压下心底汹涌而至的柔软和湿意。

茶在唇齿间奔突，跌宕，婉转。豆香之后，舌尖卷起一枚淡淡的青果，短暂的涩，牵出隐隐的苦，而后被一段绵长的清香笼罩。口中如吟一支小令，起承转合，腾挪辗转，抒写着茶跌宕起伏的一生：枝上嫩芽的无忧无惧，跌落筐箩的疼痛恓惶，几经磨砺的淡定从容，装饰一新的踌躇自得，等待知音的期盼欢喜……

在龙井的一波三折里，心随它浮浮沉沉，在一盏茶里，我们饮尽了半世的苍茫——年少的青涩，青春的热烈，中年的惶惑，知天命的旷达……

壶中，龙井已舒枝展叶，沉醉在浅绿的水中。这带着它生命的汁液的绿，是它的红尘之暖吧？虽含苦涩和酸楚，余味却清香绵长，虽历揉搓火炙之难，仍处处妥帖，慰藉苍生。

说到底，我们与龙井的距离，就只隔一场茶会。在春日，约上旧友新朋，在西溪文创园 18 号，给自己一柄长楫，推着时光的扁舟，寻找别样的自己，抵达幽微的内心深处。

茶会名“无我”。佛陀说：“无我者非我、非我所，非我之我。”简言之，便是放下，不执着。而生活中，“我执”如追在身后的滚滚巨石，哪怕慢一步，就会被碾压，被毁灭。我们习惯于奔跑，玩命地奔跑，而让匆匆的脚步碾碎了情怀，搅乱了心绪，冷待了诗意，虽然耳边无数次响起镌刻在阿尔卑斯山路旁的那一句：慢慢走，欣赏啊！可要做的太多，想要的也多，慢下来，何其难！

匆促中飞逝的时光里，我们忽略掉的最熟悉又陌生的，又何止龙井茶！年华老去的父母，行色匆匆的孩子，疲于奔命的自己，都成了最熟悉的陌生人。多希望能慢下来，等等跟不上的灵魂，照料一下这些最熟悉的陌生人。于是，“无我”茶会便如磁石一般，吸引了一拨又一拨的人。

美好的事物总会相遇。在龙井的盈盈茶香里，心怀无我，对视的眼神都会心些。

在春天，在江南，在无我茶会，相约，相遇，相知，相信。

真好。

送 行

赵汀生

长期在远离老家的城市工作，虽偶尔回去探望父母，也多属公差时顺便为之，见个面，说几句话，来去匆匆。后来自己上了年纪，独女在遥远的北方定居，渐渐体会到老人的孤独和对见到亲人的企盼，于是专程去探望父母的次数多了起来，且常常一住好些天。

每当我要动身返回时，父母总是一脸真诚的感激："你一回来就打扫卫生，买菜做饭，我们什么都不用想不用干，净享着清福。"他们争着给我提小件行李，紧随着我，步履蹒跚地走到小区大门外，母亲见了邻居就叫对方的名字打招呼，说："我们的大仔（大儿子）回家了，现在要走了，过一段还要回来，还要回来的……"父亲嘿嘿笑着，一会儿把我从寒暄的人群中拉出来，推到三岔路口："走吧走吧，不然就赶不上车了，到家了打个电话来。"在将要拐进另一条街时，回头望去，见父母已尾随我走了一段，正相互依傍着站在路旁跟我挥手。

去年过完年不久，父亲像枝残荷，迅速地枯萎了。先是应了"人老腿先老"这句老话，腿能移动但抬不高，说是走路，其实只是两只脚贴着地面拖行。稍后，那赖于挂住成排假牙的最后两颗牙终于脱落，于是吃饭囫囵，说话漏风，下颚突出，双唇紧眯成一条缝，嘴巴不停地嚅动，似总在嚼着什么。他年轻时英俊潇洒、走路风风火火的样子仿佛就在昨日，心中不免黯然。

又是一个与父母告别的时刻，父亲先向母亲示意让她送我，然后努力地拖着腿脚向门边挪动，扶着门框目送我下楼。母亲下楼时紧抓楼梯扶手，下几个台阶就停息片刻，好不容易出了楼梯口。我脚步快，回过身去等待落下的母亲，却猛地见父亲正站在楼上，一只手扶着走廊的护栏，一只手抬到胸脯的位置，向我缓缓挥动。我的两眼瞬间就涩了。

此时，母亲赶了上来，拉着我的手说："你年纪也不轻了，要注意身体，不要太晚睡，有空就多回来。”她还是在小区门外停了下来，见到邻居却不似从前那样一一喊名字打招呼，只是点头笑笑。

母亲自从去年闪腰躺了一个多月，体力已大不如前，令人揪心的是，她有了明显的老年痴呆症状。她对很久以前的事还记得很清晰，但未必叫得出每位熟人的名字。弟弟妹妹们来父母家看望我，刚走一会儿，母亲就跟父亲说，要打电话让孩子们来与哥哥见见面。蔬菜总是忘在冰箱里烂掉，剩菜仍放在用了几十年的菜橱里馊掉。买菜付钱时，抓在手上的钱早已不知去向。母亲一生勤劳整洁，却已不大分得清洗碗巾和擦桌布，常混着用，洗过的碗筷总是油腻腻的。

告别时，母亲近来越发呆滞的目光突然清爽温柔起来，身体却倚在小区大门上，迈不开半步。她从头到脚看着我，反复说：“你要吃饱饭，别怕胖，要多吃饭和粥，老话说米谷才养人，要保重……”就像会传染似的，向来寡言的父亲话也多了起来。上一次告别时，父亲没像往常那样站起来，他坐在藤椅上欠了欠身，说：“你这次回来我们谈得比以往多，我当中有些话只是说说而已，你不要放在心里。”他大约指的是他曾提到现在的住房陈旧狭小，我们兄弟几个对此事确实不够上心，错失了许多机会。此时父亲说这话显然是怕我内疚。父亲环顾一下，见母亲不在身旁，叫我近前一步，轻声对我说：“你妈现在对什么事都是转头就忘，加上整天头痛，连简单的家务事也做不大清楚了。不过，请保姆的事我看暂时还没必要，别增加你们的经济负担，等我们实在动不了了再说。”他久久地看着我，又道：“你这次突然有事要提前回去，也没有关系，你就放心走吧，我们会照顾好自己。你上次走后，你妈好几个晚上都睡不好觉，你尽量多回来。”他轻轻咳了几声，叹了口气，眼圈有些发红。

父母为我送行时走的路越来越短，话却越来越多，他们真的老了，老得那么迅速，老得不成样子，不知还能送我几次，还能跟我讲多少话。如今，我所能做的，就是尽可能多地回去陪伴父母，多为他们提供几次为我送行、向我唠叨的机会——这也许是我能为父母做的最后的事。

梅花开在古城墙

周玉娴

你感受到春天了么？它在一场春雪后，悄悄来了。

早晨，朝阳渲染的北京天空里，久违的青云出现了。天，不再是冬日的那种寒澈高远、一览无余。因为一场薄薄的春雪，空气里有了水的气韵，春风的喘息，也有了花的讯息。北京二环东南角那一段明城墙，在昼夜转换四季轮回间，再次接收到季节的秘密资讯，然后它将春的密码传递给身旁的植物。与从树根接收到的信息相同，梅树、玉兰自信地撑出了花骨朵，柳树变魔术似的换了衣服的颜色，国槐也在风中抖着枝条跃跃欲试。城墙根的几株古树却还是不动声色，静静守在斑驳的城墙下，犹如苍龙出海一般，或欹或直，或蹲或靠，将如戟似铁的枝干伸向天空，化为国画里的枯枝，只是这枯枝因了春风该用青墨湿笔写就。

正午，阳光最充足的时候，城墙下聚集了好些人。有附近写字楼的职员，午饭后顺着城墙根的蜿蜒小道健身漫步；有专门从四城赶来拍古墙花事的摄影爱好者，还有一些偶然路过却被吸引来不想离开的游人。这都市里难得的春景，激起了人们快乐的遐想。

消食散步的人，即使天天见到此树，还是会惊讶花朵开放的速度。同一株梅树，一天一个样。头一天还是满头的紫红的馨白的绯粉的花苞，第二天树梢的几朵就先声夺人，迫不及待地在正午阳光中开了；第三天，第四天，它渐渐地将花伞慢慢打开。专程来拍花的人看上去都比较专业，和匆匆路过掏出手机随手一拍的人不同，他们通常是银发族，相约而来，呼朋唤友。他们背着背包，挎着单反相机，有的还装备着长焦镜头，甚至带着反光板和遮光板。他们将镜头对着一朵花，左右上下变换角度，能拍上好半天。最有趣的是游人，遇到城墙边的热闹花事，匆匆奔来，顺着赏花小道，一路走一路念念有词，认着树下的铭牌，读着石碑上城墙的介绍，时而频频点头，时而惊喜称叹，仿佛在路上意外捡到了一段美丽的风景。

每一年，春天都会来，每一年，花儿都会开，每一年，城墙都还会矗立在那里，可是，每一次见到这柔软芳菲的花儿，人们心底就会升起莫大的愉悦。四季轮回，回环往复，初生和初始，总是令人希望满怀。古城梅花，就是春天开始的信息。

北京春光不长，花儿是知道的。自从城墙修复后，明城墙遗址公园里就移植了千株梅树。沿着城墙，自西向东穿插点缀其间。

西起，先是几枝粉梅先声夺人，在路口展开粉嫩衣裙临风招摇。接着，沿着蜿蜒小路，深入公园，树冠各异、花形多样的梅树令人应接不暇。随手一拍就是美景，这梅花有近 600 年城墙的灰度做背景，怎么拍，怎么好看。单拍一枝一朵，不用虚化背景，青灰的城墙砖就是最好的底色。如果要拍一树一片，城墙是你镜头里最好的延伸线。城墙早已经不是当年威武俊挺的模样。西边的一段还算完整，中间一段断壁残垣青砖剥落，像是破棉袄里露出了棉花，灰白破落得不成样子。据说这是为了保护原貌才特地不修得太完整。作为新鲜花朵的陪衬，这份沧桑感不是摄影棚里假山假景所能替代得了的。

城墙中间一段，梅树品种最为丰富。仅仅从梅树的形态上，直枝梅树树干舒朗挺拔，龙游类梅树枝条如一团丝麻盘在主干上，垂枝梅树最美，形似一捧梅花花束。樱李梅颜色最靓，粉粉的，轻俏得像个甜美的少女。杏梅则大气热烈、花开如云。城墙中段那几株高大的杏梅，一树雪白，张开巨大的花冠，树梢几与城墙一般高。走到树下，粉白的花枝亮度极高，在春光中晃得人睁不开眼。每年，这几株杏梅的花影都会在镜头里出足了风头，从镜头飞到网上到处流传。站在树下，风过吹落花瓣如雨，树下枯草地上花瓣厚铺几能成席。

城墙东边一段恢复得最好，依然古旧的样子，依稀壮年时矗立京城东南睥睨苍生的样子。角楼修得尤其好，楼下有“北京城东南角楼”的石碑。如今，城墙内外的高楼比比皆是，城墙如一老者，在自家领地里守着祖宅安享晚年。看过繁花似锦、盛世骄阳，看过剑拔弩张、战火烽烟，也曾被肢解得七零八落，又被修补好成了今天的模样。城墙经历的过往都写在了身上。公园东边的植物相对茂密，梅树成了陪衬。每年，这里有梅花文化节，各种人工造景也来赶热闹。城墙附近的崇文门，明清时期就是舟车客商往来的枢纽之地，商贩游走，车水马龙。再沧桑厚重的历史都是过往，只有生生不息的生命在吐故纳新，在一个个春天里带给城墙新的希望。

春雪后，空气里还未有温暖，冷风拂面，人们还需围巾绕颈，尚未能敞开大衣襟。幸好有报春的梅花，在早春不惧风寒，做春的使者，成为古城墙边美丽的使者。

神秘的换鼓

林延军

那一声响彻云霄的鼓声从远古的蛮荒之地传来，从遥远的秦汉时期走来，穿过山峰，越过溪流，直抵大陆最南端——地球北纬21度附近的那一片贫瘠的红土地上。远古时期，这里被称为“赤地千里之乡”，电闪、雷鸣，鼓声、鼓者，盛大的民俗祭祀典礼，在时光隧道的穿越中统统风化成遗失在民间的梦幻迷影。

大约440多年前，一个出身士大夫家庭的著名文学家冯梦龙——他在明代天启四年就编纂的《警世通言》，成为中国白话短篇小说的经典代表——曾在《警世通言》第二十三卷《乐小舍拼生觅偶》的开篇有一句话：“从来说道天下有四绝，却是：雷州换鼓，广德埋藏，登州海市，钱塘江潮。这三绝，一年止则一遍。唯有钱塘江潮，一日两番。”“广德埋藏”指的是安徽省广德县一个太极洞，太极洞深广无人知晓，每年春季的某一天，由于太阳光线从望天孔中直射进来而出现的一种“太极重光”现象，“登州海市”是指山东省蓬莱市海面上偶尔出现的“海市蜃楼”现象，“钱塘江潮”则是指浙江省海宁市钱塘江出海口因其特殊的地理构造而出现的潮汐现象。冯梦龙的那一句“开篇引子”，其实是为了强调钱塘江潮的景象的波澜壮阔，后文中并没有解释“雷州换鼓”。也许因冯梦龙那一句无意的“开篇引子”，在几百年后还让世人铭记“雷州换鼓”的前世今生。

“广德埋藏、登州海市、钱塘江潮”这三绝为世人熟知，至今存在，唯独位居四绝之首的“雷州换鼓”在宋元时期失传，被湮没在岁月的长河里，不能不引起后人的惋惜。

我的脑海无数次想象过“雷州换鼓”的画面，“古代军事阵法”“千人击鼓”“万人空巷”等等画面都是我想象的范畴。兴许，那擂鼓的先民，擂响的阵鼓，隐藏着巨大的力量，在诉说着“面朝黄土背朝天”的记忆。

民俗专家说，“雷州换鼓”起源于秦汉时期，是古雷州先民一种大型的祭雷活动，隋唐时期达到鼎盛，到了宋元时期逐渐消亡。初次看到“雷州换鼓”的盛况，那是2017年中央电视台的屏幕上，我不得不惊叹家乡还藏匿着失传已久、位居“天下四绝”之首的“雷州换鼓”。我不是民俗专家，我也无法穿越回几千年前去窥视它的庐山真面目。我宁愿想象它有一股神秘的力量一直在游走，抑或被封存，或风化成岁月的活化石，积攒了日月精华和灵气，在几千年后重现在世人面前。

20世纪80年代末，湛江市雷州英利镇覃典村出土了一个北流型云雷纹青铜鼓，这面铜鼓又将“雷州换鼓”神秘的存在加以印证，至今这面鼓保存在当地博物馆。说起铜鼓，又一次让人们的记忆匍匐在大地的伤口。在古代，雷州半岛是蛮荒瘴疫之地，赤地千里，河流干涸，田野庄稼常年饥渴，民不聊生。为了庄稼有收成，先民便求雷、盼雷，他们知道，只有打雷了才有雨，有雨水才能战胜干旱，“响雷”兆丰年。雷声，像古稀的老者，守着村庄，守着先民的眷恋。

那时候，古雷州居住着俚、僚、侗、僮、苗等少数民族，俚人善于铸造铜鼓，于是，先民每年都挑选最好的材料，在铸造出铜鼓后，又举办族群盛大的仪式向天神献雷鼓，以祈求风调雨顺、国泰民安。2015年在湛江举行的广东省第14届运动会开幕式上，880人“雷州换鼓”演绎祭雷“求雨”的盛况，2017年11月又出现在央视的屏幕上。“雷州换鼓”就像一本史册，一个穿越历史的精灵，仿佛从岭南这片红土地里“蹦”出来，“蹦”出神秘的探寻，“蹦”出非遗，也“蹦”出“天下四绝”之首。

史料记载，每到元宵，雷公庙前锣鼓喧天，人山人海，由锣鼓队、旌旗队、僧尼、族老、歌手、大众等按八卦图形排列成八卦阵。场中央置一个大铜鼓，铜鼓为云雷纹的太极图，法师站在鼓上主祭。几十名少女手持八宝造型跳跃起来，上千名腰系腰带的鼓手跳起粗犷的舞姿，他们脚下就是红土地，他们的肤色淳朴得像那片红土地。接着，五名壮汉戴着祭雷的面具擂响铜鼓。随后，先民们唱雷歌、演雷剧、奏雷乐、跳傩舞，霎时间锣鼓齐响，古朴的鼓声从幽谷回响、越过沟壑的树林，又冲撞在古朴的祭雷桌上。

那鼓声回荡在乡野，震撼人心。从村庄、乡镇选出的村民，他们双手拿起鼓槌儿，一擂鼓，他们就似乎成为村庄的鼓者，成为这片土地上最朴实的鼓者，成为上天赋予神圣力量的“兵将”，他们仿佛要通过擂鼓，呼唤上天，把雷公唤醒，以天降甘霖，造福百姓。于是，他们左手擂出田野的气息，右手擂醒庄稼的长势，也擂出半岛人几千年的姿势。

后人疑问，如果仅是祭雷仪式，岂不是难登“天下四绝”之首。据民间传说，古雷州的先民在祭雷仪式上，引来电闪雷鸣，突然晴天霹雳，惊心动魄，鼓声与电闪雷鸣声连成一片，随后天降甘霖，令“雷州换鼓”名扬天下。这一奇观最早在秦汉时期出现，一举成为“天下四绝”之首。

听村庄的老人说，“雷州换鼓”也叫作“雷州唤鼓”，“唤”通“换”，寓意通过排山倒海的鼓声呼唤天神，唤醒上天，请求雨降甘霖。鼓声多大，诚心就多大。如今，对于它的历史，村里的老人都答不上了。

那面出土的铜鼓，静静地躺在博物馆里，已成为文物供后人瞻仰，狭义的标注为：雷州换鼓。但是，却没有人知道最先是谁制造了第一面鼓，也没有人知道它背后到底蕴藏了什么故事。

站在海边，一阵风过来，“呼呼呼”的声音在耳边萦绕，那海风的声音如同鼓声的号叫，那鼓声藏着壮阔波澜，藏着先民对上苍的求雷、盼雷，也藏着五谷丰登。

“雷州换鼓”也好，“雷州唤鼓”也罢，从古至今，它就像一个穿越山川河流的精灵，滋养着大地，积淀为这片土地的根脉，昭示着人类繁衍生息的求生本能，后发展成祈求风调雨顺、国泰民安的美好愿景。

送电影

周亚鹰

赶到玉山县城已是下午四点，江西省玉山县电影公司经理罗华民早就候在那里了。罗经理从1984年起就在农村放电影，放了一辈子电影。从放映员到经理，他带领的电影公司曾被评为全国的先进单位，他自己也获得了全国农村电影放映工作先进个人的殊荣。他告诉我："我们两个放映队四个放映员中午就进山了，山高路远，要搭车，要过渡，要走山路，要挂屏幕，要拉电线，要架放映机，还要招呼山民，事可多着呢，不早去不行啊！"

四十分钟后，我们来到三清湖东北端一个叫大叶林场的地方。下车落脚处是个沙场。罗华民说："这里是紫湖镇地界，再往里就是三清山的深处和怀玉山的腹地了，我们现在改方向，往东，下湖，坐船，过渡，去风叶村。"

机帆船孤寂地停在水边，开船师傅躲在机舱里避风。明天立冬了，这几天风吹得肆无忌惮，我都准备添衣加裤了。这里地处深山，湖面开阔，风很大，就更冷了。

很快，机帆船喘起粗气，发出粗重的"突突突突"的声音，高山阔水的静谧瞬间被打破了，水天一色的湛蓝霎时被搅出一圈圈巨大的涟漪与白浪来。我默默地打量着周边——深秋的山峦显得成熟而又稳重，泛黄和滴红的树叶虽然增加了山岭的色彩，但终究遮蔽不住群峰的老态，尤其是湖面上浩渺的水汽烟波，层林间氤氲的雾霭烟云，更让这熟透了的大山显得深邃与凝重。我忽然生出一股悲悯的情愫来——这么高的山，这么深的沟，这么宽的湖，这么隔绝于世的地方，这里边的人怎么过的啊？

容不得我多思细想，因为船靠岸了。岸上停着一辆本来可能是银灰色，但现在已经分辨不清是什么颜色的大篷车，老罗说这车被船运进山里后，就一直只活动在里面，再也没有出过山上过街，就跟这山里有些老人一样，一辈子都没有到过县城。我瞧了瞧这辆大篷车，对它起了钦佩之情，我很是佩服它的耐性，它一辈子待在这山旮旯里，真是耐得住寂寞啊。这时，一辆摩托车飞驰而来，似乎刹车不灵，直至大篷车跟前才“嘎——吱——啾——”的一声停了下来，车上下来一位面庞黝黑身材五短的五旬壮汉。老罗说他是村支书，叫单太洪，是从六七里外的瓦窑专门来接我们的。单支书一放下摩托车就使劲道歉：“对不起！对不起！来迟了！来迟了！”简单的介绍之后，老罗上了单支书的摩托车，他俩前头引路，大篷车紧随其后，沿着一条宽不过百米的山垄向大山更深处驶去。

单支书把我们引到一个叫瓦窑的自然村，说在一农户家吃饭，吃完饭就去放映现场。吃饭前，单支书向我粗略讲了讲村里的情况，说这里叫凤叶村，由九个小村落组成，全部分布在这条长约十五里的山垄两侧的洼地里，最里边的村落叫龙潭，没住几户人家，再往深处就是浙江省常山县的地界了。从龙潭村往下，沿着垄地和溪涧，分别散落着凤岗岭脚、栗木坑、瓦窑、小叶、汪坞、青坞、道士坞、鲁家坞八个村落，大约有一千余口人，但大多数人家都移居山外了，留在山里的只有几百人，大多是“703861 部队”（老人妇女儿童）。说到汪坞，单支书忽然兴奋起来，他骄傲地说：“汪坞可是状元地啊，汪应辰就出生在这里。”汪应辰是南宋状元，我知道他是玉山人，也知道他是江西最年轻的状元，但我没有想到他就出生在这个山旮旯里。我被单支书的自豪感所感染，也激动起来：“可了不起啊！这么说这里可是个有文化的地方啊！”单支书继续着他的骄傲：“可不是吗？就是现在，我们村也有几个博士硕士呢！”因为这个插曲，我对黑暗中的这片黑黢黢的山林充满了敬意：“是啊，有道是天子山状元地，没想到我脚踏的这片土地，竟是十八岁就中状元，官至吏部尚书御封端明殿大学士的汪状元的故乡，九百年前，曾有一颗巨星降落于此啊！”“不过——”单支书话锋一转：“自从建设水库抬升了湖面之后，我们也就与外界隔开了，有些老人几十年都没有出去过。这里山太高沟太深湖太宽，信号也不好，一个电话得分几次打，人们的文化生活主要是看电视，很寂寞。幸好，罗经理他们每年会进山几次，会把电影送进来，大伙可高兴了，像过年一样高兴！”

单支书的话很快就得到证实。吃完饭后，我们坐上大篷车，来到第一个放映点，凤岗岭脚。我们到的时候，电影已经开始，是个场面十分震撼的功夫大片，叫《超级保镖》。观众并不多，放映机边上围着几个，宽银幕前坐着几个，溪桥的栏墙上坐着几个，马路边上坐着几个，面向银幕的两幢房屋门口聚集着几个，我转了一圈，准确地算出人数，二十九个。这里的放映员叫杨卫华和曾志良，杨卫华是个非常优秀的农村放映员，曾获全国文化技能大赛电影放映一等奖。他告诉我说，这里山垄太长，为了方便老百姓，分设了两个放映点，这里本来人就不多，这几天又忽然转冷，有些老人怕受凉不敢出来了。今天的片子好，是他们自己点的影片，上次来放映时他们说要看武打片，这回就配送了这个《超级保镖》。他得劲地说："我们下午吆喝了好几遍，大伙都知道今天有电影的，还好，该来的差不多都来了吧。外面那个放映点村庄多，又有礼堂，人应该会多一些。"我环视了一下，人们看得很认真，也很投入。我挨着一位老人身边坐下，问他片子怎么样，他半晌没有理我，直到银幕换了镜头，从激烈的打斗变成舒缓的对白，他才扭过头歉意地说："好看！真好看！"我问："您老高寿啊？"他笑笑："七十六了。"我又问："天这么冷，您干吗不待家里看电视啊？"他提高了声音："那能一样吗？瞧这屏，多大！抵十几个电视了。瞧这人，好多，在家，就自己看自己的影子啊！再说，人家从外面又是山啊又是水的来一趟，多难得，再冷，咱也要来看这个！"我听了，心里不禁一热。

离开凤岗岭脚后，我们又坐着大篷车来到外面的小叶放映点。小叶生产队有个礼堂，礼堂里还有十多张长条木椅，小叶到周边的几个村落都近，所以，小叶放映点的人多得出乎我的意料，我粗粗算了一下，最少有六十个，真的不少了。这里放的片子是《我和红七军》。放映员名叫吴子斌和詹江明，吴子斌是个有着近三十年农村电影放映经历的老放映员。吴子斌感叹说："一晃就快三十年了，玉山县所有的地方我都踩过了，只要不下雨，我就没停过放映啊。"我问他累不累，他说："以前路差，设备重，确实很辛苦。现在路好，设备轻，两个人一抬，不累。"问他天天重复这么一件事烦不烦，他想也不想就说："不烦！你天天都能看到这些老乡的笑脸，听到孩子们的笑声，还有什么烦的？"我环视一周，黑暗中依稀笑脸灿烂，喧闹中依旧笑声爽朗。我想起十分火热的一句话：人民对美好生活的向往，就是我们的奋斗目标。是啊，只要他们开心快乐，只要他们觉得这就是美好的生活，我们就不能放弃，就算是只有一个观众，我们也要把电影送来，哪怕山高路远，哪怕溪深谷险。

晚上九点。我们坐着大篷车来到湖边，上了机帆船，准备出山了。单支书依依不舍地跟我们道别，一连声地说：“一定要再来啊！一定要再来啊！”

1510 室的露台

何红梅

清晨总是被拂晓的鸟声唤醒的。一声清鸣，动人之处，啼破云天，也啼醒了梦中人。那一时刻是再也睡不住了，披上一件绣花的麻衣，也不急着梳妆，带着梦醒后的慵懒，推开露台，一脚踏进春色里。

春是水墨画里的春。无论是那一池碧水，亭廊檐角，还是堆粉砌云的花，莺啼处的柳，一律蒙着一层薄薄的烟雾，就像水墨画里羊毫点晕开的色彩。怎么看都是一幅水灵灵的写意。

唯不同的，无非是那烟柳的意态并不像我们南方的，总是柔情似水地拂动水波，一律羞答答地低垂着枝条。这里的柳一律都是挺立的姿态，再任枝条四面垂垂而下。有几分俊朗，又不失柔情和倔强，像极一名男子，带着儒雅诗意的韵致。

露台的视线足够宽阔。远远间，柳色花丛里有人影晃动，不时发出一阵爽朗的笑声。虽然，风将笑声送到耳边时只剩几点零星，却更有雾里观花的感染力。此间，几只鸟儿拍拍翅膀飞上云天去了，带起一阵粉粉的花瓣，盈盈飘落。那是昨夜栖息在杏花枝头的鸟儿，想是笑声惊动的。原来还有比我更早起的人，他们如此迫不及待相约一起去庭院采撷春色了。看他们不厌其烦地与春色合影，点点身影消融在柳色下，杏花影里，顷刻间成为春色的一体。看见这样的画面，有种恰好的圆满，再美的景致也须得有人才好，而人又不能太多，五六人，或七八人，刚刚好，这样的画面才更显鲜活，温暖，才是人间。

料想从自然花草间回来的人，身上一定会沾染上草木气息，一定是清新的吧。仔细闻闻定能闻出绿的草，红的花，兼带着阳光的味道。整个人应该都是带着自然的色彩。

这世间能有不恋花草的人吗？应该少有。花草注定是给人恋的，如果花草都不恋了，能指望他有一颗恋人的柔软心吗？《牡丹亭》里有段杜丽娘春日游园的唱词“偶然间心似缱，梅树边。这般花花草草由人恋，生生死死随人愿，便酸酸楚楚无人怨……”虽是戏里的唱曲，也是人心里掏出来的，那是来自一颗懂得眷念花草的柔软心。当初喜欢上昆曲，便是因为游园惊梦这一出，唱到花花草草由人恋时尚能自持，听到生生死死随人愿时，眼睛就突然潮湿起来。这世间红尘啊绕来绕去绕不开的只是一个“情”字，能为草木而动的心，就注定逃不掉。既然逃不掉就只能心甘情愿吧，便只能生生死死随人愿，酸酸楚楚无人怨吧。

赏了两日的晴好，天便开始下雨了。

有的人开始叹气，只说这雨下得扫兴。他们是觉得下雨不能散步，也不能拍照了，只能关在屋子里，不免惆怅。而我却喜欢，雨后的世界清新纯粹，纯粹的只有鸟声，潄潄而下的雨声，和迎着雨露拔节生长的草木之声。一直有雨天里听古琴曲的习惯。这时候在露台听一首古琴曲《双鹤听泉》最是相宜不过。“水中鸥鹭，山中野鹤，或息机于沙洲，或怡情于泉石，维不受人世樊笼之苦，逍遥于山水之中野……”

听着听着，这雨，这院落，这宁静，连想念的速度都慢了下来。任雨滴合着心跳的拍子，轻轻地，一下，又一下。打击的全是人最内心的柔软。所触之处，外壳纷纷瓦解。

既是私密的地方，自然是免不了发呆和看书的。

发呆时脑子里只是一片留白，如宋代画师马远笔下的画面，一片空寂。四下除去鸟鸣，只有时时拂过的风，带着花木的芬芳，从人的身体里穿拂而过。偶尔也会听见几声人语，抬头，却不知道人在哪里。

而看书，论这样的环境，读清少纳言的散文随笔《枕草子》再合适不过。清少纳言是一位才情风雅的女子，写人情世态、四季情趣、山川草木、自然风情和花鸟鱼虫的千姿百态，有无限韵致。她的文笔干净、风雅、透着淡淡的妩媚。“一名多情的男子，只身度日。那夜晚一定去到什么地方。清晨归来，一直不睡。虽已睡眼惺忪之态，但他，拉过砚池，凝神磨墨，并非漫不经心地信笔胡涂，而是认真地给女人写信。他那坦荡柔情的姿态显得非常优美。”读到这些，心就动了。《人间四月天》里徐志摩和陆小曼有一段对话，“心在这里，没触着，它不会动”“要是，触着了呢”“触着了，那就有千百种滋味等着你尝了……”小曼怔然听着，眼睛中竟融出了眼泪。

沈从文说，“美，总不免让人伤心。”沈先生的话，此刻我能意会，却无法言传。只是合上书本，开始呆呆望着远处，那一刻，如同徐志摩望着小曼的目光，不能言语。

南糯山的声音

爱　松

钟　楼

黄昏再一次落下。

南糯山巨大的影子，正试图伸进即将到来的黑夜里，只有偏居山上庭院一隅，用红砖砌成的高大钟楼，在竹林和树木的依衬下，再次被涂上了一层流动的金质光芒。

一口黑褐色的精铸大钟，悬挂在钟楼顶部，只有进入钟楼，把头扬高，才可能看清这口 70 厘米高的镏金大钟的底部，像是被反复深耕过熟透了的土地般的底色，犹如某个深夜梦境无限延伸着的往事。

一条粗绳子，从大钟底部垂接而下，像是扣住了大钟的命脉，更像是要把一些往事牢牢拴住。但是只要你握紧绳头，用力左右一摇，大钟便会发出洪亮又浑厚的响声，为这幽静的南糯山小院，带来梵音般的嗡鸣与回荡。

不过，钟楼的主人绝不会允许人乱敲钟。这个钟楼的矗立、这个大钟的建造，这些被时光削尖了的线条和被岁月惊扰过的声音，在夕阳的映照下，安静地发光，似乎在昭示着什么，又仿佛在期待着什么。

庭院的主人说，很多来这里的人，都会感到新奇，总想亲自走进钟楼，摇动长绳子，敲一敲这口大钟，但是不能敲得太用力，也不能敲个不停，那样会打搅到山神和附近的村民。这当然是一个理由，但是我猜测，可能还有一个重要缘由，这样做大概也会扰乱主人回归自然的初心。

是啊，钟声不必太响，更不必太频繁，特别是在南糯山上，这个幽静的庭院；特别是在这位 65 岁，依然保持着温润笑容的主人面前，钟楼和钟声，俨然已成为了南糯山的一个组成部分，成为了他的生命与自然对话的一扇窗子，它发出的每一声，谁又能说得清楚，是不是南糯山在和他、在和这个世界交谈呢。

当然，这座钟楼和这口大钟，还有另外存在的意义。

根据主人自述，因为患病，他才有机缘找到云南西双版纳南糯山，也才有机会定居在南糯山上的姑娘寨，并在这里建盖了庭院，在庭院中建造了这个钟楼，安装了这口大钟。每当有朋友来访的时候，主人就自己拉动绳索，敲上几下大钟，朋友即使离开，大钟也会把这份友情和记忆，通过声音，一点点保存下来。

也许在每个深夜，这些保存下来的声音，便会在他梦境中响起，并与南糯山彻夜长谈。

书　院

朝阳初升，南糯山的庭院，在透过繁茂植物枝叶的光的照映下，泛起了点点鲜活的绿意。

庭院的主人，天一亮就起床了，身边的鸡鸣和狗叫已打破庭院的平静。他明白，它们饿了，催促他该去喂食了，这是他原来生活在大城市，无法体会到的真实与亲切。

庭院的路上，落下了一些枯枝败叶，他得顺着打扫。在他身后，有一股清泉兀自流淌，流到一个月牙形的池塘里。池塘里养了鱼，鱼不时吐出一串串泡泡。他看到过一个个泡泡生发和幻灭，就像他曾身患肺部重疾之后，最终选择移居到这里，依靠南糯山清冽的泉水，冲洗身体荡涤灵魂，竟奇迹般逐渐恢复一样，他甚至觉得山上住着神灵，这里便是仙境，除了对自然的敬畏与热爱，他决定要在这里建一个书院，既然他已经把这里当作了人间天堂，就必须有一间书院，就像博尔赫斯把图书馆当作天堂的模样一样。

书院的建造，如今成为他愿望里最深情的那一个，他为此做了长久的计划和准备。不过，就像他初来南糯山时，没有一块土地、没有一棵树木、没有一片叶子会无缘无故接受一个闯入者一样，他必须依靠自己的双手和灵魂，改造自己行走在南糯山上的影子。

他可以带着一群泥水工建造各种形状的房子，也可以面对朋友询问“寂寞不寂寞”时给予“没有空想这个问题”的实在回答，更可以为了小孩创作童话三部曲并开始了自己新的写作追求……

所有这些，都是会留下声音的。这些声音会在南糯山上空回旋，毕竟这是一位65岁男人再次新生的奋进之音。未来建成的书院，将把这些声音放大传播，也会将这些声音夯实加固，还会把这些声音抛向苍穹、洒落大地。

星辰和种子，就是声音最终的名字和归宿。一如这个书院的名字“九路马”一样，书院的主人，外号九叔，他曾说，我就是那个叫马原的汉人，我写小说。

茶 树

云雾在南糯山山林间穿行。

它们在寻找，能够承载水的灵魂的声音。

布朗族的先民，在山上种下第一株茶树；爱伲族人，在布朗族人迁离此地后，继续种茶；如今，12000亩的古茶园让茶香飘满山野。据说，它们生长的声音，都藏在南糯山缥缈的云雾里。

如今，一行行旅人，从八方会集；一个个脚步，踏上山间崎岖的小路，为的是去寻找南糯山声音的源头。

它，会在哪里呢？

南糯山天空中，有鸟儿飞翔的翅膀，划过湿润空气的嘶嘶声；南糯山土地上，有蚂蚁爬行的触角，触动绿叶脉络的唰唰声；南糯山泉水里，有鱼儿游弋的尾鳍，搅动波纹的哗哗声……还有你看不见的、南糯山的神灵，正伸出无形的手，挥舞着群山的线条，指挥着这曲大自然的天籁交响。

看，是谁在倾听呢？

800多年的茶树王，在南糯山深处，率领千万棵茶树，固守着这片山地，听从山神的召唤。它们借助枝叶，吸纳天空渺渺云雾的漂移；它们借助根须，汲取大地汩汩甘泉的流淌；它们甚至还把千百年来，种茶人辛勤劳作时，血液的翻腾与汗水的流淌，一一吸融进了自己的身体。

在茶树体内，涌动着的这些声音，借助阳光和雨露，一年年，抽出鲜嫩的绿芽。待到四季采茶时节，年轻的爱伲族姑娘们，一叶又一叶，一把又一把，将丰收和喜悦塞满了篾制的箩筐。

采茶时，爱伲姑娘们不时哼唱的谣曲，以及玩笑打闹时发出的嬉戏声，在爱伲族小伙子的心中荡漾，这是有关青春与爱情最美好记忆的烙印，也是让南糯山溢满勃勃生机的源泉之一。

这份烙印，一如一泡香甜四溢的拔玛茶（“拔玛”，爱尼族语，有“古乔木”之意），在一位疲惫旅人休憩品茗入口的刹那，似乎一下子就把现实的困顿全然打碎。

就在那一刻，能让整个世界停顿下来的一刻，南糯山茶树所承载着的水的灵魂的声音，又一点点被种植过它们的人类，用舌尖倾听到了。

赶花的人

冯敏生

他们是放蜂人，几乎一生都在追赶着似锦的繁花。

进入春天，山野里的花朵们，赤橙黄绿青蓝紫，都像赶集似的，不约而同、漫山遍野，纵情地绽放。驱车行走在灵宝市朱阳镇弘农涧河岸边，尤其那洁白如雪的槐花，层层叠叠，如汹涌澎湃的雪浪，浓郁的香味沁人心脾。来自外地的放蜂人，伴着槐花的芬芳，纷纷在河岸边扎下了一顶顶帐篷。

在弘农涧河岸边，我特意拜访了来自豫东的生子哥和他的妻子花花，他们是为追赶槐花而来。他俩在腊月间从家里出发，带着他们的"蜂兵蜂将"，去巴山蜀水的四川盆地赶油菜花，然后在二三月间转移到八百里汉中平原赶油菜花，之后四五月间去豫西山区赶槐花，六月里再到甘肃等地赶紫苜蓿花、荞麦花，或者到陕北延安赶酸枣花、荆条花。如此，每月赶花转移一个地点，就像候鸟一样，由南到北，周而复始地迁徙。

生子哥大学毕业后，曾在一家报社做摄影记者，他喜爱文学创作和摄影。一次，他在下乡采访一位五十多岁的四川放蜂人时，那位放蜂人独特的人生经历，令他感触很深。于是，生子哥不顾家人反对，毅然从报社辞了职，加入了放蜂人的队伍。那时，他刚刚二十五岁。

在生子哥放蜂生涯的第三个年头，在四川赶油菜花时，遇见了比他小三岁的妻子花花。那时，年轻漂亮的花花刚从师大美术系毕业，在重庆一所学校当美术老师。那天，她刚好来到生子哥放蜂的油菜花地边写生。生子哥记得，花花身穿碎花白衬衫、牛仔裤，披着一头乌黑的秀发。一阵清风吹来，油菜花随风舞蹈，金灿灿的一大片，宛如金黄色的油彩渲染成的一幅画，画中的青春女子花花，更加妩媚动人。如此，他们相识了，一来二去，两人相爱了。结婚后，因为他们志同道合，都喜欢追求宁静、闲适的自然生活，于是，花花也辞掉了美术教师的工作，与生子成了职业放蜂人。

每次赶花时，他们总带上他们放蜂的全部家当，满载着他们上百箱的“蜂兵蜂将”，还有一顶迷彩帆布帐篷、一辆黑色皮卡车、一只叫做“旺旺”的德国灰色牧羊犬，再加上生子哥的宝贝长镜头照相机、笔记本电脑，还有花花写生用的画板、颜料等。他们总趁着蜂儿归巢时去赶花，于夜幕降临时，便上路了。经过夜间的奔走，当晨曦微露时，他们就会赶到下一个繁花满枝的目的地。当绚丽的朝阳浸满山冈时，他们就在山脚下潺潺的小溪旁，安营扎寨。他们先要精心摆放好蜂箱，然后搭起帐篷，支起灶具，竖起太阳能电池板。尤其这电池板，大有用处，可以为照明和看电视供电，还可以帮助他们在小冰箱内储存食物。中午时分，他们丝毫不能偷懒，顶着骄阳，夫妻互相配合，忙碌着采集蜂蜜，摇蜂蜜装罐，等候当地人前来收购蜂蜜。

闲暇时，生子哥总是扛着他心爱的相机去摄影，花花也会展开她的画板画画。他俩每赶一处花地，拍摄下的每一张照片，描绘的每一幅画，都记录着他们放蜂道路上的艰辛和快乐。晚上，寂寞的帐篷内，生子哥在写作，花花或看电视、或听音乐、或用手机在朋友圈秀照片，让全国各地的朋友们也分享他俩放蜂的幸福生活。生子哥曾对我说，他们计划利用赶花放蜂的时间，游遍祖国的名山大川，他要创作出版一部《放蜂游记》，配以精心拍摄的照片，献给那些不辞劳苦、辗转南北的放蜂人。花花也有她的梦想，她说要以放蜂人的生活为主题，举办几场个人油画展呢。

生子哥说，他们的生活是浪漫的，每到一处赶花地，总能欣赏到山清水秀的田园风光，领略到芬芳飘溢的花朵独有的馨香。比如那灿烂如金的油菜花、洁白如雪的槐花、浅紫秀气的苜蓿花，还有淡黄素雅的一串串酸枣花，另外还有许多叫不上名字的花朵。这些花朵们，偎依着他们，簇拥着他们，一树树，一簇簇，姹紫嫣红，竞相绽放于他们的视野。那成千上万只可爱的小精灵，在鲜花丛中“嗡嗡”地闹着，唱歌、舞蹈、采蜜。每晚，他们总是枕着甜蜜入睡的。

花花说，养蜂是一项“甜蜜”的事业。那些水白色的槐花蜜，琥珀色的枣花蜜，浅琥珀色的紫苜蓿蜜，还有黄亮亮的油菜花蜜和荆条蜜，正是这些“琼浆玉液”，充盈着人们甜蜜的生活。

离开时，我问花花：“你和生子哥赶花放蜂辛苦吗？”花花莞尔一笑说：“咋不辛苦？可幸福都是干出来的，我们年年都在山南海北辗转，从认识到现在，从来没分开过，只要我们在一起，就能享受到生活的愉悦和浪漫，体验到人生的幸福和甜蜜，哪怕辛苦些也值得！”

夕阳西下，我在返回的途中，阵阵花香袭人，归巢的小蜜蜂在我眼前飞舞，此刻，我恍然觉得，我也成了一名幸福的赶花人了。

干妈树

一　尘

每晚去山路散步，路过一棵高大的树。我叫不上它的名字，看上去有些年头了，粗粗的枝干上系满了红布条。

有的红布条是刚系上去的，鲜红鲜红的；有的红布条系上去很久了，旧白旧白的。这些红布条在晚风中飘摇着，好像一个个顽固不化的孩子，被一位母亲死死地揽在怀里。

我知道那是干妈树。

听母亲说过的，有些迷信人家，小孩子还没有长大，便找个先生看命，被认为命克父母的，就寻棵粗壮的老树拜作“干妈”。然后系上红布条，逢年过节带上供品去拜一拜，这样父母身上的祸事就会转移。望着这棵大树上日渐增多的红布条，我不禁感叹：这世上有多少父母怕孩子克自己命的？又有多少人因为没有孩子而感到孤单啊！

一

小时候，在我家那条老街上住着一户姓万的人家。两个大人都三十多岁了一直没有孩子。

万叔是某单位的技术员，个子高高的、瘦瘦的，长方形脸上，一双凹陷的大眼睛，目光中带着忧郁。万婶是一个普通的家庭妇女，个子不高，白皙的脸上，一双小小的眼睛，嘴巴有点兜兜齿，一笑起来露出一口洁白的牙齿，看上去很温和。

那年月，长长的一条街上，谁家没有几个孩子，多则十个八个，少则两三个，像他们家这种状况的少之甚少。为这事儿，我好奇地去问过母亲，“万叔万婶家为什么没有孩子啊？”“在石头缝里还没有蹦出来呢。”母亲总是这样回答我。

闲时，街上的邻居们喜欢搬出板凳聚集在大门口聊天。他们七嘴八舌地给万叔万婶出主意：领养一个孩子吧，领来一个就会带出自己生的了；让邻居的孩子们喊你们爸妈，有人喊爸妈，就会把自己的孩子喊出来了。

过上一阵子，邻居们又会聚在一起，你一言我一语：××的孩子不行，离这里太近了，过几年就会被大人认领回去的；××家的孩子不行，脑子有病，怎么也得要个健康些的吧。日子一天一天过去了，也不见万叔万婶家里有小孩子的影子。

虽然万叔万婶没有孩子，但是经常种些小孩子喜欢的东西。比如：果树、甜柑、菇茑、懒柿子、花……最受孩子们欢迎的莫过于那些果树了。那时谁家房前屋后若是有几棵硕大的果树，简直财主一般。

万叔家房前有四棵樱桃树，屋后有两棵沙果树，院子里还有一棵大杏树。不同的是，有几户人家种果树是为了给自己孩子解馋的。又担心外人来偷果子，在果树旁边扎了一个稻草人吓唬人。而万叔家树上的果子大部分送给了邻居的孩子。甚至果子熟了，生怕小孩子们忘记似的，还特意在树下用木头板钉一个警示牌，上面写着：樱桃红了，杏子黄了，沙果甜了。万叔的字写得很好看，识字的孩子看见了就会像小喇叭广播一样，喊着其他的孩子一起来取果子。

不过来万叔家取果子有两个条件：一是，想吃果子的孩子，必须春天在果树上系上一根红布条；二是，果子熟了来取果子时，要喊万叔万婶一声“爸爸”“妈妈”。

为了吃上甜美的果子，春天，孩子们拿着一根红布条屁颠屁颠地交给万叔；为了拿到更多的果子，秋天，孩子们别说喊一声爸妈，就是喊一百声，也是乐意的。（大家心里知道，这又不是真的，喊就喊呗。）

果子成熟的季节，万叔万婶家的房前屋后好不热闹。万叔站在树下踮起脚摘果子，万婶把果子传递到孩子们的手上，随后传来一阵“爸妈”的呼唤声。万叔用半东北半山东口音故意大声喊着，“大一点儿声，没听见。”万婶也随声附和着，“大一点儿声，要不就拿不到果子了。”小孩子们一边大声地喊爸妈，一边迅速地抻开衣襟兜果子，而后笑嘻嘻地一溜烟跑得无影无踪了。

看着孩子们捧着果子跑远了，万叔万婶望着树上的红布条知足地笑着；蹲在地上捡着丢落的果子哼唱着山东吕剧《李二嫂改嫁》：“李二嫂眼含泪关上房门，对孤灯想往事暗暗伤心……”

我从小就是个害羞、倔强的孩子。虽然也想去凑热闹，但是不会轻易喊别人爸妈的。在我的大脑里“爸爸”“妈妈”这样的词根深蒂固，只有自己的爸爸和妈妈才是真正的爸妈。怎么肯去喊别人爸妈呢？

可这并不影响我吃万叔家的果子。天蒙蒙黑了，万叔端着一盆洗好的果子来了。万婶更是未见其人先闻其声，“月月，来给你送果子喽。”我一蹦一跳地跑出去迎他们，甜甜地喊着，“叔叔婶婶来了。”

万叔万婶听到这样的称呼似乎不满意，故作一脸的严肃，半真半假地说着，“快叫爸爸妈妈，不然你就吃不到果子哩。”我呢，死犟死犟的，一听管别人叫爸爸妈妈，就扑进母亲的怀里，瞪着大眼睛，咬着手指头，半天不会作声。最后，他们还是拗不我这个“犟”，把果子全部送给我不说，还得讨好地说，“吃吧吃吧，家里树上还有好多呢！”

二

在那条老街上，万叔万婶格外的喜欢我。万婶每次上街都会给我买些头绳、蝴蝶结、胭脂红。万叔每天下班回家都会把单位发的面包递给我，问我吃不吃，我死活不吃，他才带回家去。

有一次，我看见邻居几个有钱人家的孩子玩羊嘎拉哈，便回家央求父亲给我弄几个羊嘎拉哈。那时别说吃羊肉，就是吃猪肉也得逢年过节才吃的。父亲为难地说，“咱不玩这个好不好？”我听后哭了，使着性子，“现在好多孩子都玩，为什么我不能玩？”正巧万叔万婶来我家玩看到了这一幕，万婶俯下身给我擦着眼泪，“让你万叔给你弄去。”万叔用大手抚摸着我的头，“万叔一定给你找到。”

第二天晚上，万叔果然用一个小盒子装着羊嘎拉哈来了。白花花的羊骨头上还刷了一层红油漆，亮红亮红的，好像四块发光的红宝石。我捧着四个心肝宝贝，高兴地在屋子里转了好几个圈。万叔万婶趁热打铁，抓起我的小胳膊，“快叫一声爸爸妈妈吧！”我还是老样子，捧着羊嘎拉哈，一头扎进自己的屋子里去了。

母亲随即跟了进来，用商量的口吻说，“你叫一声爸妈，让人家高兴高兴。为了这几个羊嘎拉哈，万叔走了好几个地方，在一家回民肉铺才找到的。怕白骨头吓着你，又用红油漆刷了一遍，比爸爸妈妈想得还周到啊！”

在母亲再三的劝导下，我扭扭捏捏走出了屋子。见万叔万婶坐在椅子上笑吟吟地看着我，试着往前凑凑，脸憋得通红，张了张嘴，还是没有喊出口。母亲生气地搡了我一下，“你这个孩子，怎么这么不懂事呢?”我“哇”的一声大哭起来。万婶忙劝阻母亲，万叔扶着我的肩膀，“不喊了，不喊了，逗你玩的。”又把我送回屋子里，总算渡过了这个难关。

三

那年冬天万叔病了。听父母聊天时说是肺癌。万婶买了火车票带万叔回山东老家去养病。走时把他家钥匙放在我家一把，嘱咐母亲隔三差五进屋帮着烧烧炕。

一晃两个多月过去了，也没有他们的音讯。

过年了，雪下得好大啊！推开门，一片白连着一片白，整条街显得格外安静。往年过年，我们这些小孩子一大早就跑去给万叔万婶拜年。磕几个响头之后，兜里会有几毛钱的压岁钱。晚上手拉手站在他家院子里看花灯。他家的花灯很特别，长方形的，还会转，下面缀着一个毛茸茸的大穗子。万叔剪了《西游记》里的人物贴上去。花灯一转，师徒四人就转，我们也跟着转，万叔万婶子跑出来和我们一起转。院子里回荡我们的歌谣：“小竹竿细又长，我当战士它当枪，长枪、短枪、机关枪，乒乒乓乓……”而那个春节，我们两手空空的，心也空空的。

已是春天了，万叔万婶还没有回来。也许过年又长了一岁的缘故，我比以前懂事了一些，想起万叔万婶平日的好，时不时地问问母亲他们什么时候才能回来。母亲嘱咐着我，“这次人家回来，你就认他们做干爸干妈吧，他们一直想收你做干女儿。咱不是迷信，就是让万叔万婶心里有个奔头。”听了母亲的话，我没有反对，不住地点着头。

这个春天，我主动向母亲要一根红布条，就等万叔万婶回来好系在他家的树上。可是左等右等也不见他们回来。不知为什么，我心里涌起一股莫名的恐慌感，有些不安地对母亲说，“要不，我们先系上去吧，系上去叔叔婶婶就回来了。”母亲带我去他家院子里，把红布条系在了那棵大杏树上。看着那根红布条在众多的旧布条中尤为醒目，我想象着万叔万婶看到时的喜悦。

四

清明之后，万婶终于回来了。人看上去瘦了很多，却没有看到万叔。同她一起回来的是她的一个老乡。万婶来我家取钥匙，和母亲聊着聊着就流下了眼泪，我听到万叔死了。万婶苦笑着，“这样挺好的，不然也没个儿女，一把老骨头埋在老家就放心了。”万婶把房子便宜卖给了那个老乡。

本来母亲打算请万婶吃顿饭，让我叫她一声“妈妈”的。可是第二天一大早，万婶谁也没告诉，偷偷地上了火车，回老家去了。

没过几天，那个老乡挨家挨户送来一个小布袋，里面是万叔万婶在山东老家海边给孩子们捡的各种各样小贝壳。只是我的礼物多了一份，万婶给我织了一件水蓝色的毛衣，上面绣着一枚弯弯的黄月亮，一个小女孩穿着红裙子坐在月亮上望天空，旁边还绣着两个漂亮的字“月月”。那好看的字体是万叔写的，万婶一针一线缝上去的。

母亲抱着毛衣，眼里噙着泪水，半天不说一句话。我晃着母亲的胳膊，一遍一遍问着，“万叔真的死了吗？万婶还回来吗？”听到的是母亲长长的叹息。

万叔永远地走了，万婶回老家后也渐渐地失去了联系。我那根迟到的红布条没着没落地在风中飘着、飘着……

很多年过去了，想起这段记忆，我常常悔恨自己的年幼无知，为什么不早一点系上去红布条？为什么不肯喊他们一声爸妈？他们给予我的爱，与亲生父母又有什么两样呢？

一走过这棵干妈树，我就忍不住放慢脚步。恍惚中，万叔万婶站在树下，我轻轻地唤了几声爸妈，四面空空，只有风吹着那些红布条哗哗作响……

柿园路

刘紫剑

来来回回的，我在这条路上走了十年。

这是西安东门外、一条东西走向的城市主干道，然而很短，比例大一点的西安地图上兴许都找不到它的名字，也就三五里吧——我是没有量过。

家在路东端的北侧，办公楼在路西端的南侧。所以上下班对我来讲，就是将这条路一次又一次地横穿、纵贯。说起来只是简单的重复，而重复的多了，就不再简单。可以说，我对四季的感知、天气的变换，对世俗的观察、人情的了解，相当一部分，来自这条路上。

不止在平地走，我还能跳脱出这种平面的琐碎和羁绊，在高处看。因为这十年里，我搬了几个办公室，都是北向，都有足够的高度。伏案之余，或者有兴致的时候，踱到窗前，一俯首，整条柿园路就端在眼前。

一条街的市井生活，虽然活色生香，但类似的场景，天天如是，厌倦是必然的。

所以更多的时候，我喜欢看东门，这也是在办公室里，目之所及，能看到的、整条柿园路上唯一百看不厌的东西。六百多年的一座古建筑，在两侧高楼的围堵下，依然稳重敦实、气定神闲。苍黑的屋顶，灰暗的墙面，一年到头都是冬天的味道。一群褐色的鸟，应该是麻雀，从东边飞过来，飞过整条柿园路，总会选择在东门上落脚——老房子更接地气吧。我从东门上城墙溜达的时候，常能看到，麻雀，乌泱泱的一群，悠闲地跳跃觅食，唧唧喳喳地交流。

东门是俗称，老百姓的叫法，学名叫长乐门。说李自成打进东门，看见“长乐门”的匾额不舒服，给将士们现场进行阶级斗争教育：皇帝老子“长乐”，老百姓就要“长苦”了。大家伙一激动，一把火就把东门烧了。项羽烧了咸阳宫，朱温烧了长安城，红卫兵更厉害，烧了岌岌可危的世俗良伦。可见在中国，放火这桩事，前有古人，源远流长；后有来者，余脉绵长。

回头，再说柿园路。

我不知道为什么要叫柿园路。西安的好多地名都有来历，比如这条路周边的鸡市拐、长乐坊、景龙池、炮房街……然而柿园路没有，翻了好多书，却是找不到。想到小巷里问那些苍颜白发的老者，看起来机灵一点的，或忙着打麻将，或忙着下棋，无暇回复；看起来目光呆滞、口水长流的，你都没有了问的勇气。

就想，这条路的前生，应该是有几棵柿树，或者十几棵，总之不会太多，因为“柿不成林”嘛，零零散散地自由生长着，一片一片枫红的柿叶，一枚一枚火红的柿子，在过往的风中翻卷、端出。

然而好像与历史不符。看民国，乃至明清时期的西安地图，东门外这一片，是西安城墙以外，最为繁华的地方，旧有所谓七寺八庙九学堂之说。从周边的地名也可以看出：鸡市拐是占据一个街角的家禽交易市场，炮房街是制作鞭炮礼花的手工作坊群，更新街是接待进入西安府的官员暂歇、更衣之处……这样一处市场繁荣、经济活跃、市民高度聚集的所在，会有柿树存在吗——观赏价值和经济价值都不高。

却是不必深究了吧，这世上，有多少事，本来就不需要结果。世间本无事，庸人自扰之。

十年了，我主要的工作就是写材料。一天一天，永没有写完的时候。写材料最熬人，常常加班到深夜，一个人往回走，柿园路上——

应该是七八年前的夏天，行人绝迹，车辆稀少，两侧的店铺都已经打烊，路灯光从树丛里一束一团地挤出来，那时道路中间还没有隔离带，整条柿园路显得空旷迷离。一个流浪汉在马路中间边走边唱，唱的是陕北的信天游，那种在黄土高原上疯长起来的苍凉谣曲，与这大都市的夜色格格不入，但他依然那么痴迷地倾诉。看着他渐行渐远，就想这样一个漂泊的人呐，有着怎样自由的内心和辽阔的思想。

又应该是五六年前的冬天，一场少见的大雪落过，片片轻盈的雪花竟能汇成沉甸甸的负担，使得两侧的梧桐弯腰驼背；间有硕大的枝桠被压折，空气中充盈着清冽的气息和新鲜的树香。夜已深，空旷无人，前后顾盼，整条柿园路上只有我踩出一行深深的脚窝，忍不住伸开双臂拥抱这婴儿般纯净的夜空，莫名地就回到童年，回到大河之东的故乡。

又是哪一年的春天，偶然打开手机上的一张图片，遇见一个女子在风中回首。明媚的阳光下，潺潺的流水旁，恍惚遇见前世的她，模糊而又清晰，冷峻而又妖娆，穿一件白的毛衣，披肩的长发，坐在台阶上，眉聚黛峰，眼横秋水，新生的冬青遮住小半个身子。心底忽然隐隐作痛，我站定在柿园路的夜色里，忍不住想起张爱玲的句子：噢，你也在这里。

我想要说什么——是每个早上一手捏着煎饼果子大口进食一手夹着各色行李挤上 203 路、37 路、43 路公交车行色匆匆的年轻人；是从来无视红绿灯步履矫健强穿马路到兴庆公园锻炼的老头老太太；是比他们都要早的穿着做工粗糙颜色艳俗的校服背着双肩背包一路飞跑大呼小叫的孩子们；是春天和秋天的一掠而过夏天的酷暑难耐冬天的寒风掠过越来越拥挤的街道；是我在这条路上日复一日月复一月年复一年地为生计奔波忙碌，并且无可挽回地衰老……

衰老的走向有两个，死亡，或者新生。而唯心地理解，死亡何尝不是一种新生。比如这座城市，从西周的丰镐建都伊始，两千多年的岁月一路走来，一次次地死亡，一次次地新生。比如柿园路，它最早成形，只是一条黄土小道，雨天一身泥，晴天一身土；再后来它铺上了石子，垫上了黄沙，铺上了柏油……一次次地死亡，一次次地新生。

作为这条路的一个过客，我的十年，对它只是弹指一挥间，而就在这十年间，无论工作多么忙碌、滑稽、无意义，万幸我还保留了对自由的渴望，对纯真的向往，以及对爱的坚持，就像现在的每一个夜晚，柿园路上灯红酒绿、人潮汹涌、车来车往，而我在其中，只要愿意，我都能看见那位放声高歌的浪子，我都能回到一河之隔的故乡，我都能拥抱那个白衣的女子、前世的新娘。

厚　塄

柏　川

村子里有一条横贯东西的土崖，如一条绵长的手臂，把整个村子揽入怀中。村里人把土崖称作厚塄。厚塄是笔架山向南延伸出的一部分，繁衍了一个村庄。

离开村子很多年了，梦里却总是回去，在厚塄上遇见故去的人事。

某个春日的午后，我带着一个年轻的画家，回到了这里。之前，我曾不止一次地向他描述过我的村子，描述过我的童年和少年。那些穴居于厚塄里的人名像长在土崖上的花草树根一样，带着好闻的土腥味。

他听得着迷时，就要求到我的村子里来看一看。那个午后，他终于不容商量地拉着我，一路狂驰，来到藏于这大山深处的小山村——东栈村。我们伫立在一座老土窑前。午后的春阳照在崖皮上，淡淡的，似有树叶和土皮掉下来。他伸开双手扒拉着纯净的空气，兴奋地说，简直是太神奇了，你们的祖先真是聪明，选择在一条土崖里定居。这确实是一个有趣的选择。虽然类似猿类或鼠类的生活方式，但谁敢说，有比这山洞里的生活更安静无扰，更无欲无求，更从容不迫的呢？你看，它上达高天，下彻厚土，天地之间，俯仰安然，我若能住在这山洞里，一辈子便是哪都不想了。

我望着他脸上无掩的欣喜，心里却不禁掠过一丝凄然。我是厚塄上长大的孩子，可我从来没有这样分析过我的厚塄，也没有这样遥想过我的祖辈。我从来没有思考过一条土崖对于一个村庄存在的意义。在我的记忆里，厚塄上那一孔孔深不到头的老土窑就像一个个令人害怕的魔窟。里面有炕火、有床铺，有油烟和柴火味，也有棺材、死人、老鼠和猫。窑洞住活人，也藏死人。白天是人的世界，晚上就是鬼的世界。因此，在我的成长中，我总是离厚塄很远，我畏惧她，我常常远远地望着她。她身上一孔孔冒着热气的老土窑，像一只只黑洞洞的眼睛，日夜在盯着我。梦里我常常在那些洞穴里穿梭，被一只猫或一只老鼠追赶，我常常逃到洞的最深处，找不到出口。回过头，发现自己睡在离山村离厚塄很远的一张床上。

每次梦醒之后，我都久久无法入睡。我不知道，我日日穿行在城市的楼群与人潮中，梦里却为何一次又一次地潜回到儿时的村庄，回到我从未想要留居过的这一孔孔老土窑？在一个人的生命深处，到底潜藏着怎样的一种牵引，让你永难挣脱对故乡与土地的眷恋。

这时，我比任何时候都离厚塄更近，我似乎在迫不及待地走进这原始的大片土地，在巨大的母腹中，寻找生命孕育、成长、繁衍最真实最隐秘的那条河流。

是的，厚塄就是一个巨大的母胎，她把生死两大主题揽入怀中。她是一条沉默静止的河流，西起一座古庙，往东往北一直深入到笔架山深处。她背山面壑，悠然独立。站在崖顶之上，沿着厚塄长满杂草和老树的崖边一溜儿数过去，村庄的故事便从一座古庙开始，一截截展开。一个窑洞一个院落，一户人家一个故事。

厚塄最西头是支则叔家，他们家三个儿子，一个闺女。闺女叫琴。琴个子不高，但很勤快，小时候在古庙里上学，村里唯一的一个 50 多岁的男老师是琴的舅舅，天冷的时候，我们都在教室里挨冻，琴却敢跑到老师火炕上取暖。我们都羡慕琴。后来琴嫁到了外村，很多年后在路上遇到她，她已经很老了。我一直以为在家乡的厚塄上长大的孩子是不会老的，可是琴老的速度比一天的阳光滑过崖皮还快，琴老得不能看了，而土崖是不老的。

再往下是嘟儿叔家、小元大伯家、长儿家、圪街姥姥家。圪街姥姥家是母亲常去串门的地方。母亲上地，没人看我的时候，我会被送到圪街姥姥家的老土窑。她们家有一个九十多岁的老祖祖。我们都叫她黑祖祖。黑祖祖头发像银丝一样白得透亮干净，面皮也很白。我一直觉得她是个神仙。她坐在窑洞里的土炕上，哼小曲。她的小曲哼得让人既陶醉又心酸。据说，日本鬼子进村的时候，她男人被日本人杀了，儿子被逼得跳了老井。黑祖祖一生经历了很多事，可她依然硬朗朗地活了 90 多岁，是村里活的岁数最大的人。最后的两年，她得了老年疯病，常常拄着棍子跑到老庙上去。我们正在上课，她就嚷嚷着进来，说，毛主席叫我来开会，我来开会了。孩子们就轰然起身，围着老祖祖唧唧喳喳乐个不停。圪街姥姥是老祖祖的儿媳妇，她和老祖祖一块守活寡守了几十年，她照顾婆婆一直到婆婆去世，是村里出了名的孝顺媳妇。村里人是在苦难中长大的，因此苦难与生死是他们一生伴随着的事情，从不大惊小怪。圪街姥姥有一根长长的旱烟袋，她一个人的时候，就坐在炕台上抽烟。她抽烟的姿态很特别，两腿盘起来，两只裹得像粽子一样的小脚搁在腿上，背靠在圪台西面的窗台上。窗台上有一盏煤油灯，她稍稍一歪身子，烟袋锅就凑到了煤油灯的灯焰上。她满是皱纹的嘴噙着烟嘴，狠狠地吸一口，再大口大口地把烟气吐出来。吐烟的时候，她的表情里会带着一缕看不见的微笑，似乎把一生的苦痛和屈辱都吐了出来。她一下轻松了很多，释然了。她脸上的那些深深浅浅的麻子，也变得越发好看起来。我喜欢看她这个样子，她抽烟的时候，我就爬在炕沿上看，看着她一袋一袋地抽。有时候，她会抽一后晌，屋子里全成了烟雾。我俩，一老一小就在弥漫的烟雾中坐着，有点像神仙。圪街姥姥 70 多岁的时候，去外村看戏，从一个斜坡上跌倒滚下来，就利利索索地去了。村里人说，圪街姥姥是个好人，落了个好回收。能不生病、不拖延，干干脆脆结束一生，是村里人最理想的生命结局。但是很少人能有这样的结局。

再往下数，是丑蛋家，丑蛋有一只眼不好使，村里人管他叫“鸟枪”。丑蛋不喜欢别人这么叫他，可是别人还是那么叫他。没有人管他的感受，大家无处取乐时，就喜欢揭开别人的伤疤看。他越疼，别人越开心。丑蛋娶了一个好看的媳妇，村里人就说，一朵桃花落在了鸟枪上。我离开村庄好多年后，一个偶然的机会，我见到丑蛋的儿子志铭，一个很帅很聪明的小伙子，他在城里打工。我心里莫名地感到一种安慰。

紧挨着丑蛋家就是我姥姥家。小时候，我常常和一堆小姐妹跑到厚塄上，站在崖顶，猫着腰往下看，看见我姥姥在晒豆子，姥爹在红薯窖下面吊篓子。我大声地喊：“姥姥，姥爹，我看见你们了。”姥姥和姥爹扬起脖子，隔着很高的土塄和杂草寻我的声音。他们一定看见我在天上，很高很高。姥爹嘶哑的声音颤抖着对着崖顶吼：“小祖祖，不要命了呀，快给我下来。”我朝他扮个鬼脸，缩回头去。继续沿着土崖往下数，一直数到厚塄东头的糊民奶奶家。

挨家挨户数，我这样数过很多遍。有很多名字，会叫，不会写。很多年之后，我仍然不会写。比如，姥姥的名字叫圪都孩，到底是哪三个字，姥姥自己也不知道。村里人没文化，他们给孩子取名字取得怪，又似乎是和山村的四季风雨土地庄稼，一棵树、一棵草、一片叶子连在一起的。因此他们的名字就像嵌进土崖里的那一孔孔老土窑一样，朴实自然而又深不见底。这些名字把村庄点缀了。这些名字喊在土崖上，发出回音，回荡在整个村庄，成为村庄历史上的一颗颗闪烁的星星。当然，也许只能在村庄，只有村里人知道这些名字，只有在厚塄沉默的语言里有这些名字。

村里人每一个人都是名人，每一个人的名字都会从一个老土窑传到另一个老土窑，从村西头的老土窑传到村东头的老土窑，再从村东头的老土窑传回村西头的老土窑，就像阳光，早晨从东面土崖上一截截照过去，下午又从西面的土崖上一段段地返照回来，永远这样来来回回循环往复着。

厚塄是一个村庄巨大的根系，深扎进土里，扎的很深很深，扎了几百年甚至上千年。一条厚塄延伸了一个村庄。

在我儿时的记忆里，很少有人离开东栈村。有的人走了，又回来了。这里有干净的阳光，有清澈的水源，有肥厚的土地。哪儿也别去，就在这儿，过上一辈子，几辈子，你不会觉得厌烦。

其实，我从来没读懂过厚塄，就像我从来没有读懂过我自己。有时，我会在梦里把自己放逐在村庄里，像一只鸟，贴着厚塄的崖皮飞着，常常被危险和恐惧惊醒，恍惚间，竟不知身处何处。

就如此刻，我站在厚塄下，与一位放旷不羁的年轻人。他在我记忆之中，似乎叠加着自己的想象。但我确信，他和我一样，在一种无家可归的现实图景里，寻找着灵魂深处的原乡。

黄叶地

胡容尔

太阳的光芒，如金色的渔网弥天撒下，但拯救不了那些叶子——手掌大的悬铃木叶子，一半枯黄苍老，一半青黄憔悴，在鳞片一样闪亮的光斑中颤动，然后迅疾地俯冲下来，低进我的视线里。

一叶知秋。叶片用敏锐的知觉，触探时间，驮着季节。秋天的重量太沉，树叶累了，脊梁压弯了，直不起身子，于是沦陷在一场动荡的坠落中。与风同行，与雨结伴，落来落去，落入一个命定的圈套，无力挣脱。这是木本植物叶子的宿命。明知从生到死，结局毫无悬念，但它仍要生，仍要死。这种艰难的无法和解的矛盾，自始至终，贯穿在所有的生命体中。

行走在晚秋的琴弦上，我的足音和着落叶弹唱的旋律。就像一个不喜不悲的局外人，我目睹眼前不可挽回的衰老，目睹一场浩大的死别。

每个行将枯萎的秋天，我的目光都热衷于追逐那些四处纷飞的秋叶，有一种悲壮之美：树叶像群鸟的羽毛，瑟瑟发抖地在风中起舞，抑或是翱翔。它们以雨雪的形式，从高处降落，直抵大地的胸膛，呓语般破败，衰亡。

离开母体的树叶，无家可归。江河湖水，都不能算是好的去处，好比航行的孤独的小船，随时有倾覆的危险，有无限流浪的可能。只有投奔宽厚的地母，才是安全可靠的归依。大地辽阔的疆域，足以安抚叶子的流荡、漂泊，给予它们静美从容的体面和尊严。

阳光轻易地穿越一贫如洗的树冠，照耀在铺满黄叶的地上。被黄叶覆盖的大地，像一座镀金的亮闪闪的宫殿，安放着飘零的叶子；又像一条金黄的光亮的河流，波澜壮阔。每一枚落下的叶子，都是树木淌下的一滴泪。

天有不测风云，叶有旦夕祸福。我想，叶子离开树木，叶柄从树体生生断裂，是因风雨驱逐，来自外部的外因多一些？还是因叶衰蒂老，源于自身的内因多一些？前者像一场意外，天灾横祸似的，后者像一种规律，寿终正寝一样。总之，内外因联手，合谋制造了叶子的落幕。

无可奈何叶落去。坠落，无法自拔地下落，那些落叶，为死而死，多么像一种绝望，万念俱灰的绝望。哦，不，或许更像一种超脱，明眼慧心的超脱，为生而死，如佛家的安然示寂。木心说，什么样的绝望都是轻的。他又说，万念俱灰也是一种超脱。

脱去盛装的树木，留下千疮百孔的伤口，集体沉默着。守得富饶，耐得贫寒。那些裸露的树皮褶皱，仿佛遍布的筋骨一般坚硬强健。那些青灰或黑褐的枝干，铁线一般，奋力伸展向天空，展示一种遒劲、凛然的风骨。它们在休养生息，隐忍地等待新生。有时在梦中，它们会追忆昔日叶子走过的足迹：从豆粒大的叶苞，到拼命绽开，再到郁郁葱葱，最后黯然衰败。一片叶子像一朵花儿，完成了一生的荣枯，完成了一生的使命。不管是否心甘情愿，时令就是通告，它就得腾出位置，留给年轻的后来者。旧叶子不去，新叶子不来。新旧交替，是树界新陈代谢的一个过程。只有吐故纳新，才能有持续蓬勃的生机。

这个季节，需要如此苍凉而明智的结尾。落叶，是叶子向树木深情的告白。落叶，也是树木向泥土深情的告白。树高千丈，叶落归根。根在哪里？在泥土里。

小时候，长在外婆家。外婆的家门前，有两棵树：一棵刺槐，一棵枣树。春天时，一串串白生生的槐花，从苍翠的枝叶间垂下，甜蜜的香气，挤满一条老街；夏天时，外婆常坐在午后蝉鸣的树荫下纳凉，一边与街坊们聊天，一边不停闲地做着针线，为家人缝缝补补；秋天时，枣子红了，在风中摇来晃去，用竹竿打下来，脆生生的甜。冷风一吹，两棵树竞赛似的，密匝匝的叶子，今儿落明儿落，没多少天工夫，就落了个精光。指肚大小的叶子，半黄半不黄地偎在地上。外公怕它们被踩脏，每天不厌其烦地拿着一把大扫帚，哗啦哗啦地将落叶扫到一起，归拢成一堆。等树上的叶子掉完了，地上的叶子也干了，外公会寻个晴天，点火将这堆叶丘烧掉。黄纸片似的叶子在跳跃的火焰中，噼啪作响，化为青烟。外公用篓子装上凉透的灰烬，带去菜园里，再用铁锨挖个坑，郑重地将叶灰埋上。随后他拍拍手上的尘土说，这样就干净了。质本洁来还洁去。一向爱整洁的外公，在他质朴的思想里，或许并没意识到，他每年都在为那些做出贡献的叶子举行一场朴素的葬礼，让它们入土为安。他用这样简单的仪式，送别了家门口的老叶子。

木叶飘飞，情思缤纷。有人愁，有人悲，有人笑。李白说：“落叶聚还散，寒鸦栖复惊。”以落叶的聚散，隐喻人世的离合，抒发相思的离愁。杜甫说：“无边落木萧萧下，不尽长江滚滚来。”借山林广阔的落叶，悲叹己身飘零，年华易逝，壮志未酬。而宣宗宫人则说：“殷勤谢红叶，好去到人间。”托顺水而下的红叶寄情，表达渴望冲破宫禁、向往俗世幸福生活的欢愉。说来说去，人的一生，无非诠释着“悲欢离合，贫穷富贵”一出戏，爱着，恨着，笑着，哭着。人生就是如此，笑笑哭哭、哭哭笑笑罢了。末了，皆是人间一枕黄粱梦。

初冬，与树叶一同凋零的，还有我年迈的父亲。他安详地躺在那里，眼睛合拢，头发花白。他的身躯，逐渐失去温度、水分和光泽，像一片蜡黄的叶子，脆弱，不堪一击。我的祖父祖母，我的外公外婆，他们都像落叶一样离开了我。他们站在墙上的照片里，注视着我，眼睛明亮，目光慈祥。但我再也触摸不到亲爱的他们温暖的身体。他们回归泥土，与大地交融在一起，成为大地的一部分。

所有的喜怒哀乐，终会归于尘土。我们脚下踩过的每一寸土地，也许都埋藏着一些黯淡腐朽的尸骨：人类的，动物的，植物的——灿烂的生命之光，曾照亮它们活泼坚韧的身体，一如照亮此时鲜活的你我。它们的灵魂，被大地收容，从不曾消弭。在月光缺席或充盈的夜晚，这些灵魂会跑出来，在它们的世界里，安静地游荡。佛经说，有十方无量世界。我们凡胎肉眼看不见的空间，未必不存在。因此，做人要懂得敬畏。

少年时读宋词：碧云天，黄叶地，秋色连波，波上寒烟翠。觉得真是唯美迷人，不难过的，想那黄叶地只是浮光掠影，只是碧云天和寒烟翠的陪衬。中年时再摩挲，蓦然一惊，品出不同滋味。范仲淹一笔扫过的景象中，碧黄翠三色铺开，凄凉的黄叶地才是主色调啊，占据了大半个感伤的画面。与李煜的“无限江山，别时容易见时难”，有异曲同工的沉郁。过去与现在，发生与幻灭，占有与丢失，印证着一种哲学：所有的存在，一切的荣华，仅是路过，终将虚无。这是自然法则。

人类与木叶，同是天涯沦落者。人生犹如叶生。叶来叶去，人来人去。人生一世，草木一秋。生亦何哀，死亦何苦？活就得活出个好样子。既知这一世的终点，就是金碧辉煌的黄叶地，我甘愿笑逐颜开，视死如归。我将和祖先们一起，在家谱里，获得永生。

如同风搬走了叶子，早晚有一天，岁月也会搬走我。既然这是生命固有的规则，那么我选择坦然接受。彼时，我将成为金黄的落叶，在大地的掌心里，抵达另一种开始。须知，生不是开始，死不是结束。生命轮回，因果循环，是浩瀚的宇宙运行的规律。天道如此，物质不灭。

我们活着，也不过是借了先祖的血脉，住在新的皮囊里而已。

快看，树在奔跑

冷　冰

我记得很清楚，第一次认识火车是从“听”开始的。那年，我大概七八岁的样子。

20 世纪 70 年代末，我在燕山脚下的农村老家度过童年。那时候，最好的交通工具是自行车，10 岁以前，我坐过最快的交通工具是拖拉机。火车，这个名字只在课堂上听老师讲过，根据老师的描述，想象很多拖拉机的车斗连成一串，可那么长怎么跑啊，怎么拐弯儿呢……对火车的未知与新奇，让一个山里孩子充满了疑惑和想见到它的渴望。

看火车的机会很快来了。临近年关，母亲让我跟大哥去几十里外的表舅家参加婚礼。寒冷的天气，我是不愿意去的，但是母亲为了给大哥凑伴儿坚持要我去。她说了吃好的、看电影（那时候流行谁家有喜事谁家请全村人看电影）等好处，见我不动心，忽然说：“你表舅家通火车了，你不想看看？”“啊，真的吗？”我立即同意了，满心欢喜地坐上了大哥自行车的后座，一心奔着火车去了。

到表舅家的时候已近黄昏了，稍坐片刻，我就急着问比我大两岁的表兄，到哪里能看见火车。表兄斜看了我一眼，语气傲慢地回答：“你以为火车是想看就能看到的？要等的。”看我一下子失望的样子，他才又安慰我，火车开通才两个月，以他和小伙伴们的观察，一天有两趟火车经过，现在可以先带我去看看火车道，等明天再带我去看火车。反正小孩子在婚礼上也帮不了什么忙，况且这次看火车的兴趣大过了对吃的惦念，听表兄这样一说，我心定下了，马上跟在他后面出了家门。

太阳已经到了西山顶，几片黄色的云浮荡在夕阳周围，像是要将夕阳包裹起来，藏到山后面去。风更冷了，我和表兄在有些刺骨的冷风中出了村子，爬上村外的一个小山坡，然后，我就看到了一条黑色的道路从东方蜿蜒而来，绕过山脚，在暮色里，像无声的溪流，向夕阳所在的远山奔去。表兄指着那条黑色溪水说，这就是跑火车的铁道。我恍然，原来，火车专门有自己走的道呢，怪不得老师说它跑得快。但是我还是想象不出，火车在铁道上奔跑的样子，只能等明天再来看了。于是，我们在越来越黑的天色里回了家。

但是，就在这天半夜，火车提前来了——它闯进了我的梦。

肯定是后半夜了，一阵轰隆隆的巨响突然将我从睡梦中惊醒，确切地说，是震醒。山村的夜寂静空旷，一声狗吠就能覆盖全村。沉闷的声响如闷雷从四面八方冲撞而来，而且一波接一波，又突然扬起一声高昂的啸叫，整个黑夜都要被劈开一样。我感觉到身下的床在微微抖动，本能地挺身坐起，下意识地想下床跑出房间。漆黑的夜里，一个在陌生环境中的孩子的恐惧是可想而知的。突然，黑暗中，有一只手抓住了我的胳膊，同时响起舅妈的声音："孩子，没事儿啊，是过火车呢。"我镇定了一下，重新躺下，在黑暗之中，我听到了自己怦怦的心跳声。

这么大的动静，火车到底什么样啊？未知的火车，穿过黑暗，撞击着一个少年对新事物的认知想象，波涛汹涌。

第二天上午，我正追着哥哥看新娘，表兄突然跑过来，拉起我的衣袖就往院子外跑，边跑边说："快点快点，火车要来了！"

啊，火车来了！

我们沿着昨天走过的路，一溜小跑到了昨天看铁道的地方。有几个和我们年龄差不多的孩子已经先到了。果然，在我们的喘息声中，昨天夜里听到的声音又来了，由远及近，同时，脚下的大地开始微微颤抖起来。有人喊道，来了来了，火车来了！

一条巨大无比的蛇从山脚探出头来，我记得非常清楚，当时，我身上立刻起了一层鸡皮疙瘩，下意识地闭上了眼睛，因为我最怕蛇了。当我睁开眼睛，这条黑色的大蛇已经将它整个身段呈现出来，真长啊，它喷着白烟，像要把我们所站的小山坡整个盘起来。如果是在夜里看见它，我估计我会被吓到的。但是，此刻，我又是多么想坐上它，一起风驰电掣地跑起来啊，那该多威风！

"……7、8、9……"有人在数车厢。

"23 个！比昨天的多。"

"我前天看见了 25 个！"另一个孩子喊道。

在兴奋的议论和高度紧张的情绪中，我还来不及细看火车的模样，它就消失了身影，留下轰隆隆的声响在空气中徘徊不散。

第一次看见火车的兴奋和惊悚，一起深刻地印在我的脑海里了。当我回家向母亲描述火车的样子时，突然发现，我能说出的只有火车的长度和声音，而这些又找不到熟悉的事物来打比方，让母亲体会到我的感受和心情，这让我一度非常懊恼。

这之后不久，因为搬家，我终于坐上了火车。攥着小小的硬纸板做成的火车票，第一次钻进绿色车厢，在“哐当哐当”的节奏中，从农村奔向陌生的城市，开始一种新的生活。

坐在深绿色皮革面的座椅上，我想起刚刚看过的电影《铁道游击队》，影片中刘宏大队长和同志们劫火车的场景惊险刺激，极为动人。之所以喜欢《铁道游击队》这部电影，还有一个原因，就是其中的火车、湖水和船都是我没有见过的事物，在这样的环境中打鬼子，让一个孩子充满了好奇。记得火车开动不久，坐在车窗边向外眺望的我，突然对母亲说：“妈，快看，那些树在跑呢。”同样是第一次坐火车的母亲，比我淡定得多，她看了一会儿说：“它们是向后跑呢。”多年后，这段经典对答成为我们家庭聚会时常被提起的段子，每次都让家人笑起来。在新事物面前所犯的傻，既显现出人的局限性，也显示了人的可爱。

从此以后，我爱上了火车，爱上了旅行，直到现在。出行的时候，如果在飞机和火车之间做选择，我多半会选火车，尤其是有了高铁之后，其舒适与快捷不亚于飞机，有时甚至比乘飞机还便利。

选择火车的原因还有它在大地上奔驰的感觉。人是大地上的动物，飞翔乃行走之上的理想，非常态，所以，人更适应在大地上的变化，安全而舒适。当山、水、树和村庄等从眼前一一掠过，近快远慢，快慢之间，世间的事物便如一幅不尽的长卷徐徐打开，供你阅览欣赏。此时，可专注于眼前的景物，亦可放飞思绪于四方八极或历史与未来。人与车相对静止，又与车同速飞奔，动静皆有，目标一致，实乃快事。

在微微摇摆的火车上，更有旅行的感觉。尤其在夜间，伴着恒一的行车节奏，侧身于卧铺之上闭目而眠，这行走中的夜时光，梦也在行走。黎明来临，人没有变，梦没有离开，但已经从一个地方到达了另一个地方，一切新鲜开始。

有一次，在北京西站附近的一个高层写字楼开会，会议休息期间，我走到窗口向外看，立刻被眼前的景象震撼了：几十条钢轨铺展开，有的交错穿插在一起，如一张摊开的钢铁大网，在阳光下闪着斑驳的光。几十列流线型的白色列车一字排列，如大海涨潮，海浪一线涌起；又如辽阔草原之上，万马奔腾而来；亦如万箭在弦一触即发，其势如虹，其气撼天动地。

人间大地，人与火车同奔共驰。

千年遗梦武夷山

张庆和

柳永是北宋词坛高手，武夷山是他的出生地。到武夷山不去见见“柳永”，肯定会留下遗憾。于是，在同行的人们拜谒“朱熹”的路上，我独自拐弯，走进了柳永纪念馆。

这是一尊大理石雕像：风尘仆仆的柳永刚刚步出家门。

柳永要去哪里？他一生颠沛流离，居无定所，不是自谓“流浪词人”吗！难道那尘世的风风雨雨并未使他疲惫，依然眷恋着家外的万千风景！

武夷山碧水丹山，人杰地灵，曾经孕育生成了许多动人的故事和传说。历代达官来这里印下过足迹，无数文人到此地留下了墨宝。然而，那个适应着当时都市的繁荣和小市民的需要，突破了小令的局限，继承了唐代民间乐曲传统，发展了唐代民间慢词，开疆拓土，从而奠写了宋词昌盛基础的柳永呢？在这里，除了这座新建的“柳永纪念馆”，再没有关于他的任何一点踪迹。

不用了，只留下那么多优秀作品就够了。历朝历代，不是有很多权贵企图自己不朽吗，他们这里题字，那里竖碑，但真正留在人们心里的又有多少呢！然而柳永：“衣带渐宽终不悔，为伊消得人憔悴。”当今能识几个字的，谁不记得他的这一名句！

公元九八七年，柳永出生在武夷山（当时叫崇安）。早在幼年时，他便跟随做官的亲人远去了宋都开封，从此就再没有回归过故里。

柳永有一首叫做《鹤冲天》的词，其中有这样一句：“忍把浮名，换了浅斟低唱。”关于这首词产生的背景，民间有这样一种传说：柳永所处的时代，是北宋王朝经济发展的最高峰期。为了迎合小市民的心理，博取歌妓们的资助，他写的词有些的确是无聊之作，因市井流行，一直传到了宫廷内，连仁宗皇帝都知道他的名字。柳永家族几代为官，柳永也是想做官的，大约三十岁时，他曾去应进士试，并且考中。但到发榜时，皇帝却把他革掉了，说："此人风前月下，好去浅斟低唱，何用浮名？且填词去！"

柳永做官的愿望破灭了，从此就让自己的生命动力转移到了"忍把浮名，换了浅斟低唱"，以结交青楼的红颜知己为人生慰藉，把为歌女填词作为流浪生活中的一种职业。毋庸置疑，在他写下的无数庸俗、猥亵的文字的同时，其中也不乏大量脍炙人口的名章佳句。如："执手相看泪眼，竟无语凝噎。""多情自古伤离别，更那堪，冷落清秋节。今宵酒醒何处，杨柳岸，晓风残月。"等等。篇篇章章，写伤离怨别之情，诉相思怀念之苦，叹人生失志之悻，以及春女善怀的情愫，都得到了淋漓尽致的宣泄。

当然，柳永的才气除受到了皇帝的亵渎，其后来的一些风流韵事也曾被同代、以至后来的一些文人墨客所斥责，尽管他们并不否定柳永对宋词写作手法的贡献之大。据说苏轼就很看不起柳永，但当读到《八声甘州》中的"渐霜风凄紧，关河冷落，残照当楼"的句子时，也不由发出了"此语于诗句不减唐人高处"的赞叹。

柳永出身宦门，是富家子弟，但他对劳动人民的疾苦是怀有一定同情心的。已经不太想当官的柳永在他快五十岁时，却又当了一个管盐的小官。他曾写过一首名为《鬻海歌》的诗："鬻海之民何所营？妇无蚕织夫无耕。衣食之原太寥落，牢盆鬻就汝轮征。"在诗中，当柳永具体述说了盐民们十分艰苦的制盐过程，以及如何受地主、官僚和奸商的欺诈、剥削的不幸遭遇之后，接着便愤怒地控诉："周而复始无休息，官租未了私租逼，驱妻逐子课工程，虽作人形但菜色。"

这是一首很难得的诗，足以反映他同情劳动人民，痛恨官府奸商，"洞悉民疾，实仁人之言"，富于人民性的思想感情。

柳永走了，永远地走了。望着他栉风沐雨的背影，我情不自禁地感叹——假如柳永在见到皇帝时会讨好权贵，也能"云想衣裳花想容"地来一番曲意逢迎……假如柳永试进被革名之后，不灰心，不泄气，能洗心革面，不自毁"长城"……假如柳永出生在九百六十年之后，正赶上延安的那篇《讲话》问世，并且能把他"引导"一番……

凭他的才气，凭他的坦诚，凭他的良知……然而，命运只给柳永做了一种安排：他穷困潦倒，死在了一座寺院里，连棺材都买不起，是众歌妓闻讯后，集资安葬了他。

这就是他——一个才华横溢而不得志的柳永；一个四处流浪、几乎乞讨为生的柳永；一个为宋词昌盛做出了巨大贡献的柳永；一个令人钦敬又使人惋惜的柳永；一个被后人争议着的柳永……

书卷多情似故人

魏荣冰

生命中最可怕的事情是迷失了方向，茫然地在天地间行走，无助地在时间里泅渡，不知所往，不知所终。这时，你需要听从惠普尔先生的指引："书籍是屹立在时间的汪洋大海中的灯塔。"那用书籍建造的灯塔，闪耀着智慧和思想的光芒，引导你走出迷途，寻找到生命的绿洲。

中国是文化古国，自春秋以降，诸子群起，百家争鸣，每个时代都不乏著书立说之人，各种典籍汗牛充栋，仅清朝乾隆年间编纂的《四库全书》就有3.6万册。到了近现代，出版业高度发达，各类著作不断涌现，许多国外作品也得到广泛译介。置身于这样的文化氛围中，中国人有着良好的阅读史，推崇耕读传家，行万里路，读万卷书。然而，伴随着市场经济浪潮的席卷而来，中国人在财富神话里挣扎，似乎忘记了祖宗的传家宝，变得不爱读书了。

2013年7月18日，《西宁晚报》刊发了印度工程师孟莎美的文章《令人忧虑：不阅读的中国人》。作者从法兰克福搭乘航班去上海，在候机厅和机舱里，发现中国乘客要么玩手机，要么大声谈笑。而在欧洲，大部分人是在阅读中度过等待的时间，即使打电话也是轻声细语，生怕吵到了身边乘客宁静的阅读。作者由此忧虑到："如果因此疏远了灵魂，未来的中国可能会为此付出代价。"这是一个印度人的观察和思考。出于其外部的视角和切身的比较，这种忧虑愈加振聋发聩，令人深思。

据有关机构调查数据显示，中国人一年平均阅读图书4.6本，而法国人为20本，日本人为40本，排名世界第一的犹太人一年平均阅读书籍60本。也许这些调查数据不够十分精确，但至少能够说明，中国人的阅读量严重不足。这些冰冷的数字后面，是一个民族阅读热情的下降，折射出一个民族对知识的冷淡和漠视。

民谚说，穷不丢书，富不丢猪。一个人的精神发育史就是他的阅读史，不读书的人必然蒙昧无知。且不说繁华城邑，就算在穷乡僻壤，栏圈里养着几头猪，手上捧着一本书，这个家庭哪怕家徒四壁，也还有未来和希望。物质的匮乏可能会导致饿肚子，精神的贫弱，则让一个人变成灵魂的侏儒。我们看到很多人似乎被一根鞭子驱赶着，在红尘里行色匆匆，形容枯槁，他或许没有意识到，应该让肉体停下来，等等自己的灵魂。

黄庭坚贵为江西诗派开山之祖，幼年即好读书，过目能诵，他认为："人不读书，则尘俗生其间，照镜则面目可憎，对人则语言无味。"由此看来，不读书，庶几面目狰狞，该有多么可怕。对此，三毛感触颇深："读书多了，容颜自然改变，许多时候，自己可能以为许多看过的书籍都成了过眼烟云，不复记忆，其实它们仍是潜在气质里、在谈吐上、在胸襟的无涯，当然也可能显露在生活和文字中。"可见，读书是何等重要！

读书，可以让你获得知识。人来到世界上，就是一张白纸，世界的奥秘和生存的法则，都藏在那些泛黄的卷册里。阿根廷作家博尔赫斯在《书》里写道："每本书都满载着已逝去的时光的含义。"莎士比亚则指认："书籍是人类知识的总统。"每一本书，都浓缩了作者的人生经验和思想智慧，教给我们生活的道理和人生的哲理，给予我们智慧和思想，使人脱离动物性，成为一个社会人。

读书，能够塑造灵魂。雨果认为，书籍是塑造灵魂的工具。雨果通过阅读净化自己的心灵，又以神奇的笔触和典型的文学形象，塑造人们的灵魂，他的长篇小说《悲惨世界》《巴黎圣母院》，为全世界读者所熟悉，让人们在阅读中引发深沉的思考。当我们偷得浮生半日闲，静下心来阅读时，思接千载，视通万里，与伟人对话，与智者交谈，剪刈生命的芜杂，拨开心灵的迷障，追寻生命的真谛，抵达浑然拙朴的人生大境界。

读书，可以增长才华，提升气质。"书犹药也，善读之可以医愚。"书籍是文化、经验和思想的载体，在不断的阅读中，带给我们观察世界的角度与方法，引领我们思索人生，洞悉生命，使我们在人生的舞台上收放有度，挥洒自如。东坡《和董传留别》一诗首联写道："粗缯大布裹生涯，腹有诗书气自华。"经常读书的人，在袅袅书香缭绕中，心静如水，人淡如菊，养成高雅的气质，穿越世俗生活的羁绊，建构清新脱俗的精神世界。

书有很多门类，读不同的书有不同的收获。培根专门作了一个分析：“读史使人明智，读诗使人灵秀，数学使人周密，科学使人深刻，伦理学使人庄重，逻辑修辞使人善辩，凡有所学，皆成性格。”书籍浩如烟海，人的时间和精力有限，不可能每一本书从头读到尾，更不可能古今中外读个遍。那么，读什么？怎么读？就是个重要问题。不过，这可没有统一的答案。

依我看，大抵说来，首先要读工具类的书，解决生存技术问题，比如怎么做菜，怎么买衣服。其次要读专业类的书，解决职业发展的问题，所谓术业有专攻，你得做个内行。再次要读文化经典，四书五经、希腊神话、印度史诗……《道德经》薄薄一册，五千言，蕴藏的巨大智慧让你受益终生。最后要读哲学，你是一个凡人，不奢望做思想家，但要学会追问宇宙和沉思生命，做个思想者。

读书的方法，也是门学问。泛读、精读，通读、跳读，速读、略读，不一而足。许多学问家终其一生在书海里遨游，总结了独具一格的读书之法，其中以朱熹的“眼到、口到、手到”影响最广。我从学校毕业，起初在一所中学当语文老师，不单自己狂读书，也命令学生读书，为了求得文章里的微言大义，就抬出了朱熹的“三到大法”。现在想来，读书是很私人化的事情，把一些学生逼得苦不堪言，背地里会不会偷偷骂几句？时光早已淹没了青春背影，这些年少往事，已是杳然不知了。

人类已经进入了自媒体时代。博客、微信、QQ、BBS 等自媒体平台强势崛起。很多人陷入其中，手机不离手，从自媒体平台获取信息，查资料，读文章。这种阅读可以取代传统的阅读吗？显然不能。这是一种典型的浅阅读，碎片化，快餐化。自媒体平台的那些“心灵鸡汤”，且不论其价值取向，单就知识谱系而言，那些只言片语，充其量也就一杯残羹。一个真正的读书人，阅读是一种古老的仪式，庄严而肃穆。打开一本书，静静地读，沉潜其中，与书中的人物一同歌哭，被字里行间思想的光芒照亮，阅读的过程，悬梁刺股，囊萤映雪，有如修行，有如朝圣。

静夜仰望星斗，东篱临风品茗，斗室手捧一卷书，当为人生胜景，妙处不可与人说。

节气里的秋天

李　娟

立　秋

清人张潮说："春者，天之本怀；秋者，天之别调。"春天，草长莺飞，万物生发，是大自然的本来情怀；到了秋天，风雨潇潇，则别具一番风情。

立秋了，太阳的火气还未消散。但是，到了黄昏，在江边散步，风中有了凉意。江中就泊着一弯月亮，淡淡的橘黄色。想起年幼的森儿仰着头，指着天上的一弯月牙问，妈妈，你看天上的月亮，像眉毛一样。我说，你长大会学一个成语：新月如眉。

月上柳梢，江风拂面，令人神清气爽。今年夏季酷暑难耐，四十天不下雨。终于盼到了立秋，秋天立住了脚跟。

秋高气爽的夜里，翻阅清少纳言的《枕草子》，听见她一个人缓慢地诉说。叮叮咚咚，如水流花落，雨打荷叶。

她说：秋则黄昏。夕阳照耀，近映山际，乌鸦返巢，三只、四只、两只地飞过，平添感伤。

立秋后，深夜读书时泡一杯红茶，玻璃杯里殷红一片，令人惊艳。红茶适宜秋天品味，淅淅沥沥秋雨绵绵不断，一杯滚烫的红茶入口，可慰肝肠，只觉春意满怀，身体慢慢舒服了。

处　暑

节气到处暑，天气渐渐凉爽了。

处暑，《月令七十二候集解》中言：七月中，处，止也，暑气至此而止已。

暑气，止了。秋意渐浓，秋高气爽的时节来了。

四时节气其实都在说“止”，也在告诉我们最为朴素的道理。处，止也。夏天热够了，秋天就来了。秋天过够了，冬天就到了。花儿开尽了，就纷纷凋谢了。

幼年时看见美味的食物，总是吃得太多太饱。白发的祖母常对我说：多食滋味少，少时滋味好。天地万物，原来都是教会你我懂得珍惜和知足。

“止”字，在甲骨文里，原来是一只小鸟合上双翅停歇在枝头上。

记得弘一大师有一幅字，只写：知止。细细品味，有节制之美。知止，不要了，足够了，他也将人世的名利、财富、繁华、虚荣都不要了，舍弃了。

如今有些人写作或出书，分外喧嚣而热烈，像炎炎夏日午后的蝉鸣，嘈杂热闹，唯恐世人不知晓。

真正的作家，文字仿佛是写给自己的。写作不是谋生，而是谋心。那些沉淀在岁月深处的文字，似乎和尘世隔着深深的沟壑，几十年、几百年过后再读它，一地月光，清明如水。文字的暑气没有了，那是秋天的一树树翠竹，洁净疏朗，有风骨铮铮。

白　露

白露一到，清晨的草地上，草叶上都是透亮的露珠，仿佛挑着一颗颗水晶。

白露时节，古语说：鸿雁来；玄鸟归；群鸟养羞。

大雁南飞，露重枝冷，燕子在白露时节飞回南方。

读了又读，觉得“群鸟养羞”最值得回味。“羞”即是食物，鸟儿开始准备过冬的食物。“养羞”，小鸟仿佛年幼的孩子，将美味的食物偷偷藏起来。

水边，一丛丛芦苇在风里摇曳，秋凉如水。想起《诗经》中的诗句：“蒹葭苍苍，白露为霜。所谓伊人，在水一方。”原来，《诗经》里走来的“蒹葭”就是开着洁白花絮的芦苇。芦花摇曳，美丽的伊人悄然远去，只留下一个优雅飘渺的背影。

《诗经》在江河之上流淌了千年，爱情在岁月之河上流淌了千年。

今年秋天多雨，江水碧潮满满。几只黑白花纹的野鸭在水里嬉戏，一对对白鹭在沙滩上觅食，有的伸着长脖子，望着江水出神。

静夜里，天朗气清，月光显得分外明亮。月之妙在有圆缺，云之妙在不留，秋之妙在气爽。

深夜，在灯下给友人写信。红笺小字，写在八行笺上：秋深露重，珍重加衣。

秋　分

秋分者，阴阳相伴也，故昼夜均而寒暑平。分就是半，这是秋季九十天的中分点。

这些天秋雨绵绵，白露秋分夜，一夜冷一夜。

夜里，听雨打秋窗，在灯下翻齐白石老人的画，那幅画名为《凄迷灯火更宜秋》，这是清代诗人赵执信的诗句。画中一户小窗，窗里是桌子的一角，桌上一盏油灯，火苗倾斜着，秋风从窗外吹进屋里。窗外飘进来一片红叶，一叶知秋，这是远方的亲人托秋风捎来的信笺吗？风雨夜归人，秋雨潇潇的夜里，等待的人久久不能睡去，点着一盏灯火，等他归来。

白石老人用一盏油灯和一片红叶，表现秋意弥漫，秋风萧瑟的景象。画意和诗情浑然一体，让人分不清是先有诗，还是先有画。

银杏树的叶子，在秋风里落了一地金黄。捡起几片夹在书里，秋天里优雅静美的书签。

读张爱玲给胡兰成的信："我也不会再爱别人，只能是凋谢了。"爱情是人世最短暂的刹那，烟花一样璀璨，烟花一样易逝。

世间长情，唯有草木枯荣，花开花谢，生生不息。

"爱情于天地茫茫而言，实在是小。"傅雷先生说此话时，心情已是过中年，我猜想。

寒　露

寒露到了，天高云淡，大雁南飞。

清晨在汉江边跑步，见白露满地。俗语言：寒露寒露，遍地冷露。

江畔开着一丛丛野菊花，如乡下穿黄色布衣的小姑娘，在风里叽叽喳喳说个没完。

幼年时，我和祖母住在乡下。也是寒露时节，秋意正浓，祖母会带着我去山坡上采摘野菊花。祖母说，把野菊花晒在阳光下，等花儿晒干了，装在枕头里，可以清火明目。

童年的我提着竹篮，跟着祖母蹒跚的脚步。祖母采菊花，我就采菊花。不一会，竹篮里就是一片金黄。祖母累了，坐在山坡上，我也坐在山坡上。我仰头望着天空，阳光和煦，天上几朵白云像棉花糖一样，一群大雁排着队飞向南方。我在草丛里找到红豆似的小红果，看了又看，万分珍惜藏在衣袋里。有时能摘几朵蒲公英，蒲公英都白了头，拔几枝蒲公英小心翼翼地捏在手上，吹一口，蒲公英的孩子乘着洁白的小伞飞远了。

我也是蒲公英的孩子，岁月的秋风将我一次次吹远，望不见粉墙黛瓦的小屋，望不见祖母，望不见童年，望不见故园——

喧闹的早市里，见一位老人推着一车黄澄澄的橘子叫卖。秋天到，橘子红了。想起王羲之《奉橘帖》：奉橘三百枚，霜未降，未可多得。

这是王羲之写给朋友的信笺和便条。短短十二字，洒脱随性，清雅俊秀，如同我们今天手机里的短信。橘子熟了，送给你一筐三百枚橘子尝尝。不可多得的，其实不是三百枚橘子，而是古人之间美好的情意。我自《奉橘帖》中读到了秋意和人情。

霜　降

今日霜降。不知不觉，到了秋天最后一个节气。大自然安静肃穆的季节来了。

院中的桂花开了又开，有一种桂花叫迟桂花。仿佛人到中年的爱情，来得有点晚，已经到了人生的秋天，但是，她终于等来了。

想起李渔说："秋花之香者，莫能如桂。树乃月中之树，香亦天上之香。"说得真好。多像是爱情的香气，来自天上之香，也是来自心灵之香。馥郁而浓烈，挥之不去。从桂花树下走过，走出很远，有微风拂过，暗香悄悄萦绕过来，令人沉醉。

那年去苏州留园，见院中有一座玲珑的小轩，名"闻木樨香轩"，小轩前种着几株桂花树。原来"木樨"就是桂花。中秋前后，桂花开了，如有幸来小轩坐坐，清风徐来，丹桂飘香，这里正是赏桂花的好去处。

苏州拙政园里的“留听阁”极妙，只听名字，就知道出自李义山的“留得残荷听雨声”，满塘的荷花都谢了，残荷、枯枝、浮萍、结子的莲蓬，静静听着秋风秋雨的飒飒之声。

自天而降者，以霜为妙。

“待霜亭”也是拙政园里一处小亭，名字有回味。深秋的霜降时节，独坐小亭，等一场霜降，秋水长天，志清意远，大自然寂静安详的时刻来了。苏州园林，映照了中国文化对人间四季的敏感和诗意。

读画，见画家冯杰画的一棵大红萝卜，顶着一头翠生生的绿叶，取名《红尘之心》，看了又看，欢喜不已。深秋了，一场秋雨一层凉。晨起，在早市上买了两根猪排，配着大萝卜，用慢火在砂锅里慢慢炖着。午饭时盛一碗，撒上几粒青翠的小葱，味美自不言说。一粥一饭，也是俗世红尘中的踏实与暖意。

霜降前后，路旁的木芙蓉开得嫣然，它还有一个名字，叫“拒霜花”，乍暖还寒，拒霜花的名字分外美。她或红或白，一朵又一朵，令我想起画家张震先生赠我的帖，几行红笺小字，清雅静美，写在画着芙蓉花的花笺上。他在笺上题诗“木末芙蓉花，山中发红萼。涧户寂无人，纷纷开且落。”是王维的那首《辛夷坞》。我低着头看了又看，这是我此生收到最美的花笺。

晨曦里，花园里的草叶都穿了洁白的盔甲，凛冽素洁，等太阳一出来，草叶上白霜都不见了，一片干净。

秋风萧瑟秋草黄，草木摇落露为霜。山坡上的草枯黄了，榉树的叶子一日日红了，红叶飘落，仿佛一叶小舟，驶向秋天深处。一夜秋风，树木在风里卸掉一树繁华，只留下清瘦的枝桠伸向明镜似的碧空。

草丛中的秋虫悄无声息，它们蛰伏在泥土中，静静听秋风吹过，等待冬天到来。

静一分，慧一分；忙一分，愦一分。

人生如四季，急什么，忙什么，慢慢走，欣赏啊！

疗　养

聂虹影

从小就记住了一个美好而奇妙的词——疗养。

说来要追溯到40多年前，我在一个小城里生活，那时似乎还没有旅游的意识，生活是一成不变的，既不懂得诗，也没去过远方。对外面世界的感知，来源于大人们的叙说及电影中零零星星的市井片段。那时的电影更多是战争片的打打杀杀，要不就是充满乡村气息的《春苗》《决裂》《艳阳天》。生活的天地那么小，小到整个小城几乎见不到陌生人。

而我，会羡慕任何一个拎包归来或者离开的人。

那天家里突然来了一名客人，是老家的一位堂哥，爸爸介绍说是很近的血亲，没出"五服"。堂哥很有出息，是空军一个部队的飞行员。那个年代，军人是个很神气威武的职业，而飞机更为罕见，别说坐飞机，单是近距离见过飞机的人也寥寥无几，而我的堂哥，竟然是穿军装开着大飞机的飞行员，想想就感到无比威武！清楚记得那是个冬天的下午，堂哥穿着为飞行员专配的有毛领的皮夹克，空军蓝裤子，背一个黑皮包，整个人看起来精干英俊，堂哥为什么来家里，吃饭没有，和大人们都聊了些什么，都不记得了，记忆最深刻的就是我和姥姥送他到院门口时，门外正好有几个邻居在聊天，堂哥很潇洒地和我们挥手道别，然后声音突然很大地说"部队安排我疗养去了，明后天就走"。

疗养，多么美好的一个词，深深击中了我的小心脏，我坚信，那天听到他这么说的每个人都会心存艳羡，尽管没见过世面，尽管他是我生活中第一个提到疗养的人，但我知道，疗养就是到风景很好的地方去住，什么也不干，吃得好喝得好，就是休息和玩，同时想象着作为飞行员能去疗养是多么美好的一件事。现在想来，作为飞行员的堂哥去疗养一点都不夸张，夸张的只是他宣告自己去疗养的声音和神态。疗养，多么美好的一个词啊，美好到超出我的想象。疗养，又是多么遥远的一个词，遥远到我连企及的奢望都不敢有。那一刻，不，在很长一段时间内，我都兴奋并自豪着、优越着，因为我家里穿军装又会开飞机的堂哥去疗养了，而这个吹牛的资本在周围的小朋友中，只有我有。再后来，家属院中一个姐姐当兵在昆明一个疗养院，又让我羡慕兴奋了好一阵，在疗养院工作，那不就是意味着天天疗养啊，也就是天天吃好喝好玩得好，天天看风景，多开心啊！后来那位姐姐调回家来了，我暗暗替她惋惜了好久好久。

当兵到部队，身处总装的一个科研单位，研究的项目都是往天上走的高端科技，人员当然也是高端技术人员，有些还属于国宝级的，每年都会有人外出疗养，但疗养的范畴也仅限于研究高端科技的高端科研人员，我们这些小女兵只有帮忙往疗养地接转电话的份，此时，在我看来，疗养不只是童年时认为的吃好喝好玩好，更是一种认可，一种资历，与我而言，它继续美好着，继续遥远而神秘着。

这身军装一穿就是几十年，从青春年少穿到鬓已至秋，从入伍资历到职务都符合了疗养的资质，并且还真有过两次疗养的机会，但都未成行，一次是工作太忙走不开，最终废了名额。一次是把名额给了工作勤恳也从未享受过疗养待遇的战友。于是已过不惑之年，入伍 30 余载的我至今仍不知道疗养是何滋味。也许，许多东西，感受了反倒失去了那分美好和神秘，让美好而神秘的感觉留存于记忆中也好。其实，现在生活条件好了，旅游业一直长盛不衰，几乎每个人都可以来场说走就走的旅行，疗养已不再神秘，反倒变得大众化了，对人的吸引力也大大降低，但于我而言，一提及这两个字，心头依然会涌起一股奇异的感觉。

榆英飞

刘汉斌

一

最初的时候，老榆树生长在一个败落了的宅院里，后来东西南三面的院墙都被人推倒了，院子就与墙外的田地接壤，构成一大片土地。北墙后面是一条深沟，北边的院墙就一直稳固地立着。

老榆树生长在五娘家的口粮田里，自然就是五娘家的树。自北墙向东延伸三两步就是一条柏油路，向西展开十几米，是一条小土路，向南半里地，是五娘居住的房子，房背正对着土地，三间青砖穿靴戴帽的瓦房，没有院墙，敞院子。

好多年没有见到五娘了，特意去看望她。院子里和屋里都没有人，屋门前的太阳灶明光闪闪地正对着泛白的太阳，架在上面的黑铁壶悠悠地吐着热气。一只小黑狗突然从草垛下蹿出来，叫了两声，见我没理它，又折回身，换了个姿势，趴在草垛下睡去了。

在北墙下再见到五娘的时候，她怀里抱着五岁大的小草。小草生得白净，俊俏的脸庞惹人疼惜。小草的模样跟她妈妈小时候的模样有几分相似，特别是那一双明净的眼睛，清澈见底，像一汪汪清泉。

小草的妈妈乳名叫方芸，我俩同龄。小时候，五娘家老宅院里的榆树碗口粗细，我们时常爬在树上，捋榆钱、摘树叶或者仅仅是爬在树上戏耍，树下树上，几乎串联着我们儿时的所有时光。每当榆英飘飞的时候，我们就在榆树下捡拾如虫蜕一般的小壳，那些褐色的小壳，并无用处，一颗一颗地拣起来，装进衣兜，然后又在戏耍的时候撒得满地都是，我们只享受那个过程中的快乐。

离开老榆树的时候，我们都曾相约要再回到这里，陪着五娘，守着老榆树下的这片土地一起生活。可是方芸却爽约了，她后来悄悄地把小草留给了五娘，再也没有见到过她的面。

我不知道她这些年一个人在外究竟遭遇了怎样的婚姻和生活，而让她决意背弃诺言，只留给我一截美得根本无法与现实对接的记忆，给五娘留下一个令人怜惜的小草。

五娘对此只字不提，我便不能问，五娘的心里装的苦楚太多，她一开口，就能把人的心弄疼。

五娘说，小草从小黏人，与她寸步不离。她忙的时候，小草就揪着她的衣襟跟在身后，闲暇时，小草跟个缠线板板儿一样绕在她的左右，绕得五娘连路也走不稳。小草怕生，偶见生人，她就把脸埋进五娘的怀里。第一次见小草的面，令我动容，像是又见到了幼时的方芸。可是小草怯生生的目光，有一种本能的拒绝，每次与她的目光相遇，我的思绪都会立即从记忆里被弹出来。我说小草小草，你把脸转过来，我给你钱你买糖吃。小草不应声也不露脸，五娘就换换手，好让小草转过脸来，她却依旧把脸贴在五娘的怀里，只是慢腾腾地抬起右边的手臂，擎在我面前，棉衣衣袖过长，看不见手。

五娘先是一怔，也许她看出了我瞬时的疑虑，索性说，烫坏了，截了。

五娘平淡的一句话，我的心不由得被揪了一下。

说起小草的右手，五娘已是泪流满面。麦收时节，她一进家门，小草就缠着她喊饿。五娘赶紧烧水做饭，锅里的水滚了，她掬着一捧柳叶面“哗哗”下进锅里，转眼间，趴在灶台上的小草踩翻了小木凳，右手伸进了锅里滚烫的开水里。听到小草的尖叫，五娘转身一把从锅里捞出烫得通红的小手，放在嘴边使劲地吹气。五娘吓坏了，她唯一能做的就是不住地往那通红的小手上吹气，她欲揩去小手上的水汽，一袖子下去，却揩掉了手背上的一卷肉皮，嫩嫩的肉就裸露出来，霎时间，小小的手血肉模糊地擎在她的面前。五娘就扯开了声哭喊，双膝跪在小草面前，双手握住小草幼嫩的手臂，不知所措。小草却反过来安慰奶奶说，奶奶不疼，奶奶不哭，小草疼，让小草哭……

五娘抱着小草在不住地抽泣，小草在五娘的怀里哽咽着。我不忍心再听下去了，便强忍着泪水，将五娘和小草揽进怀里，轻轻拍一拍五娘的肩，止住了五娘的讲述。

五娘泣不成声的讲述，满是疼痛，那撕扯着人心的疼痛带给我们的是无尽的遗憾与无奈。这种讲述如同是当着我的面残忍地将已经结痂的伤口再次撕开，让它揪心扯肺地再疼一次。

再过几天就是大年了，寡白色的北墙下，枯草如乱麻一般，人们平日里坐过的地方，枯草围成一个个圆圆的圈，圈内地面裸露光亮，一尘不染。寒风中夹杂着细尘在低飞，北墙根下的人渐次散去，留下那一排被人长久坐压而形成的草窝，在风中凌乱。

变天了，小草将埋进五娘的怀里的脸庞抬起来，瞪着水汪汪的大眼睛，看看我，我说让我抱抱，她却又将脸埋进五娘的怀里，一语不发。冷风吹在我们的身上，衣衫在风中抖动，小草的棉衣松软，显得无比宽大，而棉服里的她却显得那么瘦小。宽大的衣衫下，这个缺了一只小手的孩子，在经历了那次刻骨铭心的疼痛之后，她再也不会随意向这个世界贸然伸出手了。

二

晨曦中，我和方芸曾经逗留过的地方，只剩下老榆树和半截老墙了，墙体斑驳，晨光打在上面，是无尽的忧伤。年代已久远，仅凭半堵墙，我已分辨不出它在此前究竟是哪一部分建筑的残垣。老榆树从高过了墙体的地方将巨大的树冠展开，像一把被人特意打开却忘记收起来的伞。树干粗壮，我试着将它抱住，伸开双臂却只能揽住树干的一半，此刻，要是方芸在该多好，只要她站在我对面一伸手臂，我俩正好手拉着手将老榆树的树干抱住。

老墙坍塌了，一天天的低矮下去，榆树却依然在一天天地成长，它们在逝去或者成长的岁月里，见证了我们的成长、背叛以及愧疚。它们就是唯一令人熟悉的过往，是我的逝去的岁月留给我的一段念想，它像一把钥匙，能将我尘封在心的记忆全部打开。小草年幼，而方芸杳无音信，我一个人无法消受属于我们共同的记忆。

北墙根下窝风，且聚阳光，每年的新绿都是最先从北墙根下萌发出来的。春风低吟，蛰伏的草根就醒了。风一吹，那草根就发痒。疼、痛、痒是生命的涌动中固有的对一切束缚和阻挠的本能抗拒，一些被命名为“草胡子”的植物，从细土里萌发出新芽，干涸的土地上，浅绿的色调就是它的春天。

渐渐的，和小草熟悉了。发现她是一个极其有主见的孩子，她时刻都对别人保持着警觉。我们在一起的那几日，我说我给她拍几张照片吧，她就一本正经地对我说，她还没准备好，我说我就随便拍几张，留个纪念。她却固执地说，拍照不能随便，她要我把她拍得好看一些。于是，她就找五娘要压箱底的漂亮衣服，五娘就在一旁乐呵呵地伺候着小草。

在我为小草拍照的时候，她总是不愿将右手伸出袖口，我特意为她挽起袖子，可等我转身给她拍照时，她却已经将袖口又放下去了，我怕伤着她的心，就没有明说，为她挽过几次袖子，她固执地放下后，我就没有再勉强过她。

我说等我回去后，洗好照片就给她邮寄过来，小草就高兴地在地上连蹦带跳，嘴里不住地说，她要把照片放好，留给妈妈回来看。

五娘即刻停下手中的活，把小草拉进怀里，小草在五娘的怀里依然举起手臂一边跳，一边欢呼。她根本不知道妈妈在哪里，甚至记不清妈妈长得什么模样，可是一提起妈妈，她就忍不住高兴得手舞足蹈。我看见，五娘悄然背过脸去，小草的小脸笑得像一朵盛开的花儿。我的鼻子陡然一酸，却不得不龇着嘴对着小草笑，笑出了眼泪。

小草非要在老榆树底下照几张相，我就带着她去，小草的个头实在太矮小，站在密密匝匝的榆树苗后面，几乎看不到她。我让她站在榆树苗外围，镜头里的半边天灰蒙蒙的，老榆树撑开遒劲有力的枝桠，将灰蒙蒙的天空紧紧地抱在怀里，仿佛它一撒手，天就会掉下来摔碎在土里。树下半人高的榆树苗林立着，像尖利的木刺，将老榆树团团围住，老榆树就像个老寿星那样，端坐在儿孙中间，幼小的小草站在空旷的地上，手执着一棵还未长大的榆树苗，瞪着水汪汪的大眼睛，莞尔一笑，按下快门的刹那间，榆英纷飞，不知从哪里钻出几个调皮的孩子，拉着小草的手，蹦蹦跳跳，在纷飞的榆英里，笑声清脆。

三

五娘管屋后的那片土地叫麦地，五娘说，那片土地只长麦子，种上其它庄稼不好好活。种植过豌豆的地是种麦子的上好茬口，而豌豆却总是不成，最晚熬到开花，就大片大片地死去了，豌豆死了，五娘从不惋惜，她已经习惯了豌豆在盛花期死去。她在这片土地上种豌豆，只是为了让下一茬麦子长得更好。

五娘老了，满头白发，身体单薄，她不仅要照顾小草，还要营务那么大一片土地，我于心不忍。苦口婆心地劝五娘专心照顾小草，再不要种地了。五娘回应我的只是一个深藏于皱纹里的苦涩的浅笑，虽是一丝浅笑，却令人心里五味杂陈。

五娘说，她不能让自己有太多的空闲，一闲下来她就不由得胡思乱想，人就跟生了病一样，浑身难受。在地里忙乱着，她一抬头就能看见村口，要是方芸回来，一进村口就能看到她。

五娘的心思全都在麦地里，从播种到收获，她曾千百次地回望村口，春天播种的时候，她在想，等麦子出苗了，方芸差不多就回来了，等麦苗出齐了，方芸却没有回来，她又对自己说，麦子拔节了，方芸就回来了，一直等到年中，方芸依然没有回来。她从不气馁，麦地里细小的变化，都在不断地坚定着方芸会在不久要回来的信念。

五年多来，她一直都在麦子的成长中一遍遍安慰自己，每一年，在麦子成熟的时候，她会收到一笔只有数字的汇款，她托人查过，而每一次都是只将汇票兑换成现金拿回来，再没有丝毫信息。

渐渐地，五娘习惯了等待，也习惯了在每一次失望之后，挖空心思地再找一个安慰自己的理由。

每当麦子成熟的时候，五娘一脸慈祥，怀里抱着小草，端坐在老榆树下，榆英飘落过的地方，树苗像草一样茂密，高大的榆树将它们压在树冠遮了天的土地上，小树苗幼嫩的根系与老榆树争夺养分，它们歪歪扭扭的枝桠，只是为了寻找从老榆树叶隙的光线，从那稀薄的光束中博取生命的养料。一棵棵幼树在大树底下生长，是一件残酷的事情，树下阴湿，光线不足，它们一个个细细瘦瘦，面黄肌瘦，一种看似强大的庇护，却是彻彻底底的溺爱，让每一个幼小的生命自幼就学会了自力更生。

老榆树是盛夏时节纳凉的好去处，五娘在地里收麦子，小草在老榆树下的空地上铺了褥子，坐在上面自己玩。困了，就躺在褥子上睡觉。五娘在一转身就能看见她的地方收割麦子，她酣睡的样子是那样甜美，老榆树的影子投在她的身上，她睡在影子的怀里，嘴角带着微笑，眼角的泪痕干涸了，一道道白。她一定是在睡梦中哭过。而此时挂在嘴角的微笑，透露出梦境的甜美，五娘会趁着小草熟睡的时候，在她的身边安静地坐一会儿，从头上取下草帽，给小草轻轻地扇，抬手拢一下小草的头发，小草或在梦呓中呼唤着妈妈，或呼唤着奶奶，五娘抬头看看湛蓝的天，她在心里一遍遍呼唤着方芸的名字。

生命之歌

洪　波

这小东西深深地根植在我的身体里，已经数月之久了。我感觉自从有了这个小生命，才变得柔情似水。比那初吻后的柔情要广大、丰富得多。那时总是渴望被爱被关怀，是攫取。这时却渴望把自己全部的爱都奉献出来，圣洁而崇高。

梦

我时常梦见自己又回到了少女时代。身穿蝶衣，翩翩起舞于一个大花园中。天长地远，无休无止……

这样的梦对我来说简直不可思议。平时太多奇思怪想的我，直到为人之妻满心里想的还是阿里巴巴六十大盗到底有多少珠宝？来无影去无踪的飞碟来自哪个高度文明的星球？丈夫说我“像个不驯的梅花鹿，整天在山林里奔跑”。可是那梅花鹿怎么跑到花园里来了？

母亲说，这不奇怪，梦见果实是生儿子，梦见花是生女儿。

哦，将有奇迹产生了，像我这么丑陋笨拙的人，也能创造美丽？我将成为一个小蝴蝶天使的母亲？那将是怎样震颤魂灵的时刻！一个年轻的少妇与丈夫牵着一只稚嫩的小手去逛商店打秋千？她会是什么样子？我发誓无论什么模样我都会爱她。给她扎两个麻花小辫，辫梢系上连蜂儿蝶儿也难辨真假的花朵。穿上最漂亮的背带花裙。穿上白色高筒袜，再穿一双小红皮鞋。她的眼睛又黑又大，睫毛长长的，就像她的爸爸。

我真的去花园玩了。花园门口有一个小凉亭，是一个小蘑菇依在一个大蘑菇的伞盖下。我惊叹设计者的才思。一定是一个深爱母亲和孩子的有情人；要不就是一个充满爱心的母亲。忍不住一次次回望，那母亲低头守护着孩子，低低细语着。不禁用手抚摸那蝴蝶公主居住的巢穴。

她在我身体里手舞足蹈与我热烈地交谈。我羞红了脸。小东西，快告诉我怎样才能不害怕就安全顺利地完成做母亲的使命？

儿　子

一个婴儿坠入这世界，那宣告生命降临人世间的第一声呐喊是唱给母亲最动听的歌。那经由痛苦和恐惧的风暴洗劫而获得“母亲”之冠冕的我，超乎寻常地平静。心里没有一点点涟漪。

欢喜的老医生倒提着婴儿的腿，一手托着小屁股：“看看吧，是个男孩。”这是有关这婴儿的第一句话。不是梦想中的花蝴蝶。这小东西皮肤略黑，额头还有几道皱纹。哇哇地哭着。一点也不英俊。可是，也就是这时，我决心做天下最好的母亲。让我的儿子享受到别的孩子享受到的一切。让他成为天下最优秀的男孩。

此时我想得最多的还有我的有七个孩子的母亲是多么伟大和辛劳。

被关在产房外的年轻的爸爸总算又被放进来，他有些不知所措，完全失去了平日的果断和主见，慌慌张张的样子。一心想抱抱，转过来转过去不知从何处伸手，一点也不像襁褓中的儿子，任你风雨雷鸣我自岿然不动一本正经的样子。

儿子醒了，大声哭个不停，爸爸拿奶嘴逗引他。小家伙使劲吸，吸不出水来就咬住它，左右不停地摆，直哼哼。真像小狗子得到了食物又怕被别人抢走的样子。有了这个天生的本能，他就能在人生路上一直走下去了。

过百岁

转眼儿子已经出生100天了。满满一屋子人来为儿子过百岁，小乖乖已经又白又胖乎了。挺来神地瞪着亮亮的大眼睛，虎头虎脑地看着人们。

开宴了。小家伙躺在床上眼巴巴地看着人们，直吮舌头。啊——啊——地唤着。我们冲他笑，他就浑身动弹，想要起来。没辙了，就把大拇指头翘起来，好半天才送到嘴里吃得啧啧响，可真够有滋味的，还发出满足的声音，似在说：“你们吃我也吃。”

当爸爸的见状，用一根绳子把小东西的胳膊绑上一只，一头放在自己的手里。他一吃，爸爸就一拽。再吃，再拽。没有一个人不为这爷儿俩的游戏而停箸。

有人提议趁小东西还没有睡意照一个百岁照。整天看儿子躺着，便想让他照一个坐着的。

用被子枕头把他围在中间。瞧，红夹袄红夹裤，三层胖嘟嘟的小下颏，头顶一个带小辫的缎子的瓜皮帽。啪！快门刚闪过，这小地主差点歪过来……

不知怎么，我总觉得儿子一过了百岁就什么也不怕了。因为每一个过百岁的人都为他带来了一位保护神。孩子则是上帝赐给爱情的最好的信物。我们给他起名叫震震，声震八方的震。

百岁后，我们就让奶奶回乡村了。我也不再想阿里巴巴的珠宝和天上的飞碟。五个月的产假时间不短，我的身体经调养也恢复得健康如初了，就每天到工艺品厂去拿些外工活。从早忙到晚，一般每天保持五元钱，最多的一天是十五元。是用缝纫机缝了五百根拉链。一个月下来，比我休产假之前收入略高。

在故乡做姑娘时，依赖父母生活。现在来到这小城，自己撑船过大江了，才知道锅是铁打的。有了些经济意识，无论什么事，经济是基础。一心想当叱咤风云的什么“家”，什么“款”，但终究太遥远，不能干想干的，就干能干的吧，勿需多说别的了。

有一天已经深夜 12 点多了，我趴在缝纫机上睡着了。醒来一看，丈夫没脱衣服躺在儿子身边睡着了。电视里已是一片雪花，一天的节目早已结束了。叫醒他时忽想起还没洗尿布，他迷迷糊糊地说：“我出去洗，一冻就精神了，一会就回来。”他把被铺好看着我躺下，关上灯出去了。正睡得朦朦胧胧的，听见他说：“当个好爸爸真不容易。”他的手，冰凉冰凉的。

百岁以后，就真的踏上漫漫人生路了。

一枚香椿叶

“三躺六坐八爬爬。”震儿八个月了，果然撅着小屁股呼哧呼哧地爬起来。姥爷抱起来这胖外孙到天井看香椿树。拿着震儿的小手去摸一枚香椿叶。小家伙真的试着摸了一下，竟哇哇地大哭起来。他心里害怕不知这是什么东西。姥爷伸手一遍遍摸给他看，他才一下一下渐渐敢摸了，最后还咯咯地笑起来。真的很快乐。最后姥爷摘下这枚香椿叶，震儿很乐意地拿着它玩起来。

这未知的世界多么新鲜多么神秘多么陌生。这童蒙未开的世界将怎样去面对这个大喜大悲的世界？

撒欢的小羊羔

我始终固执地认为，对孩子充满爱的母亲，乳汁是丰富的。而那肉嘟嘟的小生命斜躺在母亲臂弯里，手扳着小脚丫，瞪着油黑的眼睛，咕咚咕咚地吮吸着母亲丰富的乳汁时，这母亲就会感到人类绵绵不息的生命之河就源于无数个像自己这样平凡的身躯里。她是多么自豪多么快乐。

然而，震儿快乐浑然地生长着，已有一年半了。他终究是要断奶，就像在母亲的宫殿里再好，终究要出生一样。

为了断奶，我含着眼泪把他送到奶奶家。当爸爸的不放心也留下了。断奶竟是一件极痛苦的事，从感情到生理。我什么也干不了。连睡觉也怕压怕挤。为了这胀痛的缘故我请了假。像要蜕层皮一样。

一个星期后爸爸回来了。一进门我不禁一惊，他瘦了很多。不用问就可想象这一个星期他们是怎样度过的。我再也听不下去了。心疼做奶奶和做爸爸的，更心疼儿子。

我归心似箭，如飞了一个世纪才到老家的乡间小路。震儿的爷爷奶奶正在麦地里浇地。只听爷爷说："震震，你看谁来了？"我竟然有些紧张，心怦怦地跳起来。抬眼去寻，只见奶奶蹲在地上，她的膝边有一个小孩，那就是我苦想了七日的第一次长久分别的小宝宝。震儿听说有人来了，本能地向后紧偎进奶奶的怀里，眼睛使劲看我。愣了一会想起了什么，使劲把奶奶的胳膊推开，向我迈了两步，奶奶站起来哈腰扶着孙子向前走："快叫妈。"我心里有些紧张，好像儿子要是不叫我就有失做母亲的面子。

我俯身蹲下，小东西这才完全想起来了，扎煞着小胳膊趔趔趄趄地朝我跑来，轻轻地笑出声音来。此时一种只有母亲才有的被认可的幸福和自豪涌上心头。好像被涨潮的巨浪冲撞了一下，眼泪噙着快要掉下来。嗓子有一个大疙瘩，什么也说不出来。震儿跑到我怀里，喘着细细的气把头埋进我怀里，还挺害羞的。小家伙浑身特别软和，小脸蛋还是粉嫩嫩的胖乎乎的，就是不像断奶前那么红润光泽了。心里隐隐作疼。

在嫩嫩的“家家家家”声中，我们回了家。我心里平静了许多。趁大家都不在，想试试儿子还想吃奶么。这时奶奶进来说：“你要是给他吃就断不了了。”儿子见我撩衣服，正不眨眼地看着我耐心等着呢。一看又不给吃了，就扯着我的衣服哭，奶奶抱也不去，哭得我乱了方寸。真想让儿子吃个饱吃个够，不当这狠心的娘。

儿子就这样赖在我身上哭了很久，直到晚上睡觉也不离开。这一夜儿子用小手勾着我的脖子，藕段似的小腿也搭在我的身上，不许我乱动。似漂泊的小舟找到了安全休憩的港湾，安然睡去。而这个狠心的娘，则穿着紧身衣服搂着这个一醒来就拱着找奶吃得咩咩叫的小羊，过了一个不眠之夜。

第二天一早儿子就醒了，光着滑溜溜的小腚爬起来喊：“妈——妈——”又撅起小腚哈着腰使劲晃奶奶的头：“嬷嬷嬷嬷。”我伸手去胳肢他，他扭着小腚趔趔趄趄地跑到床那边，咯咯地笑着，像小羊羔那样连蹦带跳地撒欢儿。仍是咩咩地叫着。小雀雀一颤一颤的。

断了奶的男孩子就是真正的男孩儿了。

回头望，你是乘着我来到世上的。今后，你或与我同行，或似不系之舟。然而，造物主赐予的血缘关系将使我们永远联结。如同我与千里之外的母亲。

迷路的孩子

罗　南

我不知道，那年我几岁。

年老后的巴修常常突然走进我们家的门，那时候，也许是清晨，也许是中午或傍晚。她的声音隔着大老远响进来。母亲听见了，便嘱咐我们把凳子摆好。巴修走进来，一屁股坐到凳子上，家长里短地与母亲聊起天来。

年老后的巴修很寂寞。年老后的母亲也很寂寞。两个寂寞的老人坐到一起，把现在说尽，把过去说尽。第二天，说尽的话题又翻出来，再说一遍。

年过三十，我才发现，我的记忆是断裂的，山逻街的过去和现在，在我脑子里没有细节。像蒙太奇，一刀一刀剪下去，我便突然变成一个中年妇女。年近不惑，山逻街的细节日愈在我心头沉重，那些原先空白的部分，像豁掉的口，让我无法看清山逻街的面目。因此，每当山逻街的老人坐到一起，我便会提一张凳子跟过去，等着，山逻街的细节像水一样从她们的嘴里流出来，流到我这里，我再把它们组合起来，填补上被岁月剪掉的部分。

巴修说，那晚，你哭着往妖店那边去，是我把你带回家的。同样的话，巴修重复了很多次，就像她嘴里重复无数次的那些现在和过去一样。

我便清晰地看到很多年前的自己。瘦小的身子，单薄地裹挟在一群潮水一样涌出的人流中，张大嘴巴用力地哭。我是那样的惶恐无措。我找不到父亲了，也不知道家的方向。我脏兮兮的小手，不停拭擦着泪眼，嚎啕大哭着，朝与家相反的方向，越走越远。

我不知道父亲有没有慌张。他走进电影院的时候，手里牵着也许是三岁，也许是四岁的女儿，走出电影院的时候，双手却是空的。也许，他还沉湎在电影情节里出不来，这得等他回到家很久，等到他在临睡前，把奔劳了一天的双脚泡进温暖舒适的洗脚盆里，才会想起他的小女儿还遗忘在电影院里。——几乎每个晚上，散场后的电影院里，总会有被家长遗忘的孩子，他们睡在长长的水泥墩上，沉沉的睡眠过去，他们独自醒来，揉搓着惺忪的眼，看见漆黑的夜空和空荡荡的四周，嚎啕大哭。

巴修背着一背堆码得高高的玉米秆迎面走过来，她认出这个闭着眼睛走路，哭得声音嘶哑的小女孩是乜彩家的，她叫了小女孩的名字。小女孩仰着泪脸，立马像见到母亲一样，哭得更伤心了。她认得巴修，她曾无数次跟随母亲去过巴修家，那间光线昏暗的房子，时光像是凝滞了一般，分不出清晨或黄昏。被烟火熏得油腻黑漆的墙上，密密麻麻趴着许多蟑螂，一动不动地把自己隐进墙的颜色里，待得人的脚步走近，便水一样猛然四处流动，张皇奔逃。

巴修把手伸向小女孩，小女孩抓住她的手，停止了哭泣。她知道，这只手将会准确无误地把她带回家去。

这段从巴修嘴里流出来的往事，在很多年后，不时窜出来撞击我的心。我常常会蓦然看见那个小女孩，隔着几十年的时光，从马路那头，踽踽向我走来。她的身旁车水马龙，她是那样的孤独惶然。

电影院离我家并不远，如果用脚步丈量，也许只是五百步。从电影院出来，走一条不算太长的巷子，往左，是学校，是妖店，是离我家越来越远的地方；往右，是集市场，是街十字路口的大榕树，是我家。这一左一右，南辕北辙，我用了很多年才分得清它的方向。我的迟钝，在很小的时候就露出端倪。长大后，我的反应永远比别人慢半拍，我时常会感觉到无所适从，不知道怎么应对身之外的人情世故，每每那些个时候，我便会清晰地看到很多年前，裹挟在熙攘人流里的孤独和惶然，它一直潜伏在我身体里，那么多年，从来不曾离去。

小时候，山逻街很大，我的眼睛很小，视线到达的地方，只装得下家门前的那片空地。五姐和她的玩伴们吃过晚饭后，在空地上玩跳房子或跳皮筋的游戏，我坐在门槛上，眼睛跟随她们的身影流转，便是整个山逻街。

在视线之外，电影院像一个传说，它在山逻街的尽头，轻易不能靠近。父亲或四伯父高兴的时候，就会把我藏到大棉衣里，偷偷带进电影院。我记得那件大棉衣，军绿色，过膝长，有着深褐色的毛领。我躲在父亲腋下，厚沉的棉衣让我喘不过气来。父亲拿着一张电影票，装着若无其事的样子，趁人最拥挤的时候，把票递给守门的人。

守门的是两个中年男人，一姓杨，一姓周。周温和，永远看不见藏在大棉衣里的孩子。杨很凶，眼睛像鹰。常常一把从大棉衣底把我拽出来，恶狠狠地推出电影院的门。父亲回头看我一眼，这一眼瞬间把我推出很远，远到，我与他没有丝毫关系，只是一个趁他不备，悄悄钻进他衣襟底下的赖皮孩子。父亲没有停下脚步，他跟随人群流进电影院深处。那时候，我大约六七岁，已经长高到无法让大人牵着手，坦坦荡荡地走进电影院的门。我也没有一角或两角的零花钱，用来买一张电影票，——在山逻街，几乎所有的小孩子都没有零花钱，那是一件奢侈的事。我悻悻地退到门外，身子靠在电影院的外墙，一盏白炽灯的光暗淡地照在我头顶，我看见自己的影子，沮丧地缩成一团，委屈地躺到我脚下。

五姐不知道这些。她比我高，比我胖，父亲和四伯父都不愿意把她藏进棉衣里。回到家，五姐问我，今晚电影演什么？我想了想，随口编一个故事。我不愿意向她承认，一整个晚上，我都傻呆呆地站在电影院门外，拿后背，百无聊赖地撞击墙壁，自己跟自己玩。

我无数次梦见电影院，在很多年后。我躺在远离山逻街的地方，在城市的车水马龙里，梦见很多年前的电影院。仍然是高高的围墙，宽阔的场地，一大片繁星悬挂在我头顶上空。我一个人坐在冰冷的水泥长墩上，许许多多的水泥长墩，整齐地从我身后，从我左右两旁，无限蔓延。从机房投过来的光束，越过我头顶，投映在银幕上。放映机的声音，跟随着这些光束，在我耳边嗞嗞作响。银幕上，一个人的脸部突然被灼烧出一个焦黄的点，点慢慢扩大，变成一个烧焦的洞，像电影里的慢动作，那个人的脸慢慢坍塌下来，像暴晒在阳光下的冰激凌。有声音在某一处角落里喊，烧了，烧了。更多的声音跟着喊，烧了，烧了。光束猛的掐断，再投过来时，那个人又完整地站在银幕上，继续说话，继续笑。

这些片段，零碎地储存在我的记忆里，在时间深处。我以为全然忘记时，蓦然窜出来，在另一个时空重复上演。我在梦里回到童年，又在梦外回到中年。那些许许多多的电影，却从来不曾有一个完整的故事，能存于我的记忆中。

在时间里，所有的事物都是蒙太奇，一刀一刀剪下去，便不再是原来的样子。很自然的，有一天，山逻街十字路口那棵大榕树下，用来写电影名的小黑板上没有字了。很多天前放映的那部电影名，孤零零地躺在小黑板上，几场风吹过，几场雨淋过，粉笔写成的字迹像迅速衰老的人，面目模糊了，不见了。山逻街的人从那里走过，都渐渐习惯不再抬头往墙上看。

很多年后的某一天，我从电影院的巷子路口走过，——那时候，我在一所名叫大石板小学的山村学校教书。周末无聊的时候，我便回到山逻街，一个人，在大街上漫无目的地到处游荡。那天，我无意中抬头往左边瞟了一眼，石灰粉涂抹的水泥牌坊上，“逻楼电影院”几个红字很突兀地撞进我眼里。我忍不住又多瞟了一眼，那些斑驳的蜘蛛网，便生出许多沧桑的忧郁来。我的心莫名被揪了一下，不由得抬脚往那条小巷子走去。

只不过是拐一个弯，山逻街的热闹，便在小巷子戛然而止了。沿途疯长的草，从墙根攀爬过来，把路面占去一大半。我踩着没长草的另一半，像踩着一个很遥远的不真实的梦。

电影院的门敞开着，我站在门边，伸头往里探。——有那么一瞬间的恍惚，我内心是忐忑的，似乎门内会突然走出周姓或杨姓守门人。——我已经很久没见到杨姓守门人了。周姓守门人我见过一次，在我住的小区里，他似乎中风了，走路不太灵便。他妻子扶着他，从我身旁走过。他回头看我一眼，仍然很温和的样子。我朝他微笑。我知道，他不会记起我，那个藏在棉衣里的孩子。

电影院里一个人也没有，空旷的场地里，摊晒着许多八角果。我走进去，小心地踩着八角果的空隙，又像踩着一个遥远的不真实的梦。

长长的水泥墩在我眼前一排排整齐铺开，我走到离银幕最近的那排，坐在正中间，这是父亲和我都喜欢坐的位置。很多年前，一只毛毛虫不知什么时候从银幕下方的草丛间潜过来，爬到我肩上，一次又一次，试探着往我脸上爬。我扭头，看见它毛绒绒的剪影，它高昂着头，立起半截身子，又一次试探着往我脸上爬，我吓得尖声大叫。父亲弓起拇指和中指，轻轻一弹，毛毛虫在空中划一道弧线，复又落回草丛中。

浓郁的八角果味道弥漫在空气里。我闭上眼，又看到小时候的自己，踽踽向我走来。她是那样的瘦小单薄。我伸出双臂，紧紧抱住自己，侧身躺在水泥长墩上。

小桥留下一个梦

齐　欣

一

"长大了要行好。"奶奶坐在当院的大枣树旁，望着夏夜的星空，对怀里揽着的我说。

"什么是行好？"我歪着小脑袋问。

"就是做好事，帮助人呀。"

一条延续了千百年的古训，由奶奶的奶奶传给奶奶，奶奶又把它传给孙孙。

接着，奶奶有一下没一下地摇着手里的芭蕉扇，为我驱赶着蚊虫，讲起了行好得好的故事："从前，村里有个人，好行好。一天……"

星星听入了迷，月儿乐弯了腰，我带着"要行好"的人生要义，走进梦乡去了。

二

村前有条小河，河上有座小桥。过了小桥，是道山坡。别看桥小坡遥，却是南北变通的要道。每天，许多胶轮车，木轮车，推着鼓囊囊的粮食，推着刚采收的果蔬，推着各种各样的杂货，从小桥上经过。上坡，下坡。木轮车轴发出吱扭吱扭的响声，悠长而有节奏，就像在哼一支古老而纯朴的歌。

每天下午放了学，我们都会赶上羊群，或者背上柴筐，来到桥边的河滩上，让羊儿啃上草，筐里装满柴，我们便开始尽情地玩耍——捉迷藏，打夹棍，丢沙包，跑解马……桥上桥下，滚打跌爬；河里河外，追逐嬉闹。满坡荡漾着我们的笑声，连那小河的流水，也笑得打起旋涡。那时候，天空是那么蓝，河水是那么清，草滩是那么绿。不知道大人都到哪里去了，小河是我们的，小桥是我们的，整个世界都是我们的。

要是有哪辆车子在半坡搁了浅，无论谁看见招呼一声，我们都会撂下正玩的营生，撒开小腿跑将过去，推的推，拉的拉，吭哧吭哧，一口气把车推上坡顶。有时人多车小插不上手，那就更热闹啦：小闺女推着小小子的腚，小小子拱着花妞妞的腰，逐级传力，使车前进。

来到坡顶，推车人会停下来，感激地摸摸我们这个的头，或拍拍那个的肩，说："好小子，大了准说个好媳妇。"

"好闺女，大了能找个好婆家。"

"媳妇""婆家"到底是怎么回事儿，我们当时并不清楚，只知道那是在夸奖我们。每当这种时候，我们都会龇着残缺不全的牙，傻乎乎地笑，觉得我们是世界上最快活的人。

三

远离了童年，远离了故乡。生活的风雨，冲淡了许多往事的记忆，唯独家乡的小桥一直萦绕在心里。或许正是这浓郁的乡情，把久别的游子又重新召回她的怀中。

变了，家乡的一切都变了，变得叫人认不出来了。昔日凹凸不平的黄土大路变成坦荡如砥的柏油公路，原先的小木桥变成钢筋混凝土拱桥，各式各样的机动车代替了胶轮车和木轮车，各种喇叭的欢鸣取代了那古老的呻吟。还有，就是桥下的河水变得不再清澈，河边的草滩也不再葱绿。

如果说还有没变的东西的话，就是小桥的方位没变，村庄的名字也没变。还是那道山坡，还是那片农田。只是少了许多树木，多了一些楼房。

我正在桥头彳亍徘徊，一辆满载啤酒的机动三轮风驰电掣般从身边擦过。行至半山坡，吃力地吭哧几下，冒了两股黑烟，趴在那里不动了。花格衫小伙几次努力，都没能成功。

我赶紧跑过去，帮他推车，心里油然而生一种无比亲切的感情，仿佛时光一下子倒转几十年。推到坡顶，我站起身，正想与车主人挥手告别，不料车主人丢给我一张蓝版钞票，踩下油门，一溜烟开跑了。

我呆呆地望着三轮车远去的背影，一种难以名状的悲哀袭上心头，竟使我不知如何是好。一阵风把手里的钞票吹走，翻着跟头滚下山坡，掉进桥下的河里，被水冲走了。我顿时有一种说不出的失落感，仿佛什么宝贵的东西也被冲走了。我低头再去寻找当年小桥的遗迹，什么也没找到，昔日的小桥成了一个梦……

一个思念春天的城市

孤　岛

四月悄悄地款款而来，微信圈微信群里不断闪现故乡浙江、北京、云南等地的朋友们晒出的鲜花盛开、绿草如茵的照片，赤橙黄绿青蓝紫，溢满了各种勃发的新鲜色彩，各种各样的娇艳春色。

瞭望我的窗外，却依然是冬天撤退后的一片狼藉景象：茫茫大地上不见了五六个月一直寄居在北疆大地上的茫茫白色雪影，露出了灰褐色的泥土、沙子、灰黄色或苍白的草坪，还有光秃秃的树枝在阴沉沉的天空下伸展着懒腰，仿佛刚刚从长梦里醒来，依然一副睡眼惺忪的样子……冬天撤走了，春天还未来。这一旬以来，四处空荡荡，荒凉，寂寥，毫无生机、百无聊赖。

偶尔下过一两次雪，一落地就化了；偶尔下过一场雨，飘着飘着也不见了。气温一直在零度上下震荡徘徊，冬天厚厚的大衣是脱掉了，换成了单衣外套，但大多数人外出，还必须在里面穿着保暖内衣、毛衣或毛背心。空气中有种化雪后湿漉漉、冰凉凉的感觉，暖阳似乎休假没有结束，王者仍未归来。

春天还没有正式登台。春天的绿只要一爬上舞台，狂风恶沙就会尖叫着尾随而来，想吞噬掉鲜花、新绿，这常常让我们人类措手不及。等大风沙一批批地扫荡过去，我们揉揉眼睁开，惊奇地呼叫：哇，太阳热烈，绿色葳蕤，鲜花肥硕，已经是变戏法似的进入了夏天。乌鲁木齐从冬天到夏天，只有一道门槛，轻轻一抬脚跨过去，就从清宁的冰雪王国进入另一番热闹蓬勃的世界。

所以，乌鲁木齐是一个没有春天的城市。新疆北疆的许多城镇大凡也都一样，春天仅是一闪而过，你还没有看清楚她娇媚的脸容，她就侧身而过，一下走远了。

乌鲁木齐的青春期短得如白驹过隙，春天的故事还没有发生就结束了。

乌鲁木齐是一个只有夏、冬两个季节的城市，或者说两个半季节——秋天只能算半个季节，一般只有一个半月或两个月时间。

一般情况下，10 月底或 11 月初，乌鲁木齐就进入了冬天，直到次年的 3 月底或 4 月上旬，一场场大雪不断地如约而来，一层层地覆盖着城市、公园、道路，近半年的时间里，边城一直睡在雪床上，盖着厚厚的雪绒被，在做一个长长的梦。

冬天离开乌鲁木齐时，也是一步步撤退的。

等到大雪不再光临，先是那些朝阳的平地山坡上，积雪最先被融化，然后可以看到一片片雪变得越来越薄，一块一块消失，垃圾就不断地从雪堆里露出来……前些年，城中一些小巷或偏僻的地方，还留有天然小路，开春一化雪，烂泥巴不断地缠绕行人的鞋子与脚。

乌鲁木齐在该是春暖花开的三四月份，却只有裸露的黑褐色荒芜、烂泥巴、大风沙。乌鲁木齐没有真正意义的春天。

在长达半年的冬天，乌鲁木齐被冰雪打扮得很洁白晶莹、朦胧和谐，特别是洁白轻盈的雾凇雪凇不断地涌现，将边城街道两旁的林带、公园、新种树木长大了的山坡等等这些草木丰富的地方，一次次幻化成晶莹剔透的童话世界、梦幻世界。

乌鲁木齐的冬天是寒冷的，单调的，但也是洁白、美丽、迷人的。其实，白雪无意中掩盖了丑陋、参差、差别，也遮掩了那些乱扔垃圾的恶行。

而现在，我居住的乌鲁木齐站在了冬与夏之间，是春天的时节，却没有春天的绿，没有喷吐五颜六色的鲜花……只有光秃秃的干树枝木然、空洞地站在大地上，仿佛被咒了魔法，等待被重新唤醒；只有被漫长冬天欺压得萎靡不振的黄灰草地，等待着阳光给以返青。

这是一个时间的空档期，一种尴尬的表情，或只是光阴老人一个短暂的沉默。

就像乱军撤走后的空落混乱景象——幸亏城里越来越多的穿着黄色制服的城市清洁工们，日夜加班加点清除城市各个角落集聚了一冬的垃圾。如今的边城虽然看上去单调无颜色，没有生命的色彩，但还是干净整齐的。犹如一个一贫如洗的穷人，虽然家里四处黯淡无光，却因为收拾得干净利索，也还能让人驻足。

乌鲁木齐是一个没有春天、看不到春光荡漾的城市。边陲首府的春天，藏在一个个爱花草的居民家里，那一盆盆花草，是冬天偌大的边城唯一的春色，也是最早迎接春天的使者。自从二十世纪八十年代起，乌鲁木齐有了暖气（二十世纪七十年代以前，靠煤炉取暖，很脏），外面大雪纷飞、白雪皑皑，室内却温暖如春、洁净如兰，谁家都养着几盆花，或是观叶绿色植物，或是赏花的盆栽。花草在室内最早感受到大自然春天温暖的气息，最早接受穿过玻璃照射进来不再冰冷的暖阳，也最早开放出自己身体里的芬芳。

乌鲁木齐真正的春天不在外面，而在自己家里，在一个个愿意侍花弄草当“园丁”的热心市民家里。

春天，有时是一片风景，有时是一种气氛，有时是一个人的脾气性格，有时也是一种心境。

边城乌鲁木齐，乃至新疆许多地州市，被冬天与夏天掰成了两半，挤走了真正意义上的春天。所以，乌鲁木齐人或者说许多新疆人，性格直率简单，冷热两极、爱恨分明，热情时似火焰，一起喝酒吹牛拍肩膀拥抱，好得仿佛可以共享老婆，可一旦翻脸却是冷酷如冰，动不动白刀子进红刀子出，没有中性意识，不会妥协与让步，缺少和风细雨与春光明媚。这是新疆人的特点，也是一些北方人的特点。

有一首歌叫《春天在哪里》，说“春天在那青翠的山林里”，在“红花绿草”里，在“唱歌的小黄鹂”的叫声里，“在那小朋友眼睛里”。作者写的肯定是南方的春天，或者是有真正春天的地方。他不知道，像乌鲁木齐这样几乎没有春天的城市，春天只永久藏在一个个爱花草的人家里，藏在一个个大爱小爱都满满的善良者的心里。

我相信，一个人，只要心里孕育着春天，胸中就会随时随地草绿花开，就有明媚的微笑，就有黄鹂婉转甜美的歌喉，言语也与和风细雨一般能感化大地与他人。

心里有着春天，就从此绝灭了地狱，处处变成天堂。

但见九江送流水

杨振雩

一

从书本上的长江到实地的长江，于我有一个较长的时间跨度。以往它只在我脑海无声地流动，在笔尖和试卷的摩挲声中静默地奔涌。而一旦亲临其境，像是从高山下到平地的游客，长久的耳塞一时轰然洞开，就会获得空前真切的现实感。

二十世纪八十年代初的一天傍晚，大学毕业分到九江的我，从新桥头，沿龙开河，经老铁桥，来到出河口。第一次，我平生看到了倾慕已久的长江，内心如江流般无比舒畅。于是，便有了上文所说的感受，那是一种将现实和梦想打通的奇妙感。

其时，七月的夕阳，像淬了火般呈稻草色，它在大河的尽头像只矜持的磨洗后的青铜器，静定不动，在水面上投下长长的赭色光影，一如钻石般闪耀着金光。让人再度回到“长河落日圆”“落日熔金”的唐诗宋词里。

江边有垂钓者，有扳罾的渔民，还有捶打衣衫的洗衣妇。市民穿着短裤背心挥动着蒲扇，随意地打量着远山近水。随后，我走在与长江平行的繁华的大中路上，但见顾客熙来攘往，影影绰绰；甘棠湖边，行人来去匆匆，摩肩接踵。

我纳闷，万里长江绕城而过意义非凡，全城人皆应谨记于心，就算是常去观礼并发出浩叹也不为过。可出乎意外的是，人们各自忙乎着，似乎长江不曾存在，一任它独自流淌。

那时，我总是沿龙开河去看长江。

夏夜，河岸高大的合欢树开满了彩扇般的花朵，扇出缕缕熏风。合欢，古称“谖草”，食之忘忧。河港里停满了船舶，船工赤脚走在船舷上“吧嗒”作响，闻着合欢，游子们大概可以忘忧吧。

龙开河口也叫“湓浦口”，当年沦落天涯的江州司马白居易，曾在此夜饮送客，听弹琵琶，黯然神伤青衫湿，演绎出一则凄清艳美的文学掌故来。

多年后我才体味出，《琵琶行》乃至由诗中的“春江花朝秋月夜”生发的琵琶古曲《春江花月夜》，对浔阳古城意味深长。它不纯然是一场风花雪月的往事，还意味着这座江南古城的气质得到某种赋予：优美，雅致，柔婉，灵动。当然还有一丝淡淡的忧愁。

谁都想不到，“水利万物而不争”，有一天它就真的就拱手让位了——随着陆路交通的空前发达，水运逐渐低迷，客船一票难求的时代终结了，那种挥别送行的动人情景将永难重现。

二

时至1998，似乎有意要提醒人们，这条被淡忘的河流依然真实存在。大江愤怒了，像一条发飙的狂龙，携带云雨风雷，呼啸而下，上下翻腾，左冲右突，它以锐利的角猛地一戳，大堤便捅出一只硕大的窟窿，九江城西变成了一片泽国。所幸有军人筑成的铜墙铁壁，才将大坝瞬间修复如初。

那些日子，整座城似乎都搬上了堤坝，日夜鏖战，言必长江，好像它从未得到过如此这般的宠幸。城里的老人不由得重新打量往日这条温顺而又沉默的大河，似乎关切地询问：老伙计，你怎么啦？

仿佛重回洪荒：百川灌河，汪洋恣肆，两岸之间不辨牛马。唯有此时才体会得出，《尚书·禹贡》所云“九江孔殷”，此言不虚。司马迁考察长江所写“余南登庐山，观禹疏九江”，其登高望远，气势豪迈，所见盛况恐怕也不过如此。

那些天，有心人趴在浪井上，侧耳听江声，居然听到巨浪动地而来，波撼浔阳城。

据《浔阳记》载，西汉名将灌婴驻扎九江，凿井饮水，人称“灌婴井”，也称“浪井”。年久湮塞，三国时孙权曾驻兵九江，掘地复得此井。每遇江涛汹涌，则闻井底浪声。李白故曰：“浪动灌婴井，浔阳江上风。”

此井离江面至少三百米以上，由此可知，水与水是相通的。与地上相对应，九江还拥有一个庞大的地下水系，如蛛网密布。正因其上下贯通，使得鄱阳湖与长江唇齿相依，不可分割。

九江两千多年历史，位于长江与鄱湖交汇点上，因水而兴，因水而名。素有“据三江之中，当四达之衢，七省通连，商贾云集”之称。乃兵家必争之地。周瑜率三万水军自柴桑出发，溯江而上，对决曹军，便有了著名的“赤壁之战”。

九江是首批五个沿江对开放城市之一，长江水运第四大港口，江西省第一大港口，国家一类口岸。

我在这座江城几十年，熟悉其人文、气息和节奏，依恋它，离不开它。接受一座城市，容纳到其中去并非易事，它关乎时间和情感。

我不时去鄱阳湖滨的老家，需绕过跌宕起伏的庐山东麓。我在长江、庐山和鄱阳湖三者之间游走，不可胜计。这可是国家乃至世界地理级的高山深壑啊，岂不幸哉？就一地而言，若得其一，慊然足矣；然三者皆备，岂非得天独厚？置身这宏大的格局间无疑是一种奢侈，难怪我会乐不思蜀。

得暇我便去江边走走。有年大雪，我穿过积雪没足、到处鸣笛的市区，来到江边，像是关闭了一扇窗户，市声已悄然远去。

正值枯水季节，水落岸出，大片河滩裸露在外，被皑皑白雪所覆盖，对岸的屋舍和垂柳梦幻般拉近距离。而往日浩瀚的江面则依着主航道而收束成一条窄长的褐色江流，仿佛举步可越。它汩汩地涌流，驯顺得像只小绵羊。

雪花还在大朵地无声飘落，四野一片凄迷，似乎有意要将仅有的这条窄缝也弥合起来，使得天地之间、江南江北之间，泯然一体，无有上下之分，也没有此岸和彼岸之别。

三

今夏的一天，我又去了江边。

首先我来到当年的龙开河河口，总归是隔膜了。已看不出湓浦口的原貌，很难联想白居易送客的情景。龙开河被处理成一条下水道，向长江源源不断地排放着还算干净的用水。江风从堤坝上那片高大的杨树林间迂回穿行，带来梅雨残留的湿气；油绿的叶片沙沙作响，似乎在集体忆旧。

随后，我从繁忙的沿江路，向东来到锁江楼边。

长江大桥赫然在望。一艘艘货船从同一只桥拱下缓缓行进，有的昂然高蹈而来，有的谦然沉潜而至，有的则是从容淡定而行。像赴宴似的，船头堆拥着围脖似的白色浪沫，船尾则压出一条光洁如镜的辙印。持续低沉而又单一的引擎声，振动着水波，水珠弹跳不止。河道显得专注和静穆，让人失去真实感。

恍然回过神来，看到的还是同一个画面——几艘船保持相同间距缓缓蜗行。这跟公路的瞬息万变相比，判然有别。是船舶让时间慢下来，慢到相信世界的相对稳定性，而非难以把握的绝对变化。让人容易发生错觉，好像船不仅是朝着上游驶去，也是朝着往昔驶去。

回头看看江边的锁江塔依旧巍然耸立；两头铁牛傲然雄踞，一切如旧。你触摸到了一种笃实的质感，似乎还能多少赢回一点点存在感。

面对时间，会想到河流；面对河流，又会想到时间，似乎二者可以相互置换。我们总是希望从中抓住潜藏于其中的永恒。

太阳很晒，我走进铁牛基座的阴影里。江风习习，畅然快意。不由得抬头看看近处和相隔不远的两头水牛，竟有所发现：居然是一公一母。相传大禹治水时，曾用铁牛镇水。理应是一牝一牡，阴阳相生，“一阴一阳谓之道”嘛。

九江四面环水，有“排地”之说，意谓常遭水患。为锁江流，明万历年间九江郡守吴秀采纳阴阳家之言，建造了锁江楼及塔，楼旁铸有四只铁牛。历十八年方始建成。孰料四年后的一次强震，锁江楼及塔前的两只铁牛相继坠水，杳无音讯。

锁江楼塔，屡建屡废，屡废屡建，然则，江流果真锁住了吗？非但未锁住，而且所剩的两尊铁牛不久也追随其同伴而去。

1986 年，按原貌才得以修复。此时锁江楼塔徒具其象征意义，仅成为浔阳古城的一道风景。

四

时下长江的生态告急，安全问题让位于生态危机。

九江流域面积在一千平方千米以上的河流有修河、潦河、博阳河和武宁水，均汇入鄱阳湖，经湖口汇入长江。境内长江岸线 152 公里，年平均径流量 8900 亿立方米。境内鄱阳湖面积 2346 平方公里，占总面积的三分之二。

九江已拿出类似于抗洪的精神和力度，正着力打造最美岸线，力图水美、岸美、产业美和环境美。这无疑是长江的一个福音。

犹如生命一样，只有血液健康，才有人体健康。只有水净，才确保国土净；水美，河山美。

多少年前，我带儿子陪着父亲游览九江长江大桥的情景，还历历在目。我们一边欣赏江景，一边信步交谈。等走到对面桥头时，父亲告诉我，正桥有三千来步。我有些吃惊，原来父亲一路默算着。父亲报出步数时，用的是赞许的口气。

还记得和同事游三峡。客船在峡谷中夜航，船尾隆起的浪花推送着船体前行。两岸山峰依次排来，转眼即逝。五月的江风将野花的气息吹过来，吹过来，好闻极了。

我很想完整地游览一次长江。这样，我就不仅拥有此岸到彼岸的经验，进而由局部而全体，乃至有始有终，则幸莫大焉。

我还希望，长江既可以自由圣洁地流淌，又可以随时能回到书本中去，永葆素朴而不失本真。

长忆汉关总是情

赵克红

涧河水清澈如斯，由西向东悄然流淌；一座木桥横跨南北，勾连起通途。岸边的柳树，远看一片嫩绿，近看似乎还没出现发芽的迹象，此时此景，恰是“草色遥看近却无”的早春时节。

遥想2000多年前的西汉武帝时期，这里曾是东来西往的咽喉要塞，车水马龙一片喧嚣。而今，这座著名的古隘——函谷关，把曾经的风光留给了史书。我国共有两座函谷关，一为秦关，一为汉关（即汉函谷关）。“因在谷中，深险如函，故名函谷”，西汉贾谊《过秦论》开篇所写“秦孝公据崤函之固”的“函”，是指河南灵宝函谷关。所以，陕西地界时至今日依然被很多人称为“关中”。

然而，到了汉武帝元鼎三年（公元前114年），战功卓著的新安人杨仆，因为耻为关外人，就奏请武帝把陕西函谷关东移到新安境内，把自己的身份变成了关内人。汉函谷关完全仿制秦函谷关，至今，“鸡鸣”“望气”二台仍能看见。

东迁后的函谷关，名字多了个“汉”字，用于和秦函谷关区分。这不是徒慕秦关的遗风，实是因为汉关所处的地理环境与秦关有着异曲同工之妙。汉关位于秦岭东段余脉的涧河河谷，西有奎楼山、东有八徒山、南有青龙山、北有凤凰山，四山环抱；更有涧河、皂涧河之水，环绕其奔流。建关隘于此，便能很好地控制着洛阳盆地几面的交通，更是西安至洛阳之间的重要关隘。古函谷关北至黄河岸，南到宜阳，关塞相连，在军事上发挥着重要作用，成为历代皇帝和军事将领所瞩目的武备要地，文人墨客也多有题咏。

据载，1923年汉函谷关曾做过一次修复，修复后的汉函谷关高38余米，南北长33米，东西宽20米。关楼保留着民国时期修葺后的形制。站在关楼脚下，仰望头顶青石斑驳，俯瞰脚下古道漫漫。关楼为三层，底层为平垛，中有拱形门洞，可供交通。东西洞门，各有对联一副，东门联为“功始将梁今附骥，我为尹喜谁骑牛”；西门联为“胜迹漫询周柱史，雄关重睹汉楼船”。其中东门联说的则是老子出关、“紫气东来”的典故。在平垛上，周围以寨垛，中间是两层阁楼。中层四门对开，上层为八角楼。四面开窗，飞檐画栋，八方翘角之上，各系铜铃一个。在西门门额上有康有为题写的“汉函谷关”四个遒劲有力的大字。

沿着台阶登临关楼，眼前仿佛浮现出2000多年前发生在这里的一幕幕故事。想当年，这里巍峨的城墙延绵山间，北至黄河岸，南到洛河畔，形成了数十公里的天然屏障，唯有通过城门，方可出入此关。特别是东汉王朝定都洛阳后，它更是成为了以洛阳为起点的丝绸之路的必经之地和第一要塞。虽然如今的汉函谷关残缺破败、杂草丛生，但整体轮廓依稀可见，透过汉代史书般厚重的夯土层，一个大一统帝国的雄伟形象呼之欲出。

从东都洛阳的盛世繁华，到塞外的黄沙驼铃，其间不知穿行了多少道关隘，被车轮碾出了多少道印痕。在关楼遗址东西两侧长约400米的古代道路遗迹上，有宽窄不等的古道，沿着涧河北边的木栈道向东，在木栈道的下方石道上，那一条条深深的车辙，是千百年来长久碾压形成的痕迹，向人们无言地诉说着当时旅途之艰辛、行路之艰难。

丝绸之路，绵绵悠长。崤函古道是古时洛阳至潼关这段道路的统称。古道临黄河南岸、穿越崤山，是东西往来最便捷的通道。公元73年，东汉班超受命从东都洛阳途经汉函谷关出使西域，“重开丝路，经营西域”后，丝绸之路向东延伸到了洛阳。在这里，仿佛仍可看到东西方使者来往频繁、客商络绎不绝的交通盛况和繁忙景象。唐代边塞诗人王昌龄吟唱道：“秦时明月汉时关，万里长征人未还”，道尽战争的悲壮与凄凉，以至明代诗人李攀龙将它推为唐人七绝的“压卷”之作。杜甫的《三吏》《三别》，深刻写出了民间疾苦及在乱世之中身世飘荡的孤独：“客行新安道，喧呼闻点兵。”“借问新安吏：‘县小更无丁？’”“白水暮东流，青山犹哭声。”——杜甫的这首满含悲愤的《新安吏》，就是诗人从洛阳回华州途中，路过新安时看到征兵的情景写下的。

历史的长河奔涌不息，时代的车轮滚滚向前。在对汉函谷关遗址及周边区域的考古发掘中，出土了大量与丝绸之路联系紧密的文物。而今，汉函谷关依旧矗立着，静观云卷云舒。而在汉函谷关的南北两侧，陇海铁路和 310 国道上，川流不息的车辆日夜奔驰，这是新时代的丝绸之路，它伴随着人们美好的幸福生活，不断向远方绵延……

母亲和一座城

肖建国

母亲是老人，七十有余；城是老城，据史料记载，隋开皇九年始建县，距今已有1400多年。城虽老，却心不老，在太平盛世里更是野蛮生长，把周边的河流、山川、树木、果园，统统贴上了城的标签。城在日益臃肿中，自高自大起来。而母亲则越老越谨慎，越老越小心。所以，母亲从内心深处害怕城，拒绝城，她不愿意进到城里来。

然而，她的儿子、媳妇、孙女——我们一家居住在城里。身在北方山村的母亲，就养成了手搭凉棚的习惯。有事没事，她的双腿总是不由自主地往屋后高坡上走，然后就站在那里，伸出干燥皲裂的右手，颤颤地支在前额上，静静眺望南方，我所在的城市。母亲的这个动作，被父老乡亲们在电话中多次向我描绘，你一言他一语犹如刻刀般，认真细致地把母亲的雕像凿在我心上。还有，母亲最爱看南方电视台。原本，她想直接搜索到我这个城市的频道，可家里的那方天地太小，无法容纳下南海之滨的电波，没有给我这座小城露脸的机会。于是，母亲就锁定了南方电视台。可南方电视台到底放了什么，母亲是不知道的。她常常看着看着，就迷糊过去。邻家大嫂子笑话母亲，这哪里是看电视嘛，分明是找人唠嗑，好催眠呐。大嫂子并没完全说对，母亲虽在半梦半幻之间，可电视里只要提到我所在的城市，母亲便立马清醒过来，双眼直直地盯着屏幕，一句不落地记住可能与我有关的事项。这样，在打电话时她便有了多次重复的交待：你那里降温了，最低温度3—4度呢，要多穿点衣服；你那里有人酒驾，导致几车连环相撞，你可千万别喝酒……诸如此类，我都“嗯嗯啊啊”心不在焉应付过去。

我曾多次邀母亲前来与我同住，她总是一口拒绝：“不去，不去，去你那干啥?”态度很坚决，没有半点商量的余地。直到父亲去世后，她孤零零在家待了大半年，我再次回乡接她，她才嗫嗫嚅嚅地说：“你的那个家，我怎么好意思去?”望着母亲花白的头发，满脸水波似的皱纹，我不禁阵阵心酸：母亲都这把年纪了，依旧在替她年近半百的儿子和家庭着想。

在南方这座小城里，我家有五口人。妻子、我、两个女儿和岳母。我和妻子都是工薪族，人均月收入不足四千元，两个女儿读大学，一个大一，一个大三，正是花钱的时候。岳母八十有五，膝下无子，只有两女。妻是小女，随我来南方多年，只有节假日才回老家见岳母一面，为此甚感内疚。五年前，妻便同我商议，把独住的岳母接来与我们同住。我那时刚买了房子，本想把父母接来小住，听妻子这么一说，两下权衡，只好舍父母而接岳母。因为岳母比父母大有十多岁，这把年纪的老人，留给她的光阴不是很多了。就这样，岳母成了我家的一员。那时，两个正在读中学的女儿只好委屈在一间房内，一张床上。

对于我们这个家庭，用母亲的话说，那是被日子拖拽着往前走，满地都是沟坎坑洼，稍不留神，就会摔个跟头，她哪敢掺和进来。

岳母住到我家，母亲显得很开心。她在电话里常叮嘱我要注意脸色，要有笑容，说话不能高声。人老了，心眼特别细，也特别多心。母亲说，既然把岳母接来了，就要好好伺候，别因鸡毛蒜皮的小事而让左邻右舍唾弃。母亲的话，我懂。可母亲不懂的是，城市里没有左邻右舍，有的只是相对无言的冰冷铁门。

如今，父亲走了，我要把母亲接来。为打消母亲的顾虑，我对她说：“现在日子好了，两个女儿都上大学了，寒暑假可以打些短工挣些钱，你到城市住，一来可陪岳母说说话，解解闷；二来也方便照应你。你待在老家，万一有个头痛脑热的，我来回往返地跑，既耽误了时间也浪费钱财。”

母亲便不再说话，深思良久才说：“我去也可，不过先适应下再说。万一不行，我就住到你妹妹家，她那里离你近，我想你们了，便过去看看。”妹妹也来了南方，住在离我这座城市不远的一个小镇上。

母亲到底还是无法适应我生活的小城。车子下了高速，刚接触城的容颜，母亲便觉得身上的每一根神经都在颤抖。在她的眼里，这城太高太大了，一副盛气凌人的样子。满街都是车，都是人，突如其来的喇叭声，能吓掉乡下人的魂。抬头望天，只有巴掌大小，在高楼大厦的挤压下，万物骚动不安。母亲尽量闭上双眼，极力杜绝城里释放出来的腻味气息。到了家，母亲才睁开眼。已习惯于城里生活的岳母自然是欣喜万分，有人来陪她说说话，哪怕是吵上几句，也比整日对着电视机强得多。母亲落住后，显得极其小心，她话不多，总是用眼睛观察着我和妻子的举动。岳母找她说话，常常是问了一大堆问题，她才微笑点点头，很简洁地回答那么一两句。没事时，母亲会静静坐在沙发上，望着有些逼仄的家发呆。她一脸木然，看上去是那么陌生，困惑。我想，也许过些日子，母亲才能适应下来。然而三天后，母亲便提出要去妹妹家住。并且说走就走，没有丝毫回旋余地。

就这样，母亲来到了小镇居住。多日后，我从妹妹口中得知，母亲一到我家，便满腹焦虑。她的到来，使我们家总人口达到6人。6个人三间房，岳母、她和我们占完了，两个在上大学的孙女回来怎么办？想到两个孙女，母亲就觉得睡下的不是床，而是针毡，扎得她辗转反侧，日夜难安。再者，妻子的腰痛病没能瞒过母亲。严重时，妻子只能躬着腰走路。就这，我们还要早出晚归，经常加班加点地工作。为的是，能在这座欲望疯涨的城市里讨个像样的生活。母亲不忍再看，所以只好选择远离。

妹妹的转述，让我备感心酸，一阵微痛的痉挛如涟漪般在全身荡漾开来。想当初进城，是羡慕城里的虚荣与繁华，是想凭一己之力，把高傲的城踩在脚下。殊不知，这样的打拼是母亲不愿意看到的，也难以接受的。她认为真正的生活就在乡村，日出而作，日落而息，散淡，悠闲，一切都在自己掌控当中。而我们的这种忙忙碌碌，是被套牢在城市之后，虚有表象实则失魂落魄，或轻如浮萍的。

母亲住在妹妹家，也许能抚平她过多的忧虑。然而让我没想到的是，仅仅隔了数月，母亲义无反顾地又回来了，她的这次进城，不再那么缩手缩脚，也没有昔日的拘谨，而是高昂着头，任冷风吹乱她满头白发，大踏步进入了这座南方小城。因为我病了，躺在床上不能动弹。先是颈椎压迫神经，造成半身麻木。继而膝盖肿胀，无法站立。接二连三的毛病，频频光顾我的身体，确实令我招架不住。妻子根本无余力服侍于我，整个家庭老弱病残，如同中了风的病人，处于瘫痪状态。

母亲得知消息后，迅速收拾好自己的包裹，坐个车就来了。她见到我，第一句话就是，颈椎病不算什么，只要讲方法，勤锻炼，过上十天半个月就会好的。在我的印象中，母亲应该不知道什么是颈椎病，因为在乡下，很少人会得这种病的。而此刻她比医生还充满自信。

母亲在我家住了下来。整日里忙进忙出，除了买菜、煮饭、洗衣

(她衣服从不用洗衣机洗，她不相信搅一搅就能洗干净)、搞卫生，还帮上门的医生替我艾灸理疗。几日后，母亲从老家得知一个治疗颈椎的偏方，即用麸皮加醋炒热后，装入布袋里，敷颈椎。家乡人为说明这偏方有实效，列举了很多例子，其中就有母亲认识的人物。母亲一听大喜，这种法子反正也治不坏人，试试何妨。

在征得我同意后，母亲便着手操作。没想到，此时母亲方体味到这座城市对她的尖酸刻薄。首先，她在这座高傲自大的城市里买不到麸皮。麸皮是什么？就是麦粒的外衣，在磨面机的碾压下，麦粒就变成了面粉和麸皮两部分。城市里只有面粉——精面、粗面、豆面，唯独没有麸皮。母亲跑遍了周边市场，挨个问了卖粮油的档口，老板们不是摆手就是摇头。母亲气得直咂嘴："这也叫城市？看你富丽堂皇的样子，却连农村最常见的物件都没有，还自大个啥？高傲个啥？"母亲一气之下，在一个将尽欲尽的黄昏薄暮，回到妹妹的小镇，到一家乡村磨坊找到她所要的麸皮。

再者，她为买针线着实折腾了半天。为缝制花布袋，她需要针和线。凭母亲的手艺，缝制一个小布袋是举手之劳，可到商场里买针线，竟花费了她许多时间。在母亲记忆中，百货公司是什么都有的。可现在的城市哪里还有什么百货公司？有的只是超市、商城、大卖场、购物中心等，名字起的花样繁多，屋里装饰金碧辉煌。母亲一进去就发蒙，这地方太大了，吃的喝的穿的玩的，应有尽有。可就是没有她想要的针和线。柜台小组告诉她，现在谁还补衣服，衣服没穿破就丢了。再说卖针和线，能赚几个钱，摆在柜台里占个地方是要亏本的。理直气壮的一席话，让母亲显得那么孤独，无助和绝望。好在母亲嘴勤，不停地问人，总算在一条偏僻的巷子里找到了一元店，那里面静静躺着母亲想要的针和线。

在母亲的精心操持下，小布袋、麸皮、白醋都收拢归家。然后母亲按照家乡人所讲的比例，认真勾兑、下锅、翻炒、装袋，再把热乎乎的麸皮敷在我的脖子上。一日两次，母亲不知倦怠地为我敷着。

当麸皮快炒完的时候，我已能翻身下床，自己蹒跚走路了。母亲紧皱的脸上疏朗开来。我问她："怎么我一有事，你就像变了个人似的？"母亲没有回答，只是笑笑，并顺手拉开窗帘，让阳光直射进来。刹那间，屋里便拥有了一堆的温暖。我在阳光中，看到了母亲缝制的布袋，那针脚结实而匀称，一针来，一针去，不仅缝住了母亲对城市复杂的感情，也缝上了天下所有慈母对子女厚重的爱。

尘世成都

高　艳

成都　带不走的　只有你
和我在成都的街头走一走
直到所有的灯都熄灭了也不停留
你会挽着我的衣袖　我会把手揣进裤兜
走到玉林路的尽头　坐在小酒馆的门口
……

成都的夜晚似乎是从一首歌开始的，是从玉林路的“little bar”开始的。当我们从春熙路和宽窄巷子返回宾馆，九月的暮色已经围拢上来，路边的梧桐也树影婆娑。同行的兄弟却一个人走向了玉林路。

他发到微信的照片，夜色中，只看到“小酒馆”和“little bar”招牌有着晕黄的光亮，而门前依稀伫留的仍可以辨别出青春的身影。屋内不甚明亮，挨挤坐着的仍是年轻的面庞。已经没有座位，城市里太多的青春需要在这里释放，他们的情感，他们的探奇，他们涉世之初的迷茫，他们漂移不定的理想……同行的兄弟只能在一旁打量，感受着歌声中的成都，——“和我在成都的街头走一走……直到所有的灯都熄灭了也不停留……”

成都的夜晚，灯火不会有熄灭的时候，街头从来都有行走着的脚步。《成都》唱火了玉林路，应该是玉林西路，也唱火了提供原创音乐的“小酒馆”，更持久地捕获了大众的内心情感，以至成为到成都旅行必去的“朝圣”地。其实二十世纪九十年代，由著名建筑师刘家琨设计的坐落在玉林西路的文化沙龙——“白夜酒吧”，就已经很有知名度了，经常聚集着作家、艺术家、媒体人、文学艺术爱好者，可以说是成都最早的书吧，举行过许多跨领域的文化活动，日渐成为成都的文化地标之一，一度是我这个外省人十分向往的地方。

现在，它已搬迁至窄巷子。

窄巷子32号“白夜”，主人是知名的成都籍诗人翟永明。走在巷子里，我是无意中看到它的。灰砖墙面上的“白夜”两个黑白宋体字，静雅端正，气定神闲。它保留了民国时期的四柱三山式西洋门头，一蓬蓬盛开的紫兰花，从老院落的墙头探出来。遗憾的是院门紧闭，没能入内，院内夹杂汉代残瓦的那堵清代渣夯垛老墙和两棵年代久远遮天蔽日的老桉树，便也无缘得见。

成都的人流中，有多少人知道“白夜”？多少人知道《成都》？流行歌曲比诗歌更能轻易地在民间扩散流传。

作为都市，成都的现代，成都的繁华，都无法抵消成都的凡俗，成都的安逸。无论玉林路，还是宽窄巷子、锦里、春熙路，成都的大小街巷无不充斥着浓浓的人间气息，不遗余力渗透着它由来已久的现世的散淡和享乐。走在宽窄巷子，很多人手里捧着随处可买的成都小吃，龙抄手、糍粑、赖汤圆、凉糕、春卷……津津有味地边走边吃。还有玉林路的串串、烤兔、火锅……都是需要耐心排队等候的。

外地人到成都，脚步会不由得慢下来，心性也会跟着成都人和缓下来，不急不躁不争。清朝时，朝廷平定了三藩之乱，在成都西部修建了满城，由于处在秦国张仪修建的少城遗址上，故人称“少城”。这里的八旗子弟由成都将军按照祖制供养，在这“城中城”里生活优渥，他们提笼架鸟、莳花弄草，玩票、打茶围。到民国，达官显贵们更热衷于宴请宾朋，建了不少西式建筑和中式庭院。看到过一幅民国时春熙路老照片，商铺酒肆林立，人来人往，一派繁盛景象。平民生活也不乏悠然惬意。1941年，美国《LIFE》杂志摄影师卡尔·迈当斯拍摄成都的一组照片中，一头猪在街道上旁若无人地游荡，对身边的行人视而不见。另一张照片，盛夏里，短衣短裤的平民女子在自家门前，扶着三四岁赤着身子的顽皮男娃，竟骑坐在一头白胖胖的小猪身上。这样的市井画面令人捧腹。

这蜀地女子的性情和东北女人也竟有一比，都有着凡俗的爽直，不惧不怯。和同行的人去了距成都市区40公里的黄龙溪古镇，锦江边是一溜几乎望不到头的露天茶肆，阔展展地透出随意。店家们盛情地介绍他们的茶，我们便坐了。只是泡茶却潦草了些，透明的玻璃杯里放点竹叶青，冲上沸水，很少了些传统品茶的老味道，价格却要30元一杯。我们一行人坐竹椅上边喝茶边望江景，耳边伴着不断传来的麻将声。被成都人称为“母亲河”的锦江，滋养了千年成都，是成都的文化摇篮。据说东门码头曾是诸葛亮操练水兵的地方。两个掏耳朵的中年女人，并不顾我们赏景拍照，操着当地方言，围着我们走来走去兜揽生意，锲而不舍，百般说辞，几经拒绝，仍毫无退却，也无羞意。我们中的一位男士，终被说服，半倒在竹椅上，表情紧张地被掏着耳朵。

虽然不免被现代商业所渗透，这里的人似乎还是有着洞穿世事浮云的本事，身心都能沉下来，归于平淡平静，甚至慵懒。他们选择的方式是不带任何心思地喝茶，打麻将，掏耳朵，摆龙门阵……悠闲自在地遣散一天又一天，没有职场上的揣度、猜疑、抵触。每到一处饭店就餐，总会看到饭桌旁必伴着一麻将桌，令外地人称奇。每每我们用餐完毕离席，成都人早已聚到四方桌旁，聚精会神地开始“搓”了。

看成都人，看他们的无所事事，你会觉得时光是停着的，人世间哪有烦忧。即使在青羊宫，大殿的旁侧竟也开出偌大一块敞敞亮亮有桌有椅的场地，平日里，也坐得满满的，闲散的人想必多是周边的居民，也或有前来道观拜谒的，诸事了毕，不急着走，便坐下喝会儿茶，有一句没一句地聊着，也有嗑瓜子、打牌的。想是天尊们不会怪罪俗世里的众生，即使老子在这里讲经说法，也不妨碍，况且又非不敬，道家又讲现世安稳，便也相称了。

文殊院也不避人间烟火，竟也有为着文殊院的糕点远道而来的。庙外卖锅盔、凉粉的店面前更是排着长队。想必出世与入世皆在往来间。我也是馋了锅盔，来一次尝不到不罢休。好不容易排到窗口买了，等不得吃完，边走边问路找地铁，急着赶回酒店取行李。好在没误了火车。

在成都，俗世与仙境是融合的。

即使问道青城山，即使拜水千古工程都江堰，你感到的也是为民为生计，为尘间延续的烟火。

《宋史》称，“蜀俗奢侈，好游荡，民无赢余，悉市酒肉为声伎乐。”究其原因，无非川蜀之地物产丰饶，富庶的生活才会让人心生闲适，不必日日思虑顾念油盐柴米，长此以往，心便散下来，慢下来。曾有“少不进川，老不离蜀”的老话，实在是怕年轻人耽溺于好山好水好吃喝的天府之地，麻痹意志而误大业。而老年人不愿离开蜀地就是常理了。

到成都是绕不过杜甫的，绕不过这位两居成都，为成都写下二百多首诗词的现实主义诗人。而我们的印象，成都似乎是怠慢了这位“诗圣”，这都源于那首《茅屋为秋风所破歌》。其实，经过多年漂泊不定的生活，又历经战乱，他一路奔向成都，虽路途艰险，是成都，是成都的朋友收留了他，并给了杜甫安居之所。刚到成都，目睹了市井热闹，耳闻各种娱乐之声，他就抒发了对成都的赞美和惊喜，“喧然名都会，吹箫间笙簧”。当时适逢安史之乱尚未平息，又值气候突变，简陋的茅屋才为秋风所破，借此他更想表达的是在家国动荡中的忧国忧民之情。他眼中不乏成都的兴旺繁荣，还有上层社会的优雅生活，“锦城丝管日纷纷，半入江风半入云。此曲只应天上有，人间能得几回闻。”

虽然“蜀道之难，难于上青天”，但自古诗人例到蜀，李白、岑参、高适、元稹、白居易、刘禹锡、贾岛、李商隐、温庭筠、初唐四杰等也尽皆入蜀。李白惊叹，“九天开出一成都，万户千门入画图。草树云山如锦绣，秦川得及此间无”。

逗留成都几日，终不能遍览。只是还有一处很想去看看，就是锦江边的望江楼。

望江楼是为唐代著名女诗人薛涛所建，她与卓文君、花蕊夫人、黄娥并称蜀中四大才女，《全唐诗》中收有她近百首诗作。“大江横曲槛，占一楼烟雨，要平分工部草堂”，有人认为薛涛完全有资格和忧国忧民的诗圣杜甫平分秋色，可见对她的才情的推崇。虽为官妓，薛涛却才貌俱佳，在成都颇有声名，常与著名诗人元稹、白居易、张籍、刘禹锡、杜牧等人唱和交往。最为传奇的是，薛涛与小她十岁的元稹热恋，而薛涛终是遇人不淑。这似乎并不能归于年龄差别，唐代风气较后世有别，《北里志》说：“莱儿貌不甚扬，齿不卑矣……进士赵光远年甚富，与莱儿殊相悬，一见溺之，终不舍。”可惜元稹不是赵光远，薛涛也不及莱儿幸运。“曾经沧海难为水，除却巫山不是云”恐怕是元稹一时所感夸张之言，并不能证明诗人长情。众所周知的《西厢记》原型就是他，所记他弃莺莺可见其人一斑。元稹离蜀后，又接二连三展开新的艳遇。薛涛面对终日浩荡的锦江水，是怎样以泪洗面不得而知。“锦江滑腻峨眉秀，幻出文君与薛涛。别后相思隔烟水，菖蒲花发五云高”，元稹虚与委蛇，言下之意是说，只能徒留相思，只能是旧时情了。

人间本不乏你情我怨，薛涛不过其中一段，不去看也罢。

从成都回来后，便沉于琐碎。偶尔静下心来，成都就会萦绕于心。一直觉得，在成都几千年的时间里，也许从尘世出发，才是理解成都的不二法门吧。而我们这些外地人，终究只能旁观，终究只是匆匆过客。就像我在“白夜”前拍的照片，只能证明曾经来此一游。

举家之重

赖赛飞

碾米厂在充满天籁的村庄是个考验人耐力的存在。空气中充斥着各种裂变：柴油机剧烈抖动发出的轰鸣声，仿佛濒临散架的极限；皮带接头与轮子哗哒哗哒的摩擦声，似乎即刻要爆裂；粉尘升腾弥漫，像原地打转的沙尘暴将一切裹挟。噪音与粉尘之外，碾米机进料斗如没及时填料，就因空转发出极其尖利的啸叫，带着明显的金属切削性质，闻者丧胆，汗出如浆。

机斗口距地面大约一人高，一担稻谷碾三遍就变成了三担，分装在藤箩里，一一托举上去。按理说家务事在以往的农村归妇女承担，但碾米除外。主要是碾米师傅要照管机器，上料由各家自行负责，干这活个子要高，力气要足。

那年，村里的公共碾米厂停用，村民们只好到外村去碾米。母亲见它被废弃的命运已定，说服父亲将蓬头垢面的机器买了回来。

经过父亲的一番修理，这台碾米机被安装在我家西偏房里，又恢复了机声烈烈。从此村人随时来碾米磨粉，比从前还要方便。

自从碾米变成了私家服务，上料的活就落在了母亲身上。

我们在学校的时候多，偶尔回来，在楼上读书，忽然楼下机声大作，虽然有一墙与一楼之隔，我还是像被装在桶内猛烈敲打晃动，陷入稀里糊涂。当它停止下来，一段时间内，我不是头脑清醒，反倒因为突然降临的万籁俱寂而灵魂出窍。它往往在村庄上空飘荡好一会儿才会归位。恍恍惚惚中，想起刚刚停息的场景，想不出什么场合能够比拟。硝烟滚滚的战场？在炮弹的呼啸声和炸裂声中不断填着炮弹？母亲是一直在战斗中。

对此，父母都不能抱怨，甚至要感激，何况我们。

有时忍不住下楼打开偏屋的门，看见关机后的父亲一身皑皑站在后门呼吸新鲜空气。蒙尘的母亲还在弥漫的粉尘中挥舞扫把。很久以后才能听见她用围裙大力抽打自己的噼啪声。

有时中途打开，只听见噪音陡然放大，混合密集的粉尘轰然涌来，像堤坝炸开后浊流滔天。

不管哪种情形，母亲都会有同样的反应："眼睛呢？没看见吗？快把门关上，出去！"在母亲的疾言厉色中，我退了出来，像退出战争，留她在战场。

后来，碾米厂多起来，竞争激烈。家里又买了台小的机子安装在手拉车上到处推着上门给人碾米，差不多是将稻谷从人家家里拿来分成米和糠后再送还到人家手里。便利到人，辛苦付出，才有看得见的收成。

母亲身材极其矮小，一般尺寸的灶头使用起来都嫌吃力，她担任的举重任务与她的体格明显不相匹配。一藤箩装满的分量在四五十斤，最主要的是要连续不断、快速地举，这对不是务农出身的母亲是个磨难。安装在手拉车上的机子高度比家里的更高，她只能拼了命举上去，像在殊死搏斗——对她而言每一次都是极限。

而机器在飞速转动，如雷神督工，极具威慑。

没有中场休息，没有鼓励，没有安慰。

母亲平时极克己，通常只吃些泡饭就着隔天的剩菜。体力消耗实在太大，有一阵子，她在碾米回来的路上对父亲念叨吃些什么。我能想象那种放松而又疲惫不堪的途中，他们混沌的眉眼已经从互相拍打中渐渐露出来。雾霾与咆哮尽散，天地安静清朗。暂时卸下重负的母亲也在一丝庆幸中说起了笑话：真想炖黄鱼肉淘酒啊，一大锅——那时候肉比黄鱼贵。她觉得自己越来越举不动了，途中不得不先提至一只膝盖上喘口气再往上托。因为慢，有时地上全是装满的藤箩以至于不敷使用，机器却因空转而不断响起啸叫声，父亲不得不分身帮忙或者临时停机。

吃了也许就有力气，不被压垮。

父亲将塑料袋里的一小堆零币掏出来一五一十地数。

数完便回笑她："你画一只在嘴边吧，或者跟嘴讲讲好话，哄住它。"

那时候碾米的价格是 100 斤 2 元钱，照此算来，碾上 3000 来斤 60 元收入，给各家抹去零头，也就 50 多元，再扣去成本，剩下 30 多元，就只有一碗黄鱼肉淘酒的价值。

我算了另外一笔账，3000 来斤过三遍，母亲每天练举重近两百遍，总共举起近万斤。

如果生意好，这个重量还会往上加。

这远不是一顿黄鱼肉淘酒能提供的，然而母亲一直吃的清汤寡水。不但父亲惊讶她像只小蚂蚁，却举得起这么重的分量，连母亲自己都觉得多年坚持下来没有倒下是个奇迹。但她身上并未因此显得结实强壮，使我觉得她是凭内力来举起的而不是真正具备相应的肌肉力量。

家里的经济大权掌握在母亲手中，真要吃，那时黄鱼还未像现在那样显贵，她可以自行决定。但她就是对自己的心愿下不了手，以我对母亲的了解，她所想要的外力支持，其实仅仅是口头支持。这一点，父亲更了解。

那个时候，我们都在读书。如果他们是源头活水，我们则是几个不停消耗着水源的渠道。直到上大学，家里从来没短过我们的学杂费、生活费。

贫寒之家的经济掌权者也就只剩下重负了。

那道晚风里不存在的黄鱼肉淘酒香味，画饼充饥一样刺激着母亲的味蕾，在接下去的日子里成了一向克己的她无法抹去的遗憾——后来她吃到的每一顿都无法替代。

我不止一次闻到它在时间深处发出的强烈香味，使母亲越来越念念不忘。

母亲对人慷慨，爱将我们孝敬她的东西分赠乡邻。但有次她打电话给我说，托人带下去的菜，刚好被一位舟山来探亲的老友看见，按理说要留他吃晚饭，但就是忍住没说。言下颇为懊恼与歉疚。

安慰好母亲，自己渐渐惊愕与难过起来。

这几年来，肉不贵重，黄鱼普遍养殖，只是要讲究饮食健康，隔很长一段时间才会炖黄鱼肉淘酒。庶几品尝母亲惦念的味道，沿袭她传承下来的老式炖法：加陈酿黄酒、黄冰糖、黑枣，直炖得鱼肉同酥入口即化为止。在这过程里，香味慢慢氤氲了周围的空气。

在香气里想念母亲。

拾秋叶的小羊

熊西平

小羊在院子里拾落叶。

小羊叫吉吉。

院子里有两棵树，一棵椿树，一棵楝树。椿树差不多有水桶粗，楝树稍细点，挨肩的样子。两棵树是同年栽下的。那年二月二，小院里添了男婴，主人栽下两棵树，预备给儿子长大结婚打家具用。儿子读完大学却留在了远方城市结婚生子，两棵树就没派上用场。今年秋天，它们的用处留给了小羊吉吉。

院子四方方，前排三间房，后排三间房，土坯草顶，灰色脊瓦。东西两边的院墙土坯砌成，矮，齐腰高，压了杂色瓦片，缝隙里有狗尾巴草支楞楞地摇曳。椿树长在东墙边上，楝树长在西墙边上。吉吉的窝棚在楝树底下，是个废弃的兔笼子将就的。

吉吉早上一睁眼，就看见满院子稀疏的落叶，金黄金黄的。每片叶子都纹理清晰，清香扑鼻，诱惑着吉吉不能睡懒觉，连忙起来吃早餐。吉吉眼里满地黄叶一样诱人，但吃起来味道就不同了。

楝树叶子落满西半个院子，甚至趁吉吉睡着了落进笼子，还贴两片在它身上装饰一下。吉吉钻出笼子，抖两下身子，两片楝树叶便掉进满地落叶中找也找不到了。

吉吉跑到东边的椿树下吃落叶。椿树叶和楝树叶在吉吉眼里嘴里都不大相同。楝树叶薄，落叶透明的亮，略长而椭，两头尖尖。一片楝树叶只有半片椿树叶大。楝树叶口感有丝丝的苦凉，没有椿树叶的暖意。椿树叶厚实，大，每片叶子都包口得多。吉吉吃饱了椿树叶，才慢慢地回到楝树下，拾一两片楝树叶慢慢嚼改改口味，回到笼子里反刍。

吉吉拾树叶很快，很灵巧。它没有手，不用牙齿，而是用嘴唇。它的嘴唇很灵活，仿佛有磁石的吸附力，上下翕动，蝴蝶翅膀一样扇动的叶片便被纳入口中。吉吉吃树叶仿佛被树叶赶着追着，迷惑着，真是个享受的过程。

秋夜多风，多雨。一夜风来了，一抖搂一搅和，椿树叶楝树叶便裹到了一起去了。西北风来了，树叶就卷到东院墙下。东北风一吹，树叶就卷到了西院墙下。这种情况下，人就无能为力迅速分辨出椿树叶楝树叶了，但吉吉可以毫不费力地分拣。它的小嘴在树叶堆里努动，分拣出的都是椿树叶，楝树叶都在它唇下被弃置一边。老奶奶旁边见了很吃惊，就暗暗佩服吉吉的功夫。

没有风扫院子的早上，老奶奶扫。老奶奶一般并不把院子树叶扫干净，而是把院子中间的道儿扫出来，像扫雪一样。只有要下雨了，怕落叶成泥，老奶奶才把落叶扫成堆，点燃了。落叶哔哔啵啵地燃，烟轻轻摇摆着升，白白的，到了树梢以上便散尽了。吉吉围着火堆一圈一圈转，偶尔喷一下鼻。吉吉头上还没有长角，只冒了两个对称的毛包包，两只耳朵透亮的肉红。老奶奶就温柔地抚摸着它的头，发现火堆旁的吉吉毛色格外白。老奶奶发现火光映照下，吉吉眼神格外温柔欢快。每逢这个时刻，老奶奶就把吉吉紧紧抱在怀里。

老奶奶儿子一家都在城里，坐半天汽车半天火车才能到。她被接去住过两年，就回来了。她看着高楼眼晕，头晕。孙子上幼儿园了，她就回到小院里。老头子去世前闲了就拍拍两棵树，感叹世事变化快，说娶媳妇这树竟用不上了。树安然地长，堂屋在它腰间就成个玩具了。老奶奶把地给了人家种，人家给她的粮食吃不完。但她还种着一块菜园，冬天的蒜苗、芫荽，夏天的倭瓜、瓠子、荆芥、苋菜、小分葱，秋天的眉豆，吃不完。秋末，蒜苗就开始长满园了。

那天栽蒜瓣迟了，黄昏落幕，老奶奶扛着锄头回家，路边上就捡回来这只小羊羔。小羊羔在道沟里挣扎，叫声微弱，怎么也爬不上来。老奶奶就弯腰用锄钩把它钩上来，抱回家，放进空着的兔笼子里。第二天，第三天，老奶奶四处打听谁家丢了羊羔，可就是没能给羊羔找到主人。再过两天，老奶奶就不给羊羔找人家了，她舍不得了，想这雪团一样的羊羔太可爱了，谁要找来了，就给人家十块钱买下来。很有心理准备的十块钱没花掉，小羊羔在老奶奶的等待中长大了。老奶奶就给它取个名字喊吉吉。她一喊吉吉，吉吉就嗅她的裤脚。

其实，吉吉是她孙子的小名。

吉吉落户小院后就没出过院门。它似乎害怕，偶尔从大门缝里对外望望，叫一声，赶忙就缩回来。那时刚过了八月节，树上东一片西一片飘落叶。吉吉就耐心地等着，一片落叶悠悠荡荡从枝头还没飘到地面上就被吉吉逮住了。落叶少，吉吉双唇像吸盘，会及时捡起每一片落叶，一片也不浪费。那晚突然冷了，落了一夜雨，天一亮，吉吉惊讶地发现黄叶铺了一地。它有点不知所措，小心地一张叶子一张叶子品味着，慢慢地也品出了从容。原来每棵大树都是搁在空中的大仓库啊，小院的空中有两座大仓库。

老奶奶张罗着吉吉过冬的食物，把多年前盛粮食的茓子拿出来晾晒，在屋檐里扎了盘。每天早上老奶奶起来扫叶子，晒干了，放进茓子里。一连半个月好晴天，茓子里的树叶就齐腰高了。每加一层落叶，老奶奶就扑下身子压压。吉吉就跟在身后，一趟一趟跑，咩咩地嗔叫。老奶奶就把吉吉抱上茓子，说："吃吧吃吧！"吉吉好像受了恐高的惊吓，一跃跳下来。它没过冬的经历，它以为四季都可以在树下拾落叶吃呢。老奶奶估计着吉吉生长的食量和过冬的日子，茓子就一人高了。

天真的冷了，撑不住严寒的侵袭，两棵树最后的几片叶子落了。小院的空中只剩下横竖撑着的乱蓬蓬光秃秃的枝条了。吉吉眼巴巴地望着空中发呆。

老奶奶也很少外出了，她把吉吉拢在怀里，把树叶抓在一个小篮子里给它吃，喃喃地说："今晚吉吉也要上屋里睡觉了。"

若无闲事挂心头

王　震

> 春有百花秋有月，
> 夏有凉风冬有雪，
> 若无闲事挂心头，
> 便是人间好时节。

周末的电视综艺频道，一个叫齐豫的女歌手正在款款吟唱着一首歌。

歌声空灵婉转，余音渺渺，让人瞬间忘却所有的烦忧，感到是那样美好。

一首源自宋人释绍昙的颂，如今被现代歌者演绎，听起来闲适自如，竟是脱尘出俗的别样美丽。

没有琐事烦事的日子，便是最美的日子。然而，身处万丈红尘，必然会为各种俗事所扰。这首颂告诉我们，要在任何环境中保持淡定从容的绵绵不绝之力，找到通往风花雪月的境界之路。

能做到如此，便已达人间大境界。

品　茶

喝茶的话，最好是金骏眉。叶细如眉的茶形，让人想起眉如远黛的温婉女子，一低头的温柔间，天地万物所有的春色就都聚拢在这眉眼里了，千百年岁月的浩浩汤汤也都尽在这琥珀色的茶汤里了，可谓之醇厚，温婉，亦可感受到绵长和凌厉，什么金戈铁马，小桥流水，剑气如虹美人如玉，就都伴着这一地的阳光，在温润的茶汤里流进五脏六腑，令唇齿生香，遍体通透。

金骏眉必得以紫砂壶冲泡，感受其历经岁月沉淀的厚重甘醇之美，也可以换成天青色的汝窑茶盏啜饮，看琥珀色的茶汤在富有禅意的风雨欲来的杯中静默，只觉得极美极好，极静极简。或是以黑褐的天目杯来品，使得茶味更显深沉，意味更加深远绵长。

近一段时间，极喜经过发酵的温厚的茯茶，在茶壶中将茯茶同大枣、枸杞、核仁和冰糖等来熬，用粗瓷厚壁稍显厚朴的茶杯来品。茶味略苦，微甜，厚重朴素，有生活原生态的味道。太甜了，显得腻味。太苦了，又会失去活着的意义。所以，就这样，略苦，微甜，细品之下五味杂陈，这才是生活的本真面目吧，一切都恰到好处。

这样的茶汤喝下去，只感到舒畅和踏实。每一个毛孔每一个细胞都是舒坦的，每一根神经都是熨帖的温暖的安定的。就像一件朴素的粗布衣裳，越穿越觉得舒适踏实，反而会觉得高级的丝绸类衣物太过轻薄，不像粗布衣裳更能带来安全感。

或者喝玫瑰，读清浅美丽的爱情诗。抑或是菊花、毛尖、铁观音，或者是有兰花香的大红袍，配着喜欢的适宜心境的书籍，就着恰恰好的阳光，看茶汤上袅袅升腾起来的热气，飘飘然遁入虚无，是那样美好。一切已定格成永恒的美丽。

初春，和好友午后到茶馆喝茶。找了临窗的位置。窗外可见滚滚的黄河水从容地向东流去，已有百年历史的中山桥上人来人往，熙熙攘攘。河岸边的商贩和游人很多。正是初春时节，岸边的杨柳正吐露着新绿，打上了毛茸茸的花苞，笼罩了如丝如烟的绿意。桃花开得娇羞，洁白硕大的玉兰雍容典雅，傲立枝头。

晃眼的阳光透过竹帘照进茶室，斑斑驳驳的光打在老木头的桌面上，透出些许白驹过隙的光阴之感，晒得人暖洋洋的。我们要了罐罐茶，加入了烤焦的枣子、冰糖等在铜壶里慢慢熬，倒是熬出了些许人生的味道。

红尘一世，便是煎熬，众生皆是如此，将青丝熬成白发，将棱角磨得圆滑，却仍然坚守着不肯认输。没有饶过岁月，亦不曾饶过自己。等人生熬出些许味道时，已不卑不亢，不慌不忙了。

友人带了书，微眯着眼斜倚在沙发上看，似一幅现代仕女图，能感到时间的沉静和素美，让人不由想起醉眠芍药圃的史湘云。一个红香偎翠，一个书香盈袖。都是一样的美人儿，又都是真性情有趣味格调高雅的女子，令人喜爱。

茶馆里一丛丛的翠竹默然静立，屋顶的木梁上吊着鹅黄的莲花灯，淡雅柔润，充满禅意和令人内心安静的味道，墙上修饰着店主从别处老宅拆下的充满年代感的油漆剥落的雕花木窗，一幅高古奇特的书法作品，令人陷入无尽的古意和一种具有檀香特质的氛围中。

一边悠闲地品着茶香，一边懒洋洋地有一句没一句地闲话短长，如此闲淡舒适的浮生半日闲，便是人间的有味清欢，更是人间的大好时节了。

赏　花

若有一处院子，无论有没有琐事烦扰，都该放下一切，种花，种草，种一院蔷薇，让美好充盈心间。

一定要在院子周边扎上篱笆，让各色牵牛花可以沿着篱笆攀爬。时不时翻翻土，浇浇水，弓着身子像农人一般劳作，细品四季草木味道，感受来自肉体的疲累酸痛，而不是思想上的焦灼压抑。牡丹、月季、玫瑰、海棠，只要想到的，就都种上。春天必有百花来赏，你方开罢我方开，越热闹越好。

夏季在院内必放一口瓦缸，里面注满清水，植入睡莲，或荷。看莲的种子抽出细嫩的幼芽，蜷曲的叶片逐渐舒展，看淡雅的荷花渐渐在碧绿的荷叶上盛开，绽放幽静雅致的诗意。

冬日百草凋零时，墙角的梅花却凌寒独自傲放，散发着清香，特别是有雪的时候，说不出的美丽。折些梅花的枝子插在瓶中，再简陋的屋子都显得高贵起来。

绿艳闲且静，红衣浅复深。春日去临夏看河州牡丹，欣赏雍容大度的美。在街市大道的两旁，以及古河州酒厂的院子里，都可看到大片大片花色各异的牡丹。一团团，一丛丛，一簇簇。浅绿，素白，墨黑，桃粉，大红，各色花朵犹如霓裳般绚烂夺目，气度非凡，优雅华贵。

唯有牡丹真国色，花开时节动京城。有此倾城好颜色相伴，再来一壶醇香浓郁的古河州美酒，呼朋唤友，畅谈天地，夫复何求。

春风拂槛露华浓，醉眼看花花更红。牡丹花下且为乐，会须一饮三百杯。风清人淡，花浓酒酣，新绿衬酒红，一天就这样不知不觉地过去了。

去福建武夷山去看傲凌崖畔的大红袍老茶树，返程时路过一片茂密的丛林，树木参天，溪水潺潺，绿茵似毯，色泽如新。忽然在不远的草地上看到一大片火红的令人惊艳的花朵，色彩奇异，盛放得虔诚而又热烈，仿佛来自仙界，并不该在这尘世出现，有魅惑心神的奇特力量。

问过同行的朋友方知，这就是曼珠沙华，又叫作彼岸花。一般认为它是生长在三途河边的接引之花，象征着无尽的爱情。花香传说有魔力，能唤起生前的记忆，盛放时如火般绽放燃烧着爱情的忠贞。小心翼翼地蹲下来细看，不禁被她绝望而又幸福的绽放姿态所吸引。想采又不敢采，离开又舍不得。于是在草地上坐下来，坐在这一片花朵的旁边，听她们私语，看她们曼舞，感受与她们同在一片天地间的幸福和快乐。

正值夏末秋初，林子里有清风拂过，还有细碎的阳光透过层层树荫投下来，恰就有一些光点打在曼珠沙华上，竟像是她自身发出的光芒，如丝若缕的花瓣变成了透明的一般，竟一时失神。

恍惚间，感觉自己似乎也变成了一株草，一朵花，一棵自由快乐的植物，是呼吸畅快的山林四野，是任意东西的清风雨露，再无俗世生活的忧郁烦恼，成为大自然的一部分。

就这样想着，坐着，发着呆，久久不忍离去。这样的时光，多想再久一些再慢一些。即使日日如此，也是好的。这样的时光，哪怕一世只能看到这一种花，只做一件事，也是好的。

去闻名天下的崆峒山。夜晚，走出院门仰望苍穹，一轮当空皓月映着远处青黛的山色，说不出的空灵静幽。这样的夜色，无论多晚都尚早，都是不忍辜负的，即使是月下的独酌，也是可对影成三人的。

一早醒来，只见昨夜已悄悄下过了一场雨，屋前绿茵茵的草地上湿漉漉的，有的还闪烁着晶莹的露珠，园子里有两棵合欢树，绰约流芳的合欢花被翠绿的树叶映照着绽放在枝头，一团团一簇簇嫣红，令人心生无尽欢喜，像是粉色流云一般风流自在。那娇弱无力的样子又哪里抵挡得住一夜风雨的蹂躏，早有花朵被吹落了一地，令人怜惜。俯身一朵朵去拣，放在手心里，凝神去看，轻轻去嗅，那一抹清浅，那一丝淡雅，让心在一瞬间融了，化了。

踏　雪

冬日到偏僻的乡下去度假，一夜醒来却见大雪覆盖整个田野。因不急着返程，却觉得这场大雪来得正是时候，铺天盖地都是一个素净的美丽世界。

徒步到铺满厚厚积雪的山里漫无目的地闲逛，天空湛蓝高远，四下里清冷空灵，万籁俱寂，一户户农舍似点缀在白色宣纸上的墨色，萧疏淡然，老树虬枝被厚厚的积雪覆盖着，意象厚朴。

在雪地里感受探幽寻梅的意境，觉得思想和身体都被放空了，内心深处也变得素净安然起来。

绿蚁新醅酒，红泥小火炉。黄昏时候才回到农舍休息，只见铁炉里的炭火烧得正旺，温上一壶农家自酿的米酒，围炉夜话边喝边聊，喝得有些醉意氤氲了，爬上烧得热热的土炕，就着醉意睡到屋外鸡鸣三遍，再接着睡到日上三竿才起床。

昨日的雪已开始慢慢融化，屋檐前的瓦楞上挂满了一排排晶莹的冰柱，在太阳下闪着耀眼的光，屋顶的青瓦和白雪互为映衬，有水墨的味道。随着积雪一点点融化，雪水从屋檐滴滴答答地落在院落里，屋顶的烟囱冒出了袅袅炊烟，已到了早饭的时间。有饭香味从灶房里飘了出来，肚子里就咕咕叫起来，这才觉得饿了。

坐在低矮的木桌前慢慢地吃，大人不急着去上班，小孩子不急着去上学，简单的青菜萝卜鸡蛋，吃起来却像比往常在城里香了很多，滋味绵长受用。

一想到还有大把的时间可以这样不紧不慢地随意享用，就有了说不出的满足感和幸福感。

春有百花秋有月，夏有凉风冬有雪，一切都是那样美好。假若能够放下生活中琐碎的烦恼，每一时每一刻，都会是得以沉浸其中慢慢享受的好时节吧。

三哥与我

旷胡兰

“哥哥，你一定要好好学习，争取考上大学，不要辜负了爸爸妈妈的期望。”

十五岁的我，坐在中学的教室里，趴在课桌上，心情沉重地给我的三哥写信。三哥正在另一所中学上高二。三哥长我两岁半，从小一起上学，我自恃与三哥的感情好，可以以一个小妹的身份向他提出希望和要求。

我是个懂事较早的女孩。一个周末，我从学校回到家里，目睹家中大哥二哥为分家的事闹了不愉快，甚至动了手。我心急如焚，却是无力相劝和阻拦。联想到村中常有人家因邻里或兄弟闹矛盾，吵闹声不时传入我的耳朵，我就会心烦不安。我的骨子里似乎有一种天生的对卑俗与丑恶的厌恶，对书中描绘或想象中的优雅生活有一种强烈的向往。大概在我九岁至十岁时，在我小小年纪经历了一场又一场紧张而繁重的农事后，我的心里在急盼着农业现代化实现的同时，慢慢萌发出了跳出农村的念头，只是我当时也未曾想过，长大了究竟要去做什么。后来，一次目睹老师体罚学生的经历，让我想到长大了要当一个好老师。

因为年龄相仿，打小我和三哥经常在一块干活儿，割草，放牛，砍柴，也从来没有拌过嘴、打过架。有一次深夜，我还和他去到一个数十里远的山林里为二哥接运山货。那天夜里，我的身心完全被恐怖包围。也许从小听多了大人关于鬼怪的故事，路上遇到的一切星星点点的火光，譬如萤火，譬如腐木中的磷火，在我看来，都是大人口中的鬼火。一声声怪异的声响，仿佛就是鬼怪或者野兽的嘶吼。那时的农村妇女聚在一起，嘴里传出的，除了家长里短、邻里是非，就是各种令人毛骨悚然的鬼怪。我担心有鬼扑过来，担心有野兽追来，我紧紧地靠在三哥身边，和他一起把着板车的同一根手柄。我也不知道，三哥的心里有没有害怕，但我们的嘴里都没有说出“怕”字，担心那个“怕”字一出口，心里更是害怕，只是一个心思往前赶路，一直到凌晨两点，才从那令人恐惧的深山老林里回到家。我上小学三年级时，一次班上一个女生欺负我，三哥还奋不顾身为我帮忙出气。那个时候，同学中常有这样的做法，若是弟、妹受了别人的欺负，一定叫哥哥姐姐帮忙报仇。一来二去，同学之间常常发生打架的事。三哥进到我教室，用言语教训那名女同学。不料，那个女同学竟用手指甲朝三哥脸上一阵乱抓，一下子，三哥的脸上、头上就被抓出了好几个血口子，鲜血淋漓。我非常难过，报仇不成，反遭这么大的伤害。对那个女同学，更是非常气愤，却也无可奈何。后来，再有同学欺负的事发生，就尽量自己想办法，或者尽量避免，我不想连累三哥受到伤害。

那时的三哥，学习的确不大用功。听母亲说，一个星期一的中午，母亲去三哥房间打扫卫生，却发现他还躺在床上睡觉，母亲又惊又气。母亲以为，三哥早已在头天下午回学校上课了。拎着三哥的耳朵，母亲一边狠狠地骂了他，一边流下了焦急的眼泪。

我想到给三哥写信。我不愿意看到三哥如两个大兄长一般的未来，我希望三哥能够通过读书这条路，这条无数寒门子弟意欲跳出农门的唯一道路，去改变自己的命运，改变家里由盛而衰、由富而贫，颇受村人冷眼的命运。“……难道你已经忘记，你和我说过的你心中的梦想？我无法想象，如果你没有考上大学，你的人生将会怎么样……”我情绪激动地写下这些话，装入信封，写上地址和姓名，跑到邮局，买好邮票，郑重贴上。看着信封上精美、崭新的邮票，似乎就看见三哥在课桌前认真学习的情景。

信件塞进邮筒，我想象着三哥阅读这封信的欣喜、激动或者沉重。他会如我所愿，亦如母亲所愿吗？

时间一天一天过去，我没有接到他的回信。不知道他是没收到我写给他的信呢，还是不愿意回信。而我，依然以一个小妹的身份，暗暗关注他的变化。

一个周末，我们从不同的学校回到了家中。那天晚上，我悄悄走进他的房间。昏暗的煤油灯下，三哥正专心致志整理学习笔记。桌上一张八开的白纸，以表格的形式工工整整记录着历史上几个重大事件。另一张八开白纸上，是一幅他自己绘制的中国地图。脑中一幅图，胸中一张表。他正认真复习功课呢。我告诉了母亲三哥的用功。

当年的高考并不顺利，三哥因为是在农村中学，读完高二就参加考试，加之基础不牢，最终以十几分的差距落榜。然而，由于我当年顺利考入师范学校，踏出了农村孩子鲤鱼跳龙门的关键一步，给了三哥和父母信心。一家人经过数次商量，最终决定让三哥去县里中学的高三年级补习。父母倾尽积蓄，又向亲戚借了一些钱，三哥才得以走进县中复读。虽然我没有亲眼见过三哥补习的情景，但我可以想象出，在县中复读的一年时间里，三哥付出了怎样的努力，吃了多少的苦头。我也想象到，三哥甚至会经常地因为伙食费难以接续而愁苦。

一个泥泞的雨天，我走在师范校园的路上，突然一张沾满泥浆的粮票进入我的视线。我轻轻捡起，在水池边洗净，放在床边上晾干，心想着给三哥寄去，也想着给苦读中的三哥一点鼓励。那个夜晚，我给三哥写下了一封长长的信件。第二天，连带这张粮票，和我从每学期仅有的五十元零用钱中挤出一张两元的钞票，寄给他。三哥照样没有回信，他是个不喜言辞，也不擅言辞的人。就是到现在，尽管在外面拼搏了几十年，由行政单位而下海，依然如此，这也多少给他的人际关系带来了一些不大不小的误会或麻烦。

当时，三哥借住在一个老乡家里，中午或晚上，有时在老乡的单位食堂用餐。有一天，老乡回到家，与我母亲说起三哥读书的事。他说，钦凡学习很用功，常常看书看得忘记了吃饭。食堂师傅曾说，小伙子这么用功，高考一定能考上。老乡的话，给了母亲不小的安慰。

一年后，三哥果然不负全家人殷切的期望，以优异的成绩考入北京的一所大学。母亲非常高兴。入学前夕，家里把那头饲养了一年的大肥猪杀了，颇为隆重地做了一场升学宴。三哥的师长、同学、好友，家里的各方亲戚都来庆贺。面对众亲友的真诚祝贺，母亲又流出了眼泪。我知道，那是激动的泪，是幸福的泪。

偏远的山乡，贫穷的农家，接连两个子女考学成功，是一件不小的喜事。从此，村人的目光中似乎多了一分亲切和尊敬，父母的心里也多了一分小小的荣耀。

三哥在北京上大学，生活费自然多些，那时，他加入了学校的体育运动队，每个月还有一些补贴，但毕竟有限，远远不能满足他的生活所需。家中基本上没有多少钱可以寄给他。三哥倒也会想办法，每年的寒暑假，他大多留在学校勤工俭学，帮图书馆整理书籍，或在学校附近打零工。我记忆中，三哥四年大学期间，只有一个寒假和一个暑假回了家。那年寒假回家，他还到小商品市场批发了一些生活用品回来，过年前姊妹几个一起去家乡的圩场卖。那个暑假，他又自己动手制作了一些简易玻璃工艺品，去市场叫卖，赚取微不足道的零用钱。之后，又在离开学半个月前，带着我和妹妹来到深山里的姨娘家砍柴，为家中的父母准备了好几年的柴火。至今我还清楚地记得，我们在姨娘家住了一个星期，每天天一亮就上山，在山上挑拣林场间伐下的树干和枝条，或者是炼山之后剩下的黑黑的木棍与枝干。午后，或背或挑或拖，搬运到水库边。然后，捧起清水，将三张黑白相间的大花脸洗净。我和妹妹个子小力气小，大部分的粗重活儿，都是三哥一人包了。七天时间的连续劳作，水库边已堆积了高高一垛柴火，在姨父的帮助下，三哥用木船由水库装运出山。我和妹妹先行回家，拉来板车，和我的男友一起在水库边等候。那时我和男友即现在的丈夫在同一个乡镇工作，我教书，他做乡镇文书，我们的关系基本确定，他是很乐意为我们帮忙的。一直等到夜深，木船才晃晃悠悠划到岸边，再将柴火卸下，又一车一车装上板车。一趟、两趟、三趟……整整十板车。那个夏天的深夜，借着隐隐的月光或萤火虫闪烁的光芒，我们拉着板车在那条蜿蜒的乡村公路上奔忙。

一个星期，我们晒黑了，人也消瘦了。十板车的柴火运到家里，父母高兴的同时，脸上也写满了怜爱。那次经历，是我人生中最后一次进山砍柴的经历，也成了我和三哥乡村生活最后的共同记忆。对三哥而言，又何尝不是这样呢。也许，他早已料到，自己学业在身，以及经济上的压力，能为父母分忧的机会已经不多了，才有了三人进山砍柴一周的壮举，虽然辛苦，但心中却不曾有过苦和累的感觉。我也无法想象，现在的我，还能有多少体力干这种粗重的活儿。那一大垛柴火，供父母使用了好些年，直到他们先后在我们的疼痛、不舍，甚至愧疚和悔恨中离世。

近些年，在青春时期就有着很深文学情结的三哥，写下了《致母亲》《致父亲》等诗歌，怀念在贫穷的年代，劳累一生、艰难抚养教育众多儿女的父亲母亲。除了写给父母的诗篇，也写下了不少关于童年和青春，以及故乡的回忆。让我清晰地感觉到，进入知天命之年的三哥，在走过人生的巅峰之后，内心的沉静和思想的积淀。

师范毕业，我的月工资收入大概七十元左右。每个月留下自己的生活费之外，我基本将工资交给母亲。母亲从我的工资收入中提出一小部分寄给三哥，每次寄十五或二十元，都是由我去寄。我结婚的那年，是三哥大学学习的最后一个学期。婚后第一个月，我和丈夫商量，给三哥寄去了四十元生活费。他一九八九年大学毕业，分配在一所中专学校教书，尽管不是很满意，但那已经是命运的特别眷顾了。我一直很感谢命运。

后来三哥几次跳槽，最终下海从商，虽没有辉煌，但也还算比较顺利。或许从小生活在贫穷之中，三哥一直很节俭。但是在我二十世纪九十年代购买商品房资金紧张时，他却很慷慨，借了五千元给我。那时他刚刚成家，孩子也才出生，家中经济很紧张，但他二话不说，给我寄来了借款。

而今，我们依然各自在人生的风雨里奋力前行。生活在不同的城市，彼此之间直接的联系有了减少，但骨肉相连的那种惺惺相惜，还是深深埋在心底。

寻访张爱玲

张向前

我知道你不在，但我还是来了。我来得很早，东方将白，朝阳未起。

我坐的是71路公交车，在延安中路下车。按图索骥地从常德路向北行，稀奇地打量着街边的建筑物。那些高低不一、戴着各色镜片的楼宇漠然地呆立着，像久居都市见怪不惊的老年人，不理会我的乡土和落寞。我倒是落得恣意飞扬，在这个无人识得的街道中欢喜张看，莫名地希冀张爱玲曾经居住的常德公寓，兀然地闯入眼帘，吓人一跳。

南京西路口是一个人员聚焦的地方，这里的红绿灯时间很长，东西间或南北过马路的人堆积在一块，像城市随时生长的肿瘤，不梗在这儿，就阻在那儿。我是肿瘤的一分子，在绿灯的导引下涌动。我没有识见过公寓，也不知公寓是什么样子的。当一栋牙白色的建筑矗立在眼前时，并没有引起我太大的注意。整栋楼并不算宏伟，大约有七八层高。在这个世界性的大都市里，它也并不算得怎么起眼。女作家陈丹燕说，那栋老公寓，被刷成了女人定妆粉的那种肉色，竖立在上海闹市中的不蓝的晴天下面。把一栋建筑想象成女性化妆品的一种颜色，陈丹燕确乎有细腻的观察力和宏大的空间想象力。

这栋公寓原是意大利人的房产，看起来似乎也受了中国传统文化的影响，有折叠对称之美。正立面两侧有阳台外突，像一双双细长重叠的眼睛，观察着这座城市近百年的沧桑变化。中部凹进，有牙白色的竖线条贯穿而下。牙白竖线之间夹杂着朱红色的条块，那是岁月的流连——岁月是把杀猪刀么。“常德公寓”四个大字就这样慵懒地立在门楣上方，缄口不言，似乎也欲语还休。历史，有时就这样轻易地被隐藏起来了。墙裙也是红白相间的条纹，多少有点类似斑马的身形，给人驳杂之感。公寓的大门紧闭，门上还有密码锁，给人一种不近情理的待遇。“私人住宅，谢绝参观”的牌子，像是在对我翻白眼。

我靠在楼前的电线杆子上，看着在这里走过的形形色色的人们。上班节点，行人匆匆，其中不乏碧眼棕发的外国人，倒让人恍惚，是不是回到了二十世纪二三十年代的上海。偶有人抬头望望我这个奇怪的存在，目光掠过时，或许他们会想到“文青”这个词，心里是柔软还是不屑？两个女孩像大学生，也许是“张迷”。她俩来到公寓门前四处探看，见无甚“张迹”可寻，无奈只得在门前留影后，怏怏地走了。一对夫妻也许是作家，抑或文学爱好者，这儿瞅瞅，那儿瞧瞧，颇有些遗憾的样子。此刻，我或许就是一台有呼吸的摄像机，认真忠实地记录着这里发生的一切。不论精彩，不论庸常。

也许还早，晚一点就会开门的。我折向南京西路，徐行漫步。寓居的张爱玲也会偶尔出来，沿着这条路往西走。一次，她走到了不远处的一个叫“美丽园”的地方，结识了一个叫胡兰成的人。她走失了自己，付出了一生的劫难和孤独。即便如此，她也无话可说。我没有向前再走，我不太愿意见到他的物什。说实话，我不太喜欢他——尽管他好像有才华。到了静安寺门口，我便停了下来，见有游人买票进入，我探头望进去，但见寺内建筑金碧辉煌，似乎有一些宏大气象。我没有抬脚进去，在这一片繁华的商业区随意转悠。街上车水马龙，商贾云集，流水行云般往来。张爱玲大多时间坐在公寓里创作，可她也来逛过静安寺热闹的庙会，还买了一双绣花鞋子。鞋头连鞋帮上都绣有双凤，穿在她脚上，线条非常柔和。每次那个人从南京回来，她总喜欢穿这双鞋。可见，她真是变得很低很低，低到尘埃里了。亦可见她的欢喜。欢喜与孤独或许就是这样相生相克。我没有在热闹的人群中闯见她，她已融化在空气里。

待我再次转回到常德公寓，太阳已经露出了笑容，可大门依然板脸冷颜。楼下的千纸书坊也没有开始营业。隔壁的窗推开了，我连忙凑过去，是一家理发店，保洁人员在打扫卫生。我无话找话说，希望从她那里得到一丝机会。她的回答让我失望。此刻，一位大姐主动过来搭讪。她是楼里的住户，许是早看到了我刚才所做的一切。我简直要叫她“神仙姐姐”了。我善良地想，她大概曾经也有一颗文学的心。

“里面已经没有张爱玲的什么了。现在是一些私人住宅，不对外开放。这里的交通很方便，前面有什么，后面有什么，左面有什么，右边有什么……坐地铁 4 站就到繁华的外滩了，所以房价很贵的，每平米达到这个数了。”她在我面前摆了两个手势，脸上放光，一如张爱玲当年说“我喜欢钱，因为我只知道钱的好处，不知道钱的坏处”一般。我们都是世俗物质的人，我感恩她。在她面前，我也眼睛放光。她是上帝派来接引我的使者。

刚才还在我眼前冷若冰霜的大门，在她手指的掀动下，礼貌地开了。这道门，就像人身上的任督二脉，一通百通。正对大门的电梯门刚好开了，大姐走了进去。正当我愣怔时，电梯门要关了，“你自己爬楼梯好好转转吧！”大姐说完这句话，电梯就关门了。我懊恼不已。大姐或许是想让我跟着去看看她家的环境，让我更多地了解这栋楼的情形，以便更好地了解我寻找的这个主角。就在我发呆的瞬间，大姐改变了主意。

楼梯不宽，一个人行走稍有留余，两个人须侧身而过。我像个蹒跚的老人，一步一步地往上走。楼道没有一个人，时间就像停止了一般，有些死寂。我能听见自己故意放轻的脚步声响。我像一个小偷——一个不觊觎财物的小偷，闯入了一个不该进入的世界。我担心惊扰了时间，惊扰了这栋楼里的居民，怕他们发现了我，将我赶出这个仿佛与世隔绝的空间。当然，我还担心惊扰了张爱玲，担心她从时间中走出来。身体与衣着彼此叛逆的她的奇异形象会吓我半死。

蹑手蹑脚上了六楼，眼光在一个个门上逡巡，最后定格在那个特殊的门牌号码上。我轻轻地走过去，眼前的铁门不动声色。深红色的油漆有些发暗，有时间的印痕涂抹其上。我举起的手，又放下。我再次举起手，稍顿，还是无力地放了下来。我没有陈丹燕那样的勇气。

胡兰成敲门，张爱玲都没有开，何况我？但胡兰成不死心，从门缝里塞进去一张纸条，写上自己拜访原因及家庭住址、电话号码等。冥冥中，这张纸条是个并不结实的红线头，把乱世之中两个事先并没起意的人拴在了一起。当然，还有另外一张纸条：“胡兰成、张爱玲签定终身，结为夫妇，愿使岁月静好，现世安稳。”这是一张没有具体期限的婚约合同。大红证书尚不能保证相爱的人初心不改，何况这薄薄的婚约？没有具体期限，可能随时就到期限。是人无情，还是岁月无敌？仅仅两年多时间，这张充满温情的合约就自动作废，满纸誓言成为满纸谎言，满纸认真成为满纸天真。满纸祈望成为满纸失望，满纸人性成为满纸随性。满纸欢喜成为满纸悲伤，满纸庄重成为满纸荒唐。纷繁复杂的时日环境，可以把两个相爱的人分解得隔阂与陌生，咫尺就是天涯。岁月静好，只是人的热忱愿望罢了。世人总爱替张爱玲惋惜而抱不平，说对这样一个人专情不值得。“其实你应该知道，爱就是不问值得不值得。”

她回答他的话，也是回答所有世人的疑问。在爱情面前，她也是个寻常女子。甚或，她比寻常女子更为独特深刻。

站在铁门前，七十多年前的时光逆向而来：室内的热水汀、浴室、H字样的水龙头、客厅、糊墙的花纸、搀了胡椒的米……生活中的细节是那么地具体可感。姑姑张茂渊、炎樱，她们依然还在吗？这两个生活中最亲近的人，也成为她文学中不可或缺的人物。她们见证着她的爱与哀愁。张爱玲在这间小小的公寓里完成了她的华丽转身，进入职业作家生涯的黄金创作期。《沉香屑》《封锁》《红玫瑰与白玫瑰》《金锁记》，还有《倾城之恋》，她一生中最重要的几部作品，陆续从这里走进了人们的视野。作家张爱玲和她的文学作品也迅速红遍大上海。不得不提的是，她在这里爱上了胡兰成，开始了一场“倾城之恋”。可惜，人未动心已远，曲未终人已散。一切从这里开始的，一切也在这里结束了。余秋雨说，这栋公寓在中国现代文学史上占据着特殊的一页。怜悯她情感的人却说，这栋公寓占据着张爱玲情爱的全部的光和热。“我倘使不得不离开你……亦不能够再爱别人，我将只是萎谢了。”用情至深之后的哀伤凄楚一览无余，令人垂泪动容。

有人说，路遥之所以痛苦，在于他没有看透这个平凡的世界（《平凡的世界》，路遥著）。有人说，张爱玲孤独——孤独地活着，孤独地离去。这是世人眼中表象的孤独。其实，她之所以孤独，在于她看透了这个平凡的世界，内心强大，强大到足以超越孤独。在那个繁芜的社会里，她像一件绝世卓立的青花瓷，孤傲轻盈地行走，把自己活成了一部传奇（《传奇》，张爱玲著）。她锦心慎行，绣口轻吐：“长的是磨难，短的是人生。

在铁门前站了半晌，终是不敢敲门，也没敢从门缝里塞纸条，我慢步从旋转楼梯上了七楼。坐电梯从七楼下来，碰巧在六楼停了一下。门开了，一个瘦削的男人站在电梯口，猛然见我，身体紧张地抖了一下，我也相应地哆嗦了一下。他不是胡兰成。他没有胡兰成第一次敲门不应的沮丧。他个子稍矮了些，也没有胡兰成长得那么文艺。我也不是民国人物。我们只是在一个陌生的空间里偶然相遇。就像在冬天雪地里起了一股风，让人禁不住打了一个寒噤。

日子轻浅不羁，忆念深长隽永。我有些不舍地离开常德公寓。远远望去，那栋牙白色的建筑，就像一本尘封已久的书。书中，一个民国女子不老的风韵放恣、飞扬。

山那头的深处

林汉筠

强忍着泪水，任凭阵阵冷风撕脸，一捧一捧地将金色的黄土撒向埋在地里的父亲。这是1998年农历正月初八，阳光正劲，黄土在我们的手势里生动起来，像一朵朵金色的花起舞着，无所畏惧地随鲜血从手指上流出。

阳光像雪藏过似的，洒在大旺山上，暖暖地。树木随之纷纷抖落身上厚实的雪层，哗啦啦地直扑向草木、墓碑，向我们投下影子。远处，不时传来鞭炮声，过年的味道依旧，地仙（风水师）锣鼓一响，一阵清脆的号子将整个山峦打量起来，神圣的、千古不变的仪式，让你不能不想起前不久读过的《格萨尔王传》里的那句话：这片严酷又美丽的土地，白雪覆盖的岩峰林立，凛冽澄澈的溪水奔流，浓密的柏树、杜松与桦木共存。你眼前所见的一切皆是我生命的一部分，我无法与此地或与你分离，因为我们只有同一种心跳。

对，因为我们只有同一种心跳，我们十几个孝子孝孙围在墓穴旁，小心翼翼地望着地仙手中的牺牲，望着即将埋到地下的父亲，只有一种神圣的空气在整个山头蔓延着。

父亲就是这座山的源。

与死亡有关的一切字眼，我一直刻意回避、抵触、逃离、不敢面对，我一直认为那是一种不可名状的恐惧，那是人生的一场疼。但这字眼一闯进心头，不但没有让我感到惧怕，反而给人以爱与温暖。1998年农历正月初三，我远从千里之外的东莞奔赴回来时，父亲早已躺在棺椁里。主事的堂叔连忙放了挂鞭炮迎接我们。这是家乡的风俗，无论是孝子还是亲朋好友远道而来吊唁的，要放一挂鞭炮，意思有多种层面，告诉孝家来客人了，为来客洗尘，也是告诉逝者灵魂，某某已来看他了。我不由分说跪在灵位前，向父亲忏悔。然后，向在场的父老乡亲一一跪拜。

棺椁上下盖上夹了一叠冥钱，我推开堆放在盖上的那些纸菩萨，我要看一下躺在里面的父亲。父亲寿衣锦绣般包裹着，眼睛微微张开。堂叔让我大喊三声“老爸”（土语：读 ya），然后轻轻地抚上他的双眼，想不到老人的眼睛竟然奇迹般地闭合了，像睡熟一般，脸上泛起光晕。

“爷爷累着了，他好好睡的。”儿子林潇看着老人慈祥的面容说。他与老人生活过一段时间，与老人那种无法切割的感情更为深厚。

“爷爷真的是累了，他应该好好地休息了。”我说。

空巢，是一个当代的新名词。有欣喜有心酸，盼着子女长大成人，走出乡村飞向了远方，却又伤感地留下老年一代人独自生活。严格意义上，我的父母也是空巢老人。我们一个个飞出了那个穷得叮当响的山村，在外结婚、生子组建自己的家庭，虽然我们都劝他们跟我们外出生活，但他们执意留在乡下，相依为命，孤独地守着两座房子，靠村头那个半个时辰也难打得通的电话来接收了解儿女们最新的信息。一旦我们哪个回去看他们，真个就像过年一样，杀鸡杀鸭的热情得像久别重逢，脸上洋溢的笑都要挂上好几天。

我们村子说是一个大村，有 1500 多人，全是林氏后裔，但也是“空巢村”，青年们外出打工或者住进县城，没有几个留在村里头守着黄土过日子。有人开玩笑说，村里头如果有老人过世，连“抬夫”也喊不到。

父亲的病与死，应该与“空巢”有关。他死之前，母亲不幸摔成骨折瘫倒在床，堂兄请来当地“水师”（土法医疗），用冰冷的草药进行包扎。据说这个水师先后治好几个村民，但这一次却对母亲的病情没有半点帮助，且病情越来越严重。而此时父亲也正是卧床不起，风寒交加。两个老人都要照顾，他们不让堂兄打电话给我，母亲说我刚刚回东莞，不要耽误工作，不让他们打电话给我。而我每每打电话回去，都是“形势一片大好”，故而忽略了他们的病情。三哥林竑赶回家护理，尽管他们费尽心机，但仍没有救回父亲的生命。

他们十分内疚地跟我讲父母的身体状况，和父亲临死时的情形。大家都是父母的骨肉，大家都有事业和家庭，大家都在忙于生计，我十分自责地向堂兄和几个在家的哥哥作揖，检讨自己太过分地在乎自己的工作，在这个春节没有回来过年，竟然失去与父亲见上最后一面的机会。半年后，待母亲病情稍有好转，我不顾一切地将母亲接到东莞，真正的原因就是不想让母亲再当空巢老人，让她孤独地面对父亲的离去。我说，我要弥补过错，要将对两个老人的爱融入到母亲赡养上，要亲自为母亲送终。

道场，在我们梅山地区不是专指那些佛教诵经、行道的场所，还是说的是为佛、道、巫教在民间丧事中的殡仪法事。所谓“三师六道九和尚”，是做道场需要的人数，丧事大都请和尚做道场。场地就放在堂屋里，因为是正月初，我们将白布改成红布设为灵堂，两边贴上挽联，横匾上书语出于孟子的“养生者不足以当大事，惟送死要以当大事”，“当大事”三字，柩前立灵牌，点长明灯。

我负责写祭文。如何写好父亲的祭文，一直在我的脑子里“打转转”（土话：想），父亲太平凡了，平凡得像老家门口的一株东茅草。他的一生像“老虫揿蚱蜢子呷”一样善于精打细算，除了吝啬自己“盘大”（扶养）我们几个儿女外，这个大老粗根本没有干出什么惊天地、泣鬼神的事来。贫下中农一枚，没有入过党，没有斗过地主，连村里头与人打架也没有过，当过最大的“官”就是干了几年的生产队副队长，后来在大队护林场当了几年的护林员，也同样没有干出让我们引以为豪的成绩来，“田里要过脚板，山里要过铁板”，按我们写作上常说的抓不出重点，找不出闪光点。但平凡的父亲，自小就用“诚实、善良”作为我们的家教。我们家并不富有，甚至三餐不继，但善良的父母宁肯从自己嘴里省下一粒粮也要资助乡亲。

“时维。谨具三牲、香烛、素果、酒礼，呈不典之仪，致祭于新逝林公老大人之灵前，跪而泣曰……”祭文先生声泪俱下地读完祭文后，要举行祭文焚烧仪式，我跪在灵位前双手合十，点起祭文，纸在火上跳跃，一点一点变成炭色。我不知道是不是父亲接到我亲手给他写的祭文，但从那会开始，我一直闷着的心头豁然开朗起来。

后来村里头开堂祭，撰写祭文以我写给父亲的那篇作参考，说得我脸红面赤的。

埋，在我们梅山地区，是一个神圣的词语，它与“埋葬”筋骨相连，却又有本质的不同。埋，是用心去掩盖一个词语，是精神的寄托。

大雪初霁，云开日出。初八清早，想不到有这样一个好兆头。出殡时，可谓人山人海，全村所有的人都来送行。我们在前面持草把退着走路，以四五步一跪拜来感谢送葬的人们。一路上开了三个路祭，很多亲朋好友都争着为老人开祭，奠祭老人，让我们无比感动。他们相继跪拜在父亲的神位牌前，我们也跟着跪拜下来。一路走走停停，差不多一个多小时才绕到墓地边。下祀时辰到，我们跪在坟头，风水师一阵念念有词，然后连忙叫我们手捧黄土向父亲的棺椁敷去。那时，我的儿子林牧还不到三岁，甚至那时还不会说一句流利的话，但他却深深地感受到这座山给他的灵性，眼看着一捧捧黄土将爷爷埋进土里，他急忙跳到棺材上，大喊："不准埋爷爷。"并用那娇小的双手，将黄土撒向我们。

一捧捧带着感恩的黄土，一捧捧满载着希望的黄土，我们将父亲埋进了大旺山，父亲回归到另一个家园，与大旺山共融一体。

那座叫着大旺山的祖坟山与父亲有了全新的定位。我们再一次跪在刚刚堆起的黄土包前，这里是我们亲手捧土埋进的父亲，从此父子天各一别。

回到家里，我在记事本上写道：

这一年——1998年
这一天——农历正月初八
天气：雪后放晴

伏俟城里的大人物

龙仁青

在青海湖西岸，有一片草原，叫铁卜加，草原上有一个小小的牧村，也叫铁卜加，全村只有七八户人家。我是其中一户人家的小孩儿。

那时，我大概五六岁的样子，已经开始记事儿了。我总是一个人独自玩耍。清晨，当我走出家门，看着自己在阳光下歪歪斜斜地躺在地上的影子，小小的心里便装满了孤独。我总是在眺望远方，幻想着从我自己的脚下开始，从我家没有院落的黄泥小屋开始，从我出生的这个小牧村开始，向着四周铺泻而去的草原的尽头，是什么样子，有什么东西。

在我眺望的视野中，我总能看到有一个地方，在平缓的草原上是那样显眼——在小牧村的正前方，有一抹黛青色的影子。那影子，就像是我阿妈手指上月牙儿一样的指甲，抑或，就像是一撇眉毛。

那一撇眉毛，就那样静卧在不远处。我总是在幻想，如果它真的是大地上的一撇眉毛，那么青海湖就是一只眼睛吧。如果是这样，那么，另一撇眉毛和另一只眼睛又在哪里呢？

那一撇眉毛，是一种诱惑。

有一天，村里有户人家的一头小牛犊丢失了——正是挤奶季节，母牛和牛犊开始分群放牧了，为的是不让贪吃的小牛犊把自己母牛妈妈的奶吮咂得一点不剩，让我们这些人类喝不到牛奶。小牛犊自然是交给家里的半大小孩儿们去放牧的。那户人家的小牛犊不见了，放牧小牛犊的男孩儿挨了打，他哭着去找他家小牛犊的时候，从我家门口经过，而我正在我家门口无所事事地沉浸在孤独之中。男孩儿哭着说了他的遭遇，于是，我决定陪着他一起去找他家的小牛犊。

我们从小牧村出发，走了好久好久，便一步步地走近了那一撇眉毛下面。这里应该是大地的眼睑吧——眉毛与眼睛之间的地方——从这里，可以看到远处的青海湖，淡淡的一抹蓝，随着我脚下路途的高低不平时隐时现，就像是它在不时地眨着眼睛。这是我记事儿以来，走得最远的一次。

我和男孩儿立在那撇眉毛下，屏住呼吸，高高地扬起了头——从近处看，它已然不是一撇眉毛了，而是一座山，很高很高，芨芨草一丛丛地生长在这座山上。

那一天，我和男孩儿爬上了这座山——我们已经懂得登高望远的道理，我们是想从高处眺望，看看能否找到那头丢失了的小牛犊。

小牛犊最终没有找到。因为太阳就要落山了，我们便又走了好久好久，回了家。

那一天，吃晚饭的时候，我兴奋地告诉我阿爸，我走到那座山那里了，而且爬上去了。

我阿爸告诉我，那不是一座山，而是一座城。

“阿爸，您是说，是一座城市吗?”我惊愕地问阿爸。

“是啊，那里曾经有过一座城市。”

“就像西宁一样吗?”

“可以这么说吧。”

“也有像西宁那样很多的人吗?”

“可以这么说吧。”

“也有像西宁那样很多的汽车?”

阿爸停下手中正在忙碌的活儿，看着我说：“那时候没有汽车，那时候全是马拉着的或者牛拉着的木车。”

“有很多吗?”

“应该有很多。”

哦，远处的那一撇眉毛，在近处是一座山，阿爸却告诉我那是一座城市!

阿爸的话，更是引起了我无限的幻想，我望着窗外，感叹地说：“这座城市要是现在还有那多好啊!”那会儿，夜色已经降临，窗外一片漆黑。

记忆中的这段情景，后来被我写进了我的一篇小说里。

当我真正开始对这座“城市”有所了解时，我已经是一个少年了。

有一天，阿爸不知道从哪里带来了一本书——在当地，我阿爸已经是个大知识分子啦——这本书的名字叫《青海历史纪要》。

“这本书里提到了那座城市，它叫伏俟城。”我阿爸说。我欣喜地从阿爸手中接过了这本书，立刻读了起来。

那时候，我上小学五年级，由于家乡的小牧村没有学校，我每天需要走5公里的路，去当时的公社小学校上学，也就每天要路过伏俟城。我也慢慢明白，儿时在我眼里那一撇孤独的眉毛，在近处之所以是一座山，是因为一座高大城市在岁月中坍塌，早已和草原浑然一体了。每次路过这里，我就会停留片刻，幻想着这座城市的繁华与喧闹，就像我阿爸向我描述过的西宁一样。在我的想象里，这个叫伏俟城的地方，就是遥远的西宁穿越了时空，像海市蜃楼一般映射到了这里。

其实，有关这座城市，严格地说，有关这座古城遗址，在这本书里的记载并不多，但它却明确提到了这座城市的主人，一个叫吐谷浑的人。

很早以前的两晋十六国时期，吐谷浑是鲜卑慕容部落的一个王子，他们居住在遥远的辽东半岛，以养马为业。由于和自己的弟弟打了一架，他便决定带着自己的部众西迁。经过30多年的长途跋涉，他们来到了青藏高原。他死后不久，他的孙子叶延建立了一个王朝，并以爷爷的名字命名了这个王朝。

而这个王朝真正雄起，始称可汗的，是他们的后裔夸吕，正是这个人修筑了我家乡的这座城池，并给它取名叫伏俟城。据说，伏俟是鲜卑语“王者”的意思，伏俟城，便是一个鲜卑语和汉语复合的地名，亦即“王者之城”。当地藏族牧民，至今把这座古城遗址叫“铁卜加嘉卡尔”，铁卜加是我家乡那片草原的名字，而“嘉卡尔”则完全保留了鲜卑语“王者之城”的意思。

这个王朝，存在了350年，据说是我国存国时间最长的少数民族国家。

上了大学，我依然关注着家乡的这座古城遗址，对它的了解也就越来越多了。我发现，这座古城，一经建成就“设城郭而不居”，所以，城中并没有像西宁城那么多的人，而在这里时时能够看到的，却是一群群的骏马！

秦汉时期，辽东一带还是广袤的原野，慕容部落作为与秦汉王朝交好的少数民族部族，为秦汉王朝培育战马，通过纳贡的手段，与强盛的中央王朝保持友好往来。经过一代代的积累，他们具有了丰富的育马经验。当吐谷浑带着他的部族开始西迁时，除了马匹和财产，他们还带上了他们精湛的育马技术。迁徙的路上，他们先后游牧于内蒙古河套地区和甘青河西走廊一带。这些地区，同样是中国历史上著名的育马之地。在这些地区的游牧经历，使得他们的育马技能更趋完美。到达青海草原后，他们又吸收当地羌人和吐蕃人的育马经验，培育出了著名的良马——青海骢。

到了隋朝，他们培养出的这种良马已经盛名远播。

关于青海骢的来历，史书有明确记载："吐谷浑尝得波斯草马，放入海，因生骢驹，能日行千里，世所传青海骢是也。"又载："青海周回千余里，海内有小山，每岁冬冰合后，以良牝马置此山，至来春收之，马皆有孕，所生得驹，号曰龙种，必多骏异。"

把这两段话综合起来，便是说，吐谷浑以当地牝马为母本，以外来的波斯马为父本，杂交改良培育出了著名的良马青海骢。为保证其纯正度，他们把母马放在青海湖中的岛屿海心山上，不让这些母马与其它的公马有染。出于保密的需要，也出于宣传的需要，他们还故意制造神秘效应，说青海骢是岛上的母马与海中的蛟龙相交的结果，说它是龙种——海心山古称"龙驹岛"，便也是这个原因。

可笑的是，有关龙驹的这则虚假广告，居然把隋炀帝给骗了。隋炀帝对这则广告深信不疑，便"入雌马两千匹于青海湖海心山"，以求"龙种"，后因无效而罢。这也许是历史上的一宗虚假广告受骗案吧，受害者不是一个普通消费者，而是一国之君！

到了唐朝，青海骢更加成为一种传奇，单单从诸多声名显赫的诗人的诗词中，就能看出这个马种凸显出的优秀和无与伦比。诗人杜甫在他的诗歌《高都护骢马行》中，是这样描述青海骢的：

安西都护胡青骢，
声价欻然来向东。
此马临阵久无敌，
与人一心成大功。

李商隐在他的诗中更是频频提到青海骢，如："运去不逢青海马，力穷难拔蜀山蛇。""服箱青海马，入兆渭川熊。""舞成青海马，斗杀汝南鸡。"这里所说的青海马，便是青海骢。

或许是儿时那种幻想的惯性所致，我虽然已经不再是幻想的年龄，但依然要用幻想去勾勒在我的家乡静卧千年的这座古城。

唐代贞观年间，吐谷浑的后裔诺曷钵可汗迎娶了大唐弘化公主。嫁到吐蕃的文成公主一年后路过了吐谷浑的地界。于是我想象，当文成公主翻过日月山，沿着青海湖一路向西，路经我的家乡，两个来自唐朝皇族的姐妹相聚在此。她们用长安官话说起了家乡故土、说起了父母家人。她们一定还相互勉励，来日定要返长安回娘家，释解乡愁，探望父母。13 年后，弘化公主真的实现了她回娘家的夙愿，与她的夫君诺曷钵一起到达了长安，朝见了皇上高宗。据说，弘化公主是唐代外嫁的十几位公主中唯一回过长安的公主。

家乡的伏俟城，还是古丝绸之路上重要的枢纽和要冲。历史上，沿着河西走廊延伸的丝绸之路河西道在不断受到诸多地方割据政权的阻隔时，吐谷浑王朝却乘势开辟了青海道，并着力经营，使这条古道成为当时国际贸易的中心路线。

如今，我偏远的家乡，我出生的那个小牧村愈加小了——出于青海湖生态保护的原因，政府不允许在这片草地上过度放牧，更不允许开垦种地。曾经是小牧村许多人家赖以填肚的青海湖湟鱼，也成为濒危保护动物。小牧村的人们于是一家家地离开了这里。在人们搬离的废墟上，至今还居住着几户人家，他们在自家附近种植着小片的青稞油菜，在牧村周边的草原上放牧着牛羊，自给自足，怡然自得。他们有汉族也有藏族，但没有人可以从他们的语言、服饰、行为、习俗上可以辨别出他们的民族属性。

小牧村，依然如我小时候那样荒远，然而它却拥有一座至今尚未被开发的古城遗址。有了它，我的家乡也就与那么多的历史大人物有了关系，他们中有帝王，有公主，有名传古今的诗人。我的父亲已过世多年，我也要把他列入这些大人物之列。正是由于他的启蒙，使我在那个似乎与书籍无关的偏远乡村里学会了阅读，并且依照着书籍所指引的路走了很远，去了许多地方。

怀念狗尾巴草

郁　溪

好大的一片狗尾巴草，疏疏密密地铺满了整个视野，仿佛天底下就只剩下了这片狗尾巴草。

时已深秋，狗尾巴草每个干枯的长茎上都擎着一条同样干枯的大尾巴。

沙滩一望无际，夕阳很豪迈地把一切都涂成了金色，原本毫无生气的狗尾巴草忽然焕发出神奇的魔力，一下子变得金铸般高贵起来：细长的草茎像一根根金丝，结实而富有弹性，上面那毛绒绒的大尾巴也光芒四射，似乎来一阵小风，整个草地就会演奏出敲金击玉般的华章。

风真的来了，狗尾巴草掀起了金色的波浪，天空也跟着闪过一道夺目的金光，涌向草地的那边。

那边，是故乡的方向。

一些长满狗尾巴草的童年旧事，从故乡的方向涌来，慢慢淹没了我。

我的老家在黄河滩区，那儿沟边田头，只要有点泥土，狗尾巴草就能见缝插针，开开心心地生长起来。这有点像黄河滩区的孩子：好养活。

我们那儿大多数人都不知道它还有“狗尾巴草”这个尊姓大名，大人们叫它“牛草”，自然是因为牛爱吃的缘故。其实何止是牛，驴马猪羊，鸡鸭鹅兔都对它情有独钟。我们孩子，因它有一个毛绒绒的长尾巴，毛毛虫似的，总是傻乎乎地杵在那儿，便管叫它“毛毛草”。

童年的时候，我几乎天天都和毛毛草打交道：那时我家常年喂羊，我得每天去为它们弄吃的。在我为羊们运回的所有食物中，毛毛草占了很大比例。这东西长得飞快，你刚拔过这块地，那块地又长出来了，任你如何拔总也拔不完。这样从春到秋，在我忙忙碌碌的搬运中，小羊长成了大羊。剪一茬羊毛交了学费，过年时赶到集市上把羊卖了，我有了一身足以向同伴们炫耀的新衣裳和两朵漂亮的头花，那个年便让我过得光光鲜鲜的。

当然，毛毛草也有让人伤脑筋的时候，主要因为它有时长得太不是地方。你说作为草，坑坑洼洼的你长哪儿不好，却偏要往庄稼地里钻，搞什么滥竽充数呢？记得有一年，我爷爷种了一大块谷子，爷爷说地里长满了牛草要我和三叔去拔。我和三叔在田间蹲了半天也没分清谷子和牛草，却意外发现了一窝小兔子，我们正在喜滋滋地追兔子，爷爷过来了，他气得吹胡子瞪眼的，说我们不务正业。我们一脸无奈：满地谷子，哪有什么牛草。

“睁大眼看看那些牛草，良莠不分，良莠不分啊！”读过四书的爷爷引经据典，告诉我们在古书上，莠便是牛草。原来毛毛草居然还上过古书，并且得了个这么有学问的名字，真让我不得不对毛毛草刮目相看了。爷爷说粟和莠本来是一家的，粟是中国人最早驯化的植物之一，最早出现在商周时期，开启了商周文明……古板的爷爷滔滔不绝，听得我和三叔一头雾水，不过对粟我还略知一二，爷爷教我背的第一首古诗便是“春种一粒粟，秋收万颗籽”，只是没想到这钻进了古诗歌，文绉绉的粟，居然就是眼前的谷子。我暗自庆幸古人手下留情，没有把莠全部训化，否则，没了毛毛草，我们的牛羊吃什么？三叔拿什么编织肥胖胖的小兔子呢？三叔大概一直牵挂着那只眼看就追到手的小兔子，听着听着就溜掉了，爷爷气咻咻地说三叔就是那“莠”，是一棵成不了才的大牛草。在爷爷的训声里，我和三叔趴在田畦上拿了爷爷割下的毛毛草和谷子苗比较了半天，也没能找到这两种植物的根本区别，最后三叔英明果断地做出了决定：管它谷子、牛草，凡不在田垄上的，一律斩草除根。爷爷再次检查我们的劳动成果，居然非常满意，他以为是他教育有方，让我们醍醐灌顶，顿然大悟呢！

直到秋收将至，谷穗习惯了低头沉思的时候，我们才发现田垄里那群硬着脖子，满脸不服气的毛毛草，我便有了此许愧意，三叔说谷子和牛草那么亲密无间，一簇簇挤在一起，长得就像真假美猴王，我们这些凡夫俗子，没有佛祖的法眼，如何能分得清呢？

爷爷叹了口气，把长烟袋在嘴边上吧哒了几口，然后在鞋底上磕了磕烟灰，拿烟袋锅指着三叔说：“朽木不可雕也”，仿佛这满地的牛草都是三叔所为，我觉得三叔实在有点冤枉。

三叔在村里一直不招大人待见，可我们孩子却把他奉若皇帝。三叔手很巧，他能用细长的毛毛草叶扎出姿态各异的青头大蚂蚱，用“毛尾巴”编出小兔和猴子。三叔还有副好嗓子，唱歌唱戏，学谁像谁。随便摘片叶子放嘴里，三叔便能吹出各种鸟鸣。我们村的大孩小孩，天天围着他转，连后村的大美女竹桃也时不时地过来听他唱歌。后来每到晚上，三叔便差我拿几只毛毛草叶编织的青头大蚂蚱送给竹桃，我当时实在有点眼气：三叔送竹桃的大蚂蚱比送我的要好看得多，并且还有成双成对的小猴子，特有趣。这样从夏天一直送到了秋天，竹桃就变成了我三婶。

娶亲那天，邻居四大娘拍了一下铁塔一样壮实的二叔的肩头，瞄一眼二婶，很夸张地叹了口气：“唉，好汉没好妻，赖汉娶个花嫡嫡，兄弟，你命苦啊！”二婶二话不说，拿了个大扫帚，直奔四大娘，四大娘笑骂着落荒而逃。

也难怪我二婶发狠，揭人不揭短嘛，我二叔红脸大眼，方方正正，样样农活拿得起放得下，是村人公认的棒小伙。我那二婶虽然也同样人高马大，可那张脸又黑又麻，像张烤煳的大烧饼，那嗓门又粗又响，像老牛吼叫，她往人群一站，活脱脱一个巡海夜叉，小孩立马逃掉，小小孩则往大人怀里一趴，一动也不敢动。可我二婶和二叔俩人关系特好，四大娘说是一物降一物。我一直觉得二叔和二婶，三叔和三婶，都是绝配。

三叔娶了个大美人，似乎全家人都觉得满脸光彩。特别是我奶奶，挪着那双三寸金莲，踮来踮去，非要弄出七大盘子八大碗。当时家里穷啊，最后少一道菜咋都拼不够，四大娘便到外面墙头上割了一捆毛毛草，抽取嫩茎，配上南瓜花，炒了满满一盘子。四大娘解释：黄黄的南瓜花，配上青青的牛草梗，这叫金玉良缘。一句话说得奶奶眉开眼笑。

酒席上我跑过去一直盯着那盘“金玉良缘”，很想伸手抓一把尝尝啥味，四大娘眼明手快，拉住我塞了一把糖，贴在我耳朵上悄悄告诉我那是专门给新媳妇吃的，连哄带吓把我打发走了。

后来二婶打趣三婶：“你喜宴上的那道‘金玉良缘’，好吃吧？”

“脆嫩嫩的，好吃啊。”

“那盘菜里青的是牛草，三弟娶了头花母牛。”

二婶笑得弯下腰撅个大圆屁股直晃荡，三婶羞得满脸通红不敢抬头。

后来，我上学，三叔三婶学理发。我念书从乡下念到了县城，又念到了省城，三叔三婶的理发店也从乡下开到了县城，又从县城开到了京城。我们都与故乡渐行渐远，三叔是我们村第一家把生意做到大城市的人，不几年三叔就买了车，又买了房。三叔家的理发店有个很特别的名字：毛毛草发屋。

在毛毛草的枯枯荣荣里，不觉几十年过去了，那老去的不仅是时光，还有爷爷奶奶，三婶三叔，还有我的爹娘，他们都去了另一个世界。每见毛毛草，那些和亲人相依相偎的日子，恍若隔世。

最后一抹夕阳划过沙滩，把河岸的毛毛草染成了一排金色的路标，指引着天涯的我和我脚下回家的路。

活成一棵树

李翔宇

城里乡下、道旁路边，总能见到树，高高矮矮，或茂盛或委顿，或稠密或疏朗。之所以记得这些林林总总的树木，倒不是因为亲手栽植，也不曾有过浇水修枝的劳作，很大程度只因遇到或者看见。缘分深一点的，可能在其中的一棵树下乘过凉，或者在另一棵树下躲过突遇的暴雨。

也曾栽下过一些树，就在春天适宜栽植树木的季节。学校组织栽树，是在校园后边的空地，因为紧邻学校操场，荒废了可惜。三名教师和八九个年龄大点的学生负责挖坑，我们二十来个低年级学生搬运苗子和填土。我们把苗子叫插条，很是金贵，置备起来也很费周章。要先得到队长允许，到树园子里从大树上芟下旁枝，再剁成一尺长短的枝条。为了弄这二百来棵插条，队长还特意派了两个壮劳力来帮忙，这种活学生娃娃显然干不了。大人们把这种栽植方式叫插栽，也较为流行，算是就地取材。由于没经验，也是图快，好些插条是倒着放进去的。老师见了，免不了一顿笑骂："我把你个碎㞞倒栽下去，看你从脚底给长出芽芽来？"我们红着脸给插条翻个过儿，扶端直了再填土，多浇上半桶水。好像只有这样，才可以将先前的过失弥补回来。不用等待太久，只一个夏天，原先光秃秃的荒地，也就有了绿油油的色彩。再过两个夏天，已然可以在树丛中躲避午后毒日头的暴晒。看来，乘凉不见得都要前人栽树，自己栽树自己乘凉，也是可以的。只要时机合宜，一切都来得及，也终会等待得到。

在自己家里也栽树。留下特别记忆的树有三棵，一棵杏树、两棵新疆杨。栽植杏树时，我只有八九岁。队上的树园子里一棵大杏树下，一棵嫩嫩的杏树苗冒出地皮四五寸长，估计是有人偷嘴吃了杏，将杏核吐到地上，又踩了一脚，踏进地里的杏核自己长出来了。学大人的办法，用铲子围着树苗，四四方方挖出一个坑，树苗就立在如孤岛一样的土墩上。把这个土墩从底部铲起，小心翼翼地捧回去，在自家树壕里选个地点栽植下去，浇点水，覆土压实，用两页瓦对顶搭个人字形凉棚，就大功告成。接下来每天都要去看几趟，像抱窝母鸡一样担惊受怕地服侍着。起初几天，树苗的嫩叶变得萎蔫，过几天就有嫩绿的树叶重新长了出来。换叶了，活了。父亲用简单而肯定的话，鼓励我的勤劳。我心中自然有些小得意：不经意踩进土里都能长出来，我这样精心服侍着，能不活下来？栽植两棵新疆杨时，我初中即将毕业。正是春光烂漫的季节，乡上组织农户在田间地埂栽植树木，拉来了一卡车树苗。汽车驶过村巷时，顽皮的四弟顺手从车上抽下了两棵树苗。我们把两棵树苗的新家，选在自家院子东边场房子门前。只三四年时间，春天里总要披一回雪白斗篷的梨树，年复一年地向春风挥舞粉红色围巾的桃树杏树，以及枝叶婆娑的苹果树间，便多出两棵枝干颀长挺直、皮色青白光滑的俊美邻居新疆杨。村里的新疆杨还有一些，少半是半路劫道得来的树苗，大半是先将树苗栽植到田埂上，后来又移栽到各家房前屋后。刚刚吃了几天饱饭的庄稼汉，没有谁愿意田埂边长满了树，荫翳得庄稼长不起来。

还记得一些以树命名的地方：榆树台、大柳树、三棵树。榆树台是一处沟道边的台塬地，二三亩大，二三十棵树，榆树居多，夹杂着几棵杨柳，但都不如榆树那般茂盛，低矮不说，还显委顿，很有些未老先衰的沧桑，即当地人所谓的老头树。大柳树处在山沟垴，在一片参差不齐的柳树林里，一棵枝杈横逸的大柳树拔萃其中，像一位看护后辈儿孙的沉稳老者，共同守护着有三眼窑洞的农家。三棵树则是一道山梁的梁顶，形如刀背，稍微平坦一点的地方，盘踞着三棵高大的榆树。这里也是翻过梁坡必经的地点，榆树裸露在外的盘曲根节，恰好可以充当倚树休憩的坐凳。从其光滑得像是用水泥抹过的样子来看，光顾过的路人自然不少。

我知晓并永远记着的这些地名，都在干旱少雨、植被稀疏的西海固山区。在这里，漫长枯焦的冬春季节，无论怎样好奇、探究、寻觅的眼神，最后很容易被它的单调和枯黄弄得疲惫不堪。闭目沉思一会儿，自然会对如此称谓的地名，由茫然不解而顿悟释怀。想想吧，在如波浪般起伏的光秃秃的山塬上，一棵或几棵树，以山高我为峰的姿势长在那里，之于人的感触，绝不止醒目那样简单，除了欣喜和感动，肯定还会为之精神一振，并油然联想到孤寂、沉默、苦难、坚韧等等这些与生存相关的沧桑的词语。

出于希冀更多的收获，欣赏美丽的风景或者只为舒散郁结心中的块垒，有时我会静静地用心去看一棵树。但如何看待和审视一棵树，并联想到什么，那是人的问题，不是树的问题。如同现在，我看着这棵在一场凄风苦雨中被冰凌折损了旁枝，但主干依然昂首挺直的树一样，更为在意和欣赏的，是它从不抱怨，也不弃绝的生存态度。既然生存环境由不得自我选择，与其自寻烦恼地怨天尤人，不如抱定泰然处之的平和从容；也不刻意长多高长多大，被“出乎其类，拔乎其萃”的重负压弯了腰身，只要不辜负头顶的阳光雨露和脚下的泥土就行。这样想来，像树一样活着，最好能活成一棵树，也算是深谙了人生境界。

也许最终，活不成一棵树。那就学它挺立的姿势，在狂风前傲立，用淡漠的目光，迎送汹汹而来、落荒而去的风尘；在荒芜中独立，对抗亘古不变的孤独和寂寞；在漫天风雪中沉默，聆听春天的脚步，向大地和苍穹，默默地举义虔诚。

我的路

阿微木依萝

我刚到这闹市中来，在沥青路上很多车子蜜蜂般飞过去，留在我耳朵的声音“哧溜哧溜”，谁知道具体是什么个响法。

我第一次来城市。

我的乡下已经很远了。

妈妈第一次送我到镇里赶车，别过脸哭。可怜的年轻妇人，她三十五岁了，或者三十六岁，从未真正到闹市中去过。她对远方着迷，也仅仅停留在着迷上。她的脚又踏进那片庄稼地，那些草咬住脚踝。

我希望有一位朋友出现在我面前，最好她有在闹市待过的经历，那我会很感激。她将指引我在十字路口怎样行走，这样就不会对那几颗大灯摸不着头脑。

“我们乡下可不这样。”我会跟她这样说。

“这是明灯。”她会这样回答。

“也许是指路灯。”说完这句话，我就走进车流。

她站在原地。扛着她那双茫然的眼。

就是这样，过了路口我就要自己走，她站在那儿就好。我们永远不会选择走同一条道路，我并不需要一个时时跟在身边的朋友，也不想到人群中相互拥挤。事实上我连一个朋友也并不真正需要。如果我打算去闹市，心中早就打定了要独自一人。我只需要一种声音。她作为一种声音在我这里进行对话就行。

我这样说您能听懂吗？无所谓的。我的想法不会就此停止。

妈妈说：“你要假设自己是有同伴的。”

她有她的道理。可这句话或许并不适合我。她生了我，也就一同生了与她不一样的性情的我。

突然，有一个路人在喊叫，当我的脚踏入车流，车子被我逼停的那一瞬间，他脱口而出：“哪里来的土包子呀！”

他是拍着胸口说的，似乎我踩的不是脚下的沥青路，而是踩在他的心尖上。他瞪着眼。

这是我第一次在闹市中走路。

这种路怎么会错呢。妈妈说，城里的路都是四通八达。书上说，条条大路通北京。

可是一双手就这么死死地拽住我。是一位上了年纪的老家伙。抱歉，我实在不能喊他老大爷。这么别扭的脸我是第一次见。妈妈说，城里有很多活路，城里人个个都很亲切。现在我知道了，她的话全是靠着想象的经验。这个人的脸不和善。

我不能指望有谁来解救我。凡是类似的危机，面对它们的都是我一个人。

“你是怎么回事！”抓住我的人这样责备我。

“走路啊！”我也大声吼。

“你会不会走路！”

“会！”

妈妈说，在外面混，不要输了底气。

“这是你的路吗？”

我说是。咋就不是了。

这位老人的脸一阵红一阵红的，就像鱼刺卡住，终于要吐一口大气，暴跳着双脚说，你是傻子吗！我在救你知不知道！

我走我的路，他急什么？

他差不多是拎小鸡一样把我拎到车流外面，那条很窄的，一排树占了差不多一半位置、人们挤着挤着走的那条小路上来。

我就不爱在人群中走路。太挤。

可是他偏要将我提到这样的道路上来。

他还冲我发火呢！

还准备打我吧？扬起手。好在众目睽睽，他只是扬起手比划。他说，这儿是你可以走的路，那儿是你不可以走的路，那儿的路任何人都不可以走。

我为什么不可以走呢。任何人不走我就不能走吗？

他说是。

他用手里那根小黄旗子赶着我，在我的脚偏那么一小步的时候，将我赶到画了白线的路里面。这里面有人骑着自行车，拼命地摁铃铛，我又随时被他们的车子赶得左右不是。于是我在这里面走路只好歪来扭去，像个没有断奶的孩子，重新学习怎样控制双脚，怎样保持身体的平衡。

我感觉那位大爷一直在后面监视。很多年了，他的眼睛始终盯在背后，就像在我的身后长了个眼样的瘤子。

我也感觉那位路人一直在耳边叫唤，仿佛我破坏了不该破坏的，每一步路都可能踩在谁的心尖上。

“你要坚持住。”我听到这样的声音。这个声音是我先前假想朋友的。现在我希望它出自一位故友，落实在一个实体身上，即便这位故友带给我的仅仅是关于她的传说，很多年前我们已经失散，她比我早一步去了闹市，并且一去不返。认识她的人都说她已经不在世间：在某条街的角落，一个破败的出租房里，她病死了。

也好，既是病魔缠身，她抽离肉体便是最好的解脱。这样一来她的声音就不受任何阻碍。

我相信她依然有能力将我对她的情谊进行重建，在我心中重建之后，她很容易就能将这句“你要坚持住”的话传达给我。

我早就知道有些故人不需要重逢。她的存在从未消失。

如今我要留意的是，不能在走向我自己的出租屋的路上再出差错。不能再像她那样不幸。我要坚持住，每走一步，即使崴脚这样的意外都不可发生。于是，很多个时日，我便假设这个朋友就在身边，某个时刻只要我喊一声她就来了，我们深夜抱头痛哭。

那些路太难走了。当她这么说的时候，我就说，我们乡下可不这样。

然后我进入回忆。而她会自行离开。

接下来我将很长时间不喝一滴酒，不掉一滴眼泪，不跟任何新朋友说一句话。完全履行母亲的嘱托：多见世面，多锻炼。

我将独自学习在闹市生存。

事实上我干得不错。靠着某种力量我在闹市的每一步还算走得稳妥。我贴着车流的边缘走，偶尔才从画了白色格子的区域穿到路对面。这儿的路每一条都有名头，每条路都有标注，车行道，人行道，自行车道。

似乎是，自从那个老人的手将我提起来扔在人行道上，我便一直无法摆脱。这是我感到奇怪也感到害怕和恐惧的。我意识到，谁第一次出远门被拎起来扔到那条路上，谁一生都在那条路上。

所以才有人想到这个解闷的方法吗？在路的两边植上树木。假设它们的前方不远就是一大片草原。

我甚至看到了黄桷树，到了季节，它就不管不顾地开花。很多黄桷兰掉在地上，月亮出来的晚上，地上的香气便从脚踝升起。

人们是踏着黄桷兰过去的，从不看脚下，也从不回头。他们只在晚上的一小会儿——这时候月亮还没有完全升到中空——跑到属于他们的路上，捡起一朵黄桷兰凑到鼻子跟前，感叹一句“好香啊！”然后丢在地上，然后慢慢走回家中。他们从未将黄桷兰串起来挂在脖子上，路边也看不见有人捡了这样的花卖，或者送给小孩。

人们种了树但失去尽情欣赏它的能力。

我时常回到乡下。乡下已经通了公路。没有划分，所有动物走在一条路上：牛、羊、猪、狗、猫、鸡、老鼠，甚至小的松鼠和大的兽类。我只是打个比方，假如有大的兽类，这条路也不会排斥，不过它最好只在夜间出没。至于我们，车子来的时候让开，没有车子的时候就走在马路中间，很宽的路，可以用内八字走，也可以用外八字走。

妈妈说，你要假设自己一直没有离开老家。

我相信这是她的经验。她是个远嫁的人。她的一生都在靠“假设”而活。她希望我在外面锻炼和长见识，更希望我在一条独路上走完之后发觉更多路的重要性。

不错，我得按照她的经验来。事实上我从未改变，依然是一张土包子脸，土包子打扮，两脚稀泥和一口老掉牙的方言。我在岭南住了很久没有学会一句岭南话，在江浙生活很久没有学会一句江浙话，在所有的闹市小心翼翼走他们规划好的属于我的路，却一直没有走习惯。我只能回到这儿才感到踏实。当我看到村边那个很老很老的人时，看见他握着那根滑溜溜的拐杖坐在一条小沟边，凭着记忆——我敢肯定他的眼睛坏掉了——用手抓地上的草，当他抬起头问我，你是某某某吗，你放学啦？我就立即辨出他的声音想起他中年时期的样貌，能顷刻记起他的名姓和对他的尊称。我对这儿的一切还保持着熟悉，并很容易跟他们对话。

甚至，那个晴天的下午，凭着双脚记忆，我爬上二百米悬崖，期间的经验会告诫我不可回头，我便不回头。在悬崖的高处，我再掉头看看那原本无路的悬崖，寻找新踩出来的路。到了高处，我用狂欢的情绪跟妈妈说，这条路和从前没什么两样，我上来的速度和从前一样快。

只有回到这儿我才能将处于闹市之中不得不收于鞋底的路释放，让它们该去悬崖的去悬崖，该去深沟的去深沟，该在树上的回到树上。我的路，在经历了闹市之后，得回到它的原乡。

“不错，你走得很稳。”我已经猜到妈妈在悬崖下面要说的话。即使我不能真正听清楚，却知道她很高兴自己的孩子能保持对乡下众多道路的熟悉。

这好比是一盏马灯，它即使被蒙蔽了尘灰，依然能擦亮，能生出自由的光亮。

一帘刘海儿

王小丫

我没有刘海儿已经很久了。

人到中年，额头横纹渐生，我比任何时候都更需要一帘刘海儿的掩护和帮助。可是，我的刘海儿哪去了呢？我这个丢三落四的人，究竟是在哪一年、哪一年的哪一天、哪一天的哪个时刻把我的刘海儿给弄丢了呢？

曾经看过一组漫画：某君只有三根头发，这日晨起，他手拿梳子对镜梳妆，他决定用这三根头发梳个背头，结果向后一梳，掉了一根，只剩下了两根头发，他果断决定梳个中分，可是，向两边一梳之际又梳掉了一根，最后，此君郑重决定，用这仅有的一根头发梳个一边倒。

忽然觉得自己很像那个漫画里的某君。即使脑袋上的头发只剩了最后一根，也要拼命保持一个美好的发型。想想我的那帘刘海儿也是在这样梳来梳去的岁月中就这样被郑重地一根一根地梳没了吧。

其实，我从来都不敢大声说我的刘海儿已经消失了。因为那样，我的刘海儿们就会集体跳出来强烈谴责我："喂，难道不是你让我们前方去支援后方的吗？你这没良心儿的！"我将无言以对。

人到中年，脑袋上的头发就像余生的日子一样每天都在减少，头顶开始像僧尼一样渐露些光辉，慌得我急忙把刘海儿们养长了全部梳上去，让它们集体汇入满头长发中继续在风中飘扬，好让我整个人看上去依旧山河无恙，岁月静好。当然，我也完全可以倾其所有，把所有的头发都梳到前边来，以保证乌云压顶并垂下一帘厚厚的刘海儿以示体面，可如果那样，我的后脑自会骂我没脑，我总要顾全大局。

据说每颗脑袋上都长着至少十万根头发，想想十万大军驻扎在我们的头颅之上，盘踞在我们肉身的制高点，这是何等重要的事情！自古以来，所有的理发师们都骄傲地宣称自己掌握的是顶上的功夫，这一点，就连最顶级的武林高手都没敢反对过。衣裳们包裹的全是裸体，头发们覆盖的都是光头。裸体们因为穿了不同的衣裳而分出了富贵与贫贱，低俗与高雅；光头们因为覆盖了不同的头发而显露出不同的追求与修养，味道与风情。人没头发，如西湖无柳，李白无酒，如四季无春，多少都有些遗憾。虽然我不得不承认光头也是一种发型。

人秃了脑袋自可与日月同辉。男人们自可顶着一颗鸭蛋为这世界增添些光明，即使半秃，也常常会“地方支援中央”，用几缕残发笼罩着智慧的脑壳，时刻呈现出月朦胧鸟朦胧之意境，着实可爱得紧。女人们却不敢这样。男女平等吗？至少在头发的问题上永远都不敢苟同。女人的头发，盘上去是顶上的风景，泄下来是肩上的瀑布，是脑后的江河，是飘在风里的诗，是唱给人间的情歌。女人无发，何以雌风浩荡？何以关关雎鸠，君子好逑？要知道，千古以来，秃着一颗脑袋还能挽住君心的只有一个感业寺的武媚娘啊，连第二个都没有。试想，当年那个用叉杆不小心砸了西门庆脑袋的潘金莲，若不是生着两腮的桃花和满头的乌云，那泼皮西门庆岂能饶得过她？那厮定会捂着头上的大包让这个不长眼的臭婆娘给自己赔上大大的一笔银子（虽然这样对潘俏娘来说或许更幸运些）。

偏我天生就是个头发少的，我所有的亲人们都告诉我贵人不顶重发。我常常流着口水艳羡着别人头上那雄狮般蓬勃的厚发，艳羡着人家冬天可以当围脖夏天可以捂出痱子，而我空活半生，竟连一个痱子都没长过。

我究竟还有几根头发？我恨不得每天都数上一遍。

门有门帘，窗有窗帘，我怀念着我的那帘刘海儿，和在刘海儿的荫护下曾经光洁如玉的额头。我开始用桃木梳子勤奋梳头，像农人在精心耕耘着自己的田地。我开始把每天掉落的头发都小心收起，一根也不放过，蓄满了一个又一个的香囊，即使出门也不例外。别问我为什么，也许我只是想颗粒归仓。

我曾尾随一位梳着两条大辫子，步态出尘肤色美好的女子达三条街之久，看她脑后两条乌黑油亮的麻花长辫长及脚踝，辫梢儿上两只鲜艳的红蝴蝶在她身后一甩一甩地动，总也看不够，总也看不够。回家后仍在想：那么长那么粗的两根大辫子，她睡觉时是放在被窝里呢？还是放在被窝外呢？那晚，我失眠了。

我也曾心血来潮买过一顶用真头发做的假发，薄薄的一层披肩发，有刘海儿，居然花掉我七千多银子。那假发戴着毕竟不怎么舒服，我只戴过一次就把它收藏起来了。买假发回来的火车上，我发现坐在我对面的那个银盆大脸的美妇人，她硕大的脑袋上至少长着四十万块钱的好头发！那晚，我又失眠了。

四十岁以后，我的额前就不再有刘海儿了，脑门光光，无依无靠，正好做一名勇士，直面惨淡或充满幸福的人生。我不再羡慕别人变化多端的发型，我的发型只有一种，自由生长，长发及腰。我对我的头发们说："我对你们的政策是来去自由！"

我的头发们知道我所有的身世和秘密。

她们记得我梳过的所有发型：我耸向天空的两只小抓髻、我弯弯的羊角辫儿、过肩的麻花辫儿、齐齐的荷叶头、高高的马尾巴、飘在脑后的长波浪、挽在脑后的梅花髻……她们记得老祖母给我梳头时那双慈祥的手有多温暖；她们记得父亲给我梳头时有多么的耐心和疼惜；她们记得母亲从年集上给我买回的头绳和辫花们曾带给我多少尖叫的惊喜；也记得我十八岁结婚那天盘起的华美发髻曾照亮过整个秋天……后来，给我梳抓髻的老祖母走了；再后来，给我编麻花辫儿的父亲也走了，给我买红头绳的母亲也病倒了；再后来，只有十岁的弟弟把我送到了婆家，那人大我六岁，如父如兄，他喜欢梳理我的一头长发，他的手很热；再后来，那个19岁就生了女儿的小女孩儿，自学了从高中到大学的全部课程，生命不息学习不止，每天都要对这世界进行新的探索与发现，她的头发曾经大把大把地脱落，又大片大片长出来，就像她旺盛的好奇心一样，一直都在。

据说人生是从四十岁开始的，我在人生的道路上刚刚迈开腿就做了外婆。我现在每天和我的头发们相亲相爱，相互温柔以待。我不再企图数清了她们，我怕我八十岁的老母亲和三岁的小外孙女一齐骂我："幼稚！"

我常常在对镜梳妆时看到这样一幅画面：许多许多年以后，我已经很老很老了，每天都会在藤椅上补年轻时没有睡够的觉，每天无数次被自己的鼾声惊醒。孩子们常来看我，连我的小外孙女都已经人到中年，青春不再。有时，风会把我的重孙女给吹过来，她袅袅婷婷，长发在风中猎猎。她饱满美丽的额头上覆盖着我的那帘刘海儿，刘海儿下一双若隐若现的大眼睛正好奇地打量着这个新奇的世界。有风吹来，吹乱了我们的眉眼儿，还有我一生的岁月和芳华。

在南京东路寻找一个地标

陈富强

2017 年的初冬，我在上海江苏路地铁站，用自动售票机购买了一张地铁 2 号线的单程票，目的地是南京东路。正是下班高峰，地铁内非常拥挤，对于已经习惯这个时刻车厢内水泄不通的上班一族来说，他们面无表情，大多在低头划动手机屏幕。我没有那么好的定力，侧身站在车门边，在每一站上下的人流中保持同一个姿势，直到南京东路站。

我从地底下钻出来，回到地面，天已黑透，灯光是这个夜晚最好的风景，作为一条繁华的商业街，南京东路步行街上行人比肩接踵。几乎所有的建筑都被灯光装饰得色彩斑斓，只有一幢高层建筑例外，窗口没有光，建筑本身也没有光。这是原华东电业管理局的调度大楼，建成之初，曾经是外滩地区最为耀眼的摩天大楼之一，现在看上去也是，设计独特，色泽深沉。只是随着时间的推移，这幢大楼的功能已经发生变化，华东电网的电力调度中心已经东移浦东，这幢建筑已经完成它建造时的使命，将在装修后，以另一种面目出现。

然而，在我的眼里，这不是一幢普通的大楼，在早期的视线里，它见证了一个重要的时刻，1879 年的 5 月 28 日，上海公共租界工部局电气工程师毕晓普在一幢仓库里以 1 台 10 马力蒸汽机为动力，带动直流发电机，点亮了中国的第一盏电灯。尽管当时蒙昧的上海道台大人视其为洪水猛兽，但还是由此开启了中国的电气时代。这一天，后来没有成为中国有电的发端。中国有电的标志，是在 3 年以后，但这幢大楼，以及毗邻这幢大楼的一幢建筑，曾经的上海电力公司调度大楼，能够一起证明，中国夜晚最初的光亮，是从这里开始的。

我穿过人流，向外滩一侧移动。穿过两个红绿灯，在上述两幢大楼，相隔一条南京东路，我找到了一处重要的地标，中国有电元年的标志。那是一本翻开的书，青铜铸成，这本书的材质，和书页上简约的几行文字，符合青铜的气质。书的左页是中文，右页为英文，上刻：一八八二年七月二十六日，中国第一家发电公司——上海电气公司正式投入商业化运营，第一盏电灯在此点亮。落款是国家电力公司、中国电力企业联合会，落款时间为二〇〇二年七月二十六日。这一天，后来成为中国电力主题日。

即使有南京路灿烂的光，这本青铜书所处的位置，也稍稍显得有些黝暗，路人经过此处，如果不是刻意寻找，这本书通常会被忽略。我对着这本青铜书，从不同角度拍摄照片，经过的行人好奇地看着我，又好奇地打量我拍摄的对象。也有人，好奇地凑近书本，默看书页上的文字，然后，就匆匆离去。距离此书不远，就是外滩，浦东陆家嘴，用灯光勾勒出的现代都市夜色，正在成为这座大城市的标志。

事实上，1882 年 7 月 26 日，南京东路的傍晚，亮起的不止一盏灯，从此处开始，向东，左转继续往外滩方向，同时有 15 盏电弧灯照亮了上海的夜空。我可以想象，对于第一次见到漆黑的夜晚突然亮如白昼的上海市民而言，这是一件多么匪夷所思的事情。他们抬头，惊讶，甚至有些惊恐的眼睛被灯光照亮，他们不知道，自己在这个普通的傍晚，见证了一个非凡时刻的诞生。

正在外滩观景的市民也看见了这种从未见过的发光体。他们所处的位置与南京东路上的市民不同，所以他们看到的发光体来自外白渡桥上的一根杆子顶端。那是一盏他们第一次见到的葫芦形玻璃体，外罩呈宫廷灯笼状玻璃，这盏玻璃体有别于他们见过的煤气灯，发出的亮度却普照得更远。

有好奇的市民沿着南京路走到外滩，再穿过外白渡桥直到招商局下洋码头，他们一路走一路数，就数到了 15 盏弧光灯。已经回家的部分上海市民闻讯外滩一带有奇异的光芒出现，也按捺不住好奇心重返外滩，成百上千的民众指着弧光灯发出啧啧惊叹，他们互相询问这是怎么回事，没有人能够回答这个问题，于是他们给这种不知名的弧光灯取了一个名字叫“奇异的自来月”。在他们眼里，只有月亮和星星才能在漆黑的夜晚发出明亮的光芒，而这些发光体既非月亮也非星星，他们无法理解其中的奥秘，只好展开自己最为丰富的想象给它们按上一个别出心裁的名字。

从南京路上亮灯的那一刻起，中国的夜晚以一种全新的方式告别黑暗。这一年有一个叫立德尔的英国人在征得上海工部局的同意后购买了一套美国制造的发电设备，安装在南京路江西路北角的老同孚洋行的院落，隶属于上海电气公司的中国第一座发电厂就此诞生。那个厂址也就是那本青铜书所在的位置。那天傍晚上海市民见到的 15 盏弧光灯电源就来自这里。时隔 100 多年，当上海人回顾那段有电史时，他们找到了立德尔安装发电设备的旧址，那儿已经矗立起一座智能化程度颇高的建筑，从建筑物门口的牌子上他们看到了华东电业管理局的字样。这座发电厂的容量仅 12 千瓦，但是它划出了一个时代，中国电力工业因为它的出现而正式迈出了第一步。与世界先进国家相比它也不算太晚，它甚至于走在了美国与日本的前面。如果要在时间上做一个精确比较的话，它只比法国巴黎北火车站电厂晚建七年，比英国伦敦霍而蓬高架路电厂晚建六个月，但比美国纽约珠街电厂早建了两个月，比俄国彼得堡电厂早建了一年，比日本桥茅场町发电所早建了五年。从这一串数字的对比可以证明中国的电力工业几乎与欧美同步并且略早于日本。

清政府上海道台也注意到了外滩沿线亮起的弧光灯。身着长袍的官员们心惊肉跳，经过观察他们得出一个结论是："电灯有患，如有不测，焚屋伤人。"于是以上海道台名义向英国领事馆发出照会要求停止使用弧光灯，并且下令中国商铺不得使用电灯。这纸禁令的发布似乎没有产生任何效力，市民现实地感受到了电灯具有油灯与煤气灯无可比拟的优点，政府的禁令最终成为一纸空文也在情理之中。喜悦的上海电气公司一鼓作气在外滩南京路与百老汇路主要干道上安装 35 盏弧光灯，极大地改善了上海道路的照明。上海的电力用户在此后数年迅速增加，尽管到 1888 年底电气公司还只能供应 60 盏弧光灯，并且电灯用户大多集中在洋行、医院与工部局各部门，但用户的增加已经成为不可逆转的潮流。更加令人叫好的是电扇、电梯与电动机也开始广泛应用，照明则呈普及之势，电力工业的公用事业性质也开始显现。

继上海以后，在厦门、天津、北京、广州、台北等地陆续出现了中国第一批发电厂，这批电厂的共同特点是容量小影响大并且大多由外商引进。距离上海有电五年后的 1887 年夏天的某个黄昏，正在鹭江边散步的厦门市民披着渐浓的夜色准备回家，他们偶一抬头眺望对岸的鼓浪屿，忽然发现那儿有一些刺眼的光芒划破了夜空，他们仰脸看天，以为是天上的星星跌落在小岛上，但是岛上的光线略呈黄色，而天上的星星依旧闪烁，它们的位置没有任何改变。市民在第二天的报章上读到了一则新闻，昨夜在鼓浪屿上所见的光线是一种叫电灯的东西发出来的，一个英国商人在岛上的黄家渡安装了一台直流发电机，但是这台发电机所发出的电力只供岛上的外侨照明用电。普通的厦门民众在相当长一段时间里只能隔江而眺岛上神奇的灯光。比厦门晚一年，天津市民也第一次见识到了可以让夜晚变白昼的电灯。那是德商开设的世昌洋行在伦敦路维多利亚公园前开办的绒毛加工厂安装了一台小型直流发电机，这台发电机除了加工厂的照明，和厦门一样依然只向外籍人员提供照明，在天津最先在夜晚享用光明的是与绒毛加工厂相邻的荷兰领事馆。

电力的应用得到了当朝重臣的支持，比如张之洞，作为洋务派代表人物之一的张之洞尽管是后起者，却与曾国藩、左宗棠、李鸿章等齐名。1889 年，张之洞拍板从美国购买了一台发电机率先安装在广州越华路的两广总督府衙门旁，总督府成为广东最先亮起电灯的地方。一年后，华侨黄秉常集资创办广东电灯公司，广州民间开始亮起电灯。有关黄秉常的生平资料已经无据可查，但是他创立的中国历史上第一家民族电力公司却载入史册。广州电灯公司的创办与张之洞有关，已经在总督府内使用过电灯照明的张之洞对于华侨商人创办电灯公司持热忱支持态度，当时已调任湖广总督的张之洞接到驻美大臣张荫恒的请示，称有位华商黄秉常要在广州试办电灯公司。向来以重西学、办洋务著称的张之洞闻之大悦，连称“甚好”，并回复准办。他还说因为自己已经调到武汉，如果黄秉常愿意到武昌、汉口试办电灯公司也很好。张之洞利用自己的影响力为华商创办电灯公司大开绿灯并且给予鼓励与保护。黄秉常在得到张之洞的首肯后很快从美国的华侨商人中招股筹款 40 万美元，然后从美国威斯汀霍斯电气公司购买了两台 100 匹马力的发动机和两台 1000 伏的交流发电机运回广州。黄秉常邀请美国工程师威司出任公司的总工程师，在技术上保证了发电机的顺利运行。从此，广州 40 多条街道上的商铺与公共场所，成为广州夜晚最明亮的去处。

2017 年的初冬，我在上海南京东路上找到的这本青铜书，划出一个时代，中国工业革命由此萌芽。谁也意想不到，在经过 100 多年的穷则思变、发奋图强后，中国会成为全球最大的电力生产国，运行全世界最现代化的电网，并且有能力提出构建全球能源互联网的倡议。作为现代工业文明最重要的标志之一，南京东路上的这本青铜书，与外滩地区的繁华相比，略显孤单，但作为一个地标，中国大地上所有的璀璨，都源自这里。

回　报

杨梅莹

前两天，从乌鲁木齐坐火车回阿勒泰，因为是终点站，车厢里人不多。

我对面铺位的乘客是个年轻女孩，她垫着棉被靠在床头玩手机。紫色长发遮住半张脸。我无法看清她的面部，但是，我能够判断出她画了浓状——我看见她涂了黑红色甲油的手指。指甲特意做过的，又长又亮，里面镶嵌着彩色的碎片。做这种指甲应该费了她很多工夫，还可能支付了昂贵的费用，我想。

我是下铺，上面的两个铺位空着。对面的中铺被褥整齐没有乘客，上铺垂下一只灰色外罩衣袖，铺上没人。过道临时座位上坐着一个大男孩，大概二十一二岁年纪，留着寸头，皮肤浅棕色，脸颊零零星星长了几颗青春痘。他长得很俊朗，剑眉细眼，鼻直嘴阔；上身穿一件淡蓝色短袖旧衬衫，下身着一条深蓝色牛仔裤，看起来既干净又阳光。

我猜想，他大概是我对面上铺的乘客，他和女孩应该比我提前上车。

安顿好行李和随身物品，我拿出上火车前没读完的美国作家 JD · 塞林格所著的长篇小说《麦田的守望者》继续往下读。

“……在苦苦挣扎中，如果有人向你投以理解的目光，你会感到一种生命的暖意，或许仅有短暂的一瞥，就足以使我感奋不已……”读到这段的时候，我抬头就去看那个男孩，不知怎么回事，我对男孩有一种莫名的情愫。按照常理，对面铺的女孩打扮张扬，多多少少会引起人们围观的欲望，而我则没有，我不由自主地把目光投向男孩。

我扭头看男孩的时候，正遇到男孩看我，他是盯着我看的。我朝他笑笑，没想到，他笑着站起来向我面前走来。

“您好！我想……我认识您。”他站在我面前说。

我在他脸上找不到熟悉的痕迹。他大概认错人了。“是吗？”我笑着反问他，“我，我没印象。”我摇头。

这时，我看见女孩抬头白了男孩一眼，不屑地撇撇嘴，然后，侧身背对我们继续玩手机。

“是的，是您，我没认错。”男孩不停地揉搓双手，“我是阔克萨孜村的。”他对我说。

“阔克萨孜村？我去过你们村。”我说。

那是十二年前，我去阔克萨孜村小学核实资助两名贫困儿童的情况。难道男孩在那时见过我？或许吧，孩子的记忆总是超强的。知道男孩是阔克萨孜村的，从情感上拉近了我们之间的距离。

“您肯定不记得我，可我一直记得您，那时候，我才九岁……”男孩又说。

“我真记不起你是谁啊！”我如实相告。

“我记得您耳垂上那颗黑痣。”他看着我的耳朵说，“您一上车，我就认出了您，十二年了，我一直希望有一天能再遇见您。”

我摸了摸耳垂问男孩：“你是被资助孩子中的一个吗？”

当年，我并没见过两个被资助的孩子，被他人资助毕竟不是件十分光鲜的事情，对幼年的孩子来讲，如果处理不当，可能会使他们产生自卑心理，我不希望把爱心变成伤害，更不希望因此给孩子心里造成压力。

“是的，但是，是因为另一件事我记得您。”他说。

“另一件事？”

“您曾给过我一块巧克力，那种长方形的，还包着漂亮的酱紫色包装，您还记得吗？”他期待地望着我。

“我一点印象也没有。”我说。

“您那天穿了一身红色运动衣，特别好看！阿姨，要知道那是我第一次吃巧克力啊……”男孩看着我，他努力去唤醒我的记忆。

在男孩的引导下，我终于记起眼前的男孩是我在阔克萨孜村见过的扛羊草的小男孩。那天，与校长道别回来的路上碰见一扛羊草男孩。他瘦小的身子被一大捆青草压得左摆右摇。我对他心生怜悯，不由叫住他。男孩放下羊草懵懂地看着我。他脸上淌着汗，蓬乱的头发沾着草屑。我不知道该用怎样的方式才能表达我对他的疼爱，想起背包里有一块巧克力。他望着我，犹豫着不敢接我递给他的巧克力。我看见他清澈的眸子闪着惊喜的亮光，他是想要的。在我的鼓励下才肯伸出手，他的手指染了草色。

男孩前年考上大学，他说等他大学毕业后先去山区做志愿者。

“你还记得这件小事呀?”我说。

“当然。”男孩毫不犹豫地回答，“您知道吗?那是我第一次吃巧力，第一次啊！每每看见巧克力，我就想起您，想起那块巧克力的味道，我再没吃过那么好吃的巧克力了。”他动情地说。

那只是一块普通的巧克力，因为心生爱怜给了他，举手之劳的平常事，竟让他惦念这么多年。

“讨厌!”我听见对面铺上的女孩大声说。

女孩是在指责我们，大概我们的谈话影响了她。其实，为了避免打扰别人，我和男孩谈话声音压得很低。女孩下了铺，她从男孩身后走过时，狠狠地撞了男孩一下。她通过的空间很大，男孩并没妨碍她。我看出女孩是故意的，带着不满和挑衅。

男孩向一边闪开，他给女孩腾出更大的空间，并说了声“对不起”。

我终于看清楚女孩的脸，是一张裹了白粉的脸，画了夸张的黑眼圈。女孩仰面径直离开。

我让男孩坐到我的铺上。

“你们是一起的?”我看着女孩的背影问男孩。

“不是，我们并不认识。”

我和男孩正谈着，女孩又回来，去取行李架上的皮箱，皮箱看起来很大很重，她踮起脚尖拽了几次都没拽出来。我不知道这只皮箱女孩是怎样放到行李架上去的，应该是在别人帮助下完成的。男孩走过去替女孩取下皮箱。女孩红着脸向男孩道谢，男孩只是抿嘴一笑。

看着这一幕，我心中流过一股暖流。我想女孩一定会明白举手投足间的点滴才是人生中的永恒。

娘的脚

杨文学

在双手碰到娘那瘦瘦的脚面时，我感到了那失去了张力的脚面上满布的青筋有些干硬，如同风干了的树根。我知道这些根在娘的脚上已扎了七十六年了，七十六年的风雨历程，使这些根都老化了。我的手又碰到了娘的脚跟，那是一层老皮包着的小巧的脚跟，老皮很粗糙，长期与鞋的磨砺使它变得坚硬起来。娘说，她年轻时曾一口气推完三大盆煎饼糊子。三大盆啊！这就需要十个小时，娘是一夜工夫完成的，按一分钟四圈计算，娘一夜工夫要绕着磨道转 2400 圈，所有这些圈都是娘用这双脚一步一步走出来的，我们兄弟八个，三盆糊子的煎饼也维持不了几天，于是，娘的脚底就生出一层层厚厚的硬茧，这些茧越磨越硬，日久天长就成了一层外甲，护卫着娘的双脚。

娘很爱干净，她的脚上很少有灰垢，上下洗了一遍，那温水依旧是清清的，仿佛没有用过似的。娘的脚实际上很美，当我给她擦干脚上的水时，明亮的灯光下，我突然发现，我跟娘一起生活的时间少说也有三十年了，真正地把娘的脚放到我的膝盖上认真地端详还是第一次。娘没有裹脚，这对于一个七十多岁的农村老太太已经是十分幸运了。这种幸运，归咎于娘的不幸，娘在童年时代，娘的娘就病逝了，娘和姐妹几人就四散开来，无人帮娘完成“三寸金莲”的行动，这反而成全了娘。我想如果娘缠着“三寸金莲”，那她带着我们兄弟姐妹走向成熟的路就会艰辛许多，多亏这双大脚才使我们兄妹在痛失父亲后，能在娘的带领下走过那段无助且漫长的岁月。

这双脚虽然已经失去青春的活力，但是那个曲线精美的轮廓依然显现出当年的风采。这是一双十分端正的脚，很白，五个脚趾，按长短紧凑地排列着，很有规范性。尤其是那个出力最多的大脚趾，历经七十多年的磨砺，依旧不变形态；那只最小的脚趾，紧跟着其他趾头向大脚趾方向悄悄地倾斜，使一张脚构成了一个弧形的斜面，整张脚就有了曲线的美。很显然，娘在年轻时代是有一双美丽的脚的，那可是一双白白的，嫩嫩的脚啊，我深信，娘的这双脚曾给她带来许多骄傲。

我给娘剪着趾甲，娘说："那个大脚趾已经变形了。我这才注意到，趾甲盖变得发暗了，同其他亮得透明的甲盖相比，显得另类了，显然这是受伤后再生的甲盖。娘说，那一年，她怀着六妹，夜里抢收地瓜干，脚碰上了石头，一阵钻心的疼袭来的时候，细雨也飞扬起来。娘硬是把两大筐地瓜干挑回家，当她扒开布鞋，发现血和泥早将大脚趾裹严了。娘用热水烫了烫，上了点药就躺在床上，大脚趾掉了甲盖后，就长出这样一个灰不溜秋的甲盖，陪娘过了三十多年。这个变形的脚甲盖，很硬，我只好用一只新买的指甲刀彻底解决了它。

剪娘的左脚时，我发现那个小脚趾上有一个很大的凹陷区，把趾上的肉都挤走了，使整个脚趾变得瘦小了许多。娘说，那年冬里下大雪，她带着二姐去村头拣那些被冰挂压断的树枝子时擦伤的，那时没有棉鞋，最好的保温材料就是草鞋，由于没有棉袜，只好在草鞋里塞满麦草，由于草鞋很容易进水，这趾就冻伤了，天一暖就腐烂了，最后成了这副样子。我问娘，疼吗？娘说，比起和顺他娘来这是轻的，她呀，更可怜，五个脚趾冻掉了三个呢。看得出，娘对当年的苦丝毫没往心里记。

娘的脚趾甲由于长时间没剪，变得无比坚硬，那些弯曲的半透明的甲盖顺着脚趾肚向下方弯去，如同挂钩一般。娘说，她自从患了半身不遂大约三十年了，自己手指已变形，再也无力去剪那些甲盖，每每趾甲长长了，都是大姐帮她剪掉。而我这个做儿子的竟然从来没有给娘剪过，听了娘的话，一丝惭愧爬上我的脸颊。

娘是给最小的妹妹办理了婚事，才完成爹临终前的嘱托的。我爹去世时，娘才四十多岁，正是强壮的年龄。爹对娘说：这七个孩子就交给你了。那时，爹不晓得娘的肚子里还有一个他的女儿。爹走后娘就拉扯着我们兄妹，靠这双脚板走过一个又一个坎的。可是我却忽视了娘的这双脚，从来没有仔细地看过它。都说养儿防老，娘都七十六岁了，我才给她剪了一回趾甲啊，这是何等的不孝啊。

我轻轻地给娘剪着趾甲，生怕剪刀扎了肉。娘笑了，说，你大胆地剪吧，那些肉啊，都在厚厚的硬茧里边藏着呢。我这才发现，每一个脚趾都被磨得发硬的肉皮和老茧包围着，这是一层铁甲似的保护层，很显然，这层铁甲是母亲走过山走过水，走过泥泞都没伤着这双脚的外罩，这层外罩，是爹去世后，娘在不停地奔波中慢慢地形成的，那是岁月的留痕，是业绩的记录，是娘的艰辛的付出。

我终于剪掉了所有脚趾甲，灯光下，娘的整个脚的轮廓更加完整光洁了。这的确是一双好看的脚，别看已经青筋突兀，瘦骨凸出，或伤痕累累，却依旧是衰老的美丽，如同飘落的枫叶，霜的影子依旧在风干的脉络间闪烁，昔日的那火红的风采依然在苍老的背后闪现着。这是一种苍老的美丽，是美丽的苍老。

我给娘穿好新袜，娘说，真舒服，这一回娘的脚可享大福了。说着她转身在我家新装修的地板上走了几步。娘直夸我手巧，夸着夸着娘笑了，可我笑不起来，惭愧如虫，慢慢地爬上我的心头……

情系黔西南

叶晓燕

推开窗户，一轴美得无以复加的碧绿山水画卷映入眼帘，无边无际。这是黔西南留给我的最初印象。

黔西南位于祖国的西南边陲。翻过无数山，越过无数岭，历经一天的舟车劳顿，山一程、水一程来到此地。累并快乐着，是当时的感受。且借贺敬之《回延安》里的诗句“心啊，不要这么厉害地跳”来形容我当时的心情。

我知道，这是源于一份感情。这份对黔西南的感情，源于父亲。父亲年轻时在那里居住过一段时间。小时候我是一遍遍听着父亲的故事长大的，故而对黔西南无限神往。

父亲与黔西南的故事，我耳熟能详，连细节也记得清清楚楚。

父亲年轻时在河南大学上学，期间因战乱停课，跟随同学一起撤退，流浪到黔西南。在苗族同学家里借住了一年。少数民族能歌善舞的天性，激发了父亲的艺术才情。父亲天赋异禀，诗、词、歌、赋，音乐、书法、绘画无师自通，且练得一手快速绘制人物素描的艺术绝活，为当地人画肖像。一些老人尤其希望通过父亲为他们绘制的肖像，作为自己将来故去后，留存给家人的纪念。当地人生活贫瘠，物质匮乏，交通不便，日出而作，日落而息。许多人常年蜗居在深山里，终生未走出大山，自然从未照过相，听说村里来了一位会画像的年轻人，感到十分稀奇，纷纷前往看个究竟。一传十、十传百，几乎天天都有人找上门，让年轻的父亲为其画像。无论男女老少、高矮胖瘦，只要父亲瞄两眼，立刻拿起笔刷、刷、刷，一气呵成。形象逼真，栩栩如生。

村里的人们都喜欢这个来自中原、浓眉大眼的小伙子，外村人也纷纷慕名前来画像。父亲依靠画像技艺赚取斗升稻米，维持借居在同学家的生计，也不讨人嫌。关键是父亲给当地人带来了一个新奇的认知世界，用艺术之光，点燃了他们的生命激情。

黔西南属于苗族、白族、布依族等多个少数民族聚居地。多民族文化融合，繁衍出一代代具有地方文化特色的优秀子女。

少数民族沿袭男耕女织的传统，男子狩猎、耕田、捕鱼、种烟叶，骁勇善战、粗犷豪放；女子在家里操持家务、生养儿女，他们天生能歌善舞。喜爱文艺的父亲，很快与当地人融为一体。

当地苗族有哭嫁习俗，唱词即兴编排，直抒胸臆。村里若有哪家闺女要出嫁，全村姑娘皆纷纷出动。全部集中在即将出嫁的姑娘家中，陪着哭唱几天。待嫁姑娘会把日常生活中与兄弟姐妹之间发生的细小口角摩擦，平时藏在胸中的恩怨块垒，借出嫁这天全部倾吐出来。唱词押韵，形象生动，通俗易懂，如“柑子好吃要剥皮，姊妹虽好要分离。哥哭一声亲骨肉，嫂哭一声是外人”。借诗歌抒情形象地唱出自己的真实心声。不避讳事实，直抒胸臆，不加掩饰不作假。

嫁出去的姑娘，三天后返回娘家探亲，俗称三天回门。此时，已和颜悦色，与家人感情如旧。父亲告诉我，苗族还有生苗和熟苗之分，二者的习惯、礼节繁缛程度也不相同。

贵州以前流传有“天无三日晴、地无三尺平”之说。如今道路已修葺改善，通往黔西南的公路均平坦畅达。进山观风景，出山看世界，双向开放，方便快捷。不过，在过去，因气候温润潮湿，久居深山的人无钱买药，聪明的先民摸索出一套就地取材、借食物除湿的法子，在饮食上喜食酸辣。以前他们常常在煮米饭时，将锅里烧滚的米汤，盛放一碗放在灶台上。通过灶膛里熊熊燃烧的烈火，加热灶台器皿里的米水。几天后，米水渐变至黏稠，并发酵出酸味，然后加热煮滚喝下，说是酸味有营养，可以去火、败毒，强身健体，我猜想可能与我们如今的酸奶益生菌源自一个道理。

贵州人喜欢吃蚱蜢、知了、蝉等虫子。鱼腥草也作为当地一道特色菜，闪亮地登上餐桌。如今这些具有民族特色的饮食习惯，深深地吸引大批内地观光旅游团，大家在领略山川美景的同时品尝奇异美食，大快朵颐。少数民族热情好客，待客之道是做一长桌菜，大家围桌而坐，并选出擅长即兴唱和山歌的女子，穿着民族服装，头上、胸前佩戴价值不菲的银饰，环佩叮当、步履迤逦，捧着自酿的米酒，踩着节拍、唱响山歌，一个个轮番出场敬酒。美人如酒，甘冽芬芳，赏心悦目，不饮也醉。客人接了酒碗，不得推辞，必须一口干下喝完，直至酩酊大醉，快哉，通达，不知今夕何夕。

小时候父亲讲的这些故事，一直在我的脑海里盘桓、缠绕，想象那渺远神奇的边塞风光，从心底里神往少数民族聚居地黔西南。如今梦想变成现实，我终于也来到父亲生活过的地方，寻访到父亲当年生活的足迹，看到了美丽的双乳峰，借用《见与不见》的瑰丽诗行：“你来，或者不来，黔西南的山水就在那里。”与父亲一样，我也为美丽的黔西南而心醉。

“纯儒循吏”陈星聚

包广杰

清光绪十一年（公元 1885 年）农历 6 月 23 日，台北知府陈星聚因忧劳成疾，在任上病逝，时年六十九岁。

讣告传出，台北各界民众纷纷前来祭奠，很多人在灵前泣不成声。悼念持续多日，老百姓还是往来不绝，不忍离去。最后，陈星聚的亲眷把已装殓的朝靴脱下来一只悬挂在府门，表示和台北人民情同手足，另一只穿走回归故宗，悼念活动才告终止。与此同时，台北的同僚以及乡绅还联名奏请清政府，要求对他旌表晋级，还动手为他修建了一座“陈公祠”，要年年追悼祭祀。光绪帝下诏追封他为三品道台，并允“御赐祭葬如例”，也就是说他的墓葬规格可以按照三品道台的标准执行。

一个五品知府何以令老百姓和风雨飘零中的清廷如此敬重和不舍呢？

（1）

陈星聚出生在河南省临颍一农家。他的父亲务农为业，农闲时做个小买卖，供应陈星聚读私塾。陈星聚聪明好学，年纪轻轻就考中了秀才，32 岁那年又进了举人。中举就意味着取得了功名和一定的社会名望，也意味着随时就有被朝廷重用的可能。但这种被重用的可能对于出生农家、没有多少社会背景的他似乎是遥遥无期。

咸丰十年，活跃在江淮大地上的捻军一举攻陷了河南首府开封城，围攻兰考、通许、尉氏，大兵指至许州（许昌）、临颍。陈星聚在老家组织了数百人的乡团，日夜操练，后跟随总兵田在田，征剿捻军，守卫县城，屡立战功，被保举任命为福建省顺昌县知县。那年他已经 47 岁。

(2)

陈星聚从同治三年到，八年多的时间先后在福建的顺昌、建安、闽县、仙游、古田等县五地任知县，由于政声卓著，闽浙总督、福建巡抚表彰他“洁己爱民，实心任事，会荐卓异”，福建省督抚沈文萧、王文蕙二公称他为“纯儒循吏”，不仅如此，他的爱民、亲民事迹更是受到百姓们的广泛称颂，曾在顺昌、古田两地给他建立生祠，生前立祠，这也是老百姓对古代官员的最好的褒奖和赞誉了。

第一个立生祠，是山中匪首为其所立。1864 年（清同治三年），陈星聚刚到顺昌县，就遇到江右之乱。闽浙总督左宗棠督促福建方面发兵围剿这群已盘踞多年的匪寇，但他力主先用劝导的办法，并不顾个人安危，轻装简从，深入九龙山匪巢，面见匪寇，斗智斗勇，感化了匪首，平定了“二十余年间远近不得安宁，百姓以此为患，官府对此也束手无策”的匪乱，最后，心悦诚服的匪首给他立了生祠。

第二个立生祠，是古田县的老百姓所立。古田县水口乡面水背山，土地贫瘠，百姓生活非常艰苦，平常靠接上游木植为生，却被邻县势绅强夺，陈星聚倾注了极大心血，在两县之间奔波、调停，终于为本县百姓争取了应有的利益，也彻底解决了两地百姓之间的积怨，县民万分感激，在古田水口乡为他建了生祠。

在建安县，当地人与外来人冲突不断，他悉心调解，使大家和睦相处，又捐献除正俸之外的养廉银，增建仕子应试的考场，创立书院义塾，使该地变成了文风蔚然之地；仙游县有“素好打官司”的县俗，且械斗之事经常发生，陈星聚一到任就亲赴各乡委婉劝导，苦口婆心劝谕他们要以读书、耕田为乐，还亲自编写了“八戒十劝诸歌”，要他们相互传诵，后民风大为改观，百姓们感激得痛哭流涕，视其“亲如家人”。素有“八闽首邑”之称的闽县，拱卫着省城福州，历史悠久，但历届知县自知在省府脚下，官小力薄，不敢得罪达官贵人，以至于积案甚多、民怨极大。陈星聚上任后，不畏权势，首先从清理词讼开始，埋头苦干，公正处理了很多积案冤案，端正了办案风气，不但受到了人民称颂，就连省督抚沈文萧、王文蕙二公也称赞他为“纯儒循吏”。

(3)

1883年12月，中法战争爆发后，法国远东舰队从越南北部海域气势汹汹地一直打到中国东南沿海，清朝海军一败涂地，几乎毫无还手之力。

此时的陈星聚已跨越台湾海峡，到台湾任职十二年了。

从两度担任台湾府淡水厅同知（正五品），到现任的台北知府，从上任伊始的废除陈规“埋葬税”，捐养廉银，购旧屋建养济院，容纳贫废疾穷民，到光绪六年大灾时，“吾但活吾民，罔顾利害也”，来不及请示就果断地发仓谷赈灾，还有在横亘七百里、溪流交错的险山深林中捕获著名盗首吴阿来，找准时机诛戮恃势横行的淡北教民，兴建台北城……这一桩桩、一件件，都是陈星聚为台湾人民办的实事、要事。

如今，摆在他面前的难题是，如何抗击来自海上的法国侵略者。

几个月前，台湾与大陆的海运交通就被这些侵略者不可一世的坚船利炮封锁、隔绝。在这十分危急关头，这位年已六十八岁的知府，义愤填膺，无所畏惧，决心与台北共存亡。他让阖家老小十余口，团团围坐在府衙后花园的水井旁边，准备一旦城破即全家投井殉国，他本人则日夜守在海防前线，激励士气，督战指挥，英勇抗击法国侵略军。台湾军民在他的激励和全国人民的声援下严守淡水，并几次击退自基隆向台北进犯的法军，保住了台北……

(4)

中国人大都讲究让死者入土为安。

从中原到福建千里迢迢，路途艰辛，从47岁出任知县的8年期间，陈星聚一直没有机会回故里，跨过台湾海峡以后，他更是没有机会回乡看望父老乡亲，如今，终于可以回来了。他的遗体在部属及家人的陪护下，从台北渡海至福建，转入运河到河南西华县逍遥镇，又陆运辗转至临颍老家。他的墓园始建于清光绪十一年（公元1885年），光绪十五年（公元1889年）落成。

如今，陈星聚纪念馆每年都要吸引省内外数以万计的游客和台商台胞来此参观，已经成为两岸文化交流的一个崭新平台。纪念馆前，赫然矗立着一尊高大的雕像。赭红色的基座上，一个银发苍苍、精神矍铄的老者，虽然是一身儒生打扮，但他表情肃穆、目光深邃，好像在凝望着前方的万里海疆，他的左胯旁边是一匹白色战马，一匹可以随时供他骑乘、伴他出征的战马。

这尊雕像倒也符合陈星聚本人的身份和心愿的。档案中记载有他骑战马督军作战的形象，还记载了陈星聚临终前曾交代，他死后不穿戴文官帽服，要手持宝剑，即使到了九泉之下，也要随时抗击侵略者。

历史深处的泾川

杨海蒂

因泾水得名的泾川，系陕甘宁交通枢纽，居丝绸古道要冲，为华夏文明之腹地。

泾水，正是成语“泾渭分明”中的这个“泾”。李白有诗云：“豳谷稍稍振庭柯，泾水浩浩扬湍波。”我曾在九华山天台寺抽到一支上上签，其中有一句“洋洋泮水光昌相”，当时我误将泮水当泾水，认定人生与泾水有不解之缘，对泾水产生过诸多遐想，多年后才发现是一场误会。

泾川闻名于世，不仅由于泾水，更因为西王母，也就是大名鼎鼎的王母娘娘。王母娘娘，相传掌有不死之药和长寿蟠桃，是中国女仙之尊，也是最神秘的女君主。王母娘娘就降生于泾川。因为王母娘娘的无边法力，对泾川县赠送的西王母圣像，我不敢怠慢，将其置于高处，小心供奉、恭敬有加。

泾川回山上建有“回屋”，乃西王母居住地，也是西王母与东王公相会处。它就是王母宫，始建于西汉，平面呈“回”字形，宋代、明朝都曾重修。这些传说对西王母与东王公相会情形语焉不详，它到底是一场什么样的相会呢？我不能不想，又不敢多想。周穆王和汉武帝也曾在此拜谒西王母。既是拜谒，自是持弟子礼甚恭，这个，很长女人志气灭男人威风。

回山南麓有瑶池，是西王母的宫廷，传说中的西王母办蟠桃会、大宴群仙之地。据出土于王母宫南侧的明代碑刻记载，每年农历三月三日，西王母都要在瑶池举行蟠桃大会宴请众仙。现如今，每年这一天，信众都会在回山王母宫自发组织以蟠桃文化为元素的祭祀活动。据不完全统计，全世界有两千多万西王母信众。

瑶池，也是西王母与周穆王欢宴之地。多愁善感的后唐诗人李商隐，游览瑶池胜景时触景伤情，挥毫咏叹：

瑶池阿母绮窗开
黄竹歌声动地哀；
八骏日行三万里
穆王何事不重来？

此诗一反他那著名的“无题”朦胧风格，把话说得很明白，而且还带有启发性地直白追问：穆王何事不重来。是啊，为什么呢？我还是不能不想，又不敢多想。至尊王母娘娘在上：小的喜欢胡思乱想，绝非有意冒犯，更无亵渎之意，请明察圣断，切勿怪罪。

横贯东西纵贯南北，王母宫多得数不胜数，而泾川王母宫才是第一真宫，被誉为“天下王母第一宫”。这可不是浪得虚名，有诸多史料、碑刻、古迹、民俗作证。一九九〇年，台湾西王母信徒二百多人组成“朝圣团”，考察了山东泰山王母池、新疆天池和泾川回山，最终，泾川回山遗址被认定是西王母发祥地。从此，台湾省民众络绎不绝前来朝拜。每年农历三月二十“西王母盛会”时，四面八方的信徒也纷至沓来。“国际西王母研究基地”“国家重点民俗文化景区”“中国西王母文化名城”之称，泾川当仁不让。

王母宫碑碣众多，以“瑰宝”级的“王母宫颂碑”最为著名。一九九二年八月二十四日，台湾省三重市凤德玉宝殿一行三十多人于“回屋”拜谒西王母，拍得显灵神光圣像，翌年同日，信徒们将显灵圣像恭送至“回屋”安放，捐资修葺，复建瑶池。

祖祠重辉，善果断续。中国国民党主席吴伯雄，为在泾川举办的首届华夏母亲节，题写墨宝：“西王母乃华夏之尊母”。华夏母亲，德泽两岸，光耀千年。

我目睹了华夏之尊母显灵圣像，不可思议，唯有顶礼。

台湾同胞对王母娘娘非常虔敬。在我抵达泾川当天，就有三百多位台湾信徒包机而来，齐刷刷顶礼膜拜的景象蔚为壮观。每年泾川庙会的台湾朝圣团，成为回山上必然要出现的一道风景。泾川回山王母宫，已成为两岸同胞宗教信仰文化交流的重要载体。

回屋旁，有依山开凿的王母宫石窟，属北魏时期佛教石窟。窟内雕有大小佛菩萨像一千余尊，现存两百余尊，雕像和壁画精美绝伦，与莫高窟和云冈石窟相似；窟外建筑为木质四层凌云飞阁，十分庄严。王母宫石窟是古丝绸之路上的名窟之一，具有很高的佛教文化考古价值及观赏价值，为全国重点文物保护单位。

因为与泾水的“旧缘”，同伴们去“道家第一山”崆峒山时，我来到泾河北岸，俯视“泾水浩浩扬湍波”，瞻仰崖壁上的南石窟寺。

据“南石窟碑”记载，南石窟寺也开凿于北魏时期。寺内“七佛一堂”的排列格式，乃独一无二；窟顶雕像造型生动，是艺术珍品。四号窟则为唐代开凿，正中供奉着文殊、普贤和观音三大菩萨，两侧壁画有十八罗汉，皆栩栩如生。南石窟代表着中国佛教石窟别具一格的艺术形式，与庆阳北石窟寺并称“陇上石窟双明珠”，早就是全国重点文物保护单位。沿泾河两岸，以南石窟寺为中心，有各类石窟群、龛六百多个，组成世所罕见的“百里石窟长廊”。

“西有敦煌莫高窟，东有泾川大云寺”，果然名不虚传！大量史书详细记载的泾川大云寺，让人震撼。

泾川大云寺的来历，实在是不简单。先是因为隋文帝效仿印度阿育王，在他六十大寿这天，下诏在全国建三十座舍利塔，以“弘法护教”。时属长安门户、京畿之地的泾州（泾川旧称），遂建大兴国寺。据《大藏经》记载，隋文帝分给泾川大兴国寺佛舍利，由高僧奉送而至。在中国佛教史上，最重要的舍利事件，就是阿育王十九塔和隋文帝分舍利，二者都与泾川密不可分（据《法国国家图书馆藏敦煌西域文献》记载，阿育王第九塔在泾州姑臧寺）。及至武则天登基称帝，这个嫁过两个皇帝生过两个皇帝嫌不过瘾、干脆自己做了皇帝的奇女子，不知为何笃信佛教。武则天推崇以女性经变故事为主题的《大云经》，于是敕令诸州兴建大云寺以珍藏之。泾州大云寺在隋代大兴国寺原址上兴建，在动工之际，发现了佛骨舍利。武则天视其为大吉大利，大赐奇珍异宝，命工艺大师做成金棺银椁铜匣，再配以石函，将佛舍利重新瘗葬放入地宫，建塔供奉。

历史风雨无坚不摧，但隋唐修筑的佛塔地宫遗址尚在，美轮美奂的金棺银椁犹存，至尊至贵的佛祖舍利无损，这是泾川之幸。

当年，八十高龄的郭沫若亲自鉴定大云寺出土的佛舍利，将其评定为国宝级文物，郭老对刻字“大周泾州大云寺舍利之函总一十四粒”的石函奉若至宝，竟言“舍利石函，贵在石函”。《中国大百科全书考古学卷》称：大云寺地宫和石函中的金棺银椁铜匣，最早将中国传统的棺椁葬制引入佛教，反映了唐代在舍利瘗埋制度上的划时代变革，在佛教考古界具有十分重要的意义。

我想起十二年前，泾川大云寺佛舍利进京、首次在国内公开展示的情景：在“中国的文明——世纪国宝展Ⅱ”展厅，每位瞻仰者只能停留三十秒，现场气氛肃穆而神秘。越是禁忌便越是吸引，前来拜谒者络绎不绝。之后，作为中华优秀文化遗产代表，大云寺佛舍利及其五重套函，曾多次到美国、日本、英国、法国、瑞士、新加坡等国家巡回展出。

大云寺西畔的北周宝宁寺遗址，也出土了佛舍利套函，内有舍利数十粒。泾川还有两个宋代佛像窖藏，同样护持着诸佛舍利。这些佛像窖藏，被国内学术界一致认为是古丝绸之路上的重大考古发现。

还没有哪个地方像泾川一样，先后三次发现佛舍利；也没有哪个地方像泾川一样，历史上先后有十四位帝王下诏或敕赐兴办佛事。泾川现存、发现和出土的舍利塔遗址、佛舍利、石窟、佛像等佛教文化遗存达一千五百多处。这样丰盛的佛教文化资源极为罕见，也充分证明：泾川，是古丝绸之路西出长安之后的佛教文化中心，是多元文化的交汇地，在佛教文化发展史上具有非常重要的地位。在佛教中国化的过程中，泾川同样处于非常突出的地位——佛教从丝绸之路传入中国，泾川为其第一个驿站。

对于佛教的中国本土化，泾川功莫大焉；对于广大佛教徒，泾川善莫大焉。

兴造铜佛像，也是泾川首开先河。在泾川发现的鎏金华盖四件组装铜佛像，是国内最早的铜佛像。泾川至今完好保留着北魏“南石窟寺之碑”、元代“镇海之碑”、西秦“归义侯印”、金大安铁钟等珍贵文化遗存。

元十四年的镇海之碑，出土于泾川水泉禅寺，后存放于王母宫石窟。镇海之碑，得名于碑头阳刻“镇海之碑”字样，正面则阴刻“八思巴文”碑文，大意为：忽必烈为泾川镇海寺颁旨，诏令皇室、地方官员、使臣、军人保护镇海寺，不要侵犯僧人的寺院、房舍、马匹、水土、碾磨等，同时要求和尚不要依仗圣旨做越轨的事情。庄重古朴的镇海之碑，是中国历史上蒙、藏、回、汉等各民族大团结、维护和平和宗教信仰自由的真实见证。

作为强悍的征服者，忽必烈有这等弘广度量，不愧为伟大的元世祖，“所以为一代之制者，规模宏远矣”，当得起历史高度评价：“帝度量恢廓”“自古英哲非常之君”“观其德度，汉高帝、唐太宗、魏孝文之流也”。

说到金大安铁钟，顺便一提：泾川还有个完颜村，是全国最大的“完颜部落”，村里有金代最后一位皇帝完颜承麟墓，有金兀术芮王完颜亨墓，有金代十位皇帝及金兀术祠堂，有完颜氏供奉的汉族女神皇甫圣母祠和墓，有保存完整的金代女真人萨满教礼仪和祭祖仪式，还有明代朱元璋之子韩王夫妇墓……

仰望苍穹，泾川历史的天空，漫天神佛星斗。

来到泾川，喝过泾水，从民俗角度探究过泾川百姓的生活，对于中国历史的源远流长，对于民族文化的博大精深，对于佛道共融、万法归宗的民间信仰，我有了更为深切的理解。

两代民族情

尹汉胤

国共重庆和谈破裂后，父亲尹瘦石向周恩来提出了到延安鲁艺去的愿望，周恩来赞许地告诉父亲，延安鲁艺的艺术家现在都到晋察冀解放区去了，你可去张家口华北联合大学与他们会合。在中共代表团秘书长齐燕铭的安排下，1946 年 3 月 6 日，父亲以执行部中共工作人员名义与梁漱溟、邓野、伍必端三人从重庆飞抵北平，下榻在北京饭店。军调部中共代表团的贺龙、王稼祥、滕代远、罗瑞卿、饶漱石等领导人会见了父亲。11 日由军调部工作人员护送父亲通过国民党八达岭封锁线到达了晋察冀解放区张家口，晋察冀军区政治部主任蔡树藩接见了父亲，并介绍父亲到华北联合大学文艺学院美术系任教。在联大文艺学院，父亲见到了周扬、成仿吾、江丰、艾青、丁玲、萧三、萧军、张仃、莫扑、古元、彦涵、马达等一大批从延安鲁迅艺术学院来的艺术家。来到解放区清新舒畅的环境，父亲对即将开始的教学工作充满了期待。然而开课不久，4 月 8 日传来了不幸消息，由重庆返回延安的叶挺、博古、王若飞、邓发等中共代表团成员乘坐的飞机在山西境内的黑茶山遇难。回想起几个月前在重庆中苏友协举行“柳诗尹画联展”的开幕式上，曾与王若飞等人会面交谈时的音容笑貌，父亲不禁唏嘘不已。晋察冀边区为遇难烈士举行了追悼会，父亲满怀思念地为博古绘制了遗像。

5 月 28 日，适逢柳亚子先生六十大寿，《晋察冀日报》为此特出版了庆祝专刊，发表了父亲为柳亚子绘制的画像以及萧三、董鲁安、邓拓的贺诗，并展出了从重庆带来的“柳诗尹画联展”的部分作品。

到华北联大后，父亲很快适应了这里的教学工作，并在工作中结识了许多从延安鲁艺来的艺术家，他们身上坚定的革命精神、豪放的艺术激情强烈地感染着父亲，使父亲更加坚定了从事革命文艺的决心。在紧张的教学之余，父亲与各位艺术家一起交流艺术，勤奋创作了大量绘画作品，共同憧憬着中国的美好未来。然而，这种充满艺术氛围的教学生活仅维持了半年之久，内战乌云便压城而来。国民党军队从三面迫近张家口，华北联大开始向东北撤离。父亲没有随联大转移，而是报名参加了在张家口组建的内蒙古文艺工作团，随文工团往草原牧区宣传演出。文工团离开张家口一路演出一路向东部转移，到达林东后与内蒙古东部文工团合并进一步壮大了队伍，由戏剧家周戈担任团长，张凡夫、布赫任副团长，汇集了张绍柯、魏伯、乌恩、孟和巴特尔等一大批艺术家。文工团中由汉、蒙古、达斡尔、鄂伦春、鄂温克、回、满、朝鲜等多民族演员组成，是一个多民族的大家庭。出生于江南水乡宜兴的父亲，平生第一次策马在天苍苍野茫茫的内蒙古大草原，当他望见往来如风纵横驰骋的马群时，心驰神往地爱上了这片广阔无垠的天地。在赴草原演出途中，父亲为宣传演出创作了表现蒙汉团结的宣传画，一路上不知疲倦地在演出驻地，画了许多记录牧民生活的速写。在赴草原的演出中，父亲克服了饮食生活上的差异，全身心地融入牧区生活，主动向蒙古族同志了解草原的风俗习惯，搜集了大量有关蒙古族的历史文化、宗教禁忌、生活习惯的信息。通过对牧民生活的观察和询问，使父亲深刻懂得了蒙古族与须臾不可离、真堪托死生的蒙古马在生活中所建立起的生命情结的精神内涵。

1946 年的冬季异常寒冷，文工团在林东迎来了农历春节，各民族团员欢聚在一起，蒙古族歌手唱起了古老的民歌。据当时只有 16 岁的团员玛拉沁夫回忆，父亲那天沉醉在苍凉悠远的蒙古歌声中喝了不少酒，在热烈的民族气氛感染下，父亲也兴奋地为大家演唱了一段京戏。

1947 年 3 月初文工团到达了王爷庙（乌兰浩特）。由乌兰夫率领的内蒙古自治运动联合会总会机关及所属单位也进驻了王爷庙，4 月 23 日内蒙古人民代表大会在蒙古人民的期盼中拉开了帷幕。大会会场设在成吉思汗庙山下的兴安陆军军官学校礼堂，为大会胜利隆重的召开，父亲为大会绘制了乔巴山（蒙古人民共和国部长会议主席）、斯大林、毛泽东、朱德的彩色画像悬挂在主席台背景墙上，并在大会会场门口画了一幅巨型宣传画。5 月 1 日内蒙古人民代表会议庄严宣告：内蒙古自治政府成立了。

自此，父亲便投身在内蒙古的文化建设中，先后在《内蒙古日报》编辑副刊，创办了解放区第一本画报《内蒙古画报》并任社长。1949

年后，父亲又担任了内蒙古自治区文联副主任、美术家协会主席。至1957年奉调北京中国国画院，父亲在内蒙古工作了整整11年。在我的记忆中，每当谈起在内蒙古的那段生活，父亲脸上便会流露出一种自豪之情。的确，在内蒙古的那段岁月，无疑是父亲开启新生活的一个重要人生阶段。抗战爆发后便离开家乡的父亲，在战乱中颠沛流离于西南各地，直到来到解放区进入内蒙古草原，才获得了相对安定的绘画环境。坚韧雄浑辽阔的草原大漠，彪悍奔放的蒙古牧民，强劲坚韧的蒙古马，激发催生出了父亲强烈的创作欲望，从而使父亲在这里重新定位了自己的创作方向。

在内蒙古的日子里，父亲经常深入到草原深处，追踪着狂放不羁的马群、悠扬的蒙古长调，栖身在蒙古包中，难以抑制创作的激情。在此期间，父亲为了画好蒙古马，特意拜兽医为师认真学习马的解剖知识，熟悉蒙古马的骨骼肌肉和生活习性，画下了数千幅解剖图和各种神态形象马的速写。在此基础上，父亲开始以中国水墨表现蒙古马的新形象。1953年8月，父亲创作完成了大幅彩墨画《暴风雪》，在横阔的画面上，父亲以细腻传神的笔触描绘了上百匹蒙古马，在一位勇武的蒙古牧人引领下，奋蹄飞鬣的马群嘶鸣狂奔在暴风雪中。将蒙古马坚忍不拔的性格，蒙古族坚强不屈的性格鲜活生动地呈现于画面。此画一经展出立刻得到了蒙古人民的认可、喜爱以及美术界的高度评价。

在内蒙古工作期间，父亲不仅自己创作了大量优秀作品，还倾心培养了一大批少数民族美术人才。父亲到北京工作后，家中经常有内蒙古来的朋友，见到他们父亲总是热情地接待。尤其是当年内蒙古文工团的老朋友来访，父亲更是高兴。大家在一起举杯共饮，追忆着共同度过的难忘岁月，仿佛又回到了当年的时光。告别时，父亲总会以书画相赠，那份特殊的民族友情至今记忆深刻。

1978年秋阔别内蒙古20年后父亲再次回到了草原。漫漫无情岁月中，经历了种种人生际遇沧桑的父亲，在呼和浩特了却了不公正的右派问题后，不顾旅途劳累迫不及待地奔向了草原。当熟悉的草原、马群、牧人……映入眼帘时，父亲久久注视着窗外，感慨万千地默默流淌着泪水，时过境迁，而父亲却依然沉浸在当年的岁月里，原来草原一直牵系着父亲的心。父亲追寻着当年的记忆，以难以抑制的思念之情走进草原深处，遥望着久别的蒙古马群，坐在蒙古包中喝着香甜的奶茶，一边询问着牧民的生活，一边不停笔地为牧民画下了多幅速写……

在我到《民族文学》工作后，父亲特意与我进行了一次语重心长的谈话，他叮嘱我要在工作中尊重少数民族同事，多向他们请教学习，尽快熟悉各民族的历史文化、风俗习惯，要与各民族作家交朋友……讲至此，父亲不禁感慨道，我们家与少数民族有缘，我在内蒙古工作了 11 年，你母亲中央美院毕业后，到中央民族学院任教至今，如今已是桃李满天下……

我始终牢记着父亲这番话，至今从事少数民族文学已经 38 年了。在民族文学岗位上，我不仅感同身受地体验到了父亲当年与少数民族建立的民族情感，而且有幸走入了更广大的民族地区，接触到了更为丰富多彩的少数民族历史文化，拥有了众多的各民族作家朋友。尤其令我难忘的是那一年我到内蒙古东部，行进路线正是父亲当年随内蒙古文工团赴草原演出的道路。一路上我遥望着颠簸中若隐若现蜿蜒伸向远方的草原路，仿佛一条飘浮在草原上的哈达，引领着我追寻着父亲的足迹。

30 多年少数民族文学生涯，令我感慨骄傲，更令我珍惜幸运，在从事这项工作漫长的经历，不仅使我获得了常人难以体验到的许多人生感悟，同时使我获得了许多特殊生命体会和人生哲理。我曾在大凉山火把节的圣火中感受到了万物有灵的启示，在青藏高原仰望着纯洁的雪山聆听到了回归灵魂的召唤，在维吾尔歌手感人至深的歌声中心灵得以纯净……更为珍贵的是，在与各民族的接触中，我从民族的历史文化中深刻领悟到了中华各民族的精神内涵，从而明白了为什么在中国漫长的历史发展过程中，中华各民族之间虽多次发生过龃龉、分裂、战争，但最终都会在新的历史层面上重归统一——这是因为在我们古老的中华大地上，自古便孕育生成着一种强大的文化磁场，这一强大文化磁场始终牢牢吸附着繁衍生息于这片土地人们的心灵，进而凝聚形成中华民族共同的精神器宇；这一强大文化磁场，不仅可以在中华民族遭遇内忧外患时使民族觉醒奋起，同时还将促使中华民族在新的历史进程中义无反顾自强不息地走向民族伟大复兴之路，这一切，都是因为这一文化磁场是由多元一体的中华各民族历史文化共同塑造的。

回顾我们两代人与少数民族结下的不解之缘，我在为父母自豪的同时，也为自己有幸成为新时期少数民族文学繁荣发展的参与者、见证者、实践者而感到无比欣慰。

天涯去不还

王雁翎

时至今日，我还清晰地记得那个男同学不屑的神情与语气：嘁，现在谁还来北京找工作啊？

那是 1987 年冬天的一个傍晚，我在北京学院路匆促的人流中，邂逅了这位大学同学。即将研究生毕业了，我来北京找工作。

我很惊讶：那去哪儿找呢？

男同学说：海南啊！你不知道？海南马上要建省了，现在人都奔海南去了，海南就是第二个香港，比深圳都牛！

很惭愧，这是我第一次关注到“海南”这个字词。

但我初衷不改，还是想进京。1988 年 6 月我和我先生同时毕业，他留校和进京因故均受阻，我只好先找到天津一家高校栖身，而先生还未落实工作单位。此时海南已挂牌建省，大特区百废待兴，闯海大潮高涨，“雁南飞”一时成为热门话题。先生也耐不住诱惑，遂与一位师弟结伴南下，试图在广东、海南一带找个工作。结果他们在广州、深圳、珠海、海口转了一大圈，行程近一月，除了留下很多张无效的求职表格，一无所获，悻悻返津。唉，那儿最热门的是经济金融专业的，咱们学中文的无用武之地啊！

1991 年 11 月，海南作家 T 先生来到天津，《天津文学》作为东道主请客，此时已任该刊评论部编辑的先生也参加了这次饭局。席间 T 先生对海南开发热潮的描述再次唤醒了先生的海南梦，促使他第二次下海南。很快，先生就到当时海南房地产龙头企业上了班，在董事局秘书处当差，算是下了海。

随后我在天津不断接到先生兴奋的电话和来信，他说从来没有见过这么蓝的天、这么白的云、这么漂亮的楼房，你快来吧！此时我已调至天津市文联当编辑，于是我向领导告假，怀着一脑门子美妙的幻想，在

1992 年 1 月春节前夕从天津飞到海南岛，机票花费七百余元。这是我生平第一次坐飞机，所以印象深刻。后来屡屡听说当初的闯海者大都是坐火车、轮船来的，当在轮船甲板上远远望见椰林掩映下的一座岛屿越来越近时，那种激动与兴奋，想必可与当初英国移民乘坐五月花号初见北美大陆的情景相媲美。我深感遗憾，觉得自己错失了海上初见海南岛那种难得的第一感觉。

但即使是空降海南，这里的一切仍令我新奇不已。时至北方隆冬，这里却蓝天丽日，暖意融融。颀长的椰子树干，羽状的椰子树叶迎风摇曳，窸窣作响，在地上撒下斑驳的金黄光斑；浓绿蓬勃的阔叶植物，鲜艳硕大的无名花朵，都令我目不暇接；街上行人都单衣单裤，最多一件外套，很多人居然光脚只穿一双拖鞋在街上走，说的话更是一句都听不懂。我恍然置身东南亚某国街头。

先生当时供职的公司位于海口市国贸新区龙头地段，新颖别致的楼房造型，粉白淡绿的墙体色彩，都使我那习惯了北方大一统灰色火柴盒楼房的眼睛惊艳不已，觉得海南真是先进、现代。但沿龙昆北路往南走不远向左一拐，龙华路、海秀路沿街却多是两层的楼房，苔痕斑驳，陈旧破败。老街博爱路、中山路的楼房虽也老旧凋敝，但那种南洋骑楼式的建筑风格却沉淀着一种历史的沧桑。那时的海口就是这样一个历史与现代、先进与落后并存的地方。

当时我们很多校友已在海口各大公司和金融机构中星罗棋布，都是白领，但工资并不很高，也没有自己的住房，大多住在公司的宿舍，或当地人出租的民房里。据说 1988 年前后十万人才下海南，初期过得都是共产主义生活，同是天涯闯海人，大家有饭同吃，有福同享，有难同当，那种患难与共的“共产主义之风”已经成为当初无数闯海人的美好记忆。1992 年初，我们这个校友圈子依然延续着这种“共产主义之风”。傍晚，一天工作完毕，校友们从各个公司的格子间走出，相约到海边或街头吃大排档，已有工资可领的校友轮流买单，如我这等还未找到饭碗的则可以毫无愧色地白吃白喝。我就是这时才知道广东海南一带所谓的“打边炉”是怎么回事——它相当于内地的火锅，不过涮的不是羊肉，而是各式海鲜，滋味鲜美。

那时正可谓“恰同学少年，风华正茂，书生意气，挥斥方遒”，又赶上了海南开发建设办大特区的高潮，每个人心中都怀揣着希望、梦想与激情，觉得面包会有的，牛奶会有的，一切都会有的。有个场景我记忆犹新：一天晚上我们在海边的一个大排档“打边炉”，锅里汤汁翻滚，桌上热气袅袅，大家边吃边聊，一位在海大工作的校友突然站起来，手里拿着筷子和一条螃蟹腿，猛地一挥，蹦出一句话：“我们都在发财的路上迅跑！”顿时，爆出一片哄笑和尖叫，笑声被海风裹挟着传出去很远很远……是的，我们毫不怀疑，我们会发财的，我们的日子会随着海南岛的开发蒸蒸日上、越来越好。

那真是一段快乐的日子！

1992年春节过后，我和先生已决定要彻底离开天津，落户海口了。此时当务之急是给我找个工作。这段时间看多了那些穿着职业套装踩着高跟鞋出入公司的女校友，我心里也向往着能做个白领丽人。经朋友介绍，一家不大的房地产公司同意聘用我做总经理秘书。公司位于国贸大厦，老板是海南文昌人。我抱着试一试的想法，就去上任了。办公室条件很好，空调沙发大班台一应俱全，工作也比较清闲，每天就是接接电话接待来访什么的，但我早已习惯的那种文化氛围与眼前这种公司秘书工作怎么也难以兼容，而且还要翻译英文文件，我那三脚猫的英语水平拙于应付，因此每天都感到紧张不安。一天老板外出办事，我独自站在窗前，望着远处闪亮的海水，想到我以前在大陆的生活，突然感到自己是多么孤独，当即写了辞职信。此时距离上班刚好一个月，我的白领丽人梦遂作罢。

我意识到自己最适合的还是文化工作，朋友们也说你们应该“一家两制”，意谓先生已在公司，我应该找个稳定的单位继续享受社会主义的福利。当时海南省作协刚刚成立不久，原为海南特别行政区主办的《天涯》杂志自然转为省作协的机关刊物。一个偶然的机缘，我到《天涯》杂志求职，当时的海南省作协主席兼《天涯》杂志主编叶蔚林先生接待并最终留用了我。于是，1992年六七月间，我回津办理调动手续，正式调至海南省作协，成为《天涯》杂志的一名编辑。

当时的《天涯》除了主编叶蔚林，编辑只有蒋子丹一人。我和另一人来后，编辑增加到三人，但此时的《天涯》杂志虽是公开刊号，却基本上相当于不定期出版的内部刊物，每个编辑很长时间才轮上编一期杂志，其他时间则各干各的。蒋子丹在《海南纪实》解散后，又进入她小说创作的高峰期；另一编辑在公司兼职打工，我则面对大把大把的空闲时间茫然不知所措，觉得自己好像提前退休了一般，有一种年华虚度的恐慌。此时我已将至而立之年。1993年，就在这种半工作半休闲的状态中，我怀孕生子，算是抓空完成了人生中的一件大事。到1995年五六月《天涯》酝酿改版之前，我基本上是个退守家庭的全职母亲。

1995年5月的一天上午，在海南省文联招待所的一间房子里，我第一次听韩少功提出《天涯》杂志的改版设想。在座的还有蒋子丹、罗凌翩。5月的海口溽暑难当，制冷不良的空调机嗡嗡作响，室内烟雾缭绕。看着韩少功隐在袅袅烟雾后的脸，我隐约感到一件重要的事情就要发生了。

岁月不居，转眼之间，我在这个海岛生活已经二十多年了。现在再想起那个男同学的话，突然觉得那是命运一次倏忽一现的开启，在我的生命中变成了事实。

不辞长做海南人。

土命乡亲

余继聪

她总是说，我就是个小农民，土得很。我总是笑笑。土，土气，是我的本色。对于我来说，土气是好事。我就怕自己脱掉土气，丢失土气，失本忘本，失土忘土，不再土气。

其实，我不是孤独的一个。我是一个土气、土命群体中的一株一粒一枚。我的土命乡亲，是一个广阔的群体，是一茬茬的小麦，是一茬茬的苞谷，是一茬茬的稻谷……我只是从他们中洒落出来的一小株、一小枚、一小粒，是我父亲不小心撒落到了庄稼地外的一粒。

我生于农村农家，长于乡野，就是个农家子，也可以说是农民，最卑微的一小株、一小粒、一小枚农民。农村，乡野，就是个无边无际的泥土世界。我一出生，就出生在了泥土构成的“土盆腔”里，躺在泥土构成的“土摇篮”里长大，一咂吸奶汁，就咂吸到了满世界充溢弥漫着的土气泥土气，一呼吸就呼吸到了满世界荡漾汪洋着的土气泥土气，吃的是泥土里长大的粮食瓜果“土食物”，洗的是泥土腥味的山泉水“土泉水”澡。泥土里飞溅着我的童年快乐，泥土里孕育着我的童年梦想，泥土里浸润着我的青春脚印。泥土融入了我的血脉中，给予我力气和美好。泥土成为了我的肤色，让我像洋芋红薯苞谷一样健康。

我的土命乡亲，是一茬茬人，不计其数，都像泥土，都是土命。他们卑微如泥土，伟大如泥土。我也卑微如泥土。泥土群体中，任何一粒，任何一枚，任何一株，都像山野里、山坡上的一枚洋芋红薯苞谷，卑微渺小得很，确实可以叫他们小农民。土命的乡亲，都像一株株苞谷洋芋红薯，很少有一枚洋芋红薯苞谷能够变成陈胜吴广，发出“王侯将相宁有种乎”“苟富贵勿相忘”的豪言壮语。其实，泥土、洋芋红薯苞谷们也不是永远卑微、永远泥土，洋芋红薯苞谷们、泥土们，一团团聚在一起，有时候就长成了大树，改变卑微泥土的命运了。

我是土命，一个小农民，是一望无际、深不见底、厚厚实实的乡土泥土中的一粒，是长在广阔山坡上山野里的众多洋芋红薯苞谷中的一株一粒一枚。穿上几十年西装，我也脱不掉一身的“洋芋皮皮”“红薯皮皮”。吃着海参鲍鱼，我也脱不掉“山洋芋的味道”“红薯的味道”“烧苞谷的味道”。黄黄的头发，就是山洋芋、红薯、苞谷的颜色，黄黄的皮肤，就是山洋芋、红薯、苞谷的皮肤。无论用什么香皂、洗发液、沐浴露洗涤，我依然脱不了一身洋芋红薯苞谷的头发和皮肤，洗不掉一身的洋芋红薯苞谷味道和土气。

土命乡亲，把自己看得很轻，一生都不会有非分之想，说不该得到的东西，得到了，命“称不过”，就会折寿短命，说吃洋芋红薯苞谷的命，无福吃山珍海味鲍鱼海参。

我就是吃洋芋红薯苞谷的命，命里注定只适合吃、只能吃洋芋红薯苞谷，肠胃无福消受山珍海味鲍鱼海参龙虾。山珍海味鲍鱼海参吃下去，我马上就会上火感冒拉肚子。赴宴吃大餐，面对满桌子山珍海味大鱼大肉，我独独钟情“土食物”——红薯南瓜苞谷和山茅野菜。出差住店，酒店宾馆的早餐都是自助餐，菜品肉类，瓜果甜食，稀饭糕点，种类繁多，我都只对杂粮红薯苞谷感兴趣。有时吃不完的一点点红薯苞谷，我都舍不得丢，带着回家。住高级宾馆，我至今不会用高档马桶，偏偏要到酒店宾馆大堂甚至一层层楼去找蹲坑式的乡村土味厕所。

总觉得，饭馆餐桌上的肉菜都不合胃口，没有味道，鸡肉吃着柴扎扎的，猪肉吃着淡漂漂的，鱼肉吃着面浓浓的，白菜不甜，青菜不苦，辣子不辣，总之都不鲜不香，不是那种质地，不是那种味道，不是那种口感。

总爱吃土灶大锅上做出的饭菜，总爱吃用筲箕滤米、用竹木甑子蒸熟的饭，总觉得用液化灶、电磁炉、电饭煲做出的饭菜不合胃口，不鲜不香。

我知道，这一切都是因为城市里的食材不够土、不够土气、越来越没有泥土味道气息了，不合我的胃口，不合我童年的要求了。

土命乡亲，吃洋芋红薯的乡亲，知名认命，认为自己扶不上台面，大都很低调谦逊，不去争上台面。

每年秋冬，我母亲总会用大花篮从老家乡间给我们背回来一些老南瓜、老洋瓜、新挖的红薯等乡间杂粮土食物，一枚枚还敷满老家乡野里的泥土。儿子说，家里突然温暖了，香喷喷。一家人就常常煮红薯老洋瓜老南瓜吃，围着一锅香甜的红薯老南瓜老洋瓜，围绕着温暖的乡村乡野泥土说家乡话，那些已很久找不到了的、生机勃勃、鲜活灵动的方言词语就像久别的乡亲们一样，突然又回来了，像蚕豆麦粒一样不断蹦出来。

总是最喜欢阳光、泥土、绿色庄稼和森林，几十年写文章赞美阳光和泥土。老家村子在阳光大道东端，村里村外、山野里都长满了树木花草，四周地里一年四季长满庄稼，开满花朵。如今村子早已被拆迁，老村子原址修通了一条宽阔笔直的大道，行道树和街灯林立，叫东升路，四周的森林被大量砍伐。现在我所住的小区房，阳光被几幢摩天大楼彻底遮住了，泥土被埋葬在了城市下边，被城市摩天大楼逼退了，泥土、虫虫、野花、野鸟、绿树、庄稼、牛羊和阳光被打退到了遥远的山后。憋在这摩天大楼的冷冷森林里，我常常因阴冷而感冒，反反复复，绵绵如抽丝，心里也长满了摩天大楼，而不是太阳、庄稼和森林。

唉，我就是个土命，苞谷洋芋红薯小麦蚕豆的命，我的亲人乡亲们也都是土命，苞谷洋芋红薯小麦蚕豆的命，离开了泥土，丢失了泥土，也就失去了根基、生机和精神，命就衰了。

珍惜苦难的馈赠

顾伯冲

“苦难”两字，现在许多人唯恐避之而不及，生怕被牵扯上哪怕一丁点关系。可是，生活在任何一个时代、任何一个地方，任何人究其一生而言，要想摆脱苦难就像用自己的手拔着头发要离开地球一样，是永远不可能的，只是程度不同罢了。关键是如何对待苦难。一个人的成功与失败，常常是从这里开始分道扬镳的。

对着困难摇头，就无权在胜利面前点头微笑。人与人的生命强度是不同的。有的人遭遇一点打击就会倒下，一蹶不振，甚至一切成为了终结；有些人在一连串的打击面前，还是巍然挺立，不仅顽强地活着，而且不断绽放生命的异彩。其实，这里并没有什么秘密，你的心态才是自己真正的主人。正如一位哲人说过：要么你去驾驭生命，要么是生命驾驭你。你的心态决定了谁是坐骑，谁是骑师。当年楚汉相争，经过垓下之围，项羽虽然损兵折将颇多，但西楚没有失陷，还有东山再起的希望，且乌江亭长已经停船岸边接应。可他无法面对失败、无法面对江东父老，硬是带领二十八骑战死乌江。1300 多年后，南宋词人李清照路过此地，触景生情，留下了那首千古绝唱。

古罗马诗人奥维德有句名言：“值得做的事情必定是困难的。”成功不是一条捷径，它需要拼搏、需要洒下汗水、需要从平凡中创造辉煌。凯旋的大门每时每刻都在迎接每一名想奋斗的人，因为奋斗的哲学道理体现在日常生活中就是“天道酬勤”。每一个人都不会随随便便地成功，每一个成功的人都不是靠寻找运气而改变命运，只有通过奋斗得到的果实，才会分外芳香。

谁经历的苦难多，谁懂得的东西也就多。唐人刘禹锡在《浪淘沙九首》中有吟：“千淘万漉虽辛苦，吹尽狂沙始到金”。同样，人经历了苦难之后，在客观上能提升精神品质，增强自我实现的能力，使得一个人可以最大限度地摆脱生命的庸碌，调适自己与天与人之间的和谐。从这个意义上讲，苦难也有它“功德”的一面：能刺激我们神志清明、性灵觉醒，在痛定思痛之后，教养我们的内涵，修正我们的行为；能打消你盲目的优越感，收起你不应有的傲气，多接“地气”；能让你对弱势群体和社会底层人员心生悲悯，进一步学会尊重、宽容他人；能让你慢慢地看清事情的真相，明白什么应该做、什么不应该做，等等。正因如此，苏格拉底那句“患难及困苦，是磨炼人格的最高学府”的名言，才会流传了2300多年仍然历久弥新。

当然，苦难不同于主动的冒险。冒险有一种挑战的快感，而应对苦难总是迫不得已的。通常情况下，苦难毁坏了人的尊严，伤害了人的心灵，扼杀了许多的创造力。苦难并不总能导致人的成功，但成功的人必然是经历了苦难。因为，苦难是意志的催化剂，它使强者更强、弱者更弱、暴者更暴、柔者更柔、智者更智、愚者更愚。有人说，阅历就是能力，就是本钱，可这个阅历并不是顺风顺水地走了多少平坦的路，而是跨过了多少的坎坷，战胜了多少艰难困苦。

高尚的人总是默默地忍受痛苦。苦难不是财富，经历过苦难之后的那份成长，它才是我们人生的财富。那份在苦难中始终不放弃人生的梦想和信仰的决心与意志，以及历经苦难之后的那份成长与蜕变，才是生命馈赠给我们的最好礼物。修身齐家治国平天下，是中国士大夫人生价值的最高追求，但宦海有不测风云，贬官士人代不乏人，除了降职、贬逐前往荒远之地外，不少人还经历过囹圄之祸。经历挫折客观上使这些士人打开了体察民情的渠道，打开了洞悉社会的窗口，重返政坛后“先天下之忧而忧，后天下之乐而乐”的情怀自然地融入了他们施政的理念之中。在海南有一个五公祠，祠内祭祀着唐宋两代被贬海南的五大名臣，他们分别是：李德裕、李纲、赵鼎、胡铨和李光。五公祠的对联能很好地概括他们的精神：“只知有国，不知有身，任凭千般折磨，益坚其志；先其所忧，后其所乐，但愿群才奋起，莫负斯楼。”卢梭曾言：“磨难，对于弱者是走向死亡的坟墓，而对于强者则是生发壮志的泥土。”

1970年代末，开启中国改革开放大幕的领导人，还有第一波勇闯改革大潮的经济精英、文化精英，相当一部分在“文化大革命”期间受到了打击迫害。当年，他们以非凡的毅力、超人的心智，深入群众、体察民情、广交“草根”朋友，掌握百姓所思、所求、所盼，号准了中国问题的“脉搏”，深刻总结了过往的经验教训，思考中国的未来；包羞忍辱、笑对苦难，继续潜心投入自己的研究领域，发愤著书，完成了思想与学术的升级转型。穿过岁月的风尘，他们面对苦难时所展现的自信、放达、坚毅、智慧，全都化作岁月长河中晶莹的一滴，在历史的天空中熠熠生辉。这真可谓“玉经琢磨多成器，剑拔沉埋便倚天”。

苦苦苦，不苦何以通今古。也许有人会这样说，我平时过得好好的，也不准备干什么大事，干吗要主动承受这份苦难？即使被迫经受了一些苦难，何必东想西想琢磨这么多问题？没有苦难，风平浪静的人生永远是不完整的，除非你自己甘于平庸。

明代万历首辅张居正可谓是功成名就，尽管后人对他有许多评说，但其青史留名成为了不争的事实。他 12 岁那年，省府有一个人出差到荆州，跑到了学校里找人写诗。已中了秀才的张居正也现场写了一首，湖广巡抚顾璘阅后顿时大惊：“此人天才啊！”后来当他见到张居正时，内心有一个直觉：这绝对是一个以后出阁入相的人物，但一定要让他受点挫折，人生太顺了恐怕对他能走多远反而不是一件好事。后来张居正参加应试，顾璘认为如过早让他发达，易叫他自满，断送了他的上进心。如果让他落第，虽则迟了三年，但能够使他看到自己的不足，反而更能使他清醒，促其发愤图强。张居正后来成为中兴明朝的一代杰出政治家，他在险恶的环境中坚持革新政治，匡正时弊，这种不达目的绝不罢休的坚韧精神，应该说与他少年“落第”的经历不无关系。许多年后，顾璘把自己当初的良苦用心告诉了张居正，张居正感动不已，十分感谢这位真正的贵人。

通古今，就是知晓事理，善于把握事物的规律，而非是一定要当多大的官、有多大的舞台，即使位高权重，也是以知晓事理立身的。要通古今，首要的是要认识自我，而认识自我，积极承受苦难是最佳途径。经历过苦难之后，才能更加深刻地认识自我。正如史铁生所说，“生命本身就是一场苦难的轮回”。回避人生中的磨难只能带来更多的苦难，并最终导致自己的失败与落后。只有勇于承受苦难，并在苦难中蜕变成长，才能将人生的变奏曲唱出高潮。